小时候

全新编订

桑格格 著

北京出版集团
北京十月文艺出版社

26-27
25-26
23-25
21-22
19-20
16-18
13-15
7-12
0-6

献给父亲贺知易、母亲何安秀

献给九色鹿

献给童心

新经典文化股份有限公司
www.readinglife.com
出品

目　　录

代序

何小竹

小时候，我也是桑格格

但在没有读到她的《小时候》之前

我都搞忘了自己的小时候

桑格格的《小时候》

我想形容一下，形容一下，怎么形容呢

百宝箱，魔法屋，万花筒，老鼠洞

所有被人遗忘的小时候

都被她切成一小块一小块

装进了这部奇妙的书

我躺在床上读，倒在沙发上读
用四川话读，也用普通话读
从头到尾读，或任意翻到一页读
有时候，读着读着就睡着了
或者，读着读着，天就亮了
最可怕的是，读着读着，就把自己
读回到五六岁、两三岁去了
很开心，很梦幻，真不想回来了

但，《小时候》不是安徒生的小时候
也不是王尔德、圣·埃克苏佩里的小时候
桑格格的《小时候》，更像是
卡夫卡的小时候，卡尔维诺的小时候
科恩兄弟和伍迪·艾伦的小时候
嗯，还有李伯清李伯伯的小时候
有些荒诞，有些轻盈，有些黑色幽默
也有些散打的诗意

所以，读桑格格的《小时候》

我忍不住就要想，如果

我是一个导演，我会把书中的那些段落

变成一个接一个动起来的镜头

如果，我是作曲家，就会在

那些词语之上，对应出一串一串的音符

如果我是诗人，那就更简单了

随便从书中抓出一些句子

撇断，分行，排列，就是一首一首

不输给何小竹的诗

有一次，我对桑格格说

《小时候》这部小说太独特了

就像小安的《我们这儿是精神病院》一样

只此一部，你们自己都无法复制

2018年7月31日，成都

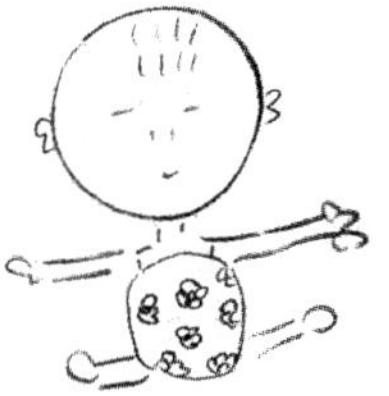

0-6

0 - 6岁 幼儿园

1.　　我两岁的时候口头禅是：我小时候……

2.　　你根本不知道，我是天上派来的天女，我有很多兵，我把他们都埋在花盆下面，还有，我还有一个魔法戒指，是张露萍将军给我的，就是我手上这个，看，就是绿色的这个，可以变出许多虾兵虾将，可以打败你，然后把你掐死，吃了，一根毛都不剩！

3.　　我用上述这段话吓跑了几个企图欺负我的男孩。那会儿热播电视剧《张露萍》以及《西游记》。

4.　　我妈生我的时候，单位上房子紧张，她就睡在废弃的锅炉房里，幸福地期待着我的到来。白天还有燕儿来绕梁，说是个好预兆，只是到了晚上门关不严，风吹过，门哒得咵咵响惊了她。我二舅说，枪可以避邪，就把他的配枪放在我妈的枕头下面。幸好没走火哟！这与我后来宝里宝器的性格恐怕有直接的关系。

5.　　我出生的时候，据说是哭得来一边一凼眼泪水，接生的医生说：人家都是干嚎，这个娃娃怪，水分恁个多！不哭了，在秤盘上，我做出了人生的第一个动作：将大拇指塞到嘴头，吮得“叭叭叭”的响。

6.　　为了庆祝我的出生，外婆寄来一件她亲手缝制的斗篷，大红缎面，绣着大朵大朵的牡丹花。

7.　　满月的时候，我剃了个头。我爸主的刀，据说白一块、黑一块的。我妈评价我人生的第一个发型：大癞子生了个小癞子。癞子这个词很刺痛我爸的心，据说他居然忍住没发作。

8.　　世界上没有比我更漂亮的娃娃了，白雪公主不算，她是童话里的人，假的。

9.　　白雪公主三次都不听小矮人的劝，上了黑心皇后的当，差点遭整死，简直是活该，不长记性。尤其是最后一次，人家吃过一口的苹果都要吃，还“白雪公主”，十分不讲卫生！蠢得像猪一样，死了算了。

10.　　我一直是个很会照顾自己的人，会在任何情况下想尽一切办法让自己舒服一点。我妈说，我几个月的时候，丢在摇篮里，没得哪个理，就用两只手把到摇篮两边，往前一冲一冲的，自己摇自己，还一边练习口语：爸！爸！爸！

11.　　我妈怕压到我，从来不把我放在身边睡，总是每天把摇窝坝得热热乎乎的，让我自己睡，我对这样的安排很满意，觉得生活很有规律，嗯，有前途。

12.　　几个月大的时候，妈妈从乡坝头请了个嬢嬢带我。一天，这个嬢嬢出门倒渣渣，回来发现搞忘带钥匙了，从门缝里看见我正在一点一点用屁股倒起往床外挪！她吓疼了，赶快打电话叫我妈，我妈马上就回来了，但是她也没带钥匙！往门缝里看了一眼，我马上就要掉下去了！她二话不说，绕到房子背后，从下水管爬上了三楼，从窗子翻了进去，及时拯救了我。

13.　　后来，我带她登华山，她说：怕！好高喔——

14.　　红蚂蚁是好人，黑蚂蚁是坏人。

15.　　在我一岁零两个月的一天，我妈要出去买东西，但屋头没人照看。她正左右为难，我开口说了人生中的第一句话：妈妈，你去嘛，不怕，我在屋头看屋。

16.　　有一次哭，哭了半天我爸都不理我。我跑过去十分生气地指责他：嘿！桑国全！你的女在哭你都不晓得啊！

17.　　我妈就是白毛女，她柜柜头还有她的白头发。

18.　　我爸当然就是黄世仁咯。

19.　　那时候住在厂里，每天和妈妈去买菜都要走一截铁路，有时候火车来了，我们就退到边边上，妈妈一只手把我脑壳抱在怀里，另一只手帮我捂着耳朵。偏偏有一次火车司机装怪，恰好经过我们身边按了一下喇叭，我吓得惊叫唤，司机怪笑，我妈愤怒地咒骂。现在，我看见粗鲁的男人就要想起红色的火车轮子。

20.　　俱乐部那边有个烂房子，里面有很多大便，那不是普通的大便，最大坨的是国王，第二大坨的是王后，剩下的都是王子和公主，我们晚上回去睡觉的时候，他们就会显形出来跳舞。

21.　　得了一个新的布娃娃，高高兴兴到院子里玩，邓佳看见了说：你能送给我吗？我站在阳光下很认真地思考：如果我没有这个娃娃会怎么样呢？我不会死，身体不会少一丁点儿，阳光还是会照在我身上，等会儿回家还是有蛋糕吃，还有米老鼠可以看，过两天三姐还是会来看我，带我上街吃麻辣烫……我就把布娃娃递给邓佳，说：好吧，那就送给你吧。

22.　　我们打秋秋耍，就是从梁上套根麻绳再绑上个箩筐，一个人坐在里面，另外的人推，但是箩筐只是打转不会前后摆，我坐在里面脑壳昏得想发吐，大喊：不要转了啊！纵欲过度了啊！

23.　　两岁半的时候我妈给我做了一件新衣服，上面有一只立体绣的小鸭子。我穿着这件衣服，大半天都站在十字路口，手像个指示牌一样，指着这只小鸭子，严肃地对过往的人说：高级！

24.　　小鸡长大了要和小鸭结婚，小猫长大了要和小狗结婚。

25.　　我爸在路上买了只鸭子，鸭脚是拿草绳捆住的，他顺手就要丢在后面车厢头，我说，不！我要抱到！一路上穿过很多小溪，只要一停车，我就抱着鸭子去游水，结果不小心一个跟头栽到水里去了，溪水瞬间就把我冲了出去。我爸听见哭声，一趟子射到十几米开外，在下游一把就把我抓起来了。鸭子却飞呱了，我一路上都在哭，我的鸭鸭，我的鸭鸭。

26.　　我妈一整天都找不到我，急死了，发动了同事好友一起去找，还是没找到。她回家偶然拉开衣柜，我一下从里面滚了出来，睡得酣熟。

27.　　爆爆米花的又来了！我们咚咚咚地冲下楼去看，有的娃娃还拉起家长从屋头带了锅和玉米，只要一元钱的加工费，就可以端满尖尖一锅喷喷香热乎乎的米花回去！我去看人家爆，站在最前面看爆筒骨碌碌地在火上转……要爆了！爆爆米花的站起来准备出锅了，娃娃们一哄而散，只有我跑得慢，还哒了一跤，“砰——”“哇——”在巨响中，我也响亮地哭出了声，人家把玉米花捧进锅儿端走了，我还在扯起嗝嗝地哭。爆爆米花的在米口袋底底摸了半天，抓出一把米花渣渣，递给我：小幺妹嘞，莫哭了哈，乖！

28. 某叔叔是个心灵手巧又喜欢小孩的年轻人，他有一次居然为我编了一个小菜篮，我激动得不知说什么好，小心翼翼看着他说：叔叔，你好乖喔！——某叔叔一边编一边纠正我：那不叫乖，那叫帅。

29. 慢慢地舔一根儿豆沙冰糕！包括在手腕子上流的那些水水，舌头儿尖尖冰得红艳艳的，像条小蛇吐信子，偶尔用牙齿丁点儿丁点儿地咬，冰糕在嘴巴头沙沙沙地响，慢慢地化，甜丝丝、冰沁沁，好好吃哦！！吃完了，把冰糕棒棒舔干净，在水龙头儿上冲一哈，晒干，收起来，每集到五根就可以做一个五角星。

30. 远远看见一个叔叔在吃一根黄色的冰糕，我一直跟踪他，心里期望他要是吃到一半不吃了甩了就好了。果然！他吃到一半就甩了，甩是甩了，却甩在一个水坑中！我伤心欲绝地蹲在边上，眼睁睁地看着这半根黄色冰糕化掉。

31. 我妈办调令，我缠着我妈要吃冰糕，我妈说：看到没得——那边有个叔叔，你去给他作揖，他给妈妈办了，我就马上给你买冰糕。我跑过去，扑通一声就跪在那个叔叔脚下，小脑壳像捣蒜一样：叔叔叔叔快办嘛，叔叔叔叔快办嘛……拖了几个月的调令就搞成了。

32. 我妈在煮稀饭，我就在她下面拱来拱去地说：嗯……不嘛……我要吃冰糕，要吃冰糕！结果我妈手没有端稳，一锅稀饭一哈扣在我身上，这哈惨了，皮都脱了一层！整个夏天，因为我有伤，害怕伤口感染，冰糕随便吃。

33. 我对小朋友炫耀，把伤腿在他们面前一摆：看到没得，这块肉是熟了的！

……

34.　　我妈在乡村小学当音乐老师。这个学校老师有点不够，她有时候还要教语文和数学，班上学生从五六岁到十来岁的都有，坐在教室里，长长短短的几大排。

35.　　我妈在讲台上面讲课，我在下面地上爬行，也是在执行公务：只要哪个敢在课堂上脱鞋子，我就会飞快地爬过去把他或她的鞋子提起来，甩出去！

36.　　在优秀教师评比大会上，我大声武气地指着主席台问：咋个没有我妈妈？！我妈妈最好！我妈妈最优秀！

37.　　我妈工作太忙，先后把我托给学校旁边的几个乡下婆婆寄养。有的婆婆对我不错，有的就相当敷衍。有一次，她去婆婆家看我，撩开黢黑的蚊帐，“嗡”一声吓得她往后一退，以为捅了马蜂窝，结果是蚊子！我睡在里面黄瘦黑小，身上有一万个包。她赶忙把我领回去，又换了一家婆婆寄养。再来看我的时候，又看到我在地上抓猫儿碗里的饭吃。后来调到成都后，老家的外婆来信说，她来带我，我妈狠狠心就送我过去了。

38.　　于是，三岁的桑格格，第一次离开了妈妈，寄养在外婆家。她的妈妈很久才去看她一次。

39.　　妈妈走的时候，桑格格那种哭法令每一个人心碎，大地都倾斜了，舍生忘死地哭，仿佛她不是一个还有其他器官的人，她就是一张嚎叫的嘴、一双流泪的眼睛。

40.　　桑格格奔跑在田野上，看着仓皇逃跑的妈妈，眼看着就要追不上了，绝望地扑到地上，一身都是泥，她已经不想活了，哭不出声音，整个头都是汗，脸通红通红的，还努力发出最大的哭声，但是已经发不出令人满意的完整的哭声，只有呃、呃、呃这样的短促音节。眼睛肿到一定程度就流不出眼泪来了：妈妈，妈妈，妈妈妈，妈，你不要我了呀！……妈妈……

0-6

41. 这个时候的桑格格是很有攻击性的动物，别看才三岁，她躺在地上，哭妈妈的时候，谁也别想碰她一下，碰一下，就要咬人。

42. 外婆很懂这个道理，就根本不理会我，让我哭，愿意躺在哪儿就躺哪儿。我从嚎叫慢慢变成抽泣，又从抽泣变成哽咽，哽咽一会儿，我躺在泥里就一点儿声响也没有了，很多时候是睡着了。但有一次，我没有睡着，而是思考一个问题：我这堆肉是谁的？我这个手指、这个胳膊、这个肚皮，是谁的？我是谁的？没有人管我，我要是咬自己一口，只有我一个人疼。

43. 想来想去，觉得这个世界很残酷，我必须自己爱护自己。我拍拍自己，乖啊，不哭了啊。然后，就从泥里面站起来了，我没有忘了妈妈，眼睛还望着她消失的地方，忧郁已经爬上我的眼睛：妈妈，你是什么？为什么我这么离不开你，你就离得开我呢？

44. 外婆给我煮的稀饭，我不吃。她就说：你不吃，我拍扁你！我觉得这件事是很可能发生的，就端着我的小小的洋瓷碗，拚命地往嘴里舀。

45. 慢慢地，我也把这里当成了自己的家。我发现，无论什么地方，无论多么糟糕，住久了，都还过得去。至少我知道，花生藏在哪里，柿饼吊在什么地方。这个家里还养着几只可爱的小鸡，我经常挨着它们睡。

46. 小鸡崽好乖啊，我握在手头心里爱得不知怎样才好，紧紧地攥到，鸡崽唧唧唧，实在乖得受不了，越握越紧，越握越紧……哦嗬！咋就死球了喃？！

47. 我妈妈一次都没有哭过。但是有一天她来，我很客气地端了一张小板凳请她坐，还从兜里掏了一颗脏兮兮的花生米递给她，然后就远远地站着。她要摸我，我就一低头躲开。她要走了，我还是跟着，不过不再撕心裂肺地哭，就是一直跟着。那一次，她哭了，抱着我的头，哇哇哇。我却看着远远的田里有只小青蛙，呱呱呱。

48. 外婆带我去庙上烧香，晚上睡觉，给我脱衣服的时候，从包包头倒出一堆菩萨的手指拇。

49. 豌豆是怎么长进豆荚的?

50. 老家在山里，夜深了天凉。上床要睡觉的时候，外婆拿来新的谷草：来！蓉娃，换干的褥草睡得舒服些！那些干草在棉褥和棕垫下，我一动就窸窸窣窣地响，我一扑打就从床褥缝隙里钻出阳光的味道。白天它们还成捆地晒在坝上呢。

51. 我睡不着，就抽出一根草来，编笼子玩，表哥何强会编那种很复杂的叫鸡子（蝈蝈）笼，我也试图编，但怎么也弄不好。

52. 半夜，外婆来看我，我已经睡酣了，嘴巴上叼着那根草。

53. 小姑出嫁，我作为送亲人员之一到了男方家里。人家招待我们吃饭，我坐在板凳上捏着筷子不说话，亲家婆婆见状说：娃儿嘞，快吃嘛！我说：不！我要等到肉嘎嘎上来再说！

54. 结婚就是和一个男的坐一桌吃饭，然后一直看着他吃，吃啊吃天天吃，一直吃到老。

55. 舅舅舅舅我要吃凤凰糖凤凰糖！——啥子喃？汞黄糖？尿才是汞黄的！

56. 幺孃幺孃我要吃鸡蛋！——啥子喃？鸡蛋？扁担！

57. 上厕所，乡坝头那种厕所是几块石板搭成的，屙到一半，砰——一块石板倒下来把我压在下面了！我跃尖尖地哭！妈妈啊！妈！结果，旁边有家住户出来个孃孃，她赶忙把我拉了出来，带到家头，用水和帕子把我擦了擦了的。她的脸很和暖，说：小妹崽，以后你长大记不记得我喔？我点点头，记得。

58. 我长大了要和大老白结婚。

59. 大老白是只美丽的公鸡。我和大老白第一次见面，我永远不能忘记：它那双小小的圆圆的眼睛，一边一个，惊讶地看了我很久，眨都不眨， 0-6

好像久别重逢一样。我也看着它，觉得有点想哭，走过去，它居然没有跑，呆呆地让我抱住，我也就比它高一个头。我大舅说，鸡眼睛都眨得慢。屁，他不懂我和大老白之间的感情。

60. 我妈最后一次来乡下看我，我黑胖结实，拉着她的手就不放，嬉皮笑脸地说：吐结其！吐结其！（**藏语谢谢**）要钱的手黑黢黢地摊在她面前。远房的叔叔新结的媳妇是理塘的藏族，我跟她学了好多藏族话。都说藏族黑，但她长得又高又白，一天到晚都想家，一说起来就眼泪汪汪的。天天拿着理塘寄来的信看，上面据说写着：拉姆你要听你男人的话。

61. 我妈说我是垃圾堆里捡来的，我很伤感，总是去垃圾堆旁边站着，见了捡垃圾的就哭兮兮地问：请问，你是我爸爸吗？

62. 小狗被绳子拴在门框上，它的饭盆离它只有一掐远，但就是够不着，我好心好意地走过去，帮它把饭盆往前面推了推，没想到它一口咬着我的手膀子不放！我大哭，妈妈和大舅在屋里听见，急忙冲出来救了我。我妈把我抱在怀里嗔怪，你咋那么瓜哟！我说，就是，我应该用脚往前踢一哈就是了。

63. 我们住的地方挨着一条大马路，我妈在马路对面晒衣服，我一个浪头横穿马路冲过去，稀里糊涂不晓得咋就摔了一跤，一辆大货车“嘎——吱”就遮天幕地地停在我上面。我听见我妈和外婆在喊叫，但是睡在马路上很舒服，我一点儿也不着急，仰面躺着开始研究汽车零件。我看见外婆蹲下来喊我，她看见我眼睛珠子还在转就一把把我拽了出来，我终于“哇”的一声哭了出来：等一哈！我的饼子还在下头！

64. 妈妈，你给我买村头王大爷的臭鸭蛋嘛！妈妈，我想吃坨红糖！外婆，我要吃房梁上挂的柿饼！外婆，我要吃柜柜头放的牛肉！以上要求她们统统答应，我觉得出一盘车祸好划算喔。

65. 同样是这条公路。有一个妇女，从村供销社出来之后，发现自己的娃娃已经在公路上被碾死了。她悲痛欲绝地呼天抢地：天哪——天哪——这个不赔一百元咋个得了嘛——

66.　　后来据说赔了七百元。

67.　　我妈妈认为我的价值远远高于一百元，甚至也远远高于七百元，就下决心把我从乡下带回了大城市——成都。

……

68.　　回到成都，我问我妈的第一句话是：树林子在哪儿？

69.　　我经常站在阳台上望着远方，一望就是大半天，怔怔地看着最远边那丛树林，认为那里就是我老家。

70.　　我不想走路非要我妈抱，我妈说：那你长脚来做啥子喃？我说：为了好看。

71.　　林孃孃一家人去逛街，我非要跟到去耍。在儿童玩具专柜，林孃孃指到一辆后轮儿加了两个安全小轮轮儿的儿童自行车说：嘿！这个才安逸！格格，喊你妈给你买这个来耍嘛！我冷静地摇了摇脑壳：那是绝对不可能的。

72.　　瓜娃儿有瓜福，我妈不给我买，我干爹晓得我回成都了，买了一辆来给我，比林孃孃指的那辆还要高级些！

73.　　我虽然回到了成都，但已经和野人差不多。我妈带我上菜市，我顺手就在花生摊摊上抓人家的花生吃，还站在人家面前嚼得满嘴白浆，不够，又抓。我妈好说歹说终于把我塞进了幼儿园，第一天接我的时候她不敢去，让我爸去的。果然，幼儿园的夏老师都要哭了：你们快把她接起走！她今天把班上每一个娃娃都打了！我爸尴尬地说：好好好，我这就接起走，人呢？夏老师指了指院子：在树上。

0-6

74.　　我妈要把我全托，给我做了半天思想工作，最后说：你可以把你的车车儿扛起去！我才无奈地点点头，知道这是无法扭转的现实。

75.　　结果才一天，还没到晚上我就受不了，自己骑起我的高级儿童自行车回来了，后头筐筐头还搭起所有的衣服玩具以及细软。我妈才狠心哟，夜都没让我过，连人带车又送回去了。

76.　　和小朋友们吹牛：你们不知道，我舅舅其实是古代人！

77.　　从乡坝头来成都上幼儿园，我很失落，老子以前多么风光的，现在在城市头觉得自己很不起眼。突然，我透过窗子看见我二舅舅和我们幼儿园园长站在院子中间亲切交谈！我把所有小朋友都喊过来，但是窗子却打不开，我只有拼命喊：二舅舅！！二舅舅！！

78.　　当然，二舅舅没有听见，他体面地和园长交谈完毕，就昂首阔步地走了，怎么看都是一个当官的。小朋友们一哄而散，纷纷讥笑我撒谎，老子愤怒地跳起来捶了几个为首的。但是，很快，我就被大家用大山压顶的方式镇压了。我被压在人山下面，流下了悲愤的眼泪，还在抽抽搭搭地说：就是我的二舅舅，就是我的二舅舅，就是我的二舅舅，嗯……嗯……然后，我居然睡着了。

79.　　后来，二舅舅到我屋头来，我马上就告诉他这件事情，他说：是！是去过幼儿园！我很委屈，就把胳臂缠在二舅舅脖子上：抱。二舅舅把我抱在膝盖上，问：蓉娃儿，二天你长大了要做啥子呢？我说：二舅舅，我要当文学家！二舅舅把我放在地上，严肃地说：不得行，换一个。

80.　　幼儿园门口有个糖饼摊摊，我大孃每次送我上幼儿园都会花一分钱给我买一个。我拿着糖饼兴冲冲地跑进幼儿园，大喊：我的人都站好——排成一排，把舌头伸出来，我给每个人都舔一舔！

81.　　在几个跟屁虫手心写个我的姓，然后宣布，你们以后就是我的人了。几个跟屁虫还把手心给别人看，神秘地说：看，我是桑格格的人。

82.　　我楼底下刘东比我高两个脑壳，但这并没有关系，我可以拿伞打他。我恶狠狠地对他说：你不许长，只许我长，以后你就可以叫我姐了。

83. 都说夏癫子是疯了的，我看不像，路过他门口，他还抓了把白糖给我哩。

84. 夏癫子管院子里的花园，花开得之好，尤其是月季花，各种颜色都有。他哪个都不准靠拢，只准我进花园。我摘了很多月季花，重新把它们栽在地上，红红黄黄的一堆，开心极了。夏癫子看了嘿嘿笑，说蓉蓉，花没有根，要死的。我就把花又挖出来，一朵一朵插在夏癫子的破草帽上，我们都哈哈大笑，很开心。蓉蓉是我的小名。

85. 一楼的汤娃儿是个大娃儿，十岁了，留过级，拥有很多传奇，是个颇为神秘的人物。他隔着纱窗看着我，眼神定定的，我停止耍泥巴，也把他望到。突然，他点了一支烟，隔着纱窗飘出一股蓝烟，我吓得屁滚尿流，跑了。

86. 那时候我家后面还是一片田坝，我经常和楼下一家农民的娃娃吵架，我大声地骂：农民老大哥，屙屎屙坨坨，农民老大姐，屙屎屙节节！农民小孩也大喊：工人老大哥，屙屎屙坨坨，工人老大姐，屙屎屙节节……

87. 最后僵持不下，我把婴儿时代的红斗篷翻出来穿上，认为这样会拥有神力，可以一砣子把人家打翻，结果被一群小孩耻笑。

88. 老大魏洁，魏丽的姐姐，要带我们去田坝头逮蝴蝶，那里只有那种最普通的白粉蝶，她们说，那是害虫，要抓起来放到口袋里埋起来。我不想她们逮，白粉蝶很好看嘛，还没等她们下田，我就跳下去"喔！喔！"把白粉蝶惊得一片片飞走了。魏洁恶狠狠地说：哪个？！是哪个？！小朋友纷纷告诉她：桑格格，是桑格格。她又恶狠狠地说：你们都过来，以后不准和她耍！小朋友齐刷刷站到她那面，里面还有曾经被我在手心写过字的"我的人"。她们离我远远地逮白粉蝶去了，又笑又闹，我一个人站在原地，伤心地哭了。

89. 小梅孃孃从老家来看我，给我买了一件公主裙！白色的，荷叶边层层叠叠，好好看啊！我穿起在院坝头走了一转，后面跟起一堆娃娃，跳起跳起地唱：臭美大辣椒——一走一弯腰——

90. 太阳为什么总是跟着我走？你说这世界上那么多人你不跟，怎么老跟着我啊？实在受不了，想出一个办法，在跟别人擦身而过的时候使劲儿跑开，甩掉它。

91. 花园里的花都要干死了，天还不下雨！我爬上假山，把最顶头的喷头扭了个角度，细花花的水就洒过来了。我坐在花台上，看着我的五星花、鸡冠花、臭海棠笑眯了，后来干脆在花台上睡着了，一身透湿。

92. 为什么游泳池的水看到是蓝盈盈的，捧在手上就变白了喃？

93. 放暑假，坐长途汽车回老家，我以惊人的毅力坚持没有吐，问我妈：妈妈！还有好远？我妈正在拽瞌睡，不耐烦地说：还早得很！“哇”的一声我就吐了，吐得到处都是，最后只剩黄水水还在干呕。其实如果我妈说快到了，即便是还早得很，我也能坚持到底。

94. 但是有一次我没有晕，而且坐在最后一排我都没有晕，因为我上车之后一直在唱歌，以唱歌来分散了注意力：我——曾经、问个——不休！你——何时、跟我走！喔！喔！……但是，旁边的一个姐姐晕车了，最后她忍无可忍了：小妹妹，你不唱了哈，姐姐听久了一会儿要晕车。

95. 我和妈妈走在乡间的小路上，水田里的水清幽幽的，一个老爷爷在钓鱼，猛地一扯，一条柳叶那么大的鱼儿画了个漂亮的半圆弧就掉在岸边的草地上了。我拍着小巴掌又跳又喊：爷爷好得行啊！爷爷好得行啊！那个爷爷笑嘻嘻地把鱼儿用草根拴了腮帮子递给我：小女子，拿去耍！我把鱼儿提起，每隔五六步就放在水田头让它喝一哈水，一路走一路停，但没等回到家，它还是死了。

96. 在老家，我看见真的小蜜蜂了，它采蜜的时候并没有拎着一只小桶。

97. 洗一根萝卜，萝卜沾满了泥。双手捧着萝卜来回搓，泥水水一冲就流走了。洗好的萝卜又白又胖，头头上是红艳艳的，像是一个胖娃娃！而且是高高兴兴的胖娃娃！我也很高兴！

98.　大舅妈家煮猪潲（**猪饲料**），我们娃娃在快要煮熟的时候，都搭起板凳拿根棒棒在锅头戳，专门挑红苕，猪潲里的红苕煮得特别趴和（**软**），好吃得很。

99.　大舅妈一直很爱我，每次回老家去都把我揽到身边爱个不停。但有一次，外婆给我煮了个鸡蛋，我不爱吃整鸡蛋，就和何强表哥换他手里的红苕，大舅妈见状，过来把她儿往怀里一揽，看着我哀怨地说：你们城里人好命，鸡蛋和我们换红苕……我怔怔地站在那里，心里觉得异样，却说不出话。

100.　鸡蛋碰石头，两眼泪汪汪。

101.　外婆是个小气鬼。妈妈和舅舅送给她好吃的她都不吃，全部锁在柜柜头。何强表哥拗得开锁，我们趁她赶场去了，就偷出来吃，结果不好吃，牛肉一股麦乳精的味道，酥心糖一股牛肉的味道，最后发现，所有食物都有速效救心丸的味道。不过我们还是吃得很高兴，坐在门框上，肚儿都胀圆了。

102.　外婆远远地回来了，看见我们坐在门框上吃她的东西，迈着小步跑过来：短命鬼啊短命鬼！这些砍脑壳的瘟殇！何强“嗖”的一声就不见了，我吓蒙了，只晓得哭。

103.　自从大表姐生了辉辉以后，大家就把所有的注意力集中在他身上了，没有人爱我了。我失落极了，简直要发疯，我对每一个人都蛮不讲理，把东西从桌子上全部推到地上，然后扯起嗝嗝地哭。大舅舅终于受不了了，就说：你这么不乖，以后不要来耍了！

104.　我惊呆了，奇耻大辱啊！我大舅舅从来对我都是最温和的！一个浪头就冲了出去，他们追都追不到。我往前不要命地跑啊跑，眼泪就飘在后面的风中。我在外面整整流浪了一天，没有吃中午饭和夜饭。天黑了，我就蹲在苞谷田头，天越来越黑，黑得我自己都看不见自己的脚在哪里。我一动也不敢动，蚊子都要把我咬死了，我万念俱灰，心想，就这样死了吧！我静静地蹲着，慢慢地流泪……突然，听见大表姐带着哭腔的声音：蓉娃子——蓉娃子——我“呼”地站起来：我在这嘞——哇！哇！哇！

105.　　我并不是一直都这么不听话，婴儿时代，我妈给我洗澡，洗完了这边，我还晓得把那边侧给她。

106.　　从此，我接受了辉辉，再不和他们闹了。我发现辉辉很好玩，小娃娃丁点儿大，小鸡崽一样，唧唧唧。我有一次还顺着公路推着他玩，一边推一边唱歌给他听，听着听着他就睡着了。我的步伐安详又均匀，心里升起一种异样的幸福。有人看见，打招呼：吔——这是蓉娃儿得嘛！你推的是你侄儿哇？我轻轻点头，微笑：喔。

107.　　回家后，我悄悄问大表姐：辉辉是不是我侄儿？她说：嗯。

108.　　我妈洗衣服，听见洗衣机“哐哐哐”响，把衣服掏出来一看，有一个小石头在我裤兜里。我妈厉声问：这是咋个回事？！我说：嗯，我觉得这个小石头老待在一个地方好可怜，我想带它见见世面。

109.　　从乡下回来后，我耳朵就烂了，稀烂！整个就只剩下一圈软骨！我和我妈两个一直坐到家头发瓜，我因为耳朵烂了，形象不好不出门，她没法，要帮我赶苍蝇。

110.　　为什么总是有人问我喜欢爸爸还是喜欢妈妈？我就反问他：你喜欢你爸爸还是妈妈喃？

111.　　妈妈，什么叫“说句老实话”？为什么用“说句老实话”开头的一般都说的是谎话？为什么说“不存在”的事情都存在？

112.　　我见我妈躲在门背后，撩起裙子脱了窑裤（内裤），从里面抽出一张厚厚的纸，上面沾满了血迹！我大惊失色：妈妈，你咋个了喃？！我妈语重心长地教育我：你看，这都是你气的。

113.　　晚上，我辗转反侧地睡不着，心里充满了内疚，白天那血淋淋的一幕反复出现在我脑海里。最后，我钻进妈妈的怀中：妈妈，我再也不惹你生气了！哇！哇！哇！

114. 自从上了寄宿幼儿园，一个星期才能见我妈一回。星期四了，还有两天就可以见到妈妈了，我一定要送她一件礼物才行，送啥子才好呢？我发现枕巾花花绿绿煞是好看，睡觉的时候人家都睡得很香，我不睡，努力在为我妈准备礼物：抽上面的线，各种颜色都要抽一点儿。后来，老师发现了，很生气，我妈来接我的时候告了状，我妈也很生气，这个败家子娃娃！下次再不听话就不来接你了！

115. 由于遗传，我的手比别的小朋友都粗糙，我常常一个人躲在没人的地方喟然长叹：天哪！我以后怎么嫁人啊！

116. 妈妈给我打了件毛衣，蓝色和紫色交叉的水波纹图案，胸前还吊两个一蓝一紫的毛球。在幼儿园睡觉，我就把毛球含在嘴里，醒来，球变得很重，一挤，滴滴答答都是口水。

117. 我经常爬到幼儿园二楼窗户上看，下面是厨房，然后回来报告，晓不晓得今天吃啥子？大家一下就围过来了：吃啥子？！我说：鸭子！后来吃饭果然是鸭子，我得意昏了，一边吃一边摇脑壳，还哼歌。

118. 我喜欢吃肉圆子，在碗头刨半天都舍不得吃，我要留到最后慢慢一丁点儿一丁点儿吃。突然，一个男娃娃从旁边一哈就用叉子叉起走了，而且一口就吃了！

119. 大人问我：你多大啦？我就假装自己是个神秘人物：我其实不是这么小，我是个神仙，长了好多年了。

120. 大概在四岁的一天，我照镜子的时候，发出了“啊——”的一声尖叫。然后我惊惶失措地找到我妈，说：妈！我长得可真漂亮！

121. 我妈笑眯眯地对我说：是的，蓉娃子，天底下没有比你更漂亮的娃娃了！就这样，我在四岁的时候，就拥有了一颗傲视群雄的心，并且誓死捍卫自己是这个世界上最美娃娃的地位——我狠狠揍了很多持不同观点的小孩。她们啼哭着说：……嗯，嗯，我妈说我才是最好看的！呜呜呜呜！我一一帮她们纠正了这个错误的观点，掐着她们的脖子：说！谁是最好看的！说！她们用整个身心呼喊着：呃……呃……是、是、是桑格格！

122.　　这天傍晚，不知道为什么很多人都在楼顶上站着，他们都望着天空，好像在等啥子。我也站在院坝里，往天上看。看了一圈，莫得啥啊，但是那些大人还是仰着头望着天，有的人聊着天头也没有低下来。

123.　　我觉得没啥意思，正准备上楼时，突然，人群开始欢呼，麻渣渣的天空边沿，出现一颗平着飞的星星，还拖着亮光闪闪的一个尾巴！大家沸腾了，喊起来：来了！来了！哈雷彗星来了！

124.　　当时我还以为，哈雷彗星每年都来一回呢。

125.　　每当听说天上的哪颗星星儿又以某某某科学家的名字命名的时候，我脑壳头就浮现出这样一幅图像：这位科学家像只青蛙一样蹲在外太空，他的旁边还蹲着其他科学家——那是以前命名的科学家行星，他们一起用智慧又慈祥的目光注视着蔚蓝的地球。

126.　　夏天，下了一场雨。在寄宿幼儿园，我想起妈妈说，自己要知冷知热，就把棉袄翻出来穿上了。

127.　　我睡在床上，其他小朋友都睡了，就我睡不着。看着墙上的小红花评比栏，就我名字后面一朵小红花都没有，真是愁死了。我悄悄起来，左右看看没人，把别人名字后面的小红花揪了几朵下来，贴在了我名字后面。然后，我就睡着了，笑着睡着的。

128.　　第二天一早，我看着小红花评比栏，故意大呼小叫：哎呀！这是谁干的呀！太讨厌了！

129.　　我们厂内一共有一幼、二幼、三幼，共三家幼儿园。有一次，三家幼儿园要搞一场智力比赛，每家幼儿园要选五个娃娃，我们二幼的人选基本上都确定了，最后只是在我和杨俏之间犹豫不决。我妈十分关心，每天都在问：选起没有？选起没有？

130.　　我妈悄悄跑到幼儿园来找我，站在走廊外面敲玻璃窗子，可惜我睡着了，但是杨俏是醒的，我妈就问他：最后选了哪个？杨俏哭丧着脸指了指熟睡中的我：她！我妈高兴得喔！一蹦一跳地走了。杨俏给我形容：你妈就像抓到蓝精灵的格格巫一样，在森林里跳起跳起地走！

131.　　老师说，除了参加智力比赛的小朋友，其他人跟老师出来！然后，老师又回头对我们五个说，为了奖励你们，现在你们几个单独耍教室里的玩具！我们你看我我看你，发出一声惊叫，扑向了那堆平时基本拢不到边的玩具！洋娃娃的脸原来是这样美丽啊！眼睛一翻一翻多么好看！

132.　　以后，没有任何奖励能与这次相比。

133.　　《世界各地》是我很爱看的电视节目。有一次，里头讲非洲有种大荷叶，上面蹲个五岁的娃娃没得问题，我非常焦虑：我马上就要满五岁了，再不去蹲一哈这辈子都蹲不成了！

134.　　后来听说，我在集体宿舍门前小花园种的那窝草，其实是水仙花，还开花了。人人都说，你看那窝水仙就是桑格格那个匪头子娃娃栽的，居然活了。

7-12

7 - 12岁 小学

一年级

135.　我们的祖国是花园，花园的花朵真鲜艳，河南的阳光照耀着我们……为什么是河南的阳光呢？明明我们是在四川。

136.　为什么非要说中国的地图像只鸡喃？还是东方雄鸡？——如果真的要说是鸡的话，两只脚板儿也太小了嘛！肯定站都站不稳！

137.　台湾好造孽喔，丁点儿大的一坨地方，可怜兮兮在外面。等我们收复台湾，就要用小摇篮把它接回来，然后牢牢粘在祖国大陆母亲的怀抱。

138.　世界的尽头一定是堵墙。

139.　上学的第一天，所有的娃娃都很兴奋，互相交朋友，你好我好地搞不赢。我看见一个女娃娃沉默地站在角角头，就走过去要和她讲话，刚交的新朋友张琦叫住我：不要理她！大家都不理她！我看了那个女娃儿一眼，她的衣着很寒酸，也可怜兮兮把我看到。不管，还是走过去：你好！我叫桑格格！你叫啥子名字？她声音细得像只猫儿：我叫王香莉。

140. 王香莉父母是离了婚的，她亲妈住在三瓦窑那边，她跟着爸爸和新妈妈生活。

141. 王香莉十分崇拜我，连发了新本本都要我给她写名字。结果，我一下笔就写错了，先写了个“香”，我们你看我一眼，我看你一眼，呆了！这可是崭新崭新的新本子啊！我急中生智，又从容不迫地在“香”的前面写上了“王”、后面写上了“莉”，完美无缺！王香莉高兴得脸都涨红了：格格你真的是好聪明喔！我崇拜你！

142. 把“小溪”那个“溪”字放到田字格里是件多么辛苦的事情啊。

143. 做不出题，我就会模仿一休哥用一对食指在头顶画圈，同桌疑惑地问：这有用吗？我说：没用，人家剃了光头，我有头发。

144. 第一天上学，王强给了我一耳光，我不晓得为啥子没有还手。结果这一幕被我妈从窗户里看见了。回家路上就问我，我死不承认。

145. 我对我妈说：你给我取的名字太不好听了！我妈说：那你想叫啥子嘛？我说：西佑卫门。

146. 在课堂上讲话，被记了名字，老师喊我写检查，我没有写检查，而是写了一首诗给她，有一句是：啊！老师呀，妈妈！老师来上课时没有再提这件事，只是怪怪地看了我一眼。我第一次知道，诗，是一种让人无地自容的东西。

147. 只要是老师，晚上都不睡觉，整夜在灯下给我们批改作业。

148. 小梅孃孃的男朋友看见我在写作业，上来表示关心，看了一眼：春天来了，柳树发芽了，小鸟在歌唱……他惊叹，这是你写的吗？！我摇摇头说，不是，我在抄课文。他“喔”了一声：怪不得，我还以为你可以写得这么美呢！我咬着牙怒目而视：刘安俊，你才管球得多！

149. 天安门就是毛主席他家，但是天安门城楼上的窗子都是洞洞眼眼的，好漏风喔！

150.　这个世界上只有两个国家：中国和外国；世界上只有两种人：好人和坏人。

151.　国务院是管国库券的，那是一个巨大的棚子，里面有很多一捆一捆扎好的国库券，很多工人来来回回地搬运。国务院的总理，就是在门口坐在桌子上记账的那个会计兼出纳。

152.　外国来宾来了中国都要参加一个活动，一起在宾馆里面钓鱼，比赛哪个钓得多，大家其乐融融，有益增进两国之间的友谊。

153.　王强说，我们打不过外国，人家外国有黑武器！我很不以为然：黑武器有啥子嘛！老子们是红武器！

154.　北京在北边，南京在南边，西安在西边，上海在上边，厦门在下边，海南在海边，湖南在湖边，浙江在这边……但是东京为什么在日本呢？

155.　大家注意看！柏油马路都是中间高两边低的，这充分说明了地球是圆的！

156.　我认真地呼唤过UFO，还买了《飞碟探索》来看。这个世界上是有外星人的，在我们不注意的情况下，他们就在暗中观察我们，如果选中了，就会在一个有月亮的晚上把他带走。

157.　城府很深，就是说，一个人，他们家有很大的院子。

158.　我每天风雨无阻地去找二楼的刘东一起上学。一大清早就敲开他们家的门，走进他的卧室，撩开他的铺盖，然后帮他把衣服裤子袜子找齐放在床头，自己坐在小板凳上耐心地等。

159.　后来，刘东他爸悄悄把我拉到一边，好声好气地说：格格，你以后一个人上学，不用来找刘东了，哈！

160.　雷娅带了一张一元的人民币，拿给我们轮流参观，每个人只能在手头摸一哈就要传给下一个人。这次参观活动，直接奠定了雷娅在我们班上的威信，为她后来成为大姐大打下了良好的基础。

161. 语文课，讲杨万里的《小池》，每次读到“树阴照水爱晴柔”的“爱晴柔”，全班好多同学就会低头嗤嗤地笑。老师批评我们：小小年纪，思想这么复杂！

162. 多年以后的高中又一次讲到古诗，柳永的《雨霖铃》：执手相看泪眼，竟无语凝噎。教科书上写道：……描写一对朋友分别时的情景。我们语文老师把书猛然往讲台上一甩：放他妈的屁——这明明是一对恋人，在热恋中的恋人！

163. 音乐课上，老师在教唱：这是多，这是唆，这是拉，连起来就是多多唆唆拉拉唆……我弯着腰正忙着在课桌下面和小朋友玩游戏，听见老师的话，顿觉醍醐灌顶，像被电击了一样浑身震了一下：哦——这就是音乐啊！

164. 喇叭里面住的人真可怜，那么小的洞洞，床都摆不下。

165. 每次唱《歌唱二小放牛郎》都哽咽得唱不下去，觉得二小太惨了，为了保卫祖国太勇敢了！老师不理解，说我装怪。

166. “八月十五月儿圆呀，我和爷爷打月饼呀……”每次唱这首歌，我都觉得红军爷爷的晚年生活十分无聊以及凄凉。

167. 红军长征为什么一定要过草地喃？大家可以化装成老百姓，坐车去目的地，再统一会合嘛！

168. 万里长城是红军万里长征时，顺便修的。

169. 我十分想当解放军，但后来看了《野鹅敢死队》之后就打消了这个念头。

170. 我画画，每次都会在右下角一笔一画地写上：桑格格，七岁。蒋小佳问我为什么，我说，画得这么差，要写上七岁人家才会原谅我。

2. 你根本不知道，我是天上派来的天女，我有很多兵，我把他们都埋在花盆下面，还有，我还有一个魔法戒指，是张露萍将军给我的，就是我手上这个，看，就是绿色的这个，可以变出许多虾兵虾将，可以打败你，然后把你掐死，吃了，一根毛都不剩！

4. 我妈生我的时候，单位上房子紧张，她就睡在废弃的锅炉房里，幸福地期待着我的到来。我出生的时候，据说是哭得来一边一凼眼泪水。不哭了，在秤盘上，我做出了人生的第一个动作：将大拇指塞到嘴头，吮得“叭叭叭”地响。

10. 我用两只小手把到摇篮两边，往前一冲一冲的，自己摇自己，还一边练习口语：爸！爸！爸！……我已经醒了，正在一点一点用屁股倒起往床外挪，我妈从窗子翻了进去，及时拯救了我。

20. 俱乐部那边有个烂房子，里面有很多大便，那不是普通的大便，最大坨的是国王，第二大坨的是王后，剩下的都是王子和公主，我们晚上回去睡觉的时候，他们就会显形出来跳舞。

21. 得了一个新的布娃娃，高高兴兴到院子里玩，邓佳看见了就说：你能送给我吗？我站在阳光下很认真地思考：如果我没有这个娃娃会怎么样呢？我不会死，身体不会少一丁点儿，阳光还是会照在我身上，等会儿回家还是有蛋糕吃，还有米老鼠可以看，过两天三姐还是会来看我，带我上街吃麻辣烫……我就把布娃娃递给邓佳，说：好吧，那就送给你吧。

22. 我们打秋秋耍，就是从梁上套根麻绳再绑上个箩筐，一个人坐在里面，另外的人推，但是箩筐只是打转不会前后摆，我坐在里面脑壳昏得想发吐，大喊：不要转了啊！纵欲过度了啊！

27. 爆爆米花的又来了！我们咚咚咚地冲下楼去看。要爆了！爆爆米花的站起来准备出锅了，娃娃们一哄而散，只有我跑得慢，还哒了一跤，“砰——”“哇——”在巨响中，我也响亮地哭出了声，人家把玉米花捧进锅儿端走了，我还在扯起嗝嗝地哭。爆爆米花的在米口袋底底摸了半天，抓出一把米花渣渣，递给我：小幺妹嘞，莫哭了哈，乖！

29. 慢慢地舔一根儿豆沙冰糕！包括在手腕子上流的那些水水，舌头儿尖尖冰得红艳艳的，像条小蛇吐信子，偶尔用牙齿丁点儿丁点儿地咬，冰糕在嘴巴头沙沙沙地响，慢慢地化，甜丝丝、冰沁沁，好好吃哦！！吃完了，把冰糕棒棒舔干净，在水龙头儿上冲一哈，晒干，收起来，每集到五根就可以做一个五角星。

171. 脚跛了一个多月，是因为在蒋小佳家里耍，她爸爸突然回来了，我们吓疼了。她家住一楼，她说：你从阳台跳出去吧。我说：好！就跳了，膝盖撞在水泥花坛上，哭得声音都哑了，还是她爸把我抱起来的。

172. 以后，只要她家里有大人，她都会在花盆里插一根竹片，上面画个死人骷髅。

173. 我和蒋小佳在院坝头开始攀比："我今天吃过药，而且没有哭。""吃药算啥子嘛，我今天还打过针，也没有哭！""那、那、那我今天开过刀！！""我、我、我又吃药又打针又开刀！！！"

174. 为什么失恋就会痛苦啊？什么是痛苦啊？大概是刚刚喝完中药又摔一跤吧。

175. 学着对面楼上的姐姐唱邓丽君，唱到最后一句"把我的爱情还给我"时，还模仿她把一条腿架到另一条腿上面，结果因为腿又短又肥，从小板凳上栽了下去。

176. 阿姨，请给我一包什棉糖！——中年妇女售货员瞟我一眼，甩给我一包什锦糖。叔叔，请给我一本《大家电影》！——叔叔瞟了我一眼，甩给我一本《大众电影》。

177. 别的小孩在墙上写"打倒某某某"，我也写"打倒某某某"，写完了还加上一句：世界上本没有路，走的人多了，就成了路。

178. 我模仿着各位明星的笔迹，在我们家楼道上签满了名，有翁美玲，有蔡国庆，有林青霞，有解晓东，有温碧霞，还有毛主席与鲁迅。走进这个楼道，就像走进了星光大道，可以从一楼看到顶楼，密密麻麻。

179. 爱屋及乌，就是爱一个人，不仅要爱他的屋子，还要爱他的乌鸦。

180. 我妈买了只卤鸭子，她在厨房砍，我站在高高的灶台旁边踮起脚看，并努力让亮晶晶的口水顺着嘴角流下来。我妈停了下来看着我惊奇地说：你在做啥子？！我不以为然地说：没听说过馋得直流口水吗？

181. 老师说，请某某同学讲一下和平鸽可以用来做什么啊？我说，可以用来蒸起吃。

182. 过年了，我妈带我去动物园耍，听说那里新进了几头北极熊。在熊山边边上，我终于看见了传说中的北极熊，并不是纯白的，身上脏兮兮的白一块黄一块，又臭，无精打采地在拽瞌睡，没得啥了不起。突然，人群的目光从北极熊上齐刷刷地转向了一个老太太：这不是一般的老太太，这是一个外国老太太！她头发金黄金黄的，鹰钩鼻，蓝眼睛，最奇特的是七老八十了居然穿了条艳桃红色的闪光紧身裤，嘴皮也搽成同等颜色！大家自动把老太太围了起来，指指点点，叽叽喳喳，彻底搞忘了那几头北极熊。

183. 我妈带我去逛庙会，摊摊上有一套十大元帅的年画，画得好好喔！除了上面的头像粉扑扑的，你看人家边边上的花花草草画得好复杂好仔细喔，一朵是一朵的，每一朵都不同，可以看半天。

184. 下雨了，我问我妈：妈妈妈妈，下雨了那些叫花子住在哪儿喃？我妈说：你把他们领到屋头来嘛。

185. 我妈带我登遂宁广德寺，看见一个要饭的睡在地上呼天抢地地哭，我找我妈要钱给了他。过一会儿，又在另一个山脚看见他了，还是在地上哭，又找我妈要钱，这次她不干了，我说妈妈求求你了！她忍了一下，还是给了。

186. 晚上去饭馆吃饭，发现邻座有一个人就是白天那个要饭的，只不过身上套了件西装，他们桌上的菜比我们丰盛得多。那个人兴致勃勃地说，晚上我们去犀牛堤那边找个妹妹，明天再去灵泉寺！来，喝哟！

187. 巧克力小香槟，是一种非常隆重的待客饮品。在我们家柜柜头搁了半年多了，我妈都没有打开让我舔一舔。过年了，吃年夜饭终于开开了，我生怕人家都喝了，一个人抱到汩汩汩灌。最后，不晓得咋的倒在床上睡着了，错过了后面所有好吃的东西。

188. 醒了以后，突然想起那些火炮，还有烟花，冲起来在桌子上看，都没有了！问我妈：烟花喃？！我妈说：过十二点的时候你不起来我们都放了！我急忙问：在哪儿放的？！我妈指了指楼底下。我又问：壳壳喃？！我妈又指了指楼底下。我一趟子冲下楼，在一堆火炮渣渣中，翻哦找哦，终于，让我找到了！我捧到我的烟花壳壳，伤心得哇哇大哭：它居然还是热的！

189.　　有个娃娃得了白化病，一身、脑壳都发白，我们都喊他“白猫儿”。有一天，白猫儿找了些火炮儿，说插在牛屎上放，又好插又稳当，我们就插了三四根火炮，白猫儿来点。我飞叉叉地跑到二楼上躲起看，眼见白猫儿一根一根地点喔，十分冷静，毫不畏惧，“砰”一声闷响之后，白猫儿身上都是牛屎！

190.　　现在，都长大了，我偶尔还要宣扬一哈白猫儿当年的光荣事迹，把他惹毛了，他逢人就说：你晓不晓得桑格格小时候遭火炮儿炸了一身牛屎？哈哈哈，那娃之瓜喔！哈哈哈！哈哈哈哈……

……

191.　　刚过完年，我有的是钱，大摇大摆走进饭馆：老板，我要喝拉罐！拉罐等于易拉罐包装的任何饮料，是高级的象征。

192.　　星期一早上开朝会，本来就没咋睡醒，校长嘶叫的声气更让人想睡瞌睡。突然，前面有一个班级发生了骚动，然后，骚动波及开来，整个操场都骚动了！大家兴奋地仰头看着天，纷纷用手指着：看，一排大雁！人字形的大雁！

193.　　眼保健操有一节是不是叫“揉拼音穴”？

194.　　所有东西都是活的，只是它们假装不让人看见，我经常闭上眼睛然后突然睁开，看有没有还没回到原位的东西。

195. 有人放了个屁，巨臭，我捂住鼻子向四周望了望，哪个放的屁？坐在前面的李颖一脸正气地说，是我。我大笑，放了屁你还好意思说？她正色道，我勇于承认，你不应该笑话我，然后就把头转回去了。我呆在那里，半天都没有回过神来，心里觉得李颖很高大，我很渺小。

196. 老师宣布星期六去春游，我欣喜若狂，高兴得不知所以然，一把将同桌万科推下了椅子，他跌伤了，抱起腿杆儿在地上哇哇大哭。老师宣布：桑格格不能去。

197. 每一堆沙都通向大海，要不然里面咋会有贝壳喃？

198. 我从会走会跑开始，年年春天家都去田坝头跟到人家放风筝儿，一直到我大了，起码七八岁了，还没有一次放上天过。人家看我造孽，把放上天的风筝儿线滚滚儿给我拿了一哈，嗨呀！那种感觉！无法形容！沉甸甸地有个东西在拽你，那个东西居然在天上！

199. 有一次，一个外国人甚至都过来帮助我。他蓝莹莹的眼睛笑眯了，帮我把风筝儿抖线整理了哈，然后巴巴适适地放在地上，不晓得喊了句啥子，他就跑，我也跟到跑，但是，那只风筝儿随便咋个都飞不上去！最后，我们坐在田坎上喘气，他冲我摇了摇头、耸了耸肩，两只手摊开，一副洋盘样。我们没有说话，因为晓得对方都听不懂，两个只是望到笑。最后，他就走了，我远远看着他消失的背影，心中十分难受，反复问自己：我是不是给祖国丢脸了喃？

200. 以后很长一段时间，我妈要问我个啥子，我都摇摇头、耸耸肩，两只手摊开：我不晓得。

201. 表弟何炜来，彻底打破了我把风筝儿放不上天这个神话。在他的帮助下，我放上天了！我高兴得啊！在蓝天下面扳起扳起地跳、笑！我觉得紧绷绷的线那头只要有人轻轻一拉，就能把我扯上天去了！

202. 我们不仅放，还自己做风筝儿！糨糊、宣纸和竹片，另外还有一根麻绳，最后做出来的就不用再去形容了，毕竟我和表弟美术都很少及过格，但是抖线却扯得有点好，放上去刚好45度。我们拿了屋头所有的棉线和鱼线，还有平时从别人风筝上扯下来的线，这下不得了，一放就上去了，越放越远！最后都看不到了！突然，隐约地感觉到和隔壁有个风筝的线搅到一堆了，然后，线，就轻飘飘落了下来——

203. 第二天，三舅舅来家的时候手头拿了个风筝，和我们昨天做的一模一样！我跳起就去看：这是我的嘛！三舅舅说：咋可能呢！我是在跳蹬河捡到的！跳蹬河离我们家有四站路。

204. 东埔寨是一个很简朴的山寨。

205. 远远地看见地上有一小坨东西在闪光，我欣喜若狂：一个硬币！我冲过去捡，怎么摸到黏糊糊的喃？定睛一看：妈哟，原来是一口痰。

206. 小梅孃孃的钱是放在一个粉红色的塑料钱包里的，她每次买东西，都是用两根细细的手指拇把压得撑撑展展的钞票抽出来，然后再把人家找的皱巴巴钞票小心展开放进去。我觉得这样非常之高级，非常之有品位，比我把钱塞到屁儿包包头要港（酷）些。

207. 我寻找了家里的每一个角落，只有我妈的一个教师资格证有点符合钱包的形态：硬壳壳，可以翻开，两边有透明的塑料膜夹层。我“唰”的一哈，果断地把里面的纸扉扉儿扯了，然后把我的积蓄一分一角地塞了进去，左看右看，十分得意。

208. 我尖起手指拇，从大红的教师资格证头，抽出一张撑撑展展的五分钱，态度矜持地对卖大头菜的胖老娘儿说：您好，请给我五分钱的大头菜！

209. 去刘孃孃开的铺子上打酱油，她搞不赢，她儿刘安全就在帮忙。我站到柜台边边上等到他找钱，他从后面走出来，嘴巴头好像包了个东西，还用舌头把东西在嘴头转起转起地耍，左边顶了右边顶，右边顶了左边顶，走到我面前，“呸——”一声吐出两个硬币：拿去！找你的钱！ 7-12

210. 我和张琦在大街上和另一小学的娃娃吵架，我俩双管齐下，把人家一群人骂哭了。张琦花样多，我就一句“你妈是个大南瓜”，反复大声骂。那群娃娃说你们等着！然后跑了。我梗着脖子喊了一句：等就等！张琦说：

等个屁啊，跑！我们就跑了。我好佩服张琦啊，她可真有主意！

211. 我和张琦把王香莉堵在楼上，在下面叫嚣：给你娃三分钟，马上下来！张琦很豪气地抬起手腕看着，说：我有表，你娃娃不要想赖！我也很豪气地抬起手臂看着，说：我有表，你娃娃不要想赖！但我手腕上什么也没有。张琦和王香莉笑惨了。

212. 有一次张琦说：我最讨厌吃苤蓝了！我就记住了，晚上回去就做了一个噩梦，梦见了苤蓝是一个妖怪。从那以后到现在，就再也没有吃过苤蓝，想起苤蓝就要恶心。但是，我并不知道苤蓝长什么样子。

213. 大家的玩具都比较少，我就把我妈柜柜头的一打气球拿出来分给同学们耍；第二天有同学跟风，带来一条非常高级的厚棉纸，扯开后里头是蓬松的棉絮，可以拿来吹；第三天，又有一个同学带了一叠还要高级些的纸，分好几层，中间那层菲薄透明，可以拿来蒙到小人书上画娃娃儿。我们耍气球的耍气球，吹棉絮的吹棉絮，画娃娃儿的画娃娃儿，好安逸哟！

214. 好多年后，才知道这三样东西分别是避孕套、卫生巾、避孕膜。

215. 又有一次，在杨秀婷家里，大家耍得无聊，她家是顶楼，就说装水袋砸人耍，看哪个甩得远。大家兴高采烈地耍了好多盘，都没有被下面的倒霉鬼看到是哪一家，听见他们在下面骂，我们蹲在阳台上笑成一团。该我了，我一开始，就被人家发现了，马上找上来，非要捶我们几个娃娃，还是杨秀婷的爸爸从书房里跑出来说了半天好话，人家才下去了。然后，大家都怨我：人家都是麻麻利利地往下面甩，甩了就蹲下，你倒好！慢慢个儿往底下倒，一双肥手在外面晃啊晃啊晃的，最后嫌没倒干净，还抖了几下！

216. 我热爱废品收购站，我知道一个啤酒瓶可以卖两角钱。我爸有一瓶茅台，我认为这么高级的酒，瓶瓶肯定能卖个大价钱，就把还剩半瓶的酒倒了，兴冲冲把瓶子送到废品收购站，人家说：这种瓷罐罐，只值五分。

217. 小区里有家珠绣厂，门口倒出来的渣渣里面有一些珠珠，我和雷娅、贺中华、杨秀婷、张蕾每天放了学就蹲在那里刨。渐渐地，我们都有了些首饰，全是自己串的手链、项链，但是稀稀拉拉、一截红一截绿，好看的不多，全凭人家倒什么出来了。

218.　一天，我骗守门的说我表姐在这个厂里上班，他就让我进厂了，雷娅、贺中华、杨秀婷、张蕾远远地看我走进去，眼睛都要发绿了。进了厂以后，我在二楼的手工车间走廊上匍匐前进，真的是匍匐，趴着，四肢爬行。一是怕站起来被发现了，二是地上有好多珠珠啊！左一颗右一颗，捡都捡不完，而且花样颜色比外头垃圾堆里的都高级，我心跳得咚啊咚的。这时，里面有一个女工在向我招手，我看她脸上笑眯眯的就过去了——还是爬过去的，她面前摊着好多种珠珠，每种一包，她从每种里面抓了一小点儿包成一包递给我。我说：谢谢嬢嬢，又倒退着爬了出去。这下雷娅、贺中华、杨秀婷、张蕾她们的眼睛都要发紫了。

219.　院坝头有个人去了趟资本主义巴黎，回来楼上楼下的都把他围到听感受。他说：人家巴黎街上都是狗屎，我们街上都是人屎！

220.　同样是这群人，第二天早上又围在了卖糖油果子的摊摊门口，大家纷纷议论，说是炸糖油果子的老头把卖糖油果子的小妹儿“那个”了，警察都来了的，刚刚把人带起走。大家都兴高采烈地叽叽喳喳。“那个”是啥子意思喃？大家都这么高兴，是件好事么？

221.　我盯着那一大筐糖油果子流口水，好想拿起吃喔，反正老头和小妹儿都不在。我还是没拿，觉得不大好。

222.　隔壁雨雨有一次正儿八经地对我说，不要读“项链”，要读“夯链”，免得人家笑你是乡坝头的！

223.　雨雨屋头有只白猫，不晓得哪天跑到雨棚上耍，不小心就掉下去了，都说猫有九条命，没死。结果捡回家来人都认不到了，瓜戳戳的，带到宠物医院一看，脑震荡！

7-12

224.　有一次，雨雨她妈教我妈化妆，把我妈整个脸搽得个通红：看到没有嘛，这就是浓妆。我妈点头称是，可是我说了实话：好像牛卵子喔！

225.　六一儿童节班上要表演节目，是“金豆豆、银豆豆，圆不溜啾的啥

（想不起了）豆豆……”那首歌。班上最开始只有我一个人会唱，而且唱得完。老师挑了十个娃娃，我是排在最前头的，当时我洋昏了，笑嘻了。后来，会唱的越来越多，唱得好的也越来越多，我从最前头被调到了第二个，慢慢地，第三个、第四个，最后老师干脆说：桑格格，你还是不参加表演了，当个替补吧，先回座位上去。我心里头觉得很不好受。

226.　正式表演那天，老师在手上摊了一坨胭脂，给那十个娃娃化妆，我远远地看着，人家的脸蛋红扑扑香喷喷的，嘴巴一瘪就想哭，老师发现了：喔，还有个替补，来，也给你化个妆！搽了红嘴皮的我一直把嘴翘得老高，坐在观众席上洋昏了，笑嘻了。

……

227.　暑假，我妈和我商量：你干脆到阿坝州你二舅舅那里去耍耍得不？我高兴惨了，背起我的书包站在门口，笑嘻了：现在就走嘛！

228.　我妈让二舅舅来接我。我很喜欢我的二舅舅，他又高又帅，穿军装，有一把货真价实的枪，我妈生我的时候，还拿去垫在枕头下，说是可以避邪。出门坐上车，我兴奋地从兜里掏出一坨用作业本纸包住的东西递给他。二舅舅问我：蓉娃子你包的啥子？我一瓣一瓣地把纸打开，得意地说：早上吃的汤圆！我留了一个给你车上吃！二舅舅说：勒个小狗日的，幸好你没有直接揣在包包头喔，要不然你二舅妈洗都洗不脱。

229.　车进了山之后，就越来越好耍了，一路上都有老乡背着羌族背篼在卖苹果。这可不是普通的苹果啊，用我妈的话来说：这是全世界都有名的茂汶小金苹果。司机号召大家都下去屙尿尿的时候，我二舅舅给我买了一衣兜，又脆又甜！一角钱一斤！

230.　车开啊开啊，过了一匹山又一匹山，旁边就是一条流得飞快的大河，河水里还有木头一排一排地顺着河水流下来，河两边是密密麻麻的森林。二舅舅说，森林深处有伐木工人在伐木。他们都是他的同事，属于一个神圣的单位：川林二处。听上去就像是情报机关一样！怪不得我二舅舅有枪！这些二处的工人，把树子砍了，就甩到河里冲下来，就不消车子运了。我瞪大了眼睛：好聪明喔！把我们要是也丢到河里，也不用坐车了是不是？！我二舅舅眼睛一闭一闭地要睡着了：人……又不是……木头……我还要激动地说啥子，他嘟嘟啰啰说：勒个小狗日的……不许吵老子睡觉……

231.　我觉得二舅舅就是一截木头。他不理我，我只有自己耍自己的。啊，看啊，天多么蓝啊！蓝蓝的天上大朵大朵的白云啊，这么好看的天下面，还能睡得着，就是木头。车越往山里开就越凉爽，经过了好多村寨，他们的房子多么好耍啊，都是石头垒起来的，高高的一个方塔，要是我在成都的院坝头也能垒一个多么好啊……车子嘎吱停在了一个红砖砌成的大门前，二舅舅居然一下就醒了，他看了一眼，说“拢了”，提起包包带着我下车。

232.　啊！这就是川林二处！我眼睛都看不过来，好多红砖楼，一排排的，排得整整齐齐，很是气派。门口还有台球摊摊，打台球的是几个流里流气的小伙子，他们叼着烟，看见我二舅舅过来了，都不打了，抱着杆杆对我二舅舅行注目礼，点头哈腰地招呼他：何叔！我二舅舅冷眼看了他们一眼：上班时间，又跑出来耍。我又崇拜我二舅舅了，他好有威严喔。走过台球摊子，一路上都有人和我们打招呼，二舅舅就和蔼多了，一路走一路介绍我：这是我侄女蓉娃子，喊孃孃，喊叔叔，喊伯伯。我就一路喊过去。

233.　金莲大姐和二舅妈早就在屋头煮好饭等着我了！我二舅妈长得瘦瘦小小的，脾气好，就是很啰嗦。金莲大姐那时候还没嫁人，矮胖矮胖的，爱美，喜欢搽粉，但是不打胭脂，本来脸就又白又大，搽了粉之后更是掐白掐白的像一张羊皮鼓。我问她：金莲大姐，哪门你不搽红脸奔儿喃？她在厨房一边舀饭一边说：苍白才显得高雅！红屁股好土嘛，小虱子你懂个屁！她们居然煮了獐子肉，说在老乡手里买的。

234.　据说金莲大姐年轻的时候，谈过一次不成功的恋爱，她一直留着这 7-12
位前任男朋友的照片，被我那当纪检干部的二舅舅发现了，他语重心长地教育我金莲大姐：这是个严重的态度问题，你是要犯错误的！很麻烦，你快撕掉！我金莲大姐仰着她那苍白而高雅的大脸：不！

235. 金莲大姐买糖都是有哈数（计算）的。一天，她从玉龙赶完场回来，买了一包水果糖，把塑料口袋扯开全部摊在床上，开始一双两双地数，一对一对的糖摆在床上就像一对一对的鸳鸯，煞是好看！我盯鼓眼儿地远远躲在门背后看，突然听到金莲大姐吼了一声：出来！我战战兢兢地走到她面前，她起手就给我了一耳巴子，说：你娃娃敢来偷一颗！我还没有回过神，她又抓起两颗塞到我手头：你金莲大姐我都是有哈数的！

236. 我不敢过吊桥，川林二处的一场坝坝电影在江对面演。要开场了，我急得在桥边上打旋，二舅舅也等得不耐烦了就自己走了。我看人都要走完了，把心一横：过！一会儿，有个人找到我二舅舅说：咳！老何，你快去看一哈你侄女啊，在桥上爬啊，飞夺泸定桥啊！

237. 江对面是一个小岛，川林二处派了一个工人守这个岛，他和他老婆、两个女儿、一个儿子住在这个岛上十几年了。这个工人也姓何，和我二舅舅关系好，认了干亲戚，我喊他何叔。何叔是个特别老实的人，说话不多，一说话先笑，一脸梯田样的皱纹。他们一家人都是温温和和、客客气气的。

238. 何叔家的房子是个土坯房子，黑瓦的屋顶。大门口贴了一对掉了色的对联，这对联我到现在还有印象：粗茶一杯辞旧岁，淡饭啥啥迎新春。横批不晓得是啥，已经掉了，只剩一点纸边边粘在门框上。

239. 每次二舅舅说起何叔家都要叹气，意思是他家太穷了，单位对他们的照顾不够之类的。我就觉得奇怪，什么是穷呢？我觉得何叔家没啥缺嘛，灶梁上一样挂得有腊肉，缸子里的米也很满，我把手插进去玩了半天。而且他们门口的野花开得那才叫一个好看！何家的二姐姐长得之乖，对我又好，给我摘了一大捧让我带回去。

240. 山里有白色的野百合，这种花在别的地方我从来没有见过，特别想去摘。我二舅说，去摘嘛，有一年川林二处好容易有个女娃子考起大学，还没去报到，就是跑到山上摘这个百合花，摔到岩下头，摔死了。然后我就再也不敢摘百合花了，只敢远远地看着。

241. 傍晚大人下班了，其中一个小朋友的爸爸带了个稀奇古怪的皮球回来，拿菜刀把皮球划开了，划成一牙牙的，里头是红颜色的，好多水水。他爸人特别好，招呼我们小朋友都来尝一哈。我捧起这牙皮球，突然觉得这一刻对我来说是个重要的时刻：我是个小小的人，这个世界是个大大的世界，将有多少我不知道和没有尝试过的事物会第一次进入我的生活啊！比如，手上的这牙皮球，第一次吃西瓜。

242.　　我二舅舅猫儿毛疯发了，非要给我理发。他说据他观察，这个活路很好掌握，以后可以省下一笔开支。他横起剪刀，对到我的披披毛儿就是"咔嚓"一剪刀，然后站到两米开外观看：嗯，有点儿往左上方偏！上来"咔嚓"又一剪刀，又跳到两米开外观看：嗯，有点儿往右上方偏！上来"咔嚓""咔嚓""咔嚓"一顿狂剪，最后拍拍身上的头发渣渣，十分得意地说：好了！我说不难嘛！你切看哈，发型不摆了！我跑到镜子前一看："哇——"一声就哭了，我的脑壳完全是个没砍干净的树桩桩！哇哇哇！我一辈子都不出门唠！

243.　　我和二舅舅吵架，吵到吵到，我毛了，冲到鞋柜柜把他的鞋子提起来就往厕所冲，使劲把他的鞋子往厕所洞洞头蠕（塞），蠕得正起劲，二舅妈站在后面拍了我一哈，又递给我一双鞋子：你蠕的是我的鞋子，这双才是你二舅的！

244.　　我二舅舅最后终于表达了些许内疚：给我买了一条新裙子。我多高兴地穿起新裙子，摇起我的树桩桩脑壳就出去耍了。

7-12

二年级

245.　儿童乐园，我一个人在玩，荡秋千，秋千荡得多高也不怕，还在上面笑得咯啊咯的。下面一堆排队的娃娃，等我耍够了好接着耍，但是，我什么时候才有个够喃？嗖——嘭！我没有抓稳秋千绳子，眼见从半空摔在了地上！啊！四周的娃娃、家长像炸了的蜂窝一样：哎呀！哪家的娃娃遭摔下来了！糟了！肯定不得了！快点！去找她家长！……

246.　地上散落着一大团我头上摔落的头发，这边几缕那边一坨，但是我很快就从地上爬了起来。我对周围乱七八糟的娃娃们“嘘——”了一声，说：不要吵，不要让我妈听见！我拍拍身上的土，对那些排队的娃娃（这些娃娃有的都吓哭了）说：你们耍嘛，我不耍了。说罢，一瘸一拐地走开了。

247.　铁臂阿童木占据了我的心，我好几天都吃不下饭，整天想着他。

248.　现在不想了，我又想六小龄童孙悟空和贾宝玉了。

249.　《神探亨特》的剧情是我们每天上学要交流的第一件事，但是，有一天，大家来上学的时候都讳莫如深，你看我一眼我看你一眼，光是“嗤嗤”地笑不说话。昨天晚上，剧情的主要内容是：麦考儿被强奸了。

250.　　在花园里玩水，我的牙松了，用手一拔就掉了，我很大方地把它递给邓佳：给你拿去耍！

251.　　我换牙的时间到了，我妈十分认真地对我说：下次，下面掉的牙齿要往屋顶上甩，上面掉的牙齿要往地下埋，要不然要长倒獠牙，记到没有？我说：记到了！然后，就搞忘了。

252.　　这天，我在水池边耍，又有一颗牙松了，我用舌头顶起耍了半天之后决定扯下来，摸到一扯！有点痛，我没有哭，把牙齿拿在手上端详了半天。多么好看的一颗牙齿啊，乳白色、尖尖的，我还拿到水龙头下洗了哈，然后就“嗖——”的一声甩到楼顶上了。

253.　　那天，我妈还没有下班，就有很多人跑到她的办公室告诉她：何安秀！你还不快去看一下，你的女在宿舍二楼屋顶沿沿上挂起啊！我妈失魂落魄地抵达事故现场，扯开嗓门对我喊：你这个背时娃娃！爬到上头去做啥子？！我也在上面扯起喉咙喊：我、我把上面的牙齿甩上来了——我还没有找到——我是不是要长倒獠牙？！……哇哇哇！

254.　　把动物饼干带到被窝里，打着手电筒，好好欣赏一番再逐一品尝，一定要从动物的尾巴吃起，先吃脑壳它会痛。

255.　　小吃，就是小小地吃一顿。

256.　　每天上午课间操的时候，就要加餐，是学生自愿交钱订的糕点，有的订了有的没有。我是没有订的，但又非常想吃，每天做操的时候，就听见人家订了餐的同学在议论：今天的奶油包太腻人了！昨天的葱油饼也不好吃！我暗暗在心里说：好吃好吃都好吃！

257.　　咪咪啊咪咪请你相信，我们没有忘记你，高高的月儿天上挂，明天的早餐在哪里？……每次唱这首歌，我都要产生一种叫作嫉妒的情绪：妈哟！老子的早餐还不晓得在哪儿哪！龟儿子少吃了顿饭也值得编首歌来唱！

再说了，竹子开花了也是竹子嘛，有啥吃不得嘛，饿死该背时！

258.　　冯记肥肠粉有一前一后两个出口，我从后口喊了碗肥肠粉，吃了直接就从前口走了，忘了给钱，没有人注意。之后我每次去冯记肥肠粉都不给钱了，还告诉了王香莉。结果她去第一次就被抓住了，这娃头以为吃欺头，一进去就蹦起蹦起喊：“肥肠粉——红味——加两个冒节子——”结果，给人家留下了特别的印象。所以，为人要低调啊。

259.　　我再也不敢去冯记肥肠粉了，心理素质遭破坏了。

260.　　娃娃头冰淇淋的出现，是一个划时代的标志。现在回想起来，就是从娃娃头开始，有了现在看见的各种各样的冰淇淋、雪糕，却再也找不到绿豆冰糕了。

261.　　雪糕还要好吃些，吃起来是毛茸茸的，奶味也重好多，但是一根要一角五，是冰糕的三倍！每次我狠心想买根雪糕来吃，临到头，还是算了：三根并排的冰糕总是出现在脑海中，好长一排哟！

262.　　我很想吃点加拿大钾肥，装在冰淇淋盒盒头用瓢瓢舀起吃，肯定很巴适。光从广告上看去，那是一种重要的营养：禾苗生长需要你，幸福家庭需要你。

263.　　院子头的秦花篮嬢嬢送了一套雀巢咖啡给我们，我们一直视它为珍品，高高地放在书柜头。一天，我不小心把雀巢伴侣打烂了，一地的白粉粉，吓得我浑身颤抖，打电话给我妈：妈妈，我、我、我把咖啡老婆打烂了！

264.　　刘东在家养了条狗儿，他每天带它到河沟游泳一圈，回家还给它加餐：玉米糊。有一次，我去他家看见了，喷香，我也想吃就是不好意思说。有一天，刘东他爸又给狗调了一盆，刘东说它已经吃过了。我眼巴巴地望到起，没想到刘东自己端起来吃了，最后连盆盆都舔干净了。他爸望了我一眼：格格，你是不是也想吃？

265.　　蒋小佳向我爸告发我吃了小卖部堆在后院的过期月饼，我爸晓得了，狠狠地揍了我一顿。我找到蒋小佳，把她送给我的红色丝带还给她，满脸涨得通红地说：你记住，我将会永远恨你。

266.　老师要求我们写一篇感人至深的文章，我就写道：今天，我爸把我吊在门框上，用沾了水的皮鞭抽打我，我咬着牙就是不说一个字，他穷凶极恶地企图用绳子来勒我，我还是什么都没有说。

267.　老师批改作文时，在这篇作文后面写的批语是：胡说八道！……其实，这基本上是真的。

268.　我爸又把我吊在门框上，然后就要从腰杆上解皮带，我跃尖尖地哭，外婆歪歪倒倒从外头冲进来把我爸拉到：桑国全！你是不是嫌我在这儿吃了你粮食，一天到晚把娃娃打得惊叫唤？！还有一次，我爸又要冲过来打我，我眼含热泪脱口而出：本是同根生，相煎何太急！

269.　妈妈，为了你和我的幸福，请和我爸离婚。

270.　单位里的人都叫我爸是大蛮子，我妈是中蛮子，我是小蛮子。人家是光荣之家，我们是蛮子之家。

271.　众所周知，我爸是个蛮牛。有一次，我蹲在厕所大便，他也想上厕所了，就在外面敲门，我说：嗯……再等一会儿。嗯……他实在等不得了，猛一用力，一把就把门拉开了，插销“哐当”掉在地上，再一把轻轻个儿就把我从蹲位上扯了出去。哎呀，人家屁股上面还有……唉，不说了。

272.　众所周知，我爸是个疯子。后来，我都二十几了，都在北京当上记者了，跟他回老家，在赶场那天，他还要我给众父老乡亲唱个歌，跳个舞。他咳咳咳几声：各位老辈子！各位父老乡亲！我是某某某的大儿某某某，这是我的女儿某某某，她在北京学了文化，当了记者，今天回来向各位汇报汇报！然后，我爸用倒拐子（肘关节）冲了我一下，我如梦初醒，开始载歌载 7-12
舞地演出：没有花香，没有树高，我是一棵无人知道的小草……

273.　我爸在屋头是个歪人，在外头人缘好得很，我每次跟到他上街，把脑壳都点痛了，一路上对一万个人说：你好、你好、你好、拜拜、拜拜、拜拜……

274.　　我爸只要一喝醉了，就要扎胯扒胯地唱歌：好久没到这方来！这方的姑娘长成材——哟！哟！

275.　　我爸小时候也很匪，还戴过癞子的帽儿，结果他也成了癞子。在我们家，“癞子”这两个字是被禁止的，我偏想惹一哈我爸，就大声武气地唱：我是一个兵，来自老百姓！还把“来自老百姓”中的“来自”（癞子）唱得特别突出。我妈直接把门给我打开：快跑！果然，我爸黑着脸向我杀了过来，我一趟子就冲出去了，他逮我不到，干着急，我却在远远的地方声嘶力竭地唱：癞子老百姓！癞子老百姓！癞子老百姓！

276.　　我爸之前脑壳上是有头发的，那个时候居然还留下了照片，我妈说龟儿子癞子丑鬼一个。我就一直觉得我爸长得丑，后来才知道，他事实上帅得惊动党中央。在贵州当兵的时候，司令员的女儿看中我爸，但是我爸不喜欢留在贵州，人家女娃子要吃药自杀，你想想，啥子年代就要自杀。

277.　　后来，我爸贪玩耍戴了癞子的帽子，才成了癞子。所以，这世上本没有癞子，主要是癞子的帽子多了，戴过的人就成了癞子。我爸贪玩耍那年是二十九岁，之前都是完整帅哥一枚，你说，他怎么能责怪还不满九岁的我贪玩耍呢？

278.　　有一次，我妈去西安出差，只剩我和我爸两个人，吓得我大气都不敢出。不晓得咋的，我牙龈突然肿了，疼得咬不了东西，刚吃两口就捧着牙巴嘶嘶嘶地出气，我爸一下子就站起来了，我觉得眼前一黑，把眼睛闭得紧紧的，以为要挨打。半天没有动静，睁开眼睛一看，原来我爸去给我泡了碗藕粉。

279.　　魏丽向我哭诉，说外面有个男娃娃打她，我义愤填膺：好，我这就去理麻他！走之前觉得自己形象不够威武，又把婴儿时代的红斗篷翻出来穿上，然后口里喊着：冲啊！杀啊！结果又被一群人耻笑。

280.　　我爸从厂头带回一条小铁链，我如获至宝，没事就拿到手头耍。正好这天遇到王强，就是一年级开学第一天打了我一巴掌那个。他说给他耍一下，我不给，就打起来了。我已经不比以前了，力气大多了，干脆用铁链把他捆了打，打完了，多得意地回家了。

281.　　我前脚进门，王强和他妈后脚就来了，王强扯起嗝嗝哭，他妈指到王强菊青的眼眶说：你看你们娃娃把我们王强打成啥子样子了嘛！我爸赶紧道歉又说好话，还转过脸来恨我一眼：看我等会儿咋收拾你！他妈就拽起屁儿走了。我惊恐万状地看着我爸一步步走过来，心尖尖直颤，结果他居然没打我，还友好地摸了我一下！说：不错嘛，连儿娃子都打得赢！

282.　　王强是个男的，却老是和我们女娃儿在一起耍，还牙尖十八怪的，一天到晚东说西说。他也说了我的坏话，我记在心头，远远看见他站在茅房边边上，百米赛跑冲过去，一把就把他推下去了。后来不晓得他咋爬上来的，又看见他伙到女娃娃耍得酣扎劲。

283.　　雷娅是个嘴巴非常厉害的角色，她能站到不动，骂上几个小时，一句话都不重复！而且人也长得妖翘，全班女生都臣服在她之下，我也曾暗暗佩服过她，但是要威逼我成为她的人，我就不干了。她喊几个手下的男生把我按倒，然后用圆珠笔在我手板心写了个“雷”字，我从地上爬起来，拍了拍灰，往手板心吐了两口口水，然后在墙上抹啊抹！要我屈服？我是哪个？！

284.　　其实我吵架不行，花样就那几种，雷娅厉害，骂一节课不重复一句话。但是那天，我仗着嗓门大，就一句“你妈是个大南瓜”反反复复骂了几十遍，就把雷娅骂哭了。

285.　　我在班上得罪了女霸王雷娅，她利用自己强大的号召力居然搞了个联名上书，要求班主任把我开除，班上几乎每一个人都签了字。老师把联名检举信甩到我面前，说：我不得开除你，但是你回去自己好生反省一哈！我捏到那张纸，看见上面许多熟悉而又陌生的名字，紧紧咬住牙，没有哭。

286.　　硕大无朋，就是太大了就没有朋友了。

287.　　结果还是有一个人没有签，是曾薇，我满含热泪地去感谢她，她淡淡地说：跟我有啥子关系嘛，我才不想蹚这个浑水！

288. 有一段时间，我们的教室老是停电，黑得来跟地窖一样，老师喊我们每个人都带一根蜡烛，但还是不行，看不到黑板。老师只有带到我们转战南北，到外头去上课，有时候是在自行车棚棚头，有时候是在拆房子的工地上。有一天，又停电了，正好校长经过我们教室，老师说：出去！同学们快出去！都去把校长溜到！喊他给我们一个教室！我们一哄而上：给我们一个教室！给我们一个教室！几个老师笑嘻嘻地站到一边，把手膀子抄起地交头接耳。

289. 最后，学校专门给我们平房教室买了个发电机，这哈，再也不停电了。我们其实说不上高兴，因为点蜡烛和在车棚头上课的日子好耍多了。

290. 一天早上，天还没亮我就上学了，黑暗的教室走廊上一个人都没得，我慢慢地走进去，听着自己“啪哒啪哒”的皮鞋脚步声，觉得此情此景十分有诗意，就“啪哒啪哒”地走来——走去，还调整了速度、力度，好让脚步声更深沉些，走去——走来。我正走得起劲，远远看见走廊口又来了个学生，好像是个男生，他站在原地，努力想看清黑暗中是哪个发出这样诗意的脚步声，我就“啪哒啪哒”向他走过去，结果，他一惊，吓得屁滚尿流，跑了。

291. 教室前面有块地板特别滑，可以经过一定的助跑，然后“吱——”的一声溜好远，安逸得很！放学后同学们都不走，争先恐后地排起队耍，我也耍，每个人都笑嘻了。我想让这块地更滑更好耍，就说：这还没有打蜡呢，打了蜡肯定更巴适！同学们都说：是啊是啊是啊。我瞬间就在抽屉里摸了根蜡烛出来（*以前停电用的*），蹲在那块宝地上用蜡烛使劲搽，使劲抹。后来大家再玩时发现地变木了，一点儿也滑不动了，都来骂我，几骂几骂，我就哭了，一个人哭了好久，也没有人理，我就捡起我的蜡烛一个人回家了。

……

292.　放学了，杜安昆对我勾勾小手指：来——

293.　她包包里有蜡光纸包着的一坨大头菜，一丝一丝的，拌了辣椒油还有芝麻。我们躲在厕所边的夹竹桃树后，她用脏兮兮的两根手指头捻起一小撮：嘴来——我就把头仰起来，嘴张得老大，她放在我嘴里。我一边嚼，一边乐得喷鼻涕泡：真好吃啊！然后她也给自己捻了一小撮吃，然后和我一起喷鼻涕泡：嘻嘻，是好吃噶！

294.　我还想吃点，她说：我们不能一下就吃完了，要慢慢吃！我点点头，和她手拉手从夹竹桃树后闪出来。没有人知道，我们的包包里有大头菜，就我们晓得。我们对视，充满了感情。

295.　走到半路，她看我乖，躲在垃圾桶后面又给我吃了一次。我再也离不开杜安昆了，她也离不开我。

296.　永垂不朽，就是把东西倒着放就永远不会腐烂。

297.　从二年级起，每年五月十四号，我都要和杜安昆、陈丽一起找个没人的地方，摆上一张最大的翁美玲不干胶进行祭奠，哭得汪汪汪的，还要拿出戚美珍和吴君如的不干胶在地上踩，最后撕烂。八卦说“她的死是因为吴君如介入她和汤镇业之间，而戚美珍从中挑唆造成的”，我们买这两个人的不干胶就是为了在这一天撕烂。

298.　永远怀念俏黄蓉翁美玲。

299.　和杜安昆在废弃的工地里玩了整整一下午，各种我们可以想到的游戏都玩了一遍。玩到后来，太阳也下山了，人也累了，我们静静地坐在草地上，谁也不舍得说“回家吧”。最后，杜安昆听见她妈叫她回家吃饭了，我们才恋恋不舍地分别。我摇摇手：杜安昆拜拜。她摇摇手：桑格格拜拜。莫名其妙，我非常伤感，心都快要碎了。 7-12

300.　拉窗帘不小心碰着了一只壁虎，它的尾巴马上就脱落了，我拿起它的尾巴跟着追：你的尾巴不要啦？！你的尾巴不要啦？！看见它害怕地逃跑，就把尾巴放在地上：我不追你了！放在这里，等会儿你自己来拿哈！

301.　　我妈上班，把我锁在屋头。那时我们家只有一间房，墙上高高地贴了张毛主席的像，我想在家里做点坏事，但总觉得无论站在哪个方向，毛主席都在看着我，我吓得不敢动。我妈回来倒是笑嘻了：这两天还有点乖哈！

302.　　整个暑假都被关在家中，我只有一天到晚从我们家阳台上爬出去，抱到下水管往下梭，去二楼找刘东，再爬回五楼找邓佳。整个夏天，你都可以看见一个娃娃，像一个壁虎儿一样，在一栋五层的红砖宿舍楼的立面上，爬上爬下。

303.　　邓佳说：下午两点半来找我耍。我两点半准时爬上去了，她睡在挨门边的竹床上，呼呼呼。我大声喊：邓佳！她完全没有反应，我又喊：邓佳！！她继续呼呼呼，我毛了，扯起喉咙：邓佳！！！——呼呼呼……我只有揪她，使劲揪！她还是没得反应，我没有其他办法了，只有扯起一个耳光打过去。这哈，她醒了，一醒就哇哇哇地哭，哭了半天，看是我，懵懵懂懂地说：两点半啦？

304.　　我的床底下原来是通往东海龙宫的秘密通道，有波浪在隐隐翻动！我和小白龙交上了朋友，我们耍得之好喔！手拉手！但是，他告诉我，千万不能把这个秘密告诉任何人，要不这个通道就会关闭。我这个叉嘴巴，转背就告诉给邓佳了，还和她一起来我床底下看，结果下面什么都没有了！

305.　　醒了，赶紧爬到床底下去看，果然真的什么都没有了！我伤心地哭了，哇哇哇！

306.　　邓佳的妈妈是个领导，经常坐着飞机去开会。有一次，我们在院坝里玩，头上有飞机飞过，邓佳马上指着飞机说：你看，我妈妈就在上面！从此，每次有飞机飞过头顶，我都会以为邓佳的妈妈在上面。现在还是。

307.　　邓佳她妈每次坐完飞机，都要把上头发的塑料西餐餐具拿回来给她耍，她已经有好几副了，就送了一副给我。我把手帕卡在脖子上，左手拿叉、右手拿刀，正襟危坐、表情严肃地准备吃盘盘头的香皂。

308.　　到楼上参观邓佳她们的小康之家，邓佳说：换了鞋子才准进来！搞得我十分羡慕那锃亮干净的地板，回家之后，我把家里的地板拖了三遍，然后把所有的拖鞋摆在门口。我妈下班回来，我大吼一声：换了鞋子才准进来！她完全不理，对直走进来，一个个大脚印在她身后绽放，我伤心极了。

309. 我得到了一把真正的小刀儿，金属的，可以削铅笔。和蒋亚娟一起耍，就说：把你的手伸出来试一哈看割得脱不？她就把手伸过来了，我“嗖”手起刀落，半个指甲壳都不在了，蒋亚娟没有哭，呆呆地把我望到，我觉得有点吓人，对她说：你回去吧。她说：哦，拜拜。

310. 还是关于半个指甲壳。一天，我看风扇转看得入神，心想，我碰一哈能不能停下来喃？就伸手进去摸了一哈，轻轻“嚓”了一声，我的半个指甲壳就不见了，风扇继续转。我也没哭，害怕大人晓得。

311. 在杜安昆家，拿起她的剪刀“咔嚓咔嚓”地耍，她马上制止说：不要空到剪！剪刀要坏！从此我记住了一条非常重要的生活常识，现在还在运用。

312. 我发现一个不用爬墙的办法：悄悄留把钥匙，等爸妈走了，就喊邓佳下来或者刘东上来，把钥匙从门缝头塞出去，就可以打开了。我爸妈差不多要下班回家了，再让他们把我反锁起来。但有一次，邓佳和刘东可能不在，我在阳台上把喉咙管都要喊破了，就是没人来！我急中生智，大喊：有没有人来给我开哈门？！我可以给他吃……吃鸽子蛋！终于有个娃娃在下面和我洽谈，他说：我要吃三个！我说好！

313. 我从我爸鸽子笼头摸了三个鸽子蛋，放到暖水瓶头，一会儿熟了，就倒出来递给了他，然后我像放野马一样耍了一下午。最后，事情是这样结束的：门是有人开，但没有人反锁，我妈发现了，没收了我的钥匙，打了我一顿。鸽子笼我打开了但是没有关严，我爸发现了，还少了三个“金眼”下的蛋，又打了我一顿，狠狠的一顿，打得我半死。最后还是我妈来拯救的我，方式是和我爸对打。

314. 最后，还是只有爬墙。

315. 我又被我爸妈锁在屋头，而且遭没收了钥匙，还扬言，要是哪个再看见我爬下水管就把我吊起来打！只有看电视，但是电视节目有点难看，不是《科学养殖》就是《电大讲座》，唯一的消遣就是喝白开水，一杯又一杯。我妈每天回来都发现八磅的温水瓶是空的。

316.　　有一天，电视上说哪个地方出了一瓶世界上最大的葡萄酒，瓶瓶儿有好高，光毛重就有好多斤。明明是个光生生的玻璃瓶瓶儿嘛，哪儿来的毛?

317.　　我表哥何勇在大学交了个女朋友，带回来给我们看。全体家属都表示十分之喜欢，尤其是我，艳梅姐前艳梅姐后，完全像个甩不脱的牛皮糖。但是有一点儿，直到现在我心头都不了然。艳梅姐胳肢窝长了一堆又长又黑的毛，我十分喜爱，睡在床上就要求她把手抬起来给我耍，她不，她偏不!她说：哎呀，你以后也是要长的，不着急，等到耍你自己的哈!

318.　　善良的艳梅姐不忍心让我失望，又说：这样嘛，等哈儿吃了饭找个地方我详细给你讲一哈你啥子时候会长毛，以及为啥子会长。我很兴奋，吃了饭就乖乖等到，等到接受教育，朦朦胧胧觉得这是一件大事，心激动得咚啊咚地跳。但是，她吃了饭先是和勇哥在沙发上谈恋爱，然后谈得越来越高兴，两个人居然手挽手出去到河边散步去了！完全无视我在旁边火热而充满求知欲望的眼神。

319.　　直到现在她都没有告诉我，胳肢窝为啥子会长毛。虽然现在我已经知道了，但不等于这件事在我心目中没有留下过遗憾。

三年级

320.　所谓完美，就是一本崭新的作业本的第一篇，用削得溜尖的中华铅笔，认认真真地写算术作业，运算正确、字迹工整，而且，全对，老师的红钩钩连得来一道道山来一道道水，落款：100分。

321.　新学期开学，基本上每个人都要换套新的文具，上课第一天就互相观摩，以“富裕”或“贫穷”来评价。我这次是最富裕的，除了文具全新，泡沫文具盒里头还洒了香水，镜子旁边还有一张框在心形不干胶里头的蔡国庆头像。但好景不长，遭高年级一个大姐大晓得了，对直走进教室拿起就走，我泡儿都不敢冒一个。

322.　文具盒里头洒的香水，是我舅舅治狐臭的“西施兰夏露”。

323.　我非常想从头到尾完整地把一块橡皮擦用完，但这个愿望从来就没有实现过。我每块橡皮擦的命运都很悲惨：还用不到一半就遭圆珠笔戳了、刀儿割了，遭手指甲一点一点掐来没得了。我还喜欢把胶水涂一手，慢慢等它干，然后揭下来一层皮。

324. 进入三年级，班上开始流行两件事：一件是在小范围的女生中流行写古体诗，一般是五言绝句，比如：佳人正当年，俏丽如花朵。主要倡导者是我和雷娅，真没想到我们这两个有过梁子的人，居然在这件事上达成了共识。

325. 另一件事是偷东西，从小卖部的面包到外面老太婆的大头菜，这是在我们全班范围内发生的事，而且我们无师自通地把这种行为叫作“觅”。比如：我们去小卖部觅点儿酸梅粉。我们班主任在气急败坏对我们的行为进行纠正的同时，也表达了些许对我们智力及文字能力的钦佩，毕竟是语文老师。

326. 我曾经看着一楼汤娃儿他们家柜柜上放着一张两元的纸币和几个零星硬币，“觅”还是“不觅”，这是个问题……最后，我还是没有下手。正义战胜了邪恶。

327. 早上的瞌睡太好睡了，我随便咋个都睡不够啊！后来，我想了个办法，早上到学校之后就说搞忘带作业本了，老师就会喊我回去拿，我就回去再睡一觉。

328. 进校门的时候，有值日生检查看戴红领巾没有，每次我都说：哎呀，搞忘了！但是有一次正好晏治从边上经过，他跳起跳起地喊：她根本就没有入队！她三年级了还没有入队！

329. 其实我有一次几乎就要被吸收为少先队员了，但是在这紧要关头，我打了一个男娃娃，很不幸的是，这个男娃娃的妈妈是我们亲爱的大队辅导员，也不能说人家记仇才不要我当少先队员，我自己也实在太匪了。

330. 没有得到红领巾的时候，我脑海中充满了对它的幻想。首先，它是烈士鲜血染成的：一个烈士，对准一排白色的三角形布襟襟，摆好姿势，“扑——呲”一刀，鲜红的血飙在布上，马上就染红了；往前再走一点儿，“扑——呲”又来一刀，染红另一条。就这样，烈士扑呲了很多刀，染完了所有的白色三角形布襟襟后，就英勇地倒下了。

331. 我曾经自制过一条红领巾，倒是没有被值日生看出来，但是我妈一连几天都在找她的红色内裤。

332. 三年级下学期时，我终于入队了。老师怕我拖全班的后腿，无奈之下赏了我一条红领巾。不能不说，这是我人生的耻辱之一。

333. 入少先队宣誓的时候，大队辅导员有一句：为了……准备好了吗？我完全不知道要准备着做什么，就问旁边的同学：嗨，我们要准备着干啥子？他摇摇头：不晓得。连续问了好几个，都不晓得。于是我们只有一起大声地喊道：时刻准备着！！！

334. 这以后，每次收看《新闻联播》前，我都会佩戴红领巾，觉得是参加国家大事。

335. 新闻播完了之后，播音员总是说：啥啥啥便衣报道。搞新闻的太不容易了，还要化装成便衣才能报道。

336. 成都市要在骡马市十字路口建一座天桥，让我们全市中小学生都来捐款，每人五毛！——十串大头菜！而且随便咋个都赖不脱，我只有交了，因为这座桥将要被命名为“未来号”天桥，哪个喊我们是祖国的未来喃！后来，桥修好了，我每次走这座桥上过，都要对身边的人说：看！这座桥我是捐了款的！起码有根铁栏杆是用我的钱买的！这根！或者那根！

337. 后来长大了，回成都，从后子门走到骡马市，在十字路口总觉得不对，半天反应过来：“未来号”不见了！一问，才晓得，这座天桥阻碍了道路的扩宽，拆了。我呆呆站在原地，心情有点儿灰暗，再也没有可以炫耀的去处了。

338. 写了一篇作文，被语文老师在班上朗读了，有一句是：阳光透过竹叶在小路上编织出梦幻般的图案……老师表扬了我，还郑重宣布：桑格格的这篇作文，相当于四年级学生的水平！……放学后，我一路是飘起回去的，一直飘到现在。

7-12

339. 但是，有一次语文老师批评了我，她说：桑格格居然把蝴蝶花描写成一张娃娃的脸！大家说，蝴蝶花像什么呀——？全班同学齐声说：像蝴蝶——！老师笑意盈盈地点头，然后看着我：知道错了吧？我倔强地把头扭向了一边：不！就是像一张娃娃的脸！

340.　　课桌是木头的，上面有一条条排列整齐的木纹，我经常在上面动情地弹奏《春江花月夜》。但是，我们班主任一点儿都没有艺术细胞：那个桑格格一天到晚不晓得在桌子上抠啥子抠！

341.　　多少年来，我一直对班长谭韶华怀有歉意，他收作业本时，居然在我抽屉头摸着了我囤积了好几天的鼻涕。鼻涕是擤在一张手绢上的，那几天我感冒了，一直缺乏勇气把藏在抽屉深处的手绢拖出来。

342.　　巷子里有家店卖“和平饼”，不晓得是啥子。老板解释说：馅里头加了鸽子肉的。

343.　　和杨秀婷一起回家，她在摊摊上买了五分钱的大头菜，我口水都要流出来了，她却说：你不吃哈！我说：嗯。后来，小学毕业那天，我买了五毛钱的大头菜吃了个够。

344.　　校门口有两个卖大头菜的老娘儿，一个胖点儿，一个瘦点儿，头发都花白了。她们两个一人坐在一个路口，是竞争对手，互不理睬，相当于肯德基与麦当劳。但是，瘦老娘儿卖不过胖老娘儿，因为胖老娘儿的家就在校门口，她东西新鲜，缺啥子马上回去就拿，而且，味道也好些。有时候，胖老娘儿没有出来，我就找到她屋头，递三分钱，大声武气地喊：婆婆！大头菜！

345.　　胖老娘儿的大头菜之好吃喔！有切成丝丝的，用红油拌了放了味精和芝麻；还有切成小方块小方块的，用竹签穿了泡在辣椒酱油桶里，要贵些，五分钱一串。我们总是吃不够啊！好多同学，包括我，都在市场上自己去买过一坨一坨的大头菜，然后回家自己拌，随便咋个都没有胖老娘儿做的好吃！

346.　　瘦老娘儿也有一绝：豌豆膏！要趁热吃！所以她每天只做一点儿，怕坏，很少能买得到。

347. 菜市场这几天有个摊摊儿摆得稀奇：一张塑料布上搁了好多一小包一小包的药，边边蹴了一个咚大的玻璃罐罐，里头装了好多弯儿疙扭的长虫。一个男的讲得口水直翻：吃了我的药，打下来的蛔虫我全部回收！以五角钱的高价买回！我高高兴兴买了一包药回家了。

348. 第二天，我又高高兴兴手里捏到一个小塑料袋来找他：来，卖给你，有两条，一块！他拿棒棒戳到看了哈，虽然脸色有点不好看，但还是买了。我全部拿去买了大头菜吃。

349. 课文里有一篇文章是讲彭德怀自己种试验田，说他如何认真地耕种，细细地用手捏碎土疙瘩之类的。然后，富有实践经验的同学邵京媛说，我也要试试。然后，她就在她们家阳台上种了一棵莴笋，倾情呵护，每天向我报告小莴笋的成长情况。

350. 这一天，她郑重邀请我去吃这棵莴笋，说：差不多了，要把劳动成果与最好的朋友分享。我们就是把莴笋用清水煮了煮然后蘸辣椒酱，十分好吃！我赞不绝口。她说：那当然喔，老子亲自屙了坨屎埋在它根根上，之营养。

351. 我爸出车去了，我那个高兴啊！简直就要翻天了，天花板上都是我的脚板印！吃饭的时候，我把碗端到墙边的床上，然后一个倒立，头朝下、脚朝上靠墙，然后一只手拿碗，另一只手刨饭，结果咽不“上”去，全部的饭都鼓在嘴巴头，像只青蛙。

352. 长身体的时候需要补充点营养，但是我们家的财力又有限，我妈就在菜市场上专门买那种剔了肉的骨头回来给我熬汤。熬好后，我还可以啃一哈，毕竟上头还有些筋筋吊吊的巴骨肉。我啃得正香，隔壁子的雨雨来了，我妈就邀请她一起啃。啃到啃到，我突然委屈地大叫一声：妈妈！雨雨她没啃干净！

353. 我把雨雨面前甩的骨头又细细啃了一遍。然后，找出一根放在嘴头，“咔嚓”咬裂开，递给雨雨：拿去，里头还有骨髓！

354. 关于人多的时候抢吃，我有一整套方案：上桌后，眼疾手快地用筷子把肉夹出来，每块肉舔一哈就放在碗头，继续抢，差不多了，再一一慢慢细啃。记住每块一定要舔一哈，免得人家到碗头来抢。

355.　我家请客，大人还没有上桌我就开始偷吃，等人都到齐了发现我趴在桌子边边上吐白泡泡，我爸马上抱起我往医院跑。救过来了，原来是白菜秧秧农药没有洗干净！邻居孃孃说，喜得好我们雨雨讲规矩哟！我妈怒目而视。

356.　我多么希望像牛顿那样被一个苹果砸中，我就有苹果吃了。

357.　小学有篇课文是讲一个苏联的娃娃“谢廖沙”的。每次我们读都“谢”“廖”“沙”，一个字一个字地用正宗四川普通话读，只有赵旭，假眉日眼地“谢廖——沙”，“谢廖”两个字连读，重音在“廖”字上而且用的是一声，“沙”轻读，三声。我们就偷偷地在下面交头接耳：狗日的假洋鬼子！

358.　去年回去听说赵旭去美国读“哀蒙比哀”去了，假洋鬼子终于变成了真洋鬼子。

359.　我带领小喽啰王香莉把曾薇堵在了俱乐部侧边小路，质问道：你！为什么要在雷娅面前说我的坏话？她不理，脑壳转向一边。我突然来了劲，觉得她其实属于可以挽回的那种人，就高声朗诵道：为人进出的门——紧锁着！为狗进出的洞——敞开着！你究竟要选择什么道路，这全看你自己了！你这头披着羊皮的狼！说——到底为什么说我坏话？！

360.　曾薇被我拷问了一个小时之后，终于低下了罪恶的头，流下了悔恨的泪水。她哭起哭起地央求：让我回去了嘛，我饿了！我哼了一声，滚吧。她屁滚尿流地跑了，王香莉用无比崇拜的眼神看着我：格格，我觉得你好得行喔，啥子都懂！

361.　唉，不是我说王香莉，她写作文的时候描写也太不准确了。她写道：我的表妹大概有八、九、十、十一岁左右。

362.　填“舒服”的反义词，王香莉居然填的是“饿”。

363. 我在车子后头把脚甩来耍，几甩几甩就甩到车轮轮头卡起了。我跃尖尖地哭，我爸赶快带我去挂骨科，医生把我裤儿往上头一抹：吔——小妹妹！你好久没有洗脚杆了！

364. 还是脚杆的事。放学，经过废弃的工地，就跑到一大堆不晓得是啥子的石头上耍，跳来跳去，结果就栽了一下，磕膝头刚好磕到石头棱棱上，血跟到往外流！伤口像小娃娃的嘴巴一张一张，上面还有些白色的粉末。我心想，我的脚还硬嘛！把石头都撞成粉粉了！我说没得事，我妈还是紧紧张张地把我送到了医院头，医生看了下就开始缝针，完了还跟我妈说，这个伤口有点深，差点儿就伤了骨头，看嘛，这儿还有点骨头边边的粉粉。

365. 每次我遇到难题，就会猛地站起来，一只脚踏在凳子上，一只手指向天空大喊：赐予我力量吧——希瑞！

366. 偷了我妈一把镍币，多紧张地捧在手上，一边走一边数：一分、两分、三分、五分……“砰！”一头撞到电线杆上，我把电线杆抚摸了一哈：不痛、不痛哈！包包散！然后又一边走一边数，五分、八分、一角、一角一……

367. 包包散，是在小孩跌了跤之后，大人就把娃娃抱起来，一边抚摸跌痛的地方，一边念“包包散、包包散”，意思是跌肿的包会消，就像一句儿歌，更像是一句咒语，娃娃慢慢就被安抚了。我从小就是这样被大人安抚过的，自己跌了或别的娃娃跌了，我也会这样安抚自己或别人。

368. 我妈买了一辆二六的菊花单杠自行车，趁她不在，我就推出去学着骑。那天刚穿了条新裙子和一双连裤袜，人又矮，只有骑单边。出门就是个坡坡，疯叉叉地往下头滑，只听“扑通”一声，连人带车摔了个狗吃屎，磕膝头儿摔得稀烂！我哭稀流了地坐到那儿，我妈跑过来，一边给我上红药水，一边嘴巴头还在念：可惜了！还是新的连裤袜，破那么大两个洞！

369. 经常看见空气中有小小气泡在向上飘，我可以用眼神控制一下，但最后却抓不住，往上飘去了。我经常呆呆站在屋当中看，一直把眼睛看成斗鸡眼，恶心想吐。后来，许多年后的后来，有个人告诉我，这是眼睛在发育中，晶状体中混浊的漂浮物。我站在空白的地方试了一下，泡泡还有！我还在继续发育中！嘻嘻。

370.　　我有一张照片，人家看了就说，桑格格妖精十八怪的，照相还举朵花在胸口！……其实是因为那件衣服胸口有个疤。

371.　　我伸两根指拇立在课桌上，模仿走路的人，课桌的两边一边一个，向课桌的中心走。开始是慢地、迟疑地，最后四只指拇疯狂地扭动在一起，我觉得很过瘾，笑得咯啊咯的。突然，旁边的徐非看出了我的把戏，鄙视地说了一句：流氓！我羞愤交加。

372.　　我有一双红色的皮鞋，丁字扣的，新的时候十分好看！但是，穿一穿地就穿旧了，上头一坨一坨的黑油泥，随便咋个都擦不脱！我灵机一动，把水彩颜料的红颜色拿来调起调起，用毛笔开始为我心爱的小皮鞋重塑金身。颜色未干的时候，我的小皮鞋看上去真是鲜艳欲滴啊！我穿到脚上左看右看十分满意。但是颜料干了以后，颜色比较黯淡，从某些角度看还有奇怪的光泽。邓勤说：嘿！你的鞋子！咋个有点儿不对喃？！我赶忙把她拉起走：走走走，啥子怪喔！灯光底下反射作用！

373.　　徐非唱歌真好听，我喜欢上了他。但是班上一直盛传徐非喜欢张蕾，并且在一篇《我最敬爱的人》的作文中，他写的都是张蕾。我想，对于感情，要主动，不能相信没有证实的绯闻。

374.　　我躲在徐非上学要经过的地方，看他远远地走过来了，我就走出来：好巧啊，今天！他淡淡看我一眼：你是早就躲在这里的。

375.　　这个方法不行，我干脆去找徐非表白：我喜欢一个人，这个人远在天边，近在眼前！结果徐非没有任何表情，走了。第二天，他兴冲冲地来找我，说：我查了词典了，你说的那个人是不是我？！

376.　　要巩固我和徐非的关系，必须还要做些努力：我把辛辛苦苦攒起来的不干胶每天送五张给他，而且尽挑好的翁美玲的给他。他对我果然和以前不一样了，对我微笑，有时候还会对我温柔地说几句话：今天的不好哈，我不喜欢穆念慈的。

377.　　大家对我们的事情表示不满，尤其是张蕾一伙的，说：通过交易得来的爱情有啥了不起？！我不在意，我有我的朋友王香莉支持我，她说：走自己的路，让别人去说吧！有这句话的支持，我就一直坚持送不干胶，送完的时候，正好放寒假了。整个假期都没再见到徐非。

378.　　受尽煎熬地过了一个寒假，开学第一天我早早去了学校。没想到徐非寒假去了趟深圳，成英雄了。一堆男生围着他听他讲深圳，过了好久他才向我甩过来一个媚眼，我不晓得哪来的气，把头一偏，装出了一个高傲的表情，他脸色一下就变了，再也不理我了。我心里很后悔，其实我也很想听他讲深圳。

……

379.　　隔壁班的陆凌，以身材五短而享誉校内外，尤其是那双爪爪据说更是奇短无比。有一天，我们几个一起耍，先要“嘘拳儿”，这是游戏前的分组方法：大家站成一圈一边喊口号“麻——喂——”“麻——喂——”一边把一只手背到，另一只手摊出来，出手背的是一组，出手心的又是一组。突然，陆凌惊叫：哎呀——桑格格的手指拇比我还短！这下，就成了我享誉校内外了。

380.　　舞台上大合唱。第一个“啊，春雨沙沙地下”，集体向左偏；第二个“啊，春雨濛濛地下”，集体向右偏。所有人都做对了，只有我一个人与大家相反。班主任说，远远看上去，桑格格就是一排整齐的牙巴中坏掉的那一颗。

381.　　为什么非要分左右喃？你看，这个世界是立体的，圆的啊。

382.　　每次唱《让我们荡起双桨》的时候，第一段特别抒情，唱到第二段开头“做完了一天的功课……”心情就变得糟糕，就不想唱了。

383. 老师喊我把自己写的作文读一遍，我站起来读了一遍。她说：再读！我又读了一遍，她脸色有点儿不对：再读！我只有又闷到脑壳读一遍。这次，她已经疯了，抓起我的本子就甩到我脸上：滚——放学走在路上，我觉得十分奇怪，诧异地想：难道是我写错了什么咩？我咋不觉得喃？这真是一个谜。

384. 老师们在操场上分酱油，我好奇就跑过去耍，结果还没看清楚是咋的，就踢翻了三瓶，流得满地都是，喷香的味道让人闻到清口水跟到流。后来，我妈买了三瓶酱油，带到我挨到挨到分别去了三个老师的家，赔酱油，然后道歉。

385. 春游，需要包一个大客车。雷娅说她爸爸就管大客车的。班主任问你爸爸的大客车高级么？她说我回去问问爸爸。第二天，她骄傲地向班主任和全班宣布：我爸说了，高级，全部高靠背！全班欢呼雀跃。从此，我对于高靠背有了一辈子不能磨灭的敬意：高级。

386. 春游最重要的一件事就是置办野餐的那些食物。一般来说，最主要的是一包夹心饼干，然后再配一到两块巧克力，一包话梅，一包果汁软糖，一包酸梅粉，一包土豆片，一包鱼肉干，一包麦丽素，几个苹果或者梨或者香蕉，一瓶饮料，能将以上东西都带齐的人将十分有面子。这些食物其实在任何一家小卖部都可以买齐，但是我们偏不，我们要跑遍420厂每一家小卖部，在每一个小卖部只买一到两样，然后和同伴说：可以了，走，下一家！

387. 中午，野餐时间，亮家底的时候到了，我带的东西很少，遭到了大家的鄙视。我早就预料到了，从容不迫地在我的塑料布上又摆上了如下东西：塑料项链一串，金光闪闪的蚊帐钩子一只，五彩斑斓的毛线一团，死掉的金龟子一只。又一次遭到大家的鄙视。

388. 大概在三年级快结束的时候，看到大人在街上举起旗旗扯起嗓门喊，我不知为什么，居然也很激动，而且眼泪花儿包都包不到，虽然听不懂人家在喊啥子，也跟到后头走了一条街。我妈找到我的时候，就在街上当到众人的面，狠狠甩了我一个耳巴子，因为尊严问题，我没有哭出来。

389. 娃娃们在院坝头“打野鸭子”（丢沙包），我连续打烂了两家人阳

30．远远看见一个叔叔在吃一根黄色的冰糕，我一直跟踪他，心里期望他要是吃到一半不吃了甩了就好了。果然！他吃到一半就甩了，甩是甩了，却甩在一个水坑中！我伤心欲绝地蹲在边上，眼睁睁地看着这半根黄色冰糕化掉。

31. 我妈办调令，我缠着我妈要吃冰糕，我妈说：看到没得——那边有个叔叔，你去给他作揖，他给妈妈办了，我就马上给你买冰糕。我跑过去，“扑通”一声就跪在那个叔叔脚下，小脑壳像捣蒜一样：叔叔叔叔快办嘛，叔叔叔叔快办嘛……拖了几个月的调令就搞成了。

36. 在优秀教师评比大会上，我大声武气地指着主席台问：咋个没有我妈妈？！我妈妈最好！我妈妈最优秀！

37. 我妈工作太忙，先后把我托给学校旁边的几个乡下婆婆寄养。有的婆婆对我不错，有的就相当敷衍。后来调到成都后，老家的外婆来信说，她来带我，我妈狠狠心就送我过去了。我妈最后一次来乡下看我，我黑胖结实，拉着她的手就不放，嬉皮笑脸地说：“吐结其！吐结其！”（藏语谢谢）

46. 小鸡崽好乖啊，我握在手头心里爱得不知怎样才好，紧紧地攥到，鸡崽唧唧唧，实在乖得受不了，越握越紧，越握越紧……哦嗬！咋就死球了喃？！

54. 结婚就是和一个男的坐一桌吃饭，然后一直看着他吃，吃啊吃天天吃，一直吃到老。

57. 上厕所，乡坝头那种厕所是几块石板搭成的，屙到一半，“砰——”一块石板倒下来把我压在下面了！我趴尖尖地哭！妈妈啊！妈！结果，旁边有家住户出来个孃孃，她赶忙把我拉了出来，带到家头，用水和帕子把我擦了擦了的。她的脸很和暖，说：小妹崽，以后你长大记不记得我喔？我点点头，记得。

58. 我长大了要和大老白结婚。大老白是只美丽的公鸡。我和大老白第一次见面，我永远不能忘记：它那双小小的圆圆的眼睛，一边一个，惊讶地看了我很久，眨都不眨，好像久别重逢一样。我也看着它，觉得有点想哭，走过去，它居然没有跑，呆呆地让我抱住，我也就比它高一个头。我大舅说，鸡眼睛都眨得慢。屁，他不懂我和大老白之间的感情。

台上的花玻璃，我妈买了两块一样的，带到我又挨到挨到分别去给人家赔玻璃，然后道歉。

390.　我家阳台上有一块玻璃也碎了，好在和我无关，是我妈晾衣服的时候打烂的。我妈喊我爸：桑国全，你去整块玻璃换了。我爸在研究他的鸽子杂志，头都没抬：你打烂的，关老子屁事。我妈把晾衣竿竿一摔：桑国全，要你这个男人来捞球！我爸这才把杂志一摔，转头过来，认真和我妈吵起架来。

391.　他们吵架我是看惯了的，为任何事情都可以吵起来。我妈也是的，你说吵架就吵架，吵架是一件多么随心的事情对吧，她居然要求我爸的声音小一点，说不要让院子里的人听见。她不说这一句还好，一说小声点，我爸就去阳台上把窗子打开，对外头喊：何安秀！你吵嘛！让大家都来听一哈，看你有没有理！

392.　他们吵了很多次离婚，终于有一天，他们带着我去了派出所。我也不知道为啥要带我去，我觉得很不舒服。他们两个坐在一个房间里，有个办事的叔叔问，你们想好了没有。我爸一脸铁青，我妈也是一脸铁青。我第一次去派出所，挺好奇的，东看西看。突然看见同学晏治，他妈带着他来不知道办什么事情，他也看见我了，但是我马上就躲了起来。

393.　第二天，班上都传开了，我爸和我妈离婚了。我找到晏治，把他按在地上一顿好打，我也不知道为啥那么大力气，打得我豪气冲天。晏治还在嚎：是真的！我亲眼看见你爸和你妈在派出所离婚的！我又来一拳，这下鼻血打出来了。

394.　我爸我妈确实离婚了。爸爸要领走一半家产，他开了辆东风货车来，院子里好多人围着看，我也围着看，还很高兴，嘻嘻地笑。看着那辆东风车越装越满，那些我熟悉的立柜、五斗橱、沙发、椅子……在车厢中被摞
成一个小山，我开始着急了，那是我的家啊！我爬上东风车，把拿得动的小 7-12
东西一件一件丢下来，一边丢一边仰头往楼上喊：妈——快下来啊！我帮你又抢回一些东西……

395.　我妈没有理我，她一个人在后阳台上，拿个长鸡毛掸子一直在撣阳

台的角落，一边掸一边流泪。我不晓得她为什么一直掸啊掸的，后阳台根本就不脏啊。

396. 我几个舅舅都劝我妈不要我，要我的话不好再嫁。但是我妈不，非要把我带在身边，这大概就是“弃儿不舍”吧？

397. 衣带渐宽终不悔，就是不为脱衣服而后悔。

398. 夏天的中午觉实在太好睡了！一觉醒来，发现下午两点半那场电影《阿凡提》看脱了，摸到还新崭崭的电影票，第一次觉得因为浪费产生的奢侈感很不错。

399. 在电影院外面转起耍，看海报橱窗里面的介绍，当娃娃书看。有一个电影故事是《唐明皇和杨贵妃》，画里唐明皇和杨贵妃牵着手在一个多豪华的台子上参拜月亮，下面一行字写的是：这个时候，唐明皇已经对于爱情这个游戏感到厌倦了。我看着这一行字，呆住了，这是什么意思呢？游戏怎么还有厌倦的时候？所有的游戏，我都没有耍够的时候啊。

400. 看完电影娃娃书，在街上继续闲逛，看见前头有堆人围起，赶紧钻进去看，是转糖饼儿的，就给了一角钱，“得儿……”转了一伙，结果，大家“轰”发出一声惊叫：转了条龙！做糖饼儿的老板儿脸都憋红了，看到周围都是围观的人又不好赖账，就硬到头皮给我倒了条龙，心都肯定痛木了！我拿起那条龙，挤出人群，觉得不可思议：幸福来得也太突然了吧？！

401. 童话中，“突然”是一个非常重要的词。有一次，我勇哥用他浓重的重庆杨家坪口音念我的一本小人书：一个屠夫，有一天，突——然——（重读）当上了国王。

402. 我狂热地喜爱动画片，搜刮着所有能在荧屏上看见的动画镜头。在实在没有正片子的时候，我会聚精会神地收看《医学天地》，里面有些讲解图片是动画的，比如输卵管堵塞啥子的。

403. 格格巫雄心勃勃地发誓要把蓝精灵煎一个、炸一个、炒一个、炖一个……可是没有哪一集看见格格巫真的吃过蓝精灵，他知道蓝精灵什么味道吗？

404.　　《雪孩子》看过吧？里面的小兔子可爱吧？你注意到没有，它居然有架木马摇摇车！在动画片一开始的时候，第一个镜头就是在小兔儿的家，它妈母兔子在煮饭，它就在木马摇摇车上摇啊摇啊，还穿了件非常好看的棉袄罩衫，上头绣了根红萝卜！我心里觉得不是滋味儿了，狗日的，一只兔儿的生活水平都比我高！

405.　　满地都是雪，小兔儿为什么不能再堆一个雪娃娃喃？

406.　　《雪孩子》从头到尾都没有看见小兔儿它爸，包括最后它们家着火烧起来了，它爸都没有出现过。它们家，是不是妈老汉儿也是离了婚的喃？

407.　　晚上睡觉前发现有一篇300字日记还没写。我又一次急中生智写道：今天下雨了，小雨滴答、滴答、滴答、滴答、滴答、滴答、滴答、滴答、滴答、滴答、滴答、滴答、滴答、滴答、滴答、滴答、滴答……下了一天。正好300字。

408.　　如果升到了五年级，就太大、太可怕了。

409.　　在街上，我和张琦一边走一边双手以360度的大回环在做旋转运动——我们正在扮演飞机。抡着抡着，我的手突然打在一个人的身上，那个人反手一把就抓住了我：贼娃子！人一下就围了上来，他扯着我向人群再次大声宣布：狗日的小贼娃子还想偷东西！老子见多了！我吓得哭了起来，多么希望张琦上来说句“她不是贼娃子她是我同学”，但她远远躲在人群后面，就是不敢过来。

410.　　刚跨进屋，我妈就问我：“你咋个一身都是血呢，是不是跟人打架了？！”“没有啊！”“有没得哪儿痛呢？”“也没得啊！”“那去把衣服换了！”她顺便摸了下我的脑壳，“咋个头上也是呢？！”“头痛不痛？”“不痛！”“真的不痛啊？”“……好像有点儿痛了！”“妈，是有点儿痛哈！”

411.　　我妈用自行车把我驮到420厂医院去了，医生二话不说拿起剃刀就开始给我剃头发，我吓疼了！一趟子就要往外头跑，我妈一把抓到我：医生给你剃了才好缝针！我不干：他要把我剃成和尚！我妈把利害关系讲了又讲，好说歹说，我终于同意了进去让医生给我剃。正在这个时候，另一个病人走过来，他的伤是在手上，据说是不小心撑到玻璃碴堆堆头了，一共缝了五十多针，整个手比蜘蛛网还要吓人！远远地望去整个手板儿都是黑的！我拔腿就跑！我妈反应也快，一把把我抓回来，又苦口婆心地给我说你的伤没得那么严重，没得事的！最后，在人家临下班的时候终于让医生下手了，脑壳上被剃了一个三厘米见方的空地，一共缝了四针。

412.　　我已经晓得要爱美了噻，觉得脑壳上顶个白纱布不好看，就自己找了条橘红色的纱巾绑到上头。同学们说：你们看，得了中耳炎的鸡妈妈！我把纱巾扯了下来，对到镜子越看越伤心。最后我给我妈说了一句话：妈，我要去把脑壳剪了！第二天我上学的时候，就是一副蘑菇头开天窗的样子……总要好些嘛！

413.　　嗯，至今都不晓得自己是咋受伤的。

414.　　我妈中青年休夫以后就常常流连婚姻介绍所与露天舞厅。我放学回家要是忘记带钥匙，就只有坐在楼梯上等。等得实在无聊，就把脑壳伸进楼梯转角的花孔砖的洞里玩，玩了半天，卡住了，我左拔右拔都退不回来，耳朵磨得生疼，一脸的墙灰。我绝望了，放弃了努力，双手摸着一个可以抓的地方保持平衡，就那样脑壳在墙外、身体在墙内站了一个多小时。眼睁睁看着夕阳一点点落下去，心里觉得有点悲壮，自己又安慰自己：管他妈的哟，死了也就碗大个疤……

415.　　我妈终于回来了，远远就看见夜色中好像我的脑壳挂在外面，吓得魂飞魄散，屁滚尿流地上来。我镇静地说：妈妈，不怕，我没得事，快来帮忙。我妈几下就把我拔出来了，一边检查我的脑壳一边问：你遭卡了好久？我说：没得好久，几分钟。

416.　　又有一次忘了带钥匙，这次我不敢去钻花孔砖了。这次我饿了，饿惨了。我抱着咕咕叫的肚子，闻着人家屋头的饭香就下了楼，最后站在了一楼汤娃儿他家门口，门是虚掩着的，阵阵香味就是从里面飘出来的。我推开门，看见人家一家三口其乐融融坐在一起吃饭，露了个小脑壳给他们看，他们看见了，招呼我：格格来了，吃饭没有？没吃一起吃！我二话不说，进去坐在饭桌上随便端起一个碗就吃，吃啊吃，把整个头都陷在碗里了。可能是我的吃相不好看影响了他们一家人的食欲，他们都不吃了，看着我吃，陈嬢嬢还不停地给我夹菜。最后，我打了个饱嗝，说：饱了。然后，抱着圆滚滚的肚皮慢慢爬上了楼，在四楼楼梯口坐下来，继续等我妈。

417.　　在厂俱乐部灯光球场，举行了建厂以来最大的一次职工足球赛，我妈要洗衣服没去，我去了，但是又看不懂，正在磨皮擦痒的时候，突然发现对面有个摄像机对到我们这边观众席“得儿……”缓缓摇动，这太突然了！我很后悔没有穿那件荷叶边边的新裙子出来！回家后，我对我妈说，今天足球比赛摄了像的，可能还有我！结果当天晚上的“成发新闻”就放了这条简讯，零点几秒、一晃而过的镜头中，我居然从上千个人中一眼就看到了自己！

418.　　最神的是，我妈在厕所洗衣服，隔起一帽子远，她也看到了！还说：你咋个又把眉头皱起哟！怪死难看！

419.　　420厂还是曾经有过辉煌的时期，辉煌得连李谷一和韦唯都请得来！那个劲涨喔！俱乐部电影院的玻璃都遭踩烂了好多，我妈也十分敬仰李谷一，她很想好好观摩一哈人家大师的演唱，好提高自己的业务水平。结果，我在电影院子坝坝头耍，我妈只有站到门口，一只眼睛看到台上，一只眼睛看到我。后来，她听得入迷了，可能有几秒钟的时间忘了我的存在，我脑壳上就哒了一个咚大的青头儿包，当时我正在模仿狼牙山五壮士跳崖。

420.　　420，把这个编号专门留给我小时候长大的那个国营大厂。后来它不叫420厂了，叫成发集团。

四年级

421.　　我和徐非在班上再也不说话了。不知道为什么，我们看到对方都绕道走。而且他又和张蕾关系密切起来，王香莉偷偷告诉我，她看见徐非把我的不干胶送了好多给张蕾。张蕾只挑最喜欢的，啥子穆念慈的都送给别个。王香莉说：你去要回来算了。我摇摇头：送出手的东西，不兴要。人要有格式。

422.　　但是有一天，王香莉说，徐非要转学了。大家都说，他要去深圳读书了。

423.　　大人们都说，一醉解千愁。电视上的人，一不高兴了，也都要去喝酒。于是，在麻辣烫摊摊上，我对老板娘说：来一瓶啤酒。老板娘看我一眼，有点迟疑。我又说了一句：来一瓶啤酒，然后抽出整整十元钱递给她。她给我了一瓶啤酒，问我打开吗，我说打开。我吃一口麻辣烫，然后皱着眉头灌下一口啤酒，想起我妈对啤酒的评价——马尿，觉得她说得真准确，太难喝了。但是我就是想喝酒，我要喝。一醉解千愁嘛！又喝了一口，赶紧吃一口裹了很多海椒面的土豆镇压。

424.　　慢慢地，我看周围的人都有点晃，还看见老板用倒拐子怼旁边的人，悄悄说：咳，你看，那个小娃儿在喝酒！大人晓得了肯定要打！她们叽叽喳喳，脸笑得稀烂。最后我觉得脑壳晕得厉害，我抱着书包，不知道为什么就悲从中来，居然哭了起来。这时候，周围有人问我：小妹妹你咋子了？

425.　　我哭稀流了：徐非转学了……再也看不到他了。

426.　　我爸和我妈离婚后，他再出现，就只是给我打电话，而且他每次都要说两句话：一、过马路要小心，两边看哈再过。二、一定要多吃大蒜，消毒，白天吃怕有味道就睡觉前吃。

427.　　那时候电话只有收发室才有，每次我爸一打电话，守电话的秦花篮孃孃就扯起嗓子大声喊：一单元四楼二十号，桑格格电话——！全院子的人都晓得，我爸又给我打电话了。我妈就在旁边哼一声，转过身：去嘛。

428.　　我爸是个司机，经常要睡到货车底下搞修理，我就站在边边上帮他把衣服抱到。他修完了，梭出来，看见我站在原地悄悄眯眯地，抱衣服的姿势都没有改变。他的手糊满黑机油，就用手背抚摸了一哈我的脸，强烈的机油味和汗臭窜进了我的鼻子。这个味道，以后不管在哪闻到，都会想起我爸。

429.　　我爸我妈离婚后三个月，我爸就得了急性黄疸型肝炎，住进了传染病病房。我妈晓得了，居然跑去买了三斤苹果、三斤香蕉看他。我爸十分意外，说：你把东西放下，赶快走，这里的病都传染！我妈不理，脖子一梗一梗地说：你少管我！自己不晓得在做啥子，才走三个月，就病成这样……我爸手一挥：走走走。我妈只有带我出来，走到外头花园路上，她眼泪就流下来了，流啊流啊，脸都红了。

430.　　医院的花园里开满了栀子花，香得不得了，我想去摘，但又觉得我妈在哭，不大好，就默默地看着那些花，默默地跟到我妈的身后走出了医院。后来只要闻到栀子花的味道，我就会想起这个场景。

7-12

431.　　后来我妈也病了，发烧，躺在床上。我干着急，不知道该咋个办。唯一想到的办法就是把家里所有的枕头都找出来，垫在我妈的头下、手臂下、腰下、腿下，每垫一块就问一声：妈妈你好点儿没有？我妈就一次一次地回答：好点儿了、好点儿了、好点儿了。

432. 我妈病了，我做了平生第一顿饭：煮了一锅稀饭，把泡菜从坛子头捞出来切了，拌些红油和味精，然后还要拿个盘盘装起，摆个众星捧月的图案。最后，把稀饭舀好，把筷子摆得整整齐齐的，请我妈隆重入席。

433. 我爸肝炎病刚好，拿自行车载起我去耍。地上坑坑洼洼的，我使劲把他肝捂到，害怕抖痛了。我爸转过头说：你把我的胃抠那么紧做啥子？

434. 我悄悄对我爸说：那天我和妈妈来看你，看完了第二天她也生病了。我爸没有转头，他只是继续骑，一圈一圈地踩着自行车。我以为他没有听清楚，过了一会儿，他才说：你要听你妈的话，莫惹她生气。

435. 我爸病好了之后，单位上给他安排了一个单身宿舍，当时觉得很远，居然都不在我们双桥路上，都要到牛市口那个位置了。我每次都走路去看他，也觉得自己好厉害喔，能走那么远，还是走来回。

436. 我是这样想的，不要把目标直接就定在牛市口，要分站：第一站是菜市场，第二站是菜市场到我们小学，第三站是小学到新商店，第四站才是新商店到牛市口。后来这条路线有了公共汽车，那路线规划，和我想的一模一样。

437. 我爸住的是人家的房子，也不知道为啥这家人不住这里了。我爸不准我去动人家的抽屉，但是我就是好奇，趁他不注意，就拉开看，哇，这家人估计也有个娃娃，还是个男娃娃，有不少玩具，一盒子兵人！我眼睛都瞪大了！以后我走路去看他就更起劲了，每次去可以玩那些兵人。

438. 二舅妈是个小气鬼，她来我们家耍，经常和我吵架。后来有一次她一生气就说：不耍了，我要回阿坝州！我冷笑，想走，没得那么容易，你耍了两个月还没交伙食费！二舅妈就气哭了。

439. 看到二舅妈气哭了，我就后悔了，又去逗她：二舅妈，我错了，你不要哭了，你还给我买过五梅花蛋糕的，我记得到！我二舅妈就不哭了，牵起我的手，向我道歉：二舅妈也对不起你，不该骂你小蛮儿！然后，我们手拉手高高兴兴又去买五梅花蛋糕了。

440. 穷人的娃娃早当家，我十岁就开始挣钱了。暑假头摆了个地摊摊儿，卖折扇。人家来问价，我硬邦邦地说：两块钱一把！没得少！过上过下的人都要把瞄我一眼，而且基本上都来买一把！所以说，人，要自信喃。

441. 开学了，我给我舅婆汇报成绩：两百零六把，全部两块！舅婆惊到了：我卖了三个月才卖了一百五十多把，卖到两元高价的还是个把个！

442. 我们后面的田坝开始起楼房了，新楼房上面贴的都是亮晶晶的马赛克，我们就伙起一堆娃娃去偷，偷回来还拿出来欣赏。我舅婆看见了，说：要偷就多偷点回来嘛，小厨房的灶台上镶起才好看哩！

443. 早上天不亮，家家户户都端个盆盆锅锅出来买早点，我们家每天都是我买。我端起盆盆经过一楼汤娃儿他们家时，他爸在刷牙，满口泡泡地说：咦，格格，你们家吃得恁个孬！

444. 王凤说，桑格格好造孽哟，她爸爸和她妈妈是离了婚的！我说：结婚自由，离婚自由，这叫文明，懂不懂？！瓜娃子娃娃！

445. 这个话是王香莉教我的，她妈老汉儿早就离婚了，难得有一方面的知识比我丰富。

446. 妈妈，我们是不是没有桨的船儿苦漂荡？（**电视剧《蛙女》主题歌的歌词**）

447. 我爸走后，我过了一段无拘无束的日子，很是惬意，但慢慢地就觉得家里空荡荡的，有时候会想起他。有一天，从后阳台看下去，看见一楼野地里的灰灰菜又长起来了，就想起有一次，我妈看见那灰灰菜长得喜人，喊我爸去摘，说中午拿来下面。我爸看了一眼，说是长得好喃。但是他们都不好意思去摘，怕人家笑我们家吃野菜，叫我去。我跑下去，又认不得哪个是灰灰菜哪个不是，往上看，看见我爸和我妈两张喜气洋洋的脸，小声地指点：那个！边边上的就是！对对对！乖，多摘两把！我站在地上，往上望，

7-12

这是我第一次看见他们两个在一起同时对我笑。我就多看了一会儿。

448. 还有一回，我妈说一个啥字谜让我猜，我猜不出来，我爸本来在一边的，他听到，一下就猜到了。我妈就来劲了，一连出了好几个字谜，他都猜出来了，这下他也来了劲，给我妈也出了几个字谜。他们还拿了一张纸，在桌子上写写画画地拼字，拼得哈哈大笑。我当时吵着要吃苹果，我妈只有意犹未尽地去给我削苹果去了。现在想来，我觉得自己不懂事，那么难得，两个人高高兴兴地猜字谜，我为什么不多让他们猜一会儿呢？

449. 我妈自从单身以后，人家欺负她屋头没得男人，处处在外头受气。一次，她拿给我一块五斤米的牌牌，说：去，到粮站买米！我去了，结果人家粮站的孃孃说：这个牌牌作废了，买不到！我回家给我妈一说，她火冒三丈：啥子喃？！连个粮站卖米的都要踩到我！你再去，我就不信买不回这五斤米！我只有又去了，当然，人家还是不卖给我。我拿起米口袋和作废的米牌牌站在一边，把那两个卖米的孃孃盯鼓眼儿地盯到，她们也不理我，只管卖米。天都快黑了，她们也要下班了，看到我还站在那儿：你咋还不走喃？！我“哇”一声就哭了：孃孃孃孃，求求你！卖给我五斤米嘛！要不然我妈妈要生气！她们两个互相看了一眼，麻利地拿过我的米口袋，从量车里量了五斤米，递给我：快回去了！你妈也是！为了五斤米来为难个娃娃！

450. 我抱起这宝贵的五斤米回家了，我妈一看沉甸甸的米口袋，松了一口气：就是喏，我就不相信买不回来！然后，把饭热好端上桌子，我们两个就高高兴兴地吃晚饭了。

451. 我妈极不善于烹饪，我爸走后两个人的饭更不好弄。一天，我放学，兴冲冲地说：妈，晚上吃啥子？我妈说：筐筐头还有几个桃子。

452. 馒头、面条、白水煮的整鸡蛋是世界上最难吃的东西，不是看在“孤儿寡母”的分上，我才不吃哩。

453. 睡到半夜饿醒了，想起碗柜柜头儿好像还有一碗昨天晚上剩到的魔芋烧鸭子，迷迷糊糊地蹭起来，偏偏倒倒去了厨房，但是把柜柜都摸遍了，都没有找到魔芋烧鸭子。我继续寻找，看到角角头蹴起一个钵钵，走过切揭开盖盖儿就闻，结果，臭了一个倒栽葱！——那是我妈窝到那里浇花的人造花肥！

454.　　我妈骨子里还是一个农民，人家阳台上种的都是花草，我们屋头阳台上都是经济作物：辣椒、葱、莴笋叶叶、卧米豆（扁豆）藤藤。我在屋头写作业，我妈在厨房弄饭，惊爪爪地喊：蓉娃子——切给我在花盆头掐截葱，我要煮面！！

455.　　要期中考试的时候，一楼汤娃儿他妈说：我要给我们红飞炖锅鸡汤补一补！我妈听到之后，也给我炖了一锅，我喝得之香喔，我妈在旁边欣慰地说：好生考试哈！考不好嚯要把鸡汤给老子吐出来！我扑哧一声就呛到了，十分自觉地把碗放下来，算了，不喝了。

456.　　我妈爱财如命，经常一个人在一边数钱：差九十九元又是一百！

457.　　我妈做梦永恒的主题就是有人抢她的钱包。我也爱财如命，我做梦的永恒主题就是抢人家的钱包。后来上中学，请一个英语好的同学给我取一个英文名字，他说了七八个我都不满意，他有点不耐烦了，说：你到底要想什么名字嘛？！我说：要不然就叫Money吧。

458.　　如果我有一百万的话，想为家乡人民做点实事，修座桥，再修条路吧。

459.　　有一天晚上我说梦话：妈妈，明天林孃孃要送我一条红裤子。我妈看我睡着了，敷衍道：是不是喔。第二天去林孃孃那，她给她女儿红霞在裁缝铺做了一条灯芯绒裤子，红色的，刚取回来试穿，但做小了穿不得。林孃孃说：哎呀格格正好在，干脆你拿去穿！我妈一下就愣在那，惊讶地看着我：你昨晚怎么知道？！我觉得奇怪：啥？我知道啥子？

460.　　毛线大减价，我妈买了一堆马海毛线回来，然后，给我和她自己打了无数件毛衣。我的分别是白色、粉红色、大红色，就这三件毛衣，配几条黑色的健美裤，一直让我在整个小学四年级到初二，都极有面子。 7-12

461.　　我妈有许多家庭主妇的小发明。有一年冬天，我在教室里脚都冷木了，她第二天在我两只鞋子里一边塞了一条卫生巾，铺得平平整整的：好，这哈你不得冷了，保证巴适！

462. 我妈喜欢照相，而且喜欢各种不同的造型。有一次，她把我三舅舅的军装拿来穿起，多得意地照了一张，结果洗出来看到军装只穿了上半截，下头是两只光脚杆，裤儿都没穿。

463. 穿军装的都是好人——现在我……我还是这么认为。

464. 在家里拍照时，不是随便拍的，我妈会把屋头所有值钱的东西都堆在一起：威力牌洗衣机在左面，上面放条拉舍尔毛毯；双燕牌单门冰箱在右面，上面搁着红梅牌十四寸黑白电视机，电视机上面还要叠一样东西——一个崭新的闹钟。然后，我们分别站到中间，笑得十分幸福和满足。

465. 通过越来越丰富多彩的电视广告，我和我妈分别选中了彼此心仪的家用电器，我的是一个可以将鱼冷冻了拿出来还活蹦乱跳的冰箱，我妈的是一个集洗衣、甩干为一体的洗衣机，衣服从洗衣机拿出来就可以穿在身上！每次演到广告，我都要喊我妈看：嗨！快来！你的洗衣机来了！如果我睡着了，我妈也要把我摇醒：嗨！快看！你的冰箱来了！

466. 我多么希望像电视里演的那样，夏天天热的时候，放学或出去玩之后一回家就能拉开冰箱，取出一瓶冰镇易拉罐饮料，一饮而尽，冰彻透心！后来，我家终于买了一个冰箱，但是一拉开，里面都是昨天的剩菜，味道之怪。

467. 我家实在太不讲究了，口渴了，想找个杯子喝水都找不到，我妈说拿碗喝不得啊！我就不爱用碗，我要用杯子！我妈才不将就我，不喝各人渴死。

468. 下雨，人家娃娃都有伞，或者雨衣。我妈居然甩一顶草帽给我，还是原来我爸戴的，边边都烂了，我气得一趟子就冲进雨里了。

469. 好不容易有一天出太阳了，我就赶忙洗头。搓了半天泡泡，侧脸对我妈喊：妈——快点给我提壶灌顶！

470. 《出水芙蓉》上映是一件万人空巷的大事，我们去晚了，只买到两张第一排的座位。那是大电影院的第一排，我和我妈仰起脑壳，看到银幕的人，上半截和下半截的大小是完全不同的，但我们还是非常满足，笑得肠子都要炸出来了。

471. 但是后来，起码有三天，我们看东西都是斗鸡眼。

472. 我妈除了学习用具，很少给我买课外书籍，偏偏我又爱看童话，我晓得屋头经济不宽裕，从来不去找她。每到星期天，我就背个军用水壶，里头是凉好的开水，去新华书店，看《格林童话》《一千零一夜》，后来还有《金银岛》《基督山伯爵》。新华书店很远，但是我因为走路去看我爸，练就了一腿好脚力，那种分段目标法，特别管用。

473. 我留起了长头发，一直戴个黄色的塑料压发，这个压发戴了四年。暑假头，没得事就拿起压发来研究，觉得它好经使哦！可以戴那么多年，拿到一头就开始咬，咋咬不动呢，再一使劲就咬下来个缺缺。哦！还是咬得烂嗦！再拿来撇哈呢，一用劲，“乓！”压发就完成了它四年的使命。

474. 柜台里有一个美丽的绢花压发圈，我想要，妈妈看了一下价钱，三块五，她就对售货员说，请给我拿一个这个压发圈，售货员拿了一个甩在柜台上：进口的，三十五元！我和妈妈惊呆了，妈妈看看我迷茫又渴望的表情，咬咬牙还是说：好嘛，拿一个。妈妈小心地把压发圈戴在我头上：好生戴不要耍丢了。我说：嗯。

475. 这个压发圈在一次挤公共汽车的时候挤丢了。对不起，妈妈。

476. 我这辈子丢过的最珍贵的东西是一个小板凳和一把小伞。小板凳是我家四个一套的，被我拿去学校开庆祝会丢了，现在只有三个，多少年来被我妈不知唠叨过多少回。小伞，是我妈看我不戴草帽才给我买的，粉红色，有花瓣，顶端还有个日本木偶！结果，我在水池里洗手，丢了！多少年来被我妈不知又唠叨过多少回。

7-12

477. 我妈唠叨我从来不还嘴，晓得自己罪孽深重。

478.　　十岁生日那天，我妈亲热地对我说：乖，今天你说什么妈妈都答应你！

479.　　我信以为真了，尝试着说：我想去动物园……我妈说，好！我们马上就收拾出门。我觉得这简直不像真的，准备再试试：我要吃冰糕……我妈说，好！马上就给我买了一个豆沙冰糕。接下来，我陆续提出了以下要求：一、买一条新裙子；二、坐要钱的太空舱一次；三、吃蛋烘糕两个；四、吃酸辣粉一碗；五、吃娃娃头冰淇淋一个；六、吃甘蔗一根；七、买塑料小桶（小蜜蜂采蜜那种）一个。

480.　　我妈的脸色越来越差。最后，傍晚回家的路上，我已经得意忘形了，看见一个蛋糕坊的奶油蛋糕，马上就蹲在地上：我要！我妈终于爆发了，一个正义的巴掌打在了我的头上。我哇哇大哭，这一切果然不是真的！以后过生日，我再也不敢要求什么了。

……

481.　　我家来了一个客人，是一个远房表哥，长得好高好乖啊！关键是：他长得太像蔡国庆了！我呆呆地盯着他看，看得不转眼，他走到哪里我就跟他哪里，他上厕所我就在外面等到。吃完了饭，他起身告辞，我妈出去送他，我还没有和他说过话呢！急冲冲地跑出去，抢在前头，很大声问他：你几岁了啊？他看看我，笑了笑，没回答。我有点疑惑，改变了一个方法：那你几十岁了啊？他还是笑了笑，又没说话。这个时候邻居家的人也出来了，他们看着我笑，还有我妈！我急中生智：那你十几岁了？这下所有的人都发出了爽朗的笑声，我只有选择逃避，跑掉了，跑得远远的，看着远房表哥，越走越远。

482.　　我迷上了蔡国庆，三年级的时候我就把他的照片从《大众电影》上剪下来，贴在我的文具盒里头，供我上课时深情对视。我妈对我这个爱好并不反对，但也不算很尊重。比如，电视里蔡国庆要是出来了，她会叫我：

哎！你的菜鸽子来了，快来！我就闪电一般出现在电视机前，等看完了才严正批评我妈：不许叫人家菜鸽子，人家叫作蔡国庆！

483.　　有一阵时期，郁钧剑在成都广播电视报上写专栏，专门写他在文艺圈的逸闻趣事，我就一直追看，万一他提到我的偶像呢？果然，有一期他提到了，主要写蔡国庆多么的德艺双馨，让我满意极了。我激动地给报纸写了一封信，请转交给郁老师，内容主要是我很喜欢他的文字，以及抒发对蔡国庆的热情，最后说能不能要一个他的地址。要说啊，那个年代的明星真是好心肠，郁老师给我回信了，还是用毛笔写的，高级得很！他安慰了我，说我是个有眼光的好孩子，最后给我了蔡国庆的收信地址。我爱郁叔叔。

484.　　然后我就开始了给蔡国庆写信这个漫长的系统工程。他唱过一首歌叫《365个祝福》，我发誓要365天每天都给他写一封信。所有的零用钱都是购买信封和邮票的专项资金。开始是每天一封，其实我激动起来一天写三封都是有的，不过为了确保偶像每天都有收的，并不是一起寄出，而是细心地编上号，隔天再发。

485.　　可惜，从来没有回音。我慢慢变成三天一封，一个星期一封，半个月一封……最后，我毛了，在信里说：我是一个患有癌症、身残志坚的少年，最大的愿望就是得到您的回音。

486.　　还是没有回音。我开始消沉了。我妈都说：哎呀这个娃娃最近咋个吃饭都不香了喃。而我，躲在房间里，反复地听他的新专辑：北京的桥……千姿百态，北京的桥……瑰丽多彩……唉，他还是那么销魂啊。

487.　　我特别喜欢光临那些即将要拆的楼房，住家户搬走的时候有好多好东西都不要了，我在里面捡到小铅笔刀一把、算盘珠珠一串、可以合上又翻开的彩色纸孔雀扇一把、粉笔两截以及一个洋娃娃的脑壳。

488.　　我爸把家里一半的家具搬走后，我觉得那间屋太空了，就从要拆的 7-12
楼房里捡回藤椅一把、痰盂一个，费了吃奶奶的劲才搬回来，我妈居然没有表示高兴，脸上的表情还有点伤心。我好失望哟，虽然痰盂是漏的，但是藤椅还是可以坐的嘛，上好的啊！

489. 家里空出来一间上好的朝阳的房间，作为一位要独立抚养孩子的单身母亲，我妈当然不会放过利用它收房租的机会。这样，在我成长的岁月中，曾愉快地和很多位房客相处过。你想想，我可是房东的女儿啊，多么诗意的一个角色。

490. 第一位房客是一位姐姐。这位姐姐叫什么我忘记了，记得她长得高，又白，一双黑眼睛，密密麻麻的眼睫毛。她说话声音又细又软，而且一说话就脸红。她之前是在龙潭寺那边街上卖烧腊的，说是从小没有妈老汉儿，当时已经十九岁。一天，我干爹的朋友郑叔叔路过龙潭寺，看见了这个烧腊摊子，里头娇俏的女娃娃围着蓝布围腰，那真是红头花色、眉冠日月。他走过去，女娃娃轻声说：哥老倌，要买点啥子嘛？当时，郑叔叔魂都不在了，身体酥软了半边，瓜了傻了都不晓得答白了……姐姐含笑又问：哥老倌，要买点啥子，嗯？这一声"嗯"，对郑叔叔来说，不是烧腊摊里传出的，而是来自百花深处。

491. 在看上一个烧腊小妹的日子里，郑叔叔还是相当有诚意的——姐姐每天卤好的肉一大半都被他买走了。据说当时郑叔叔看见熟人不问吃了么，直接说：哎，来，拿斤猪耳朵去，我这吃不完都要臭了！慢慢地，郑叔叔顺利地完成了对姐姐烧腊摊子的整体收购。"整体"的意思就是，烧腊和烧腊小妹都是郑叔叔的了。

492. 但是，郑叔叔又是有婆娘的，这在九十年代初，还是一件十分棘手的事情。他和我干爹，两位在改革开放中最先富起来的人，就在商量如何安置泪水涟涟的姐姐。我干爹这老不胎害的家伙就说，我有个干亲戚，是个孤儿寡母，屋头有间空屋，把妹儿安到那里住，你每个月给点租金就是了。郑叔叔点头连声说好好好。

493. 好个球，住我没有意见，说我们家孤儿寡母，老子就最不愿听。我有爸爸，只是不和我们一起住，哼。

494. 姐姐搬进来第一天，欢天喜地的，郑叔叔给她买了新的床、梳妆台、组合柜，白色贴面的，这在当时都是高级得很的。姐姐自己在百货大楼买了一整套红色的被套、床罩、枕套，又自己扯了红色的纱，做了窗帘。我把脑壳探进我家那间由于我爸的离开而空空荡荡的房间时，震惊得半天都没有回过神来，那是一间恐怕神仙都住得的屋！姐姐羞涩地站在窗子边的红纱下，眼睛望着院子门口，郑叔叔说晚上在家把饭吃了就过来。她看见我鬼头鬼脑地在门口张望，就笑嘻嘻地招手：来，小幺妹儿！我就走进去，她抓了把糖给我。

495.　　之后，我妈没有让我吃那个糖，她压低了怒气冲冲的声音说：你干爹这个砍脑壳的瘟殇！没有说她是个……我妈不知道如何找一个恰当的词在我面前表述姐姐的身份，总的说来，我妈的意思就是，姐姐不是个好人，我不要随便和她接触。但是，我不同意我妈的意见。我很明显地被姐姐吸引了，她那么好看，为什么我妈就不喜欢喃。

496.　　当晚郑叔叔来得很晚，姐姐看见他来，高兴得像只雀儿，在他身上上下翻飞，叽叽喳喳。我妈把我拉进我们的房间，“嘭”一声关了门。

497.　　半夜，我听见有人哭，然后就是有人起床穿衣服说话的声音，然后听见有男人的脚步声走到门口，开门，走了。那哭声嘤嘤嗳嗳地半天都没有消。我妈坐在床上叹了口气，穿起衣服去了隔壁。果然，姐姐披头散发地还在哭。我妈拉着她的手：妹儿，莫伤心了，你硬是命不好喔……她一开腔，自己也伤了心，眼睛也红了。姐姐像见了亲妈一样，扑在她怀里喊了声孃孃，就嚎啕大哭起来。我完全搞不懂状况，但隐约想起了那个让我不爽的词来，孤儿寡母。

498.　　这之后，我妈没有那么生分姐姐，但还是隐隐地对姐姐有种说不出来的隔膜。郑叔叔隔三岔五地来，我妈的脸更是硬得来像刷了糨糊。一般来说，郑叔叔来都要给姐姐带点东西，有时候是衣服有时候是项链，有时候没有带东西，就给她几百元钱。我表达过对这些物质的向往，我妈毫不犹豫地甩了我一耳光。但是不要紧，姐姐对我好。只要郑叔叔来过，第二天姐姐都要带我去吃北方饺子、麻辣烫。我和姐姐手拉手走在大街上，不停地吃，不停地笑。有些泼皮要来臊姐姐的皮，姐姐就把腰杆叉起：你娃娃是不是皮痒，晓不晓得郑三哥？！

499.　　但慢慢地，郑三哥越来越少来了，钱也不怎么给姐姐了。姐姐很少出门，她在屋里给郑哥打的毛衣毛裤，都放在那里好久了。她床头放了一堆言情小说，啥子琼瑶、岑凯伦、席慕蓉，看激动了就要哭。有一次还把郑哥给她买的套装剪成了丝丝绺绺。我妈看不过去，就给干爹打电话：蓉蓉干爹！你喊你那个朋友心不要那么黑，人家好生生的一个姑娘家！最后我妈说，她借了我钱，还欠了几个月的房租，你娃今天晚上不送过来，就不要再进我的门！

500. 晚上郑叔叔来了，他一进门，就阴着脸。一会儿就走了，留了一笔钱。

501. 姐姐坐在红色的被褥上如同一只木鸡，我妈进去都没有反应。半天，她才说：喔，何孃，这是借你的钱，这是这几个月的房租……我妈把钱塞在她手中：瓜女娃子，孃孃不要你的钱了，拿这些钱去做个小生意！姐姐眼泪像断了线的珠子，手里捏着钱，一句话都说不出来。

502. 半个月后，姐姐搬走了，只带走了衣服和细软，留下了一个洞房般的房间。

503. 之后的房客来看房间，一眼就看中了，说是喜气。当年的床罩质量真好，现在我妈还在用。前两年我问起干爹：你当年那个姓郑的朋友喃？干爹说：那个敲沙罐（遭枪毙）的，搞诈骗进去了，这两年可能出来了，不晓得在弄啥子，莫得联系了。我又问：当年那个姐姐喃？他哼了一声说：那个女娃子也凶得很！去了深圳当小姐，后来说是吸了毒，人嘛，恐怕早就不在了喔。

504. 有一天，我在我干爹那两室一厅的“环球远东国际贸易总公司驻蓉办事处”，看见一个穿梦特娇丝光棉T恤的叔叔问我干爹：逮猫不？我干爹的三角眼瞄到我正用一双求知的眼睛望着他，就红着脸摇摇脑壳：不、不逮。我十分遗憾，猫，是一种多么可爱的动物啊，为什么不逮喃？我对那个丝光棉叔叔说：叔叔，给我逮一根猫儿嘛，求求你了！丝光棉叔叔居然也红了脸：乖哈，嗯，你、你养不起！

505. 这个丝光棉叔叔居然也成了我们家的房客，还有丝光棉太太以及八岁的小丝光棉。我干爹的表述是，他有一对在大学教书的夫妇朋友，单位房子紧张，暂时在我家租下房子过渡。对于教师这么一个稳当职业，我妈是很有好感的，说好嘛。

506.　　当这对夫妇出现在我妈面前的时候，她觉得有点异样，碍着面子也没有说什么。事实上是，丝光棉叔叔赌博把房子输进去了，不得不在我家住。如果大学真的有麻将系，我相信丝光棉叔叔当个系主任那是绰绰有余。虽说如此，丝光棉叔叔还是天天去麻局上班，有时候回来手上拎得有东西，水果啊糖啊衣服啊什么的，丝孃孃和丝娃娃就猴上他的身，大的摸上衣包包，小的检查裤袋，也是一派阖家团圆的喜庆景象。但是，如果丝光棉叔叔铁青着一张脸回来，两手空空，一家人就悄悄眯眯的，八点一过，脚都不洗就睡了。有时候，半夜还要吵架。印象最深的一次，半夜丝光棉叔叔回来，脸都肿了，外套也不在了，大冬天的，冷得牙齿咬得咯咯响。

507.　　那夜两口子是打了架的，我妈去劝了才好。关于丝孃孃么，我终于晓得她就是丝叔叔曾经说过的那种珍稀品种的猫科动物，但是丝叔叔真的喜欢上她，弄来做了自己的婆娘。

508.　　总的来说，只要丝光棉叔叔手气好，房租还要多给。有一次，叔叔心情好，还在边边上看我和小丝娃写作业。我在写：春天来了，柳树发芽啦，小鸟向南飞……丝光棉叔叔面色突然黯淡了，抱着小丝娃说：你要乖，好生学习，莫学爸爸喔。

509.　　有一天，丝光棉叔叔又赢了，带婆娘儿子去商店，看我站在角落里把他们看到，也挥挥手：来，幺妹！一起！那天他给婆娘买了一件狗皮大衣，给丝娃儿买了两套运动服，给我买了一件毛衣。他给我挑毛衣的时候说：幺妹，你穿这个粉红的好看，造孽，你爸也不打扮你！一般听见这种话我都会极有风度地“愤然离席”，但是那天，那件毛衣真的把我迷住了，一件梦幻般的粉红毛衣啊，我摸了又摸，收下了，第一次叫了丝光棉叔叔的本名：谢谢殷叔叔。

510.　　殷叔叔除了喜欢赌，基本上一颗心还都在他的婆娘儿子身上。有一次，他去参加儿子的家长座谈会，回来后很沮丧——小丝娃子觉得他丢脸，对人家说他不是他爸爸，是他们家司机。

511.　　慢慢地，丝光棉叔叔也不赌博了，那个实在没有什么前途，还是搞点实业好些。有一天，他拿了两瓶五粮液孝敬我妈，我妈像捧着手榴弹一样惊风活扯地问：小殷，不得是歪货嘛？！丝光棉叔叔掸了掸一身笔挺的崭新西装：拿去喝嘛，大姐，不得喝死你。好歹我现在也是“人生梦”酒业集团的老总了！丝光棉嬢嬢也翘着戴了八个金戒指的手抚摸着我的脑壳：哎呀嘞大姐，这年头啥子真的假的喔，弄到包包头才是真的！

512.　　之后他就消失了一段时间，他们交了三个月房租都没有住。走得匆忙，凉台上还挂着殷嬢嬢做的过年香肠。

513.　　有一天，两个穿着警服的男人光临了我们家，把我妈的魂都要吓掉了，又开始一把鼻涕一把眼泪地诉说：我们孤儿寡母的，咋个晓得他们是做假酒的嘛！我真的啥子都不晓得！警察叔叔走后，我妈赶紧去她们科长家把送的五粮液要了回来——幸好人家还没喝，那是丝光棉叔叔的杰作。

514.　　殷嬢嬢做的香肠实在挂得太久了，我妈就取下来，煮起来吃了，还是多好吃的，麻辣味儿。

……

515.　　我妈觉得我干爹找来的房客都很可疑，决定自己找房客。但是她的生活圈子很窄，最大的可能性，就是每周六在白果林婚姻介绍所翻检下看有没有合适的。

516.　　这是一个春日的下午，白玉兰开得像是要燃烧起来一样。我妈，一位三十八岁上下、风韵犹存的单身女性，上身穿着嫩黄色镶玻璃纱毛衣，下身穿撒摆黑色百褶毛线裙，脚蹬黑色斜襻扣高跟鞋，款款走进白果林婚姻介绍所，娇声高喊：泡碗花毛峰——！我妈的前职业是音乐老师，花腔女高音，她懂得在生活中如何运用这把嗓子发挥出其不意的效果。

517.　　一个中年男子端着茶碗转过头来。音乐响起——阳光轻抚着你的脸，忘不了那唯美的画面，却发现我已经深陷，对你深深的迷恋……茶端歪了，他也浑然不觉，任由茶水一条线地往地上倾泻——他看着我亲爱的妈咪，颤抖着问婚姻介绍所的周导演：这个女的，是哪个？周导演一看就知道中午饭有人请了，马上一脸微笑地介绍道：这个啊，这个是我们白果林的小白果，人家原来是音乐老师，国营单位，有房，收入中等偏高，有孩，三十八岁，条件好喔！和你很合适喃！

518.　　周导演当然并不是真正的导演，只是个外号，因为他天天给单身男女说感情戏。

519.　　这位中年男子姓贾，离异，孩跟妈，曾经的中学物理老师，现下海做生意，四十二岁。中午时分，三人果然下了馆子。贾先生殷勤地不断给周导演夹菜：来来来老周，今天简直要感谢你哈！然后转向我妈，用颤抖的手舀了一勺汤，柔声说：来，小何，喝点白果炖鸡，润肺的……

520.　　他正好没有住的，离婚的时候一切都给了婆娘娃儿，我妈听到这里，终于抬起头来仔细端详了下老贾：你要不要租我的房子嘛，房租好说。贾叔叔激动了，说晚上就可以搬过来。我妈赶紧补充：不能那么着急，对你，我还要考察考察。

521.　　贾叔叔搬过来的日子，不是我们找了个房客，而是找了个保姆。爱情能使鬼推磨。屋头的衣服、做饭都是他包揽，做得比我妈好一万倍，带着爱心工作就是不一样。我永远记得贾叔叔做的盐煎肉，他拴着围腰淹没在厨房的油烟中，抬头看我：哎呀蓉蓉放学回来啦，去洗手，一哈儿吃饭。

522.　　下海是下海了，生意不是那么好做的，贾叔叔有时候完全没有事情，就在家里发毛。因为他曾经答应过我妈，买一辆嘉陵摩托，带她去兜风，要开到最大马力，让我妈从后面紧紧把他的腰杆抱住。虽说贾叔叔的收入不太稳定，但是每月的房租他都不缺，还要多给。时不时地给我和我妈添点新衣服，还有我的书包什么的。

523.　　我妈是个会折磨人的人。她对老贾说：你就是我的房客哈，不要多想！贾叔叔不愧曾经是老师，他会念诗，皱起眉头痛苦地对着我妈吟道：问世间，情为何物，直教人生死相许。

524.　　日子就这样平静地过去了，我妈和贾叔叔的关系一直处在冬春之交的那种乍暖还寒、欲说还休的状态中。但比较确定的是，贾叔叔的存在，让我有了一种身边有父亲的幻觉，他的能干和细腻，比我爸更让我觉得温暖。有一次，我外公来成都治病，他以一米七一的身高，把身高一米七八的魁梧老人从一楼一口气背到了四楼，比儿子或女婿还周到。把外公放到床上之后，我妈第一次允许他在房间而不是在阳台上，抽了一支烟。他喘着粗气看着我妈说：安秀儿，说实话，你到底要不要嫁给我？

525. 贾叔叔终于资金周转不过来了，有半年都没有交过房租了，不仅交不出来，吃饭都困难。这一天，他终于开口找我妈借钱了。我妈借给了他，他说，他一定要实现他的诺言，但不是买嘉陵摩托，而是桑塔纳，孬死，也是奥拓。

526. 但是，很遗憾，贾叔叔再次商场折戟。他留了一封信还有一千块钱，说：安秀儿，蓉蓉，我对不起你们，你们好好过，等我有钱了，一定回来让你们过好日子！

527. 谁和谁有一腿，意思是：一个人弄了一条腌羊腿，也可以是猪腿，送给另一个人。很友好。

528. 我妈离婚后，一改往日沉闷的形象，开始妖艳儿了。她说，一白遮十丑，于是拼命地往脸上搽粉，还是那种紫罗兰散装粉，一说话，沙沙沙地往地下掉。后来，她脸上不晓得咋的，越搽粉越黑，从某些角度看还泛着金属光泽，到医院一检查，铅中毒！

529. 我妈个子有点矮，虽然四川人都不咋高，但是她比一般的四川人又要矮一点。她对于这一现实的改造方案是这样：上——把头发梳得多高，跟天安门城楼一样立在额头上；下——脚下踩起码五厘米以上的高跟鞋。她把这个改造方案叫作“上下都有搞头”。

530. 隔壁子俱乐部的灯光球场改成了露天舞厅，我妈晚上一吃完饭就要过去跳舞。我妈的跳舞衣服是一套固定的豪华装备：一件镶满玻璃纱花边的嫩黄色毛衣，一条白色的丝巾，一条针织黑色中长百褶裙，一双斜襻扣的黑色高跟鞋，外加黑色丝袜一双。当然，化的是浓妆，非常严重的浓妆。

531.　　有一天，我妈兴冲冲地跑回来，手头拿朵塑料玫瑰花，说：嗨呀，魏老头请我唱了卡拉恶克，我发挥得之好，得了朵花，你看……

532.　　关于这朵塑料玫瑰花还有点儿故事，我妈把它拿来悄悄送给某位她中意的男土，结果人家跟到就送回来了：何老师，你东西掉了！

533.　　又有一天，我妈跳完舞回来，激动得满脸通红：嘿！我今天把台上唱歌的小伙子都逗下来了！啥子喃？我眼睛都鼓出来了！接着她有点害羞地说：是真的！你不要不信嘛！他唱歌的时候就盯到我，唱完了还下来专门请我跳了曲舞！他还问我：姐姐，你说我唱得好不好听？我说：好听，最喜欢听你唱《你知道我在等你吗？》……

534.　　奇了怪了！我晚上专门去了趟俱乐部，隔到铁栏杆看了一眼那个唱歌的小伙子，很年轻，也就比我大十来岁，唱着唱着就往台下抛个媚眼。我妈这哈有几天魂都不在了，天天晚上盼到去跳舞，还专门购进了一件新毛衣，铁锈红电脑绣花的。但是，有一天，舞会还没有结束我妈就冲回来了，脚一踢，把斜襻扣的黑色高跟鞋甩起多远：妈哟，狗日的小白脸今天抱了个妹妹，一曲都没有找我！

535.　　我妈不辞辛劳转战去了厂门口的双燕舞厅，再也不去俱乐部了。我天天晚上在屋头做作业的时候，都要听到俱乐部露天舞厅传来凄惨的歌声：你知道我在等你吗……我嘿嘿干笑几声：我知道，你在等我妈！

536.　　我妈居然在报纸上登了个征婚广告。这下，她收到了从全市甚至周边县份上的很多应征信件，她把所有应征者的照片都摆在床上，花花绿绿半个床都是，兴奋地说：来！帮妈妈选一哈！

537.　　我妈选男朋友之刁，啥子要求都要符合，她说：上盘跟你爸就跟拐了，这一回我要（开始操川戏腔）精——挑呐——细选哟！亢扯亢扯亢亢扯——

538.　　我无法辨认我妈走马灯似的男朋友。只有挑重要的不同点区分一下：有的每次来都给我买巧克力，有的每次来带鱼肉干，还有的每次来专门提兜小金苹果。我大概就这样称呼他们：巧克力叔叔，鱼肉干叔叔、小金苹果叔叔，等等。有一次，我对我妈说，你不要理鱼肉干了，他上次拿来的鱼肉干都是臭的。

539.　　鱼肉干叔叔啥条件都比较符合，就是要抽烟。我妈每次都把人家撵到阳台上，把门关得严丝合缝的。鱼肉干叔叔痛下决心，把抽了几十年的烟戒了。我妈又说了：你哪儿都好，就是鼻子矮了点，不安逸，你干脆去把鼻子隆了嘛！

540.　　鱼肉干叔叔骑个烂朽朽的二八自行车急急忙忙跑到我学校来找我，造孽兮兮地说：你去劝一哈你妈嘛！

541.　　我一直知道，男人是有小鸡鸡的，那么他们怎么骑自行车？小鸡鸡是摆哪边好呢？

542.　　还有个爱送巧克力的彭叔叔十分特别。他曾经建议我妈不要管我的书桌，就让它乱作一团。他话刚一落口，我妈就大摇脑壳：那咋行喔？！最关键的是，我也摇着脑壳随声附和：那咋行喔？！那个叔叔一脸尴尬，还要说什么也咽下去了。

543.　　我妈说：老彭简直不讲卫生，他有脚气，每次发作了就要坐下来把袜子脱了，抱到脚抠啊抠的，在街上都是！之恶心！我喊他抹点儿药膏把脚气医了嘛，你猜他咋说：医啥子哟，你不晓得抠的时候好爽喔！

544.　　我妈在婚姻介绍所又认识了一个老大学生。第一次上门来提了桶菜油，说我有个儿。我妈说，嗯晓得了。第二次，老大学生提了两桶菜油，他说其实我有两个儿，我妈说，喔。第三次来，他提了三桶菜油，我妈吓到了：三个儿啊？老大学生也出汗了：我生过两次娃娃，但都是双胞胎……我妈喊他把所有的菜油都提回去了，说快走，走开些！莫要耽误我的青春！

545.　　千挑万选，终于据说有一个叔叔啥子条件都合适，和我妈处了一段时间。结果我妈还是不满意，说：还将就！就是有一点，吃得太多了！

546.　　这个吃得太多的叔叔姓程，也是老一批的大学生，分到学校教哲学，嫌累，自己找起关系去了教育局，后来教育局垮杆了就去守大门，由于守大门的收入还不够他吃，就自己弄了辆偏三轮去三环路外拉客。不要看踩偏三轮的哇，一天运气好还是要拣些钱。但是有一天，程叔叔的三轮遭城管缴了，他憋到借起钱又去弄了一辆，结果没得一个星期，又遭缴了。

547.　　从鱼肉干到程叔叔，很多年过去了，我妈还没有找到满意的男朋友。我现在还是那句话：十分希望我妈给我找个合适的后爸。各位看官，如果哪个看到有合适的，劳务你介绍一哈。基本条件如下：一、不能比我妈小，但也不能太大，年龄相差五岁为佳；二、有文化，至少要读过高中，知书达理，风趣，但话不能太多，一定要爱好音乐，如果会修理电器，此条件可以稍微降低；三、性情和蔼，打不还手，骂不还口；四、不用长得太帅，但也要过得去，身体健康，不能一天到晚咳咳吭吭，抽烟绝对不行；五、会炒菜，会料理家务；六、不能太穷，穷也没关系，但不能吃得太多。七、……差不多了，就这几条。各位，谢了哈！

……

548.　　《拇指姑娘》是一本让我心碎的书，这个故事的中心思想告诉我，作为一个女娃娃，遇到的所有困难都将特别巨大。

549.　　我外公、外婆都死了，那我妈岂不是父母双亡的孤儿吗？！我妈真可怜，我要好好地对她。

550.　　家里耗子横行，我和三姐怂恿我妈养只猫儿。我妈把脑壳摇得像拨浪鼓：不，耗子还吃得少些。

551.　　最后，我妈养了只乌龟，它以沉默寡言、不到处爬而且吃得少赢得了她的青睐。我把它和刚捉的小蝌蚪放在一个水缸缸头。结果，它一口一个、一口一个，又不吃，咬死了又吐出来！ 7-12

552.　　这只乌龟不得了，大力士，啥子都驮得动。我满怀敬仰地把乌龟从缸缸头双手捧出来，放在地上，还拿抹布把它背壳擦了擦了的，然后，就踩了上去……

553. 当然，它死了。死相十分吓人：肝脑涂地。我流下了伤心的泪水。沮丧之余，发现乌龟原来真的是有肉在壳壳头(四川谚语)！

554. 这是一只很肥的乌龟，名叫兵兵。

555. 小金鱼的一只眼睛，注意，不是一双眼睛是一只啊，越长越大了，大得它在水里头游泳的时候老是翻筋斗，不平衡噻，这样是不行的。我要帮它想个解决办法，找了一根我妈的铺盖针，还煞有介事地在火炉上燎了燎，消毒。然后，双手伸进鱼缸，一只手抓住小金鱼，一只手拿针在大眼泡上“噗噗噗”戳了几下……后来，它就翻白了。

556. 我又开始养蚕。也不知道咋的，养蚕在全班范围内都流行。大家最头痛的一件事情是找不到桑叶喂。我看到我亲爱的亲亲、爱爱、的的、蚕蚕（我给我的四只小蚕起的名字）饿得一天到晚扭都不扭，十分心痛。它们没桑叶吃的时候，我试着把我妈种的莴笋叶子喂它们，居然也吃，但是吃起来明显没有吃桑叶那么愉快，白漂的身体越来越消瘦，我的心都要碎了。

557. 桑叶在我们班上炒得越来越贵，后来居然要五分钱一片了！我每天冰糕都舍不得吃，以保证亲亲、爱爱、的的、蚕蚕有口粮。我最爱在夜深人静的时候，从床上爬起来，把耳朵靠近它们的小床，听：沙沙、沙沙、沙沙沙……这种美好的声音我一直无法形容。后来上了高中，才晓得那叫：天籁之音。

558. 我和着一段优美的旋律唱道：唧唧咕咕唧，依里哇啦米呀咕咕唧，咚咕兮啦兮瓜啦瓜多多…… 然后，认真地告诉邓勤，这首歌是首英文歌曲，名字叫作《爱情的故事》。邓勤鸡啄米似的点头：嗯！高级！

559. 邓勤肯定是只鸡母变的，她一天到晚不停地眨眼睛，小腿和胳膊每隔一分钟就抽动一下。

560. 去邓勤家耍，一屁股就要坐在她的床上，她惊爪爪地把我拉起来，然后从被窝里掏出一个鸡蛋，拿在手上爱抚：差点把我儿除脱了！还有几天就要出壳了的。

561. 我和邓勤吹口哨都吹不出歌调来，我们站在操场上吹啊吹，口水都要吹干了，还是不行。突然，我发现了诀窍，对邓勤说，你在心里哼一首歌，比如《血染的风采》，然后再吹，听上去就像了。她试了一下，果然就像了，我们大喜，高高兴兴地牵着手回家了。

562. 大人为什么唱歌总是来来来的喃？很不好听嘛，啦啦啦就很好。

563. 我妈有架脚踏风琴，我经常把小朋友们请到家里听我弹琴，我在键盘上胡乱按几下，向大家宣布这首歌的名字叫《长尾巴的孩子》，大家纷纷点头称是。

564. 后来长大了，交了个男朋友，又带人家到我家听我弹脚踏风琴，胡乱按几下正要宣布这首歌名的时候，突然想起这个男朋友毕业于中央音乐学院，还得过一个巨大的国际音乐奖，就改口说：这个风琴坏了，音都不准了。

565. 新来的音乐课老师要求每个同学都到讲台上唱一首歌，我要唱的是一首流行歌曲《跟着感觉走》，一激动，起高了，我硬着头皮唱了下去，可想而知，最后只有干嚎。老师摇摇头，同学们拍着桌子笑，我默默地走下讲台。从此以后，再也没有人发现我其实有一副好嗓子了。

566. 两个黄鹂鸣翠柳……我笑得拍桌子，啥子唐诗喔，狗屁不通！

567. 我上课根本就没有说话，还被班长兼学习委员谭韶华记了名字，我气得眼睛都要鼓出来了。下节课是体育课，测试一百米。该我跑的时候，我一边发狠地跑一边在心里想：谭瓜儿为啥子要记我的名字？为啥子？！为啥子！！……我跑到终点，听到体育老师“咔”的一声按下秒表，看着我直点头。

568. 后来，我被推荐参加区里的百米赛跑，倒数第一名。

569.　　骄傲使人落后，虚心使人进步。我在教室里把手乖乖地摆在背后，对人和气有加，最后甚至都低三下四、点头哈腰了——咋个还是没有进步喃？！

570.　　讨厌那些穿得干干净净、漂漂亮亮，胳膊上戴着中队长以上标志、深得老师欢心的人，每当从她们身边经过，我都要阴恻恻地说一声：叛徒。

571.　　其实我也想当中队长。有一学期选班干部，老师说：同学们自己可以推荐自己。我把手举得高高的，老师说：你想当什么？我结结巴巴半天说不出来。其实我心里很想当文娱委员，但我知道自己在大家心目中的形象一向鄙陋。最后，我说：我想当劳动委员。老师说：这可是个苦差哟！我大声表白：我不怕！

572.　　后来，我基本上天天都和做值日的同学一起打扫教室，干劲十足，扫了整整一个学期。我会在漫天的灰尘中一边扫地一边歌唱：江山秀美人风流，啊，莫愁啊莫愁，劝君莫忧愁。

573.　　回家路上，我在摊摊上看见翁美玲的新不干胶出来了，拿到手里舍不得放，指甲印都捏出来了：我包包头只有两角钱，这版要五角。老板看了一眼我胳膊上的双红杠：你先拿去，剩下的下次再补来，你是个中队长，我相信你！

574.　　我那时候更小，还没有当劳动委员。一版五角钱的不干胶可以分开卖，最大张的一角五，小点点一角，然后是八分、五分、三分。我正在兴致勃勃地购买，突然听见打铃了，我吓得抓起书包就跑，听见后面的老板在喊：那个娃娃！你拿的是五分钱的，你只给了三分钱！我装起没听到，一趟子就冲进了校门。

575.　　第二天放学后，我按时归还了不干胶老板的三角钱。现在和以前不一样了：我是一个中队长，要对得起我的荣誉。

576.　　我想学雷锋做好人好事，就在公共汽车上给一个老太婆让座，结果，不仅那个老太婆表扬了我，全车人都在表扬我：这么小的娃娃都晓得让座了，好乖哟！羞得我满脸通红，把脑壳啄到。

577.　　一会儿，那个老太婆下车了，座位空出来，我肯定是不得坐了的，但是其他人也不坐，空起！看来，大家都晓得道德是个负担，是要尴尬的。

578.　　我打算找个没人的时候再学雷锋。一天，放学了，我偷偷留下来，等人都走完了，就把早准备好的盆子、帕子拿出来，要把所有同学的桌椅板凳都擦一遍。我挽起裤子来来回回地打水、倒水，擦得之欢喔！一会儿，蹲在地上的脚就开始打闪闪了，我咬着牙坚持，最后终于累得要吐血了！我一屁股坐在教室门槛上，大口大口地喘气，望着空旷的操场：真是没有一个人啊，几只蝙蝠低低地飞行，天色已经暗了，蓝得吓人！我的心跳得咚啊咚的：这，就是高尚了吗？

579.　　如果有一天地球要毁灭，必须拿我的生命做交换，我愿不愿意？我觉得我是愿意的。

580.　　第二天，没有一个同学发现桌椅板凳出奇的干净，照样上课、课间十分钟打闹、眼保健操、课间操、又上课，我一个人摸着自己擦得干干净净的板凳，还是有点失落。

581.　　我以为我会得“优秀班干部”，但是没有。第二学期，老师只是在班会上对我进行了口头表扬。然后，她说：这学期的班干部还是由我来指定，谭韶华，由你来当学习委员，陈丽当宣传委员，张霞当文娱委员……分配到最后的劳动委员时，老师看了我一眼，我坐得笔直，小手背在背上一丝不苟，目光平视前方，表情坚毅。她说：嗯，算了，还是由杜军来当吧。

582.　　我默默把臂章取了下来，虽然我早就给自己做了“没啥了不起”的心理辅导，当把臂章交给老师的时候，眼泪还是流下来了。老师看见我哭了，温柔地说：不用了，有新的，这个你留着做个纪念吧。

583.　　在整个小学时代，我只得过一种奖：单项积极分子。为此，发了一个奖品给我，一只塑料盒包装的钢笔，我一直舍不得用。许多年后我终于打算用了，结果一用，发现是坏的。

……

584.　下雨天。人人都打一把好看的雨伞，我本来也有一把，但是遭我掉了。这下，就只剩我爸留下的那顶烂草帽，戴上太丢人了，我宁愿淋雨。

585.　雨越下越大，人家都在往屋头躲，我想，反正龟儿子都淋湿了，跑啥子嘛跑，就慢悠悠地在雨中散步，发现滋味很不错。

586.　疑是银河落九天，从银河上面落到下面一共需要九天的时间。

587.　又下雨了，一堆人困在教学楼头不敢走，我想起上次在雨中散步的美好回忆，就冲进了连天大雨，跑喔，跳喔，耍得之欢！过了一会儿，我发现雨中又多了一个人，在旁边比我还跳得欢，简直是欣喜若狂！我定睛一看：是我们班上一向最沉默寡言的刘仁华。

588.　结果最后，站在教学楼头的所有娃娃都陆陆续续地跑出来了，在雨坝坝头集体狂欢！大雨越下越猛，所有人里里外外都湿透了，在淹起水的操场上快乐得都发了疯。

589.　天气太热了，我非要跟到儿娃子去猛追湾游泳池游泳，但是我又游不来，只有夹个游泳圈学狗刨。看到人家从十米跳台潇洒地跳下来，“嗖——扑通！”觉得好港喔！然后就跑上跳台抱到游泳圈也往下跳！“嗖——扑通！汩汩汩……”游泳圈爆了，我直接就沉底了。

590.　我增加了一个物理常识，压强太大，吹气的游泳圈是要爆的。下次，我要抱个泡沫游泳圈跳，就不得爆了。

591.　和杨秀婷一起去游泳。换衣服的时候，我发现她小腿上串了一圈奇怪的东西，就问是啥子。她也不知道，经过仔细辨认，才恍然大悟：龟儿子是老子的袜子！老子找了它整整一个冬天！

592.　游完泳出来，在摊摊儿上吃碗冰粉，把红糖水加得多多的，好爽喔！我吃了一碗又一碗，看杨秀婷在旁边抄起手站到，就问：你咋不吃喃？她笑扯扯地说：摊摊儿上的冰粉都是用脚踩出来的。

593.　天边远远的地方被火烧得通红，我问在水泥厂上班的金莲大姐，这是在做啥子喃？她说，是在炼硅。炼龟？……这也太残忍了嘛！想起那边在火堆里挣扎的小乌龟，又想起遭我踩死的兵兵，我长长叹了一口气。

594.　暑假，跟舅婆去了她乡下的家。舅婆家那边叫龙凤水库，风景秀丽。走在山间小路上，我突然屎胀了，蹲在草笼笼头就开始屙，屙完了，看见旁边枝枝上的叶子又大匹又光亮，就扯了一片，正要往屁股后面送，觉得有点儿不对，拿上来一看：一只肥头大耳、黄黑相间的毛毛虫正在慵懒地翻身！“啊——”一声惨叫，我裤儿都没有拉上，连滚带爬逃离了现场。

595.　后来，我把毛毛虫的事情告诉我妈。我妈一脸不屑：这有啥子嘛！有一年，我才四岁，你三舅舅可能七岁，去堰塘头扯青肥。我搬开一块石头，看见一堆花花绿绿的东西盘卷在那里，就用手去抓，还喊你三舅：哥哥哥哥！有堆花布襟襟！结果，那是一条蛇，有剧毒！幸好你三舅舅一砣石头把蛇打走了！

596.　我听了这件往事，忍不住热泪盈眶，在心中暗暗感谢老天爷：谢谢你保佑我妈！没有你哪有我，没有我哪有家，没有家哪有你！

597.　快要到龙凤水库的路上，看见路两旁都是桑树，每棵树上都密密麻麻地挂满了绿油油的桑叶！我兴奋地站起来大叫：啊——我！发！达！了！——喔哈哈哈哈……对我来说，眼前的每一棵树，都相当于挂满了一堆一堆的五分钱。

598.　我很喜欢小孩，看到奶娃娃都不得转眼，由衷地赞美：好小、好乖喔！像一小坨屎。

599.　我这个从大城市成都来的娃娃，在龙凤水库掀起了一阵风潮。刚认识的当地小伙伴们口音都跟我学洋盘了，把去逮米阿子（蝉）都说成是去收集标本。我摇着崭新的捕网，得意昏了，对小伙伴们说：走，我们去收集标本！

7-12

600. 晚上回来，舅婆凶神恶煞地要蓬过来打我，我“嗖”地就钻到对门坡上去了。舅婆在下面哭起哭起地骂：死娃娃嘞死娃娃嘞——我刚刚赶场买了副新蚊帐噻，是还没挂上床架子就遭你铰了咚大个洞哇！

601. 舅婆屋头是两层楼的房子。她在院坝头养了鸡，一楼堂屋养了一缸金鱼，二楼养了鸟。鸡关在笼子头一天到晚就只晓得割孽（打架），你啄我来我啄你，脑壳上的毛都啄得来稀稀拉拉。我舅婆找到个窍门，拿绳子高高吊一坨莲花白在笼子中间，那群瓜鸡就可以啄这坨莲花白，再也不群殴了。

602. 至于有一只猫嘛，它想去哪儿就去哪儿。我管我舅婆叫海陆空三军总司令，那只猫就得到了副司令的职务，因为它管理这几样动物比我舅婆还管得好。本来院坝头的鸡一天到晚都转来转去的，但是自从副司令来了以后，就基本上没出过笼笼了。给鸡喂的都是剩下的菜叶子加上糠，比起猫粮可是差远了，可是副司令就是喜欢，每次把鸡饲料倒到槽槽头以后它就嬉皮笑脸地走过来，左右不理地吃哟！一只鸡把头伸出来也想吃，副司令迅速地一个耳光就打过去了，打了还把人家睖一眼。几秒后另一只鸡头也伸出来了，这次司令是连头都没抬就直接一巴掌。之后就再没得哪个敢惹它，只有等它饭饱食足以后再吃点儿残汤剩水。

603. 舅婆赶完场又买回一只鸡崽崽。副司令没得事就把人家从鸡笼头拖出来抱到怀里，鸡崽有些困惑就往前头拱，它一拱副司令也跟到前头挪，远远地望去，十分感人。

604. 睡完午觉，我从房间出来看金鱼，啥子方向都看了还是只有两只。于是满屋子地找，总不可能平白无故地消失嘛！我望了副司令一眼，它也望了我一眼，然后迅速地从我眼皮底下溜走了。我一下就觉得问题不对了，爬到沙发底下一看，才发现四条鱼的尸体整整齐齐、完完整整地排到那儿。

605. 舅婆说，金鱼时不时地就要浮到水面上来换气，副司令睡在鱼缸边边上，看上去像是睡着了的，但鱼换气的时候它就把一只眼睛打开了，“叭”一巴掌，打水漂漂儿一样把一只金鱼从水面打飞到地面，金鱼几翻几翻就死球了。这只死亡之掌在这天扇了四回，于是缸缸头就只剩下两只金鱼了。

62. 小狗被绳子拴在门框上，它的饭盆离它只有一掐远，但就是够不着，我好心好意地走过去，帮它把饭盆往前面推了推，没想到它一口咬着我的手膀子不放！我大哭，妈妈和大舅在屋里听见，急忙冲出来救了我。我妈把我抱在怀里嗔怪，你咋那么瓜哟！我说，就是，我应该用脚往前踢一哈就是了。

63. 我妈在马路对面晒衣服，我一个浪头横穿马路冲过去，稀里糊涂不晓得咋就摔了一跤，一辆大货车“嘎——吱”就遮天幕地地停在我上面。我看见外婆蹲下来喊我，她看见我眼睛珠子还在转就一把把我拽了出来，我终于“哇”的一声哭了出来：等一哈！我的饼子还在下头！

68. 回到成都，我问我妈的第一句话是：树林子在哪儿？我虽然回到了成都，但已经和野人差不多。我妈好说歹说终于把我塞进了幼儿园，第一天接我的时候她不敢去，让我爸去的。果然，幼儿园的夏老师都要哭了：你们快把她接起走！她今天把班上每一个娃娃都打了！我爸尴尬地说：好好好，我这就接起走，人呢？夏老师指了指院子：在树上。

71. 在儿童玩具专柜，林孃孃指到一辆后轮儿加了两个安全小轮轮儿的儿童自行车说：嘿！这个才安逸！格格，喊你妈给你买这个来耍嘛！我冷静地摇了摇脑壳：那是绝对不可能的。

80. 幼儿园门口有个糖饼摊摊，我大孃每次送我上幼儿园都会花一分钱给我买一个。我拿着糖饼兴冲冲地跑进幼儿园，大喊：我的人都站好——排成一排，把舌头伸出来，我给每个人都舔一舔！

81. 在几个跟屁虫手心写个我的姓，然后宣布，你们以后就是我的人了。几个跟屁虫还把手心给别人看，神秘地说：看，我是桑格格的人。

82. 我楼底下刘东比我高两个脑壳，但这并没有关系，我可以拿伞打他。我恶狠狠地对他说：你不许长，只许我长，以后你就可以叫我姐了。

85. 一楼的汤娃儿是个大娃儿，十岁了，留过级，拥有很多传奇，是个颇为神秘的人物。他隔着纱窗看着我，眼神定定的，我停止耍泥巴，也把他望到。突然，他点了一支烟，隔着纱窗飘出一股蓝烟，我吓得屁滚尿流，跑了。

606. 副司令“钓鱼”总是百发百中，屋头就不再养金鱼了，剩下的两只都送了隔壁子。不养鱼之后，副司令的活动转向了二楼，我没事就蹲到那儿逗鸟，它没事也蹲到那儿看我逗鸟。我走了之后它还是在那儿，自己逗，伸个爪爪刨来刨去，它在这边鸟就飞到那边，它又跑到那边鸟又飞回来。

607. 终于有一天，我发现鸟死在了笼子中央，满身是伤而且都是旧伤。

608. 舅婆毛了，就把副司令拿索索拴到桌子脚脚上。索索虽然挺长的，但是副司令总是要围到桌子脚脚转，就遭勒到了。舅婆一边咒骂：狗日的好瓜嘛！一边把副司令抱起来围到桌子脚脚一圈一圈往回绕。我看见了，上去把桌子轻轻往上一抬，索索就掉下来了。舅婆说：早说嘛！

609. 乡坝头，肉摊摊上有个老人家在割肉，割了一大坨。卖肉的问他——吔，老人家，昨晚黑打牌赢了哇？他鼻脓口水的，眼睛笑成一条缝，点头得应：嗯就是！卖肉的又问：赢了好多哇？他笑嘻嘻揩了一下鼻子，指了指那坨肉——就这么多！

610. 我舅婆颇为神秘地把我拉到一边，递给我一坨肉：你尝一哈看好不好吃！我尝了一口，肉质十分细嫩又香，问：舅婆，还有没得？我再吃点儿！舅婆说：没得了，一只耗儿有好大嘛！我一听，就要跑到外头去吐，舅婆跟到后头：不怕得！不是吃药死了的，我拿盐腌了的，干净得很！吐了可惜了！

611. 我舅婆家对动物算是好的了，隔壁子田家屋头的狗儿多多才造孽哟。有一回冬天，我推门进去，看到多多像个人那样站得多高，把两只前爪摊开，在灶门前烤火！烤了这面还翻了一面，烤那边。

612. 我问我舅婆：为啥子要把鱼腥草喊成猪屁股呢？它真的是猪的一部分不成？

613. 吃完午饭，路过村前的红苕田，顺手扯了根红苕藤掰“项链”，从红苕藤顶端开始，左一下右一下掰成小拇指大小的节，皮不断，最后可以扯成长长的一条链子，戴在脖子上。我玩得正高兴，旁边闪电般冲出一个老婆婆，凶神恶煞地捉住我的手，大声吼道：我让你偷！我让你偷！我吓坏了，结结巴巴地说：我只是在掰“项链”，你看嘛，掰“项链”……老婆婆完全听不懂我在说什么，她气急败坏地说：我在这里蹲了好几天才抓到你！小贼娃子！这时四周围起了许多人，我一下子就哭了出来，完全说不出话，泣不成声。

614.　　张二娃儿和罗莽娃打赌，二娃说：你要是把青竹彪（**类似于壁虎，背是光滑的**）吞得下去，我输你一百元。天啊！一百元啊！罗莽娃把青竹彪从瓶瓶头抠出来就吞，结果卡到喉咙管上了，卡得眼泪花儿包起，我们在旁边喊加油！加油！他真的一加油就吞下去了。一百元！

615.　　我和罗莽娃成为了好朋友，他天不怕地不怕，但其实多和善的，对我又好。他带我去水库游泳，我游不来，他用轮胎圈圈推我游。屋檐下有很多燕巢，小燕子在巢口啾啾地叫，我和莽娃用竹竿把巢捅破，有的小燕子摔死了，有的还活着。活着的，我就捧回家，小心翼翼地想养活，把虫子含在口中喂它，它光叫，不吃，我倒不小心吞了半条下去。后来，小燕子都死了。我心里难受极了，这是我做过最坏的事情。

616.　　不晓得为啥子我和罗莽娃闹毛了，互相不理睬了好几天。离开舅婆家的时候，我一言不发，最后上车的时候，突然看见罗莽娃率领其他娃娃默默地站在车子旁边，眼睛定定地看着我。我心里大喜，但是又想起我们是吵了架的，就把脸侧到一边。罗莽娃眼中闪现出失望和愤怒，一声“走——”，一群人呼啸而去。

617.　　背影消失了，只剩下瓜戳戳的我，趴到车窗上扯起嗝嗝哭了一路。

618.　　我从龙凤水库装了一书包桑叶带回了成都，问我妈：我的蚕喃？我妈对着镜子在画眉毛，一边画一边轻飘飘地说，早死了。

619.　　这包桑叶，我带到班上，全部倒在桌子上：哪个要？随便拿去，不要钱。

五年级

620.　雷娅在家里都会开洗衣机洗衣服了，我们是不是长大了喃?

621.　找雷娅的时候，她正在屋头洗衣服，这和她经常对我们宣称的娇小姐形象不大符合。不过，她很会对付突发状况，揪干一件粉红色的衬衣之后，她把它挂在绳子上，无限柔弱地叹了口气：哎，我的衣服太多了，这一件又不知道要啥子时候才穿得到了！哎，衣服多了也烦恼啊……

622.　雷娅向我炫耀：你看，我穿的是太空服！我很不以为然：那你穿起这件人造棉去遨游太空嘛！

623.　说到遨游太空，我其实一直对我国的航空航天事业相当地关注。你说，一个人要是一辈子不放屁，攒在一起放，这个屁会不会把他自己冲上天 7-12
呢?

624.　在白天，走在茫茫人海中，我确信我自己是一个普通人；但是，到了晚上就不一样了，仰望深蓝的星空时，我总有种归宿感。所以说，我一定不是个普通人，我是外星人！真的，我从小到大都在寻找自己身上的神迹，到现在都没有停止过。比如：我的手心为什么比一般人要粗糙？为什么我的左耳垂上有一颗小痣？很多人不是这样的。

625. 把手腕贴在脑门上看手腕，只有很细一条，拿开又正常了！我试了几次之后，觉得自己有特异功能，非常激动。

626. 手持一个不锈钢勺子，运一口气然后集中意念对它说：弯！弯！弯！

627. 我妈妈，一个光荣的乡村女音乐教师，但是却在冥冥之中被调往成都航空航天部第408库，做了一个光荣的计划科员。我爸爸也是这个单位的，他是开车的，在他威风八面的东风货车的车门上，写着：航——空——航——天——部！有一次，我们开过某个乡镇集市，有位卖菜的大爷看见这几个字，惊讶地站起来，菜都忘记卖了，大声地“咦”了一声：好鸡巴洋盘喔！操（造）宇宙灰船的嘎！

628. 我那高贵的爸爸只是对那位大爷偏偏头，而我，已经荣耀得快晕死过去了。

629. 梦见有一个算命的，收了我的钱，说能把我变成一个航天员。我晕过去，醒来的时候，发现自己变成了一只兔子！算命的留了一张条子：我功力尚浅，只够把你变成一只玉兔，但绝对算是航天人员了！我想骂人，结果只能发出奇怪的声音，一摸嘴，三瓣的！

630. 对门一单元五楼，有个女娃娃叫作三儿。她之所以叫作三儿，是因为前面有两个姐姐。两个姐姐都是大美人，而三儿呢，还没有长开，只是小小的、怯怯的样子。

631. 她妈也是个美人，在我们这个厂区是有名的，总是看不起三儿的爸爸，一个老实巴交的工人。三儿的大姐在二十岁的时候嫁了一个台湾人，走了，从来没有回来过。二姐初中就开始混社会，她妈早就管不住的。三儿是她妈最后的希望。

632. 三儿一天到晚紧闭眉头，很少笑，话也少，但是她的学习成绩那是数一数二的。我喜欢欣赏她干净的铅笔字和全部是红钩钩的作业本。

633. 我家在四楼，她家在对面五楼。我们经常在阳台上用手语交流：我指指她，再指指自己，就是“你到我家来耍”；三儿摇摇手，指指我，再指指她自己，就是“不，到我家来耍”；然后，我改变了计划，指指自己、指指她，然后再指指楼下，就是“我们一起去楼下耍吧”。她点点头，我们就分别迅速地消失在阳台上，两边的楼道里都响起“咚咚咚——扑”的脚步声。下楼梯的时候，前几级都是跑的，快到底了，都是抓住扶手，跳下来。在楼下会师后，我们就手拉手调整同一个频率蹦跳着走，这样又好玩又快。

634. 俱乐部那边有一个我们的基地，没有人知道：那是一间用刨花板钉起的蓝色屋子，搭在半空中，有一段锈迹斑斑的楼梯。在这里的主要内容，就是玩过家家。三儿脖子细长细长的，好多小茸毛，耳朵对着太阳是半透明的，红彤彤。她说话声很细，不紧不慢：你去找些瓦片，我们还缺些碗……然后你再去采些灰灰菜的果果，我要做肉丸子。我说：好！保证完成任务！

635. 刚走到草丛里，她又在楼梯上对我喊：哎呀！没得水了，你去打点儿水！我站在一片野草中大声说：好！！保证完成任务！！

636. 我一身都是野草籽，鞋子也陷到泥里了，把她需要的所有东西都带回来了。三儿做了一顿十分丰盛的晚餐：灰灰菜肉丸子、凉拌桉树叶、蜻蜓翅膀炒蚂蚁、猪草花汤。然后她说：你辛苦了哈！我说：你也辛苦了！我们俩高高兴兴地一起吃晚餐。她端起一块瓦片温柔地说：你喝点汤吧！我说：好的，谢谢！

637. 我们恋恋不舍地离开这间刨花板房时，把大餐都捣毁了，为了不让别的娃娃知道。

638. 三儿比我大两岁，但我比她彪悍。哪个要敢欺负三儿，有些事情就要发生了。有一次，三儿上学回来哭了，我问咋回事，她说班上有个男生打她，我气得肚皮一鼓一鼓的，像只青蛙：我明天去理麻他！三儿怯怯地说：他好高喔，又黑！我说：不怕！

7-12

639.　第二天，我挂起鼻血回来了，对三儿说：老子把他打了一顿，你以后不要怕他了！三儿敬佩地看着我：格格你真行！其实，是那个黑胖娃儿把我打了一顿，但我全程都表现得很英勇，这一点是肯定的。

640.　她升上初中后，就不再和我一起上下学了，只是在回家之后才和我玩，也不准我去她们班找她。但我会去中学校园里找她。我看见她在校门口的黑板报前站了一会儿，慢慢走出校门，过了街，停留在韭菜馅饼摊摊前，递给老板五角钱，老板递给她一个塑料袋装着的馅饼。她转过身来，左右看看街道上的车辆，眼睛像两颗大黑葡萄，一边把馅饼往嘴里塞，一边快步过了街，又进了校门，走过黑板报，走过小操场，走进第二教学楼。她淡黄的头发飘动着，一边吃一边走，当她走进教学楼时，我突然出现在她面前，递了一张餐巾纸：给你！

641.　我去三儿家的时候，都是踮着脚穿过客厅，那里有可怕的她妈，过了厕所基本上就安全了。我们一进三儿的房间，就关上门偷偷锁上，大笑，张嘴却不发出声音。接着钻进八仙桌下，里面她垫了报纸，四周还有垂下来的桌布，更安全了。

642.　三儿的房间是红色油漆刷的地面，蟑螂色的家具，蓝色劳工布做的沙发套，上面搭着三角形的白色纱布。她的床，是一架木质的单人床，浅蓝色的格子床单，有时候也是浅红格子。以前这间房要住她们姐妹三个，现在就住她一个人。

643.　三儿手很巧，她会把信纸折成传说中象征爱情的“方胜型”（好像是鲁迅说过的），还会用两条绳子编花样手链，一条绳子也行。她还会突然从兜里掏出一颗糖，塞进我嘴里，告诉我好好吃，注意中间会有酒心。

644.　有一次扮演在海边游泳，三儿展开双臂作划水状，一边划一边转头对我喊：格格，水在我腰部！格格，水淹过我胸口啦！格格，水完全把我淹没啦……我假装在远处（其实就在原地）大喊：别怕，我来救你！

645.　很奇怪的是，有一次我从二舅舅家回来后，三儿突然就不理我了。我天天在阳台上等她出来打手势，她都不出来。我很难过，就只有和楼上的邓佳玩，但是邓佳完全不能代替三儿的地位。

646.　　后来，我看见有个男生，每天都骑着一辆自行车，在一棵泡桐树后面等她。他一来，三儿就跳上他的车，两个人就骑远了。我彻底打消了再在阳台上等她的心。

……

647.　　在张霞他们家的厕所背后看见了一张挂历，上面是一个美女图，1990年的，我呆呆看着那个“1990”，觉得时间过得真快，都九十年代了。

648.　　随着时代的发展，我爸这个“癞子老百姓”也戴上了假发。有一次回老家，堂妹章清妹崽问我：大爸脑壳上的毛是不是粘的？我眼睛一瞪，小声说：不要乱说！现在说“癞子”他不得打人了，但是说“假发”他还是要打！

649.　　我爸的假发是比较初级的那种，不带鬓发。他戴上之后满脑壳都是黢黑的，但是耳朵边边上就显出几根白头发。一次，我去他那儿耍，他的新任女朋友拉到我说：你快去劝一哈你爸！他一天到晚把鞋油往耳发上抹！

650.　　我爸交女朋友了，我喊吴孃孃。第一次见面，她送了我一块项链表，数字显示，十分高级。但是回家后，我只给我妈说了见吴孃孃的情形，没说表的事，怕我妈不高兴。我妈哼了一声：这哈你去找你爸拿钱不容易了！

651.　　吴孃孃说：要好好学习哟，等你二十岁孃孃还要送你一块更高级的表！

7-12

652.　　我妈又不在家，她留了字条还有五元钱，让我买点吃的。有这五元巨款，一切还不那么糟糕：吃一碗粉，一块五，还有三块五，老子今天有的是钱。

653.　　我不想回家，反正家里也空荡荡的，想去远点的地方。什么是远点的地方呢？起码要越过东风大桥，离家四站路以上。我上了4路公共汽车，两毛钱被我潇洒地用掉了。但是路过第二个站的时候，我就下了。到这里只要一毛钱的，心还是疼了一下，但是想想还有三块三做坚强的后盾，怕锤子怕，我就果断地下了。同桌的万科住在这里，既然路过了，喊一声，多个人耍总好些。

654.　　我大喊：万——科——！！！龟儿子的脑壳像安了弹簧一样，一下就噌出来了：哎！哪个？！他一看是我，居然没什么犹豫，就下来了。他脖子上挂着钥匙，一脸的苍蝇屎没有洗干净的样子：做啥子？我说：耍。他说：要得，我老汉儿今天不在屋头。我说：不在你家耍，去外面耍。我看看他疑惑的脸，又说：我请客。

655.　　我们一起坐上4路公共汽车，我出的钱，潇洒的四毛钱又没有了。他可能觉得有点暧昧，不停地偷偷打量我。我说：我不是找你耍朋友哈，你不要乱想，就是我妈今天不在，我想出去耍一哈哈儿。他说：我才不想耍朋友呢。一路上，他给我表演了用橡皮筋变五角星、弹弓打自行车轮胎、动耳朵等娱乐项目，我表示了热烈欢迎。车已经远远过了东风大桥，不知在哪一站，他说他知道这里有一个没有人住的老房子，里面可以探险，我们就下车了。

656.　　太阳下山了，我们并排坐在这栋即将被拆掉的老房子的二楼过道上，看着外面马路上的人流、车流。他说：我老汉儿可能不要我了……他找了个婆娘，一天到晚不落屋！我说：你乱说，你是他亲儿他不要你？！他现在只是暂时出去社交一下，你要理解！他一定要你，一定！他站起来，哼了一口冷气：你是不是怕你妈不要你喔。我说：你再说一句，就给老子个人爬回去。他可能怕没有人出路费回家，就闭嘴不说了。

657.　　最后，我们讨论了一下班上谁喜欢谁的问题，这个我们都很感兴趣。他问我是不是原来喜欢过徐非，我心跳得嘣啊嘣的，硬着脖子说没有。这个牙尖舌怪的一下子又跳起来：还没有！班上的人都晓得，还晓得你送人家好多不干胶！但是人家喜欢张蕾。我说：你再说一句，就给老子滚回去。他就乖乖坐下来了。我摸了摸硬扎扎的两块九，有钱就是腰杆硬。

658.　　天越来越黑，我们慢慢没有话说了。他躺在光光的水泥地板上：哇，这个地板是烫的啊！我也躺下，果然！晒了一天太阳的地板暖洋洋的，好舒服啊。我闭上眼睛，觉得这里比家里舒服多了，我把身体放平，有一种失重的感觉。我想起我妈，她净煮我不喜欢的面条给我吃。我想起我爸，即将在年底和吴孃孃结婚，据说有个八岁的弟弟跟过来。我不觉得这有什么不好，只要我妈天天给我五元钱，让我大手大脚地潇洒，这种日子也许比一般完整家庭的娃娃都要好些。

659.　　万科说：你在想啥子？我说：干脆今天晚上我们不回去了。他犹豫了一下：好嘛。为了奖励他陪我过通宵，我留下坐车的钱，给了他两块五，让他去买点好吃的回来。他飞快地跑出去，又飞快地带回四只鸭翅膀和两瓶汽水。我们又兴奋起来，吃鸭翅膀那会儿，我觉得真是一辈子不回去都可以。

660.　　但是，夜长得超出我们的想象，我不停地按着电子表的夜光按钮看时间。下半夜，他居然提出抱抱我的想法，被我断然拒绝了。他自说自话：我们是不是梅艳芳唱的亲密爱人了喃？今夜还吹着风，想起你好温柔……他居然唱起来，唱得很难听。我有点后悔，这是我人生第一次和一个男的在外面过夜，这男的居然如此倒胃口，要是徐非就好了。

661.　　终于熬到天蒙蒙亮，早就盼着这一刻，我们都想家了。一进家门，我妈就铁青了脸在等我。我还没有说话，她的巴掌就扇在我脸上了。但是我没有哭，对她说：妈妈，我错了。

662.　　圣诞节，我们班也假眉日眼地跟到耍洋盘，非要搞个圣诞晚会。我和张琦一致认为这个晚会能不能开成功，完全取决于是否有棵圣诞树在那儿摆起。我们天天像两只绿眼睛狼一样在小区头转，盯鼓眼看到绿化带头，看哪棵比较符合规格。终于，我们在紧挨一楼阳台的边边上发现了一棵造型完美的小柏树。我喊张琦在边边上吆（推）起自行车看到有没得人来，等哈儿革命成功好迅速撤离现场。我“呸！呸！”往手板心吐了两口口水，搓了哈，准备倒拔垂杨柳。 7-12

663.　　狗日那窝小柏树根根长得之深！我把吃奶奶的力气使出来，它都只是有点把点松动。张琦喊：嘿！快点儿！有个人在往这边走！我毛了，

“嘿——嗨！”爆发出惊人的能量，一个扑趴，我和倔强的小柏树同时倒在了大地上。张琦说：快！快上车！我抱起泥巴还在甩来甩切的小柏树“扑通”一声跳上车，走！张琦黑起屁儿骑喔，鬼撵起来了一样！过了一会儿，觉得后面重量不对，“嘎——吱！”捏到刹车，往后头一看，我远远地在后面，坐在地上，还抱起那棵小柏树，哇哇哇地哭。

664. 我和张琦把小柏树打扮得五彩缤纷，挂满了各种颜色的彩带，最顶端绑了一颗红五星。抬去学校的时候，引起了巨大轰动，一进校门就好多人跟着看，我喜滋滋地和张琦对看了一眼，她也喜滋滋的。我觉得自己虽然受了点伤，但是完全值得。这个晚会十分成功，全年级的学生都围在我们教室门口看那棵小圣诞树，还有些其他年级的学生，都挤不进来。我高兴惨了！

665. 晚会上，我率先为大家用广州话演唱了香港电视剧《再向虎山行》的插曲，是这样唱的：老包喂老包！蹭你饭老包！……多年以后，我才知道那句歌词的意思是：留步啊留步，请你快留步。

666. 过年回乡下，我和表弟何炜两个莫得事就跑到田坝头去摆龙门阵，突然一只耗子窜起窜起地跑过来，我“嗷”的大叫一声就往何炜背上跳。他鄙视地说：这个有啥子好怕的嘛！没过几分钟，我把眼神盯在他脑壳上方，轻轻说：蜘蛛。顺便还用手指了哈具体方位。话声刚落，何炜惨叫着已经射到二十米开外了。我笑疼了：有啥子好怕的嘛！

667. 何炜借了我五块钱，买了一把可以上子弹的枪，说是要还。到现在都二十多年了，还没还。

668. 跟着我妈去上坟。大人们念念有词，要求外公外婆保佑这个保佑那个，我就烦得不得了。我要是老人，就讨厌这些上坟的，给点钱吧要求这么多……也不晓得问声人家投胎没有。

669. 多年后我在广州，听杨翘说她们家给老人上坟的时候，烧了很多冥币，面值不是一千亿就是一万亿。杨翘疑惑地说：要不要烧点散钱啊？

670. 据说老家县城刚有红绿灯的时候，大家都经历了一个漫长的适应过程：红灯亮了，大家一时反应不过来，就在路口专门设两个交通协管员牵根绳子。

671.　过年回老家，跑到乡医院去耍。他们的职工宿舍是一排平房，绕到后面的窗子，就是每家每户的厨房，把窗户打开，伸手就可以把人家屋头的锅儿揭开。我挨到挨到地把每家每户的窗子打开，然后把锅儿揭开，往里面放坨石头或者泥巴，一边放一边还十分关心地说：你们工作辛苦啦，多补充点营养吧……

672.　“给职工们增加营养”这件轰动一时的事件是我和彩萍一起策划实施的。彩萍和我同岁，是镇上照相馆吴兆祥的女，因为是照相的，也叫吴照相。彩萍长得来红头花色、眉冠日月，灰常美丽！完全不像乡坝头的女娃儿，比城市头的还要漂亮！我们在水凼凼头逮蝌蚪，她一捧三四条，一捧又三四条！一边捧一边念：妈拉个巴子！看老子不逮到你们！夕阳中，那样的侧影看得我都呆掉了。

673.　春天的下午，我和彩萍在晒坝里篾头、晒衣服。她有一件很小很短的衣服滴滴答答晾在绳子上。我问这个是啥子？她左右看了看，没人，用手拢住我耳朵说：胸罩！说完笑嘻嘻的，有点得意。我问她有几件，她伸出两个指头——多而不少，两件！我给她篾头：那你头上的虱子呢？她伸了伸舌头：多而不少，也有两个！

674.　有一天，彩萍把我约到对门坡上，十分犹豫地说，她爸给她定了个娃娃亲，对方也姓吴！我不晓得啥子叫“娃娃亲”，但隐隐觉得那是对彩萍十分不好的事情，对她说：要抗争！实在不行来成都找我！

675.　回到成都后，我问我妈：啥子是娃娃亲？我妈说那是早年间的老封建糟粕，是四旧，要打倒的。她还给我唱了一首歌，据说就是当年她们宣传队宣传用的，啥子婆婆十七岁，公公才十八，我的丈夫，还在地呀下爬呀。她唱得高兴了，一口气唱了一个多小时还欲罢不能。

7-12

676.　反正，我知道了，娃娃亲不是啥好事情。我让彩萍来成都找我，但她也一直没来过。就算来了，我也没啥办法。唯一的办法，就是让我妈也把她当女儿一样养起来。想起我妈对于各种动物的态度，我觉得这个希望也很渺茫。

……

677. 语文老师要上公开课。上课前一周，几个学生包括我都被选出来排练。语文老师问了我一个问题，要我回答，答了之后她不满意。经过几番提示，她干脆将标准答案说了出来，并要求我抄下来背熟。最后，她说：要是有人问起，你们就说这是按照自己的理解回答的，不要说讨论过。

678. 我没想到公开课这么轰轰烈烈，来了好多人，教室后面一排坐得黑压压的，我就开始心虚了，悄悄看那几个经过“培训”的学生，他们都显得跃跃欲试、势在必得。我只举了一次手，手都在抖。老师没有抽我来回答问题，那些被抽起来的同学说得之流利，博得了众人的目光，而我只有把头埋到。公开课结束后，语文老师失望地说：养兵千日,用兵一时，没想到桑格格在关键时刻这样不中用！从此以后，我语文尖子的地位一落千丈。

679. 我的一篇作文在成华区作文比赛中得了三等奖，发了个奖品，是支英雄金尖钢笔！奖品都先发到每个学校的本年级语文老师手头，结果我们那个老师把我的奖品给了陈松！陈松他爸是厂领导，曾经送过老师一箱河北鸭梨。我气得眼泪花花转，看到陈松用我的英雄金尖钢笔在写作业，非常想冲上去把它撕碎，扯烂，然后再踏上一只脚。

680. 教室走廊上有一幅宣传画，上面是一群学生围到一个和蔼的戴眼镜的女老师，还有鲜花绕边，上头写了一行字：老师像妈妈。看得我直瘪嘴。找了个没人的时候，在画的右下角用圆珠笔写上：屁！

681. 干爹去学校找我，班主任向他投诉：你们桑格格，学习之差！又调皮！简直不像话！我干爹说他一辈子都没有那么丢过脸，一脸尴尬地说：那我看哈她的卷子喃？老师就在一堆卷子中翻，结果在不及格的里头没有找到我，六十分的也没有，七十、八十分一路找上去，最后在九十分当中把我的卷子剔了出来，这哈轮到班主任尴尬了：吔，咋个这次她还考得好嘛？！

682. 我向班主任交了一份检查，过了一会儿又去要了回来。我很有礼貌地对班主任说：这份才是交给您的，那份是下午给数学课蒋老师的。

683. 学校组织看《焦裕禄》，焦裕禄死了，我们就走了。

684. 杜军是个很有背景的人，他们家在厂门口双燕舞厅对门开了一家肥肠粉店，名字就叫“杜家肥肠粉”，充分显示着这份显赫的家业与他的关系。于是，很多人都崇拜他，崇拜他的人都可以经常吃上肥肠粉，免费。

685. 我一直保持着矜持，尽量不让他看出我对肥肠粉有着同样的向往。没想到有一天，杜军主动来找我了。要上课了，他对我说了一句话：你好，你愿不愿意当我的女朋友？想到能吃到免费的肥肠粉，我居然说：那好嘛！上课铃响了，我们各自回到位子上。

686. 那一节课杜军都在我背后凝视着我，我随时侧过去都看见他神经兮兮地对我微笑。我吓到了，心想：算球了，这个耙和（便宜）不好吃！下课了，我找到杜军，说：你不要开口！听我说，我决定不当你的女朋友了，你也不要问为什么！然后，转身，姿态优美地离去。

687. 杜军果然没有开口，一直呆站在原地，站了很久。后来，据说他们家的“杜家肥肠粉”垮了，他也没有考上初中。再后来，蹬三轮去了。

688. 我觉得我对不起他。

689. 六一儿童节，我想要过得有些意义。想去照张相片，还不能是一般的相片，我要去川剧二团开的艺术照相部去拍张“林黛玉”。化妆师给我画了个厚厚的戏剧装，我很满意，好专业！好资格！拍的时候，摄影师说：小妹妹笑一哈！我不笑，我已经完全沉浸在葬花的悲伤之中。他以为我没听到，又说了一遍，把我惹毛了：你这个人，读过《红楼梦》没有？哪有林黛玉笑起葬花的？！

690. 保存着一块新的白手绢，想扮演林黛玉的时候，就拿出来用。

691. 林嬢嬢的女儿陈红霞姐姐，是我的偶像，她比我大五岁，总是穿得干干净净、漂漂亮亮的，身上有一股檀香香皂的味道。我一天到晚都把她溜到，跟她去买东西，跟她去取熨好的衣服。在红霞姐姐的房间里，她拉开她的衣柜，我哇了一声，好多好美的裙子啊！我转头问她：我可以摸摸看么？

她温柔地说：可以啊。我看见了一条蓝色的背带裙，拿出来摸摸，又在自己身上比比，对着镜子都惊呆了。

692. 跟红霞姐姐去到后面草坝上散步。我在草坝上打滚，她却很小心地用一张带来的报纸铺在地上，拢好裙子，才坐下去，然后还要用普通话说：哎呀，小虫子们不要咬我啊！我简直被她迷住了，也安安静静地坐下来，用十分拗口的四川普通话惊叫唤：哎呀嘞，小丛子们不要嗷我啊！结果，看见旁边爬过来一只油葫芦，“噌”的一下又扑过去了。

693. 我把檀香香皂的包装纸留起来，放在文具盒里，每次闻到这股清香，我都会提醒自己要做一个文静的女孩儿。

694. 暑假里，天气晴朗，我吃了饭没得事，骑起我妈的菊花二六到处耍，居然从420厂骑到了锦城艺术宫这边！我正在耍骑单手，一辆崭新的中巴车从艺术宫开出来，最后的座位上有一个人打开车窗往外头望了一眼，不知为啥，我立即就认出他是乖乖虎，大叫：苏有朋——

695. 苏有朋遭我吓了一跳，连忙把脑壳缩了回去。我猛蹬了几下车子追上去，刚好前面有红灯，中巴车就停下来了。我手把着车窗，梆梆梆地敲，很热情地欢迎他来到天府之国：嘿——我晓得你是哪个！苏有朋嘛！你把车窗打开！苏有朋只有战战兢兢地把车窗打开了，看我吊儿郎当地一只手把车龙头，一只手拉着车窗冲他嬉皮笑脸，也赔着笑脸，而且用十分好听的嗓音说着十分好听的普通话：小心安全！

696. 我至今认为他这个人不错，虽然觉得他演戏不咋个。

697. 在俱乐部门口，电影散场了，我和邓勤一起出来，她指着前面说，那个人是不是你爸？我顺着她指的方向看过去，看见我爸那天穿了件沾满机油的工作服，就说：不是，旁边那个穿白衬衣的才是。

698. 我爸背到吴孃孃偷偷塞给我三十块钱，我兴冲冲地就去牛市口逛夜市了。看中一件墨绿色的毛衣，上头绣了好多珠珠花，十分有品位。我问：老板！好多钱一件？毛衣后头闪出一张老母母儿的脸：三十！我扯起喉咙还价：二十九块五！卖不卖？老母母儿把整个肥胖的身体都从毛衣后头闪出来了，站在我面前：那就卖嘛！

699.　我穿起那件墨绿色的毛衣去找我爸，我爸皱起眉头：小女娃子穿这么老气的毛衣，怪死难看，走，我去给你买几件衣服！我一点不计较他说我的毛衣不好看，跳起来：好嘛！好嘛！我们两个就高高兴兴地出门了。走到水碾河商场，门口有个衣服摊摊，立着一个咚大的纸壳壳，上面写着——大减价。我看都不看就要往里面走。我爸却停下脚：看一哈嘛！我觉得这简直太丢脸了，买啥子减价货喔！拉起他就走。

700.　在商场正价专柜，我爸给我买了一条牛仔裤，八十元。出来的时候，他在那个减价摊摊上给自己买了一件外套，十五元。

701.　临走时，我爸叮嘱我：多吃大蒜，可以消毒。还有，过马路要看两边！我说：喔，晓得了。

702.　我一直对我妈和我爸离婚的事实表示满意，但是每次听到《咪咪流浪记》里头的主题曲，不晓得是哪根尾巴儿遭踩到了，就要哭，哭得止都止不到：我要我要找我的爸爸，到哪里都要找我的爸爸，我的好爸爸没找到，如果你见到就叫他回家……

703.　在班上和水娃儿打架，我打输了，惊风活扯地打了个电话给三姐：快来！学校里头有人要杀我！

704.　三姐是操过社会的，在联防都认得到人。他们以110的专业速度赶来了，除了三姐还有三个膀大腰圆的大汉儿，我高兴惨了。三姐急叉叉地问：哪个？哪个要杀你？！我斗志昂扬地说：走，在楼上！扯火闪一样跑上楼，我手一指，就是他！一米四几、瘦小的水娃儿浑身抖得筛糠样地站在走廊尽头，一脸卡白。

705.　三姐狠狠地拧了一下我的耳朵，小声地说：狗日的死娃娃，晓不晓得我们枪都摸出了！当然，他们还是象征性地向水娃儿打了招呼，让他不准欺负我。 7-12

706.　三姐是我大舅的女儿，长得比我还像我妈，尤其是那一双肿泡肿泡的圆眼睛。关于她们俩的相似，我那风格不羁的三姐给出了这样的遐想：老子恐怕是你妈当姑娘的时候生的私娃子喔！我妈就会半怒半笑地去撕三姐的嘴，三姐彪悍肥硕的身躯就会灵活地腾挪躲闪。我呢，不晓得啥子叫作私娃子，觉得那是丝袜一类的女性用品，就嘻嘻地笑，内心觉得我妈有我以及三姐，就有两双袜子了，是很美满的事情。

707.　　三姐在上学的时候，主要时间都在看琼瑶和岑凯伦，她多愁善感起来就要一个人跑去竹笼窠里默默叹气。她带我去过一次，我觉得她眼睛本来就肿，紧锁眉头的时候，看上去真的非常揪心。不过细看三姐，皮肤白嫩嫩的，眉毛黑弯弯的，嘴巴肉嘟嘟的，还是多好看的。她叹口气：蓉娃子，我不想读书了，我想去外面的世界寻找未来。"寻找未来"这个词，我不是很明白，估计是琼瑶孃孃说的嘛。

708.　　但千万不要以为伤感和浪漫是三姐的主要特色，她的主要特色是什么，你去惹一下就知道了。我们老家那个小镇，是很短的一条小街，从街这头大黄果树下的农药站到街那头的散装白酒铺，中间有茶铺、肉铺、裁缝铺、农具铺、干杂铺，家家都知道何三姐怎么用一把菜刀，把人从街这头，追到街那头。

709.　　我大舅妈有一只眼睛有贵恙，睁不开。一个道班的男娃子笑着说了一句"独眼龙"，三姐正在肉铺割肉，抄起案板上的大砍刀就追了出去。家家户户都伸头出来看：嗨！何三妹崽又在砍人了哇，这回砍的哪个？茶铺里的茶客，头道茶都没顾上喝，赶忙跑出来：哪里？！在哪里砍？出血了没有！

710.　　其实那些惹祸的男娃子人家也没啥恶意，有的就是觉得她好看，多和她说几句话而已。但是她不知道为啥对街上这些小伙子天生一股怒气，估计他们都不符合琼瑶小说标准吧。有一次，我刚回老家，才走进院子，就看见一个男娃子捂住脑壳挂着彩跑出来，三姐在后面丢了一堆花花绿绿的啥东西，中气十足地吼了一句：拿起你的东西给老子爬！那个男娃子看见我，有点不好意思，马上换上笑脸：这是蓉妹妹得嘛，好久回来的？我记不清这是哪个，嗯嗯两声：才拢。

711.　　一会儿，那个脑壳遭三姐打出血的男娃子居然买了几根冰糕送来了，刚放下，三姐又要甩出去。这一次幸好我护得及时，天那么热，管哪个送来的，我不嫌弃我要吃。三姐脾气实在也太暴躁了。

712.　　我问三姐这个男娃娃是哪个，她哼了一声：哪个？有一回，我背起背篼去地里摘海椒，嗨，远远看到土里头蹲了个贼娃子，正在偷海椒，已经偷了一大堆了。我也不开腔，只是轻轻个儿把背篼放在那娃身边说：谢谢你帮我摘了这么多了，麻烦你放进来。结果，这个脸皮厚的，还好意思笑，笑扯扯地说要得要得，把海椒全部放在我背篼里。从那次起，那个厚脸皮就天天来溜到我臊皮。

713.　　三姐终于不读书了也不想待在镇上，开始外出寻找未来。最开始去的是遂宁城里的地毯厂、罐头厂、毛巾厂，打小工。她第一次拿到工资时，回去请她妈老汉在遂宁城里坐了一次出租车，从城最东边到最西边，花去车资五元。她妈妈还剩下的一只眼睛流下了浑浊的泪水，一行，又一行，拉着她的手喃喃地说：哎呀勒我的三挂面我的三女娃子喃……

714.　　后来，她觉得遂宁城也小了，不合适她寻找未来，跑来了成都。私营电子元件厂、珠绣服装厂、啤酒厂、皮鞋厂等等等等，她都去打过工。最后因为性格豪爽、体格健壮，在成都郊外一家水上乐园当了个女保安，专门负责女更衣室的盗窃案件。

715.　　三姐在成都打工期间，十八岁的当口，曾经有一身至今都让人难忘的装束：一把长长的毛辫子盘在头顶，绕一串假珍珠项链，一身长长的绿纱连衣裙骑在自行车上，裙裾随风飘扬，她转过头来微笑，一双小酒窝，一口的糯米小银牙。三姐之所以有那样白净的一口牙齿，主要是因为之前在遂宁一起打工认到的小肖哥在临走前，仔细看着她，说：你要好好保重，这一口小白牙不许弄黄了……许多年过去了，小肖哥娶了别人，三姐也有了新的男友，但她的牙依然很白。

716.　　在老家的晚上，三姐总爱拖我去看坝坝电影。看完电影，我们就在夜色中勾肩搭背，走在油黑发亮、遭太阳晒得还有些焊脚的柏油公路上，偶尔有轰隆隆的货车开过，我们就闪到一边，车过了，又走回路中间，还要扯起喉咙管唱歌：月亮走我也走——我送阿哥到村口……或者：只要人人都献出一点爱——世界将变成美好的人间……

717.　　她的喉咙是左的，不过好在我们兴致高。她的胳膊之重喔，压在我肩膀上，把我大半边身子都压来是斜的。

718.　　三姐说小时候嘴馋又没有吃的，在橘子还没有成熟的时候就要去摘。外婆是个爱着急的尖尖脚老太太，看见总是要骂。但是她怎么能和灵活的孙儿孙女过招呢？所以她干脆把所有成熟的不成熟的橘子一哈都摘下来藏在阁楼上。

719.　　将近二十年后的一个中午，三姐在凉台上一边做饭一边说起这些橘子：你外婆走了后，你大舅妈收拾东西时在楼上发现这些橘子，全部都干成壳壳了。

六年级

720.　　我一直以为，在浴缸头死了的马拉，是死于煤气中毒。

721.　　张琦她们家楼上死了个人！是洗澡时煤气中毒！我跑去看，灵堂门口围着好多人，有两个男的笑扯扯地说：嗨，你看！那个照片上的女的还有点漂亮的嘛！另一个说：晓得是不是洗鸳鸯澡洗死了的喔！我白了他们一眼，挤了进去，灵堂头的照片好眼熟，仔细一想，原来是我幼儿园的夏老师！那年，我爸来接我，她还惊爪爪地说：你们桑格格把班上每个娃娃都打了……我不停地看着她，她好像就在那一幕里动了起来，一会儿回过神来，她又在照片里一动不动了。

722.　　那些要死的人怎么会知道自己要死喃？都提前照了遗照？

723.　　院子里搬来一家人，就住在我家对面楼的三楼。这家男人说是厂区铁路开火车的，我突然就想起小时候我妈带我去买菜，要路过铁路，那些开火车的司机故意鸣笛吓我们。我问我妈是不是那些开火车的，我妈撇撇嘴说：咋个不是喃，那些五马六道的龟儿子，没一个好东西。

724.　　这家人有一个女儿，倒是一出现在院子里，大家都要盯着看，因为真是漂亮。但是大家看是看，背后都在议论，这个女娃娃坏得很，不好好读书，混在社会上玩。秦花篮孃孃一脸神秘地说，是个烂货，小小年纪已经就打过胎了……我妈回来对我说：不许和新来的那家女娃娃耍哈，要不然我就打断你娃的腿！

725.　　果然，这个女娃在院子头就敢夹着烟走，笑起来嘎嘎直响。她把校服衬衣在腰际打上一个活的蝴蝶结，露出腰杆来，发育的胸部一跳一跳的。连林孃孃这样和蔼的都说：瞧她那个小骚样。

726.　　但是在学校里就不一样了，她的名气都从初中传到了我们小学。我就听见雷娅赞叹她曾经穿过的一身衣服，那口气是这样的：啧啧，初中的那个黄美丽，浑身上下——三百！就是说，那女孩曾经穿过一套高达三百元人民币的衣服。那套衣服是一套洋装，奶黄色的，上衣是掐腰小西装的款式，下面是一条撒摆及膝的裙子，布满了繁复的白色花朵刺绣——所以贵呢。据说是社会上一个老大送给她的。

727.　　我觉得那套洋装好看是好看，但是说实话，她才不到十五岁，穿起来实在太老气了。

728.　　当时流行用军挎当书包，黄美丽就穿着这一套奶黄色的洋装，懒洋洋地单手在肩头倒钩着军挎，下面是一双白色的回力球鞋。一群不敢靠近她的男生在后面怪声怪气地嗷嗷直叫，她大部分时间都不理，但是有一次好像某一个男生叫了她妈的名字，她发疯般地抡着军挎追打了那个男生好几条街。我看见的，她没有追上那个男生，人家骑了自行车怎么追得上，自己却摔了一跤，把奶黄色的裙子前面撕了一个大口子。

729.　　下一次看见她，那条裙子已经缝过了，而且是精心地模仿裙子原本白色刺绣的感觉缝起来的，她穿的时候会把前摆转到后摆——反正那裙子不分前后。但是仔细看，白色的疤痕像一条隐形的蜈蚣虫一样趴在她的左屁股上，走路的时候，那虫子还一动一动的。

730.　　她就住在我家对面。我经常看见这套衣服晾在她家阳台上，在衣架上板板正正地挂着。有时候并没有洗，头天穿了，挂在那里透透气第二天还穿的。我总在阳台上望着她，她一会儿在阳台一会儿在房间里。她妈不晓得是做啥子的，好像不是我们厂的人，经常回来很晚。没见过她爸。

731. 久了之后，她也发现了我，有一次还冲我笑了一下，她笑的时候，我吓坏了，蹲着地上半天不敢站起来。我听她在那边笑出了声音，嘎嘎嘎的。

732. 有一次，我看她在阳台上穿了一件可能是她妈的大垮垮的短袖针织衫，头发挽在脑后，踮脚来收晒干的被单，也很好看的。慢慢地，我在阳台上不躲她了，她对我笑的时候，我慢慢从阳台上露出头来，也对她笑。

733. 有一次我在楼下遇到她，她正出来扔一对鞋子，是白色回力鞋，她脚下换上了一对簇新的旅游鞋——那是阿迪达斯的旅游鞋！我看着她把那双并不算太旧的鞋子摆在垃圾桶旁边，就站住了。她也站住了。我说：能不能把那双鞋子送给我。她马上回去拎起那双回力鞋，说：我洗了再送给你。

734. 我们迅速成了朋友。说是朋友也不完全正确，她十五岁，我十二岁，最多算她的小跟班。而且由于她的名声，我们也不大在有熟人的地方公开来往。她总说，别让你妈知道你和我玩，她知道会打断你的腿。我还暗暗吃惊，她咋知道我妈的话。

735. 她还问我是不是父母离婚了，我跟我妈单独过。我说是。她居然抚摸了一下我的头：唉，你也是个造孽娃娃。那双鞋子她洗得白白的送给我了，但是我也没有穿，一是没办法跟我妈交代，二是那鞋子大了我的脚足足三个码，还是只得先放在她那。

736. 她确实在社会上玩得开，在离我们的街区四站路那么远的地方都有朋友。她带我去过一次，那边有一个市场，有家卖肥肠粉的，她可以随便吃，说那个老板的儿子是她的男朋友。我是她带去的，当然也随便吃，那个粉里面的豌豆尖太香太嫩了啊！而且每次里面的肥肠都加的是其他人的两倍还要多。

737. 她吃辣椒之厉害，每次辣得嘴巴鲜红，一头都是汗，却笑哈哈地喊那个老板的儿子再加点红油！那个老板的儿子剃了个平头，有十八岁的样子，穿一条黑色的功夫裤和黑色的敞口布鞋——标准的小流氓打扮，看着她却笑眯了啥脾气都没有的样子。那个地方一共去过三次。有一次我提议再去，她却摇摇头说那个人已经不爱她了。

738. 我说：不爱也还是可以吃肥肠粉啊！她看着我，深深叹了口气：小瓜娃子，懂锤子。

739. 表哥何勇考上大学了。听说他把小学到高中的所有教材一本一本撕烂丢进了岷江，边撕边哭，汪啊汪的。

740. 我勇哥在重庆上了大学之后，又是弹吉他又是画国画又写诗，突然展现了这么多年都不为人知的艺术天分。我写信问他是不是在追女生，他回信说：这不叫追女生，叫作打捞油面子。

741. 他还把自己的诗抄了一首，让我学习学习，这首诗是这样写的：我再也不能 / 忍受这美丽的折磨 / 忧郁而悠远的相思 / 穿透了所有的空间 / 美丽的女神，卑微的我 / 是否能得到 / 你的垂怜？这首诗我不是很懂，但据说用重庆话朗读起来效果就不同唠。按照勇哥的说法：掷地有声。喔，可能就是一个字砸一个坑。

742. 勇哥就是用这首诗追求到了艳梅姐。成功之后，他还把这首诗转送给了同寝室的邓安。据说，邓安没啥才艺，人又长得矮小，性格怯弱，一直没有找到女朋友。全寝室的男生像是爱护幺儿一样替他着急。都大二下学期了，连女生的手儿都没有牵过。

743. 勇哥写得一手好毛笔字，而且还会吉他弹唱。所以，他不仅仅打动女生的心，邓安这样的男生也将他视作偶像。

744. 在李家沱重庆民政学院的男生宿舍，邓安吞吞吐吐地说：嗯、嗯、某某级某某班有个女生，嗯、嗯、长得乖惨唠！他说完了之后，兄弟们炸了锅地一声欢呼：邓安终于发情了！邓安羞得差点把脸都藏在胯底下去了：哎呀，人家都为难死唠！你们这些人还取笑人家！讨厌讨厌讨厌！

745. 以我勇哥为首的这帮兄弟，就泡妞的效率和招数而言，个个都可以写一本《泡妞技巧大全及其应用》，可惜就可惜在很快泡成功之后，剩余的能量没有用武之地。大家在极短的时间内给出了二十多种方案，只有何勇何大哥冷静睿智地给出了真正可行的方案：个些哈崽儿出的哈包主意，要得个锤子！你喊邓安去人家窗子底下唱小夜曲他有那个歌喉乜？你喊邓安带人家去吃火锅他有那个经济实力乜？你喊邓安去展现运动天赋他有那个身材乜？

746.　　所以，最保险的办法就是最经典的办法：写情书。何勇主笔，全寝室男生副主笔，邓安在墙角一遍又一遍地背诵群众的集体智慧：我、我、我再也不能忍受这美丽的折磨！忧郁而……啥子……啥子……他记不住，回头看了一眼信纸，整个寝室的男生都甩了个白眼给他，他吓得直翻白眼：……悠、悠、悠远的相思……穿透唠所有滴空间，嗯嗯嗯美丽滴女神，卑微滴我，是否、是否、是否……他终于背不下去了，大家忍无可忍地一起大喊——是否能得到你的垂怜！！个龟儿子！

747.　　终于，那个女生被打动了。邓安第一次去和女神约会，穿着一件雪白的新衬衣，有点大，领子像是纸糊的一样梆硬，脸涨得紫红。这么说吧，一只色彩饱满的茄子套着一件不合身的雪白衬衫，站在女生宿舍的楼下。

748.　　终于，女神款款而来。邓茄子说了恋爱史上的第一句话：啊——今晚的月光真好啊，我们走走吧！那个女生抬头看了一眼夜晚的天空：月亮？月亮在哪里？埋伏在暗处的何勇以及其他同学暗中倒抽了一口冷气：他们忘了训练邓安如果没有月亮该咋子说。

749.　　不管如何，好在他们已经肩并肩地走在一起了，邓同学对女神说：啊，不如我们去看电影吧？女神摇摇头：不看。邓安开始出汗：嗯、不啊？那、那请吃花生！他拿出准备好的一个塑料袋，牵起：来嘛！女神摇摇头：不吃。

750.　　说时迟那时快，邓同学“轰”的一声把塑料袋往沟沟里抖，花生啪
嗒啪嗒地落在阴沟里，他大声地说：你不吃！我也不准别个吃！越倒越来 7-12
劲，最后接近面目狰狞：不准别个吃！只许你——吃！女神吓得转身跑了。

751.　　何勇以及其他同学在夜色中抽打了空气千百次。那个时代咸干花生多香多难得啊，这个哈崽儿居然把一整袋都抽来倒了。

……

752. 收到一封北京来信，拆开一看，像是一封公函，内容是蔡国庆要出写真集，十六块一本，请歌迷们踊跃购买，我没理。后来，这样的公函又来了两封，我妈看不下去了：你就买一本吧，看人家也造孽嘛，好多钱我给你出！我平静地说：算了，你不懂。

753. 后来，有一次逛旧书摊，翻开一本不晓得哪一年的《大众电影》，一张蔡国庆青春逼人的照片猛然跃入眼帘，我脑壳还是“嗡”的一声。

754. 和现在不同，“小姐”这个词在我小时候的心目中是非常神圣的，等同于古装美女。有一次，在单位娱乐室看电视，我拿起扫把把管电视的吴老头打得满楼跑，他边跑边跃尖尖地喊救命！这个老不胎害的，居然敢把正在演“小姐”的川戏调成足球！

755. 武打片看多了，整天眉头紧锁，心中充满了仇恨。一天，我妈打扫卫生，发现在我的枕头下压着一张纸条：二十年后我一定会报这个仇！我妈吓疼了，把我揪过来，眼睛眶眶都红了：死娃娃！你说！你妈哪儿对不起你？！

756. 我们家的高压锅不晓得咋个飞到隔壁院坝头了，落在地上“哐当当”一声巨响，全院坝的人都往楼底下冲，以为是地震前兆，个个吓得脸青面黑。

757. 秦花篮嬢嬢屋头有只母猫，要下崽崽了，我天天溜到人家：给我一只嘛！秦花篮嬢嬢！给我一只嘛！秦花篮嬢嬢！然后天天去看。终于有一天生了！几只小猫之乖喔！小猫满月之后，她把我叫到屋头，从床底下抓了一小坨黄黄的小肉球给我：拿到！好生喂！

758. 小黄猫在我怀里瑟瑟发抖，我看着它，不停地对它说：咪咪，不怕，我会保护你的。

759. 这就是我那只小黄花了。把它带回家的时候，我妈正在镜子前梳妆打扮准备出门跳舞。她一看我手里的猫就火冒三丈，梳子都掉地上了。我这个人特别有气节，在她面前从来就是宁可站着死不肯跪着生，但是这一次我特别低三下四地求她：妈妈妈妈，求求你留下它吧，我自己养，绝对不给你添麻烦！我也会好好学习，不调皮捣蛋了！

760. 厂门口那边双燕舞厅传来歌声，她赶着要去参加舞会，匆匆忙忙穿上黑色高跟鞋，一边穿一边给我警告：老子给你说，暂时留这个猫下来，但你要是一天到晚耍它不学习，老子就把你们两个都撵出去！

761. 屋子里就剩我和小黄，我开始翻箱倒柜找软布给它做窝，它喜欢林孃孃送的那条深红灯芯绒裤子，我毫不犹豫就给它垫上了。然后就是给它弄吃的：我把存了很久的鱼肉干拿出来，放在碗里，和晚上剩下的米饭拌上，再倒了些开水泡泡——我不知道自己是怎么会弄这个猫饭的，好像娃儿一生下来，妈就会喂奶一样。它吃得可香了。我看着它狼吞虎咽的样子，小脑子埋在碗里半天都不抬一下，眼泪就流了下来。

762. 从这天起，我心里有牵挂了，每天心思全在它的身上，觉得它屙的屎都是香的。上课的时候，明明眼睛是看着老师，脑子里却是小黄猫的脸庞。看着老师我就微笑起来，把老师吓一跳。放学，也不到处玩了，先去菜市场买上五毛钱的猪肝，用荷叶包好，捧到手上，拿回来切，用小刀儿，就是割过蒋亚娟手指拇的那把，切成一点一点的，放到灶台烟筒口，它害怕，坝的窝不睡，只待在烟筒头。五毛钱是我的零用钱，我也不买零食吃了。回家之后，一打开门，以前是喊：妈我回来了！现在是小声唤道：咪咪，咪咪，你在哪里啊？

763. 我们院坝头有个科学家，是退了休的老工程师王伯伯：他戴个浅黄色的塑料板材眼镜，有条眼镜腿儿还是用风湿膏药贴缠起来的，天天在院坝角角头搞科研，地上摊起一堆黑黢黢的零件，还有一大坨正在装的机器。他说他要组装一个飞机，没得哪个理他。有一天，小黄花钻到他的飞机头了，我也钻进去找，他笑嘻嘻跑过来：还是我们格格热爱科学，爱钻研！我一脸机油，把他望到：我在找我的猫儿！

7-12

764. 王伯伯起早贪黑地去逛早市，从摊摊上找装飞机的零件，或者家里需要的水管阀门、各种电器元件。他把他屋头一切与机械有关的东西都搞得服服帖帖，有时高兴，还会发挥一哈，比如，把日光灯搞成声控，但又不是什么声音都能启动，只有一个玩具鸭子的叫声才得行。有一天，王雨婷（他孙女）把玩具鸭子耍丢了，一家人只有摸起上床睡觉。

765. 我妈十分讨厌小黄花，她说我一天到晚只晓得抱个猫，又脏，又费钱，最重要的是，耽误学习！她在单位上受了气，就回来按到小黄花出气。有一次，猫胡子都揪了一把下来！我在家头，心惊胆战，生怕小黄花乱屙尿。有一次，我看到沙发上有一坨颜色不对，我妈正要往沙发那边走，我像闪电一样冲过去，坐在那坨湿湿的猫尿上，表情僵硬地对我妈微笑，我妈说：你发羊癫疯唆。

766. 小黄花一点一点长大，每天都有一点不一样：耳朵开始长得尖尖的，四肢也长了不少。每当它睡觉的时候，我就去窝里静静地看着它，想抚摸它又怕打扰它睡觉，就把手放在它的小身体上，感觉它发出的热气。我感觉到那热气，很欣喜地对我妈说：妈！你看，它在长！我妈厌恶地别过了头，没好气地哼了一声。

767. 小黄花不瓜，它晓得哪个对它好，哪个不好，它只在我妈的皮鞋上磨爪子，我的鞋子丢给它都不碰。我妈出门时，看到她跳舞穿的那双皮鞋上一道道的爪子印，又是火冒三丈，转身就要找小黄花，被我用吃奶奶的力气拦了下来。

768. 我向我妈保证：我一定会考上十六中（成都重点中学）！

769. 结果期中考试，我只考了个七十九分回来，喊我妈签字，怀头还包起小黄花。她一看，气疼了！这个分数你还想考十六中！你娃做梦！一把从我怀中夺过小黄花，往阳台上走，一扬手，“嗖——”小黄花就从四楼摔到一楼去了。

770. 我疯了似的冲下楼去，在楼下一块预制板上找到了已经没有呼吸的小黄花，小身体还有点热，嘴角挂着一丝血迹。我把它抱在怀里，企图让它重新温暖起来，可是它却越来越冷，越来越硬。四周都是草丛，偏偏它就掉在预制板上！我哭得个昏天黑地，像个农村老妇女一样哀嚎。

771. 我妈在楼上看着我哭，也开始后悔了。她后来企图给我买一个巨大的绒毛叮当猫玩具，被我拒绝了。绒毛玩具是什么？是一层绒毛裹着海绵，里面什么都没有！不会吃东西不会拿眼睛瞪着我不会……发出热气！我的小黄花，绒毛是长在皮上的，皮是长在肉上的，肉是长在骨骼上的，骨骼里有五脏六腑，有心有肠！

772. 我把书包都空出来，上课也不带书了，就装着我那只小猫的尸体。上课也掏出来看，抚摸着哭，女生们吓得屁滚尿流。我跟祥林嫂似的一遍一遍告诉她们：这不是野猫，这是我养的猫，一点一点养大的猫。有的同学还被我感动了，也过来尝试着抚摸它。但是老师不管，径直走过来就要给我扔到窗外去——她们为什么这么喜欢把东西扔到窗外去？这一次，我不准任何人再靠近它了，抱着老师的手就咬起来。老师也急了：桑格格！你要是不丢了，就不要来上课！

773. 我正好也不想上课，背着小黄花，漫无目的地走在平日里嬉戏玩耍的空地上。天色慢慢暗下去。我累了，就坐在草地上，静静地和它待着。

774. 我只有把我亲爱的小黄花埋葬。在后院，它摔死的地方不远，我开始用手刨坑，指甲壳头全是泥巴。找了个高档鞋盒装起小黄花，在里面还放了几样它平日爱耍的玩具，还有我的塑料项链、一本《丁丁历险记》，我的心都让它带走了，这些留到还有啥子用！

775. 我哭啊哭啊，就是舍不得埋！最后，天要黑了，我终于盖上了土。我记得那土的味道，有点腥，潮乎乎的。我现在还记得。

776. 如果我死了，天和地就不存在了，就像拉上拉链那样消失了。

777. 我几天不想吃不想喝，人都瘦了一大圈。我妈也慌了，跑到商场头把那个咚大的叮当猫买了回来，我看都不看，甩在一边。我太想小黄花了，又去它坟上看，扒开土，揭开鞋盒盖盖，它立刻侧躺着出现在面前，我的眼泪立刻啪嗒啪嗒落下来。它就像睡着了，还是那么可爱。

7-12

778. 我没有注意远远有几个男娃儿在看我，等第二次再去坟上的时候，那个坟，已经只剩个坑了！鞋盒、塑料项链、《丁丁历险记》、小黄花，全不见了。

779. 我差八分，没有考上十六中。

780. 王伯伯的飞机研制成功了，试飞那天，电视台都来采访了的！但是，飞机只能滑行，飞不上天。

781. 小学毕业典礼上有退队仪式，我唱完最后一遍队歌，摘下了红领巾，在心里对自己说：你的儿童时代过去了。

13-15

13 - 15岁 初中

初一

782.　　刚上初一，被高年级的操妹勒索，我面不改色心不跳：你竖起耳朵访一哈，新都机械厂子弟幼儿园大三班还有哪一个没有被我收拾过？！

783.　　我们是420厂的子弟中学，校风有点不好，老是有人打架。一次二班的人打了三班的人，三班的老师就带起被打的学生去找二班的老师，过了一会儿，又传出打架的声音：二班的老师和三班的老师打起来了！

13-15

784.　　既然上了中学了，就可以说说砍人了。

785.　　梦一般的初中岁月，这个时期的大部分校园斗殴事件还是很赏心悦目，并让人从中受益的。我也很梦幻地被高年级的女生王颖勒索，她说如果一个星期之内我不给她五十元，她就会找人来把我砍了。这种事情按照社会学家的说法，那会给我幼小的心灵造成极大的伤害，以至于会心灵扭曲。

786.　　我确实感到焦虑，不知道这些人为什么判断我这样外形普通的女生有如此雄厚的财力。不过，我有我的解决办法。当王颖在巷口堵住我盘问筹划资金来源等事项的时候，我沉着神秘地说：我已经给《中外少年》投稿！他们应该今天就能收到我的文章，等登出来就有稿费了！绝不低于五十元！

787. 王颖一伙人显然不相信我的才华，居然企图打我的耳光，我抓住她的手腕：慢！你晓得我写的是啥子吗？！我写的是《自古英雄出少年——记我的校友王颖同学》。王颖迟疑了一下：……真的么？她虽然一介草莽，对文学也有些许尊重，表示宽限我几天，暂时不找我麻烦。

788. 但是，还没等这篇文章刊出，她却因为一桩校内外联合砍人事件，被派出所抓了。

789. 这一天，教室门口来了一个穿警服的，径直走进来和班主任说了几句话。我心跳都停止了，完了，一定是王颖托人家警察叔叔来问文章发表没有。没有想到，被叫出去的却是我们班个子最矮小的男生赵晖。

790. 他脑壳一点一点哼着小曲站起来，回头对同桌王斌说：帮我把书包拿回去，给我妈说晚点回家吃饭。然后是那句口头禅：不去说老子砍死你哈。一会儿，办公室那边传来凄厉的哭声，原来赵晖的妈就在那边。后来我们知道，他找人家小学的娃娃要一百元，人家娃娃想不通，吊死了。

791. 我从这天起，把家里削水果的刀儿洗干净，随时带在身上。再有人来要钱，我也不扯文学的那回事了，直接说：老子砍死你。然后就在身上摸刀。有一次，我刚把刀儿摸出来，对方一拨娃娃就吓跑了。事实上，我那把刀儿洗了没有擦干水，锈住了，妈拉个巴子，打球不开。

792. 第一次上英语课，老师从字母教起。上了大半天，老师说：我们抽个同学看看学得怎么样，你来！我战战兢兢站起来，老师的教鞭落在第一个字母上面，我嗯了半天后读道：阿(A)，波(B)，伺(C)，嘚（D）……

793. 听说还有一位同学，也被英语难住过。老师提问，他本来应该用yes来回答，但他一着急发不出这个音，嗯了半天后憋出一句：哟西！

794. 英语老师戴眼镜戴久了，眼睛珠珠都有点往外凸，从侧面看，都能看见晶莹的晶状体，有点吓人。我戴眼镜就比较注意了，每隔一段时间，就

86. 那时候我家后面还是一片田坝，我经常和楼下一家农民的娃娃吵架，我大声地骂：农民老大哥，屙屎屙坨坨，农民老大姐，屙屎屙节节！农民小孩也大喊：工人老大哥，屙屎屙坨坨，工人老大姐，屙屎屙节节…… 最后僵持不下，我把婴儿时代的红斗篷翻出来穿上，认为这样会拥有神力，可以一砣子把人家打翻，结果被一群小孩耻笑。

89. 小梅嬢嬢从老家来看我，给我买了一件公主裙！白色的，荷叶边层层叠叠，好好看啊！我穿起在院坝头走了一转，后面跟起一堆娃娃，跳起跳起地唱：臭美大辣椒——一走一弯腰——

91. 花园里的花都要干死了，天还不下雨！我爬上假山，把最顶头的喷头扭了个角度，细花花的水就洒过来了。我坐在花台上，看着我的五星花、鸡冠花、臭海棠笑眯了，后来干脆在花台上睡着了，一身透湿。

102. 外婆远远地回来了，看见我们坐在门框上吃她的东西，迈着小步跑过来：短命鬼啊短命鬼！这些砍脑壳的瘟殇！何强“嗖”的一声就不见了，我吓蒙了，只晓得哭。

103. 自从大表姐生了辉辉以后，大家就把所有的注意力集中在他身上了，没有人爱我了。我失落极了，简直要发疯，我对每一个人都蛮不讲理，把东西从桌子上全部推到地上，然后扯起嗝嗝地哭。大舅舅终于受不了了，就说：你这么不乖，以后不要来耍了！

106. 我发现辉辉很好玩，小娃娃丁点儿大，小鸡崽一样，唧唧唧。我有一次还顺着公路推着他玩，一边推一边唱歌给他听，听着听着他就睡着了。我的步伐安详又均匀，心里升起一种异样的幸福。有人看见，打招呼：吔——这是蓉娃儿得嘛！你推的是你侄儿哇？我轻轻点头，微笑：喔。

112. 我见我妈躲在门背后，撩起裙子脱了窑裤（内裤），从里面抽出一张厚厚的纸，上面沾满了血迹！我大惊失色：妈妈，你咋个了喃？！我妈语重心长地教育我：你看，这都是你气的。晚上，我辗转反侧地睡不着，心里充满了内疚，白天那血淋淋的一幕反复出现在我脑海里。最后，我钻进妈妈的怀中：妈妈，我再也不惹你生气了！哇！哇！哇！

114. 星期四了，还有两天就可以见到妈妈了，我一定要送她一件礼物才行，送啥子才好呢？我发现枕巾花花绿绿煞是好看，睡觉的时候人家都睡得很香，我不睡，努力在为我妈准备礼物：抽上面的线，各种颜色都要抽一点儿。后来，老师发现了，很生气，我妈来接我的时候告了状，我妈也很生气，这个败家子娃娃！下次再不听话就不来接你了！

把眼睛珠珠往眼眶头塞一哈。我给这位英语老师取了个外号：晶状体。

795.　学了英语，班上开始兴起英文名字。上课，张敏传了个条子过来，写着：我起了个英文名字，卖给。我想了半天不明白：卖给哪个？她又甩个纸坨坨过来，我展开一看：Maggie。

796.　好像每个人的班上都有一个屁王哈？我们班的屁王是水娃儿，他叫“水娃儿”这个外号，就是因为他放屁的声音很独特，带着水音。不过要说，水娃儿“屁德”很好，每次放之前都要预报：我要放屁了。然后，以他为中心、五米为半径的同学全部都像装了弹簧一样弹开。但是上课没有办法，他只有放了之后频频抱拳向周围同学致歉，大家就只有忍了。

797.　小耗子一直过的是多么艰难的生活啊，造孽兮兮提心吊胆，自己照顾自己，好不容易长到了三岁，狗日的死不要脸的农夫却说：三岁贯汝，莫我肯顾。

798.　语文课，感情丰沛的语文老师在讲课文，动情之处她眼泪花花的，但是同学们在下午第二节课实在是有点审美疲劳，个个表情麻木地把她望到。她热切地在教室内找着情绪合拍的眼睛，突然，她看见角落中有一双同样泪眼矇眬的双眼！那时我正在看《三毛流浪记》，三毛好造孽啊。我们就这样对视了一到两秒钟，泪眼对泪眼——这节课她上得十分尽兴。从此，逢人便说，桑格格这个娃娃在文学方面很有点儿天赋。

799.　三毛太造孽了，我能把手头这个锅盔给他吃就好了。

800.　我们语文老师是个非常爱激动的人，讲课讲高兴了要跺脚，骂人骂 13-15
高兴了也要跺脚。一次，刚刚过完寒假，我们手上都还有些春节剩下的踩炮，上课之前，我们在他可能跺脚的地方密密麻麻铺上了一层。我们纷纷猜测语文老师对待踩炮的态度，但是谁都不能预料：语文老师在踩响革命火种之后居然吓得跳上了齐肚皮高的讲台，在齐肚皮高的讲台上没站稳，又直接栽到第一排同学的课桌上！

801.　以后，他再也不跺脚了。有一次，又讲激动了，他脚都抬起来了，但突然间回忆起什么，一脸愤恨地瞪了我们一眼，轻轻个儿地把脚放了下去。

802. 相比之下，我们对体育老师就要尊重得多，他曾经是四川散打业余组冠军。有一次，下雨了，我们不得不在教室头上体育课：由体育老师讲中国国粹——武术的基本发展。他讲得感情丰沛、声情并茂：你们晓不晓得啥子是大鹏展翅？！我们还没有反应过来，他哥子“嚯”的一声就跳上了齐肚皮高的讲台，双臂展开，双脚半盘，厉声说：这就叫大鹏展翅！！

803. 体育课，我们几个女生躲在教学楼后面学抽烟，体育老师居然突然出现！我一把就把烟揣在胸兜里头，但张霞正狠狠抽了一口“飞燕”，见状只有把嘴紧紧闭上，手背在背后。老师只是路过，他瞟了我们几个一眼就走了，我们回头看张霞，她脸都憋红了，居然还有烟子从耳朵头冒出来！

804. 地理老师抽我起来回答印尼总统是谁，我想了半天，迟疑着说：史努比。

805. 你们肯定还记得一个叫作“萝卜丝屁眼儿”的人噻？法国的，搞革命的，历史课上学了的？给是哈！记得嘛！我们的课本一发下来，就盼到上那一课，很想听一哈从周吴郑王的历史老师嘴头吐出“萝卜丝屁眼儿”这个词是啥子感觉！终于，那一天到来了！我们把嘴巴紧紧闭到，一张张脸其实马上就要变形了：端庄的历史老师一口一个“萝卜丝屁眼儿”！教室头一哈就炸了窝，我们笑得喔——老师还批评：大家严肃点！这节课非常重要，期中考试肯定要考“萝卜丝屁眼儿”！

806. 成吉思汗是有多讨厌他的第四个儿子啊，非要叫人家：拖累。

807. 我有几个知识盲点，一直搞不清楚：一、陈独兽；二、老舍，著名作品《驼背样子》；三、陷害岳飞的大奸臣芦荟；四、《龟兔赛马》……有什么不对吗？

808. 越南那个胡志明死得很惨，淹死的，广播里说，他死于河内。

809. 生物课解剖青蛙，老师说：大家跟我一起做，用钉子插进青蛙的中枢神经，对，就这样……青蛙在我手下颤抖了几下就不动了，我碰了碰它的腿，它真的不动了。我心想：啊，这就是死亡。我在文具盒放橡皮擦的小隔断里垫着医药棉，保留了这只青蛙的一对卵子。

810.　　我参加了化学小组。这次活动是不用明火，用玻棒蘸一下某种化学药品来点酒精灯。我想反正不要钱的，多搞点……只听到“砰”一声，大家看见一小朵蘑菇云从我头顶升起，向天花板飘去，再看我的脸，黢黑！只剩两个眼珠儿在转。

811.　　美术课，我是唯一按照老师要求用“工笔”画法画那朵牡丹的，老师给了我九十二分，还当众表扬了我。去年，回成都，走进一家叫作“肯·派”的时尚皮具店，看见了穿着前卫的美术老师，立马站得直直的：老师好！她赶忙把手头的烟丢了，对其他几个同样穿着前卫的小售货员说：老子给你们说我当过老师嘛，龟儿子几个还不信！

812.　　音乐课唱歌，唱《黄河大合唱》：保卫黄河！保卫华北！保卫全中国！！我还要加上一句：重点保卫我们家和我妈！

813.　　就我这个样子，居然被选进合唱团，光荣地成为了一个要去参加元旦演出的人。我妈、我三姐、邻居林孃孃都知道了这件大事，大家都为我感到自豪。尤其是我妈，简直像是给她自己圆了梦！得知演出需要一件白衬衣，她分别走访了双桥新商店、牛市口商店，远至成都百货大楼。她把三十元巨款交给售货员的时候特别强调：这是我女儿演出要穿的呦！人家根本不感兴趣，一把零票递过来：拿到，找你四元。

814.　　然后，我们邻居林孃孃，无私地捐献了一条蓝色的背带裙，我一看就双眼放光！红霞姐姐一定是还记得我特别喜欢这条裙子，她真是太好了！ 13-15
我摩挲着这条裙子，上面还有一股淡淡的檀香香皂味。有了这条背带裙，配上洁白的衬衣，基本上可以奠定我作为一名超凡脱俗的演员的格调。而作为事件的中心人物，我，又为自己做了点什么呢？我只是很仔细地把我的白球鞋用彩色水粉涂成了鲜红色的而已。演出前的那天晚上，我和我妈在灯下观看我白衬衣、蓝裙子、红鞋子的俏丽模样，我妈情绪难免激动：哪个娃娃都没有我的女儿好看！我女儿是天底下最漂亮的娃娃！

815.　　第二天，我站在合唱队最边边上，双手相扣，一脸幸福。独唱演员唱完了，终于该我们合唱队了，我们集体用胸腔里最洪亮的声音喊了两句：嘿——！嘿——！下场，演出完毕。

816. 元旦联欢会的第二天，日光灯上的红色皱纹纸还没有撕掉就开始正式上课了。在粉红色的灯光下，我看老师、同学都特别好看，看一切都特别好看，心里有种说不出来的感觉，觉得世界很柔和很温暖。

817. 我注意到日光灯管上面吊着的链子，那种链子连接天花板和灯管，是金属的，橙黄色，一环扣着一环，金光闪闪，真漂亮。在我一无所有又想把全世界都送给一个人时，这条链子华丽的外表引起了我的注意。有句名人名言说得好：不怕贼偷，就怕贼惦记。我暗中观察、详细计划、周密安排着，想把这个链子当成礼物送给我的同桌胡蓉。

818. 胡蓉是个闭声闭气的人，沉默到目不斜视。除了做操，我都没有看过她手臂张开这种比较大的肢体活动。她走路好像没有声音，总是贴着墙根低头走。我们要好，只是因为我们在那段时间同桌，她就是一只大脑小脑都不发达的兔子，我就是她的窝边草。

819. 她事实上多漂亮的，双眼皮眼睛又大又空洞，鼻子挺拔，小嘴肉嘟嘟的，留着中长的短发，头发多得吓人，一边就能遮了大半边脸。初中时，大家的审美还没有健全，一个女生美丽与否，主要与学习成绩有关，所以，我是个很不起眼的人，胡蓉更是。发数学试卷的时候，她最后一个去领卷子，然后默默地低着头回来，轻轻坐下。我们俩坐一条长凳，我能微微感觉到她的颤抖。我的数学也很差，但是我毫不在乎。

820. 个别早熟的男生，还是看得出来她的美丽，就要来惹她。我抄着双手冷冷对眼前的男生说：知道小汤圆不？我哥。小汤圆就是住在我们楼下的汤娃儿汤红飞啦，我们那一片的小霸王，后来他被抓进去的时候，几十个兄弟在派出所门口守了好几天。然后，欺负胡蓉的男生就知趣地走了。胡蓉看了我一眼，这是我和她同桌以来，她第一次抬起头正眼看我。

821. 我们开始结伴回家，相约上学。我们厂矿区，大部分同学的家都挨得很近，但是很奇怪，就是没有人知道胡蓉她们家住在哪里。她每次约我在粮站前的大树下等，也在那里分手。但是我后来还是知道了，她家就住在技校门口，一楼。她家窗口还种了一盆吊兰，蔫巴巴的。我是个屁杂拉杂话多的人，唯独和胡蓉在一起，我很安静，不知道为什么。

822.　有一次，她在上课的时候，我们的书排在一起，她说了一句话：看，我们的名字都有个蓉字呢。我说：嗯，有啥奇怪嘛。成都女娃子叫蓉的多噻。她说：那有没有像我们这样两个蓉坐在一起做同桌的喃？老师敲着黑板说：后面的两个女生，不要讲话！注意听讲！我没机会回答她的问题，其实我想说：可能就是我们两个。

823.　我无法克制地想对她好，想尽办法把有点价值的东西送给她，博她一笑。这些东西包括：我妈炒的干煸四季豆、一只死掉的美丽的竹节虫、一张印着“第十二车间”的劳保毛巾、一颗来历辉煌的泰国椰子糖等等。现在，是教室里这些金光闪闪的日光灯链子。

824.　那天上晚自习前，我悄悄把一包冰冷的稀里哗啦的东西塞进了她的抽屉，她正要问这是什么，我堵住了她的嘴。只是抓着她的手，伸进去，让她慢慢摸：你猜，这是什么……我们感人的赠送仪式还没有结束，教室里的日光灯突然一盏盏像得了病一样，开始嗞嗞作响，然后有几盏眨巴了几下垂死的眼睛，就永远地闭上了。

825.　同学们起哄，嗷嗷怪叫。老师声嘶力竭地大喊：安静！安静！我和她的手还在抽屉里，那里有一堆莫名的珍宝在闪光。我们触摸着，在黑暗中相视一笑。

826.　星期天的下午，我去找胡蓉，带了一大沓她喜欢的翁美玲不干胶（我都不喜欢了），希望这是个惊喜。她家门没有关，我就探了个头进去叫：胡蓉！——屋里家具很少，但是却摆了好多大扫帚和铁簸箕，不像是家用的，铁簸箕上面还有“420厂某某车间”的字样。她刚洗了澡，穿着一条半旧的白色碎花的裙子慢慢走出来，头发湿淋淋的，看见我在打量她的家，突然用一种我从来没有听过的音量，大声喊道：我爸就是在某某车间打扫卫生的！你看到了吧！你都知道了吧！你去告诉人家吧！ 13-15

827.　她浑身发抖地站在阴暗的老房子中，眼睛泛红。我没有说话，但是我也生气了，什么话都没有说，把不干胶往她手里一塞，她不接，就散落了一地。我转头就走。那天晚上，我在被窝里哭了。她怎么能这么看我，怎么会认为我是到处乱说的小人，扫地怎么了，她爸爸扫地但她还是那么好看啊。

828. 第二天一早，她从家门走出来，发现我依然站在往常的地方，她居然笑了，走过来，有点羞涩，却把手插到我的胳膊里，挽着我，说：走。

829. 这一次之后，我们的话就开始多了，她居然也可以叽叽喳喳说个不停，我变成了她的听众。她什么都告诉我：今早早饭吃了什么，昨晚的晚饭吃了什么，电视里演了什么，她有个表姐在成都饭店找了个打扫卫生的工作、那工作具体做什么……她说，我就听，也不觉得烦。那个时候，我已经开始在学校里很活跃了，各种文艺活动都参加，还和几个高年级的男生一起搞了一份校刊，照例，叫作《菁菁校园》。每次我在台上表演或者演讲的时候，都能看见她特别专注地看着我。你说，台下那么多人，我站在上面怎么就能一眼看见她呢。大夏天的，人家都是短薄的短裙衬衣，她还不知冷热地穿着那件厚厚的牛仔外套。

830. 罗密欧和朱丽叶原来不是姐妹，而是，一男一女。

831. 英文课，一个接一个读单词。轮到胡蓉，她咿咿咿，咿了半天都读不出来，红着脸坐下去了，偷偷问我，这个词到底咋个读，我拿过她的书，她用手指拇尖尖指给我看：Mouse，旁边有她自己的注释：茅斯＝厕所。

832. 有两个英文单词在我的记忆中非常清晰：empty和full。肖利川打喷嚏是：嗯扑提！放屁是：咈——

833. 《奥秘》是我多少年一直很爱看的杂志，尤其是最后有一版净是关于世界各地稀奇古怪的奇事。上面说，一个住在沙漠头的小男娃儿，有一天行走在沙漠上，突然，一阵蓝色的烟雾飘过来笼罩了他，他一下就蜷到地上昏过去了。等醒来的时候，人们发现，他居然不会讲本地话了，而是讲的一口纯正的英语！我的天啊！多少年来，我多么企盼着那阵蓝色烟雾的降临啊！

834. 考试，背书，眼睛都背花了，看见书上的字像苍蝇一样乱飞。我想，这大概就是蝇头小楷吧。

835.　我喜欢将脑壳伸进砖孔里面玩。其实不只砖孔，什么孔我都喜欢用脑袋去衡量一下大小。有一次上课，实在无聊，我就把脑袋伸进课桌里玩。老师发现了：桑格格你在做啥子？！我一着急，脑壳就卡住了，左拔拔不出来，右拔也拔不出来……世界一片黑暗。

836.　开卷有益，就是说，考试的时候如果能翻书就好了。

837.　我有个习惯，卷子发下来先塞一张到抽屉头。有次期末考试，我把卷子答完，多得意地检查了一遍，环视四周，发现就我一个人做完了，所有人都还在啄起脑壳写。如果不是不准提前交卷的话，我非常愿意立刻交上去显示我的聪明才智，但现在我只有趴到睡觉……老师喊：还有五分钟就要打铃了哈，请同学们最后再好生看一哈！我醒了，发现不对了，人家都是两张卷子，我咋只有一张喃？！想起抽抽头好像还有一张，拿出来一看，洁白无瑕的卷子，一个字都没有写。

838.　还有一次，别人送了我一盒彩色铅笔，我都要用完了，才发现下面还有一层。

839.　人有时候倒霉起来随便咋个都倒霉，二十五道选择题我居然一个都不对。

840.　事实上我也是一个很有上进心的人，心想在其他方面技不如人，老子吃总是强项嘛！

841.　我的目标就是张敏：我一般吃二两饺子，她却要吃三两！我暗暗在心中加油，第二天就要了三两，没有想到她要了四两！我毛了，第三天，腮帮子一鼓：四两红油水饺！张敏叹了口气：哎呀，最近要考试了，我还是不要节食了，老板，给我半斤——

842.　张敏的出生比较有传奇性：她妈怀起她，有一天晚上半夜起来去屙尿，屙完了往回走想继续睡，走到一半觉得咋个还有点想屙屎喃，试到使了一哈劲，“扑通”一声就把张敏生在地上了。

843.　张敏这个人比较超然，她说她一岁的时候就把生死置之度外了。那会儿她们住的是老房子，都是木头的，一天晚上突然就着火了！她妈晓得严重性，马上就果断地把一岁的张敏从床上抱起来，用棉铺盖裹起，从二楼甩了下去！张敏说：他们抢东西喔救火喔，搞忙事起了，我躺在一楼地上连瞌睡都没有醒，睡得呼啊呼的。

844.　张敏会走路了，可能是快两岁了，但还是穿不来衣服。一天，她醒了，屋头一个人都没得。那时她们家是成都郊边的菜农，她晓得大人都在田头做活路，自己打起个光胴胴，光起脚板，抱起衣服，一趟子就从屋头走到田坎上，找到她妈，把衣服甩到田头：妈！给我穿衣服！

845.　张敏这个人，我到现在也搞不清她是超然还是无情，还是纯粹脑壳有包。她们家那会儿把二楼房子租了一间给人家，那家有个哥哥，十几岁了。一天，他把还在读小学五年级的张敏找到屋头来：这儿有碗黄豆，你去睡在床上，我摸你一哈，你就可以吃一颗黄豆。张敏愤然拒绝了，她说：几颗黄豆就想把老子打发了嗦！胡豆还差不多！

……

846.　小区里居然有鸡叫。看来真是要过年了，不知道哪家乡下亲戚来了，带了活鸡公来。鸡年送鸡，还真的不错。那龙年呢，有本事送龙嘛。

847.　俱乐部门口在搞洗衣粉小样促销，一堆人在抢。我安静地坐在旁边的阶梯上，一个大概有十五岁的大男孩走过来，温柔地问我为啥子不抢，我笑笑没说话，把他迷住了。那大概是我迄今为止最优雅的一瞬间了。其实我应该告诉他，我没抢是因为我矮，抢不着。

848.　我感受到男生注意我的目光，开始琢磨打扮了。我妈买的衣服，我都要偷到穿穿看。我妈最近买了一条白色兔毛的包裙，我试穿过，合适！我想这条包裙和我那件白色马海毛线衣配成一身白，多么拉风！只差一双白鞋子了！对了，黄美丽那，还有她送我的一双白色回力鞋，现在应该可以穿了！

849. 我去找黄美丽的时候，她几乎都忘了这件事，我描述了半天，她才想起来，去床下面翻，果然有！只是拿出来鞋子已经黄蔫蔫的了。她看我失望的神情，说算了这双太旧，你直接把我这双阿迪达斯穿去吧，反正我也要换新的！我惊喜万分！真的啊！她已经脱下了，拎在手上：拿走。

850. 这样，我就配齐了纯白一身，活像只兔儿。我走在放学的路上，听见后面有一群高年级的男生在吼：欧阳克，一身白，又耍姑娘又耍蛇（按成都话读是顺口溜）！

851. 有一天，黄美丽脸色特别苍白地来找我，喊我陪她去趟医院。我想起以前的传闻，就问：是不是去打胎？她说：就是。她那天居然还穿着那套奶黄色洋装，有两年了，还在穿。她沉默了一下说：其实我不该喊你陪我，人家看见了不好，但是手术完了没有人扶我还是有点恼火……这样，完了我们去吃肥肠粉好不好？不去以前那家，另外一家更好吃的！我说：好。

852. 我坐在妇产科外面的绿色塑料椅子上，内心怕得要死。我怕她痛，更怕她死了。我这么小个人咋个弄嘛。闻着消毒水的味道，我怕得要死，幸亏一会儿要吃肥肠粉。

853. 有个护士硬邦邦地喊我进去扶她。我进去的时候，看见她已经从手术台上下来了，正在整理那条裙子，居然还对我笑了下，说好了这下没事了。我扶她的时候，她软了一下，然后就慢慢和我走出去了。后来她发现，那裙子上沾了一坨血迹，才大大地不满意起来：哎呀咋个搞的喔！太不小心咯，这下洗不掉了喔。

854. 那天我们果然吃了好吃的肥肠粉，还有西瓜！吃肥肠粉辣，所以我们又去吃了摊上划好的一牙一牙的西瓜。她才做了手术，就吃西瓜，要是现在我就知道这是多不应该的事情，但是当时我们谁也不知道。那天我们玩得很晚，特别开心。她花了起码二十几块钱，还给我买了一对花夹子。我居然斗胆说，以后她要是不要那套奶黄色的洋装了，能不能也送给我呢，她也说好。

855.　那天，她抽了一支烟，还教我唱了一首歌，什么第一次偶然相逢烟正蒙蒙雨正蒙蒙、第二次偶然相逢烟又蒙蒙雨又蒙蒙……她喉咙是左的，没有音准，但是唱的时候很投入，都要哭了的样子。后来她对我说，人人都说她烂，其实这是她和男人的第一次。

856.　我们坐在一堆高高的预制板上，她说：你看这条街上的梧桐树哈，夏天是一片深绿的，春天是毛茸茸的，秋天是金黄色的，冬天就是光叉叉的！

857.　但是晚上刚回屋，等着我的就是我妈铁青的脸和尺块。她狠狠一巴掌扇在我的脸上，大声问我：你是不是和对门的那个烂婆娘耍得好？！唵？！是不是耍得好？我一般挨打都上窜下跳地求饶，但是那天我就硬生生回答了我妈一句：啊，就是耍得好。她打我也不怎么躲，但是最后我妈哭了，开始一把鼻涕一把眼泪说她一个人带我有多么不容易，我还那么不听话。我觉得真啰嗦，就答应了她再也不和那个女孩来往。

858.　估计她在对面都听见了。

859.　从这天起，我奇怪地再不会在院子里碰上她，而且在阳台也看不见她，她卧室的窗帘一直都是拉上的。我去她们高中门口等过她，但没有等到。我问她们班的一个女生，那个女生说：她啊，起码有一个星期都没有来上课了。后来我自己去吃过一次那个肥肠粉，味道还是很好。我还学会了唱那首“烟正濛濛雨正濛濛”，还在音乐课上唱过，老师夸我嗓音不错，但是这首歌不合适学生唱，情啊爱的怪渣渣的。

860.　开学了，新来了个班主任，徐眼镜，刚刚从师范毕业的学生娃娃，迅速就和我们打得火热。有一次我们商量要去植物园耍，他说他也要去，让我们记到喊他。第二天要去的时候突然听说他哥子为情自杀，从二楼跳下去把腿摔断了，我们一致认为他今天可能没得空去了，就没喊。上学的时候，看见徐眼镜打起石膏，一跳一拐地过来了，远远地就怒气冲冲地说：你们咋没喊我喃！

861.　徐眼镜之做得出来，居然罚我们绕府南河跑两圈，就是因为没喊他！我们跑出校门口就一人喊了辆偏三轮，人家还以为我们集体旅游。以后，我们和徐眼镜的关系彻底拉豁。

862. 徐眼镜处处想找我们的茬。一次，大扫除之后他屁儿一拽一拽地来检查：玻璃咋个没擦干净喃？！话还没说完，“砰”一声就撞在纤尘不染的玻璃上了。

863. 一天，来了一个女的找徐眼镜，徐眼镜一看她脸色都不正常了，带着她就往宿舍走。我们一群人伙起跟到后面，听见徐眼镜在宿舍里对那个女的哭：巧巧，再给我点时间嘛！那个叫作巧巧的女娃子哼了一声：又说给你时间，你是不是只会说这一句话！你在这个没出息的烂学校还要混好久！徐眼镜带着哭腔说：巧巧！再给我点时间嘛！

864. 我们在外头捂住嘴巴狂笑，最后不晓得哪个居然按响了门铃，徐眼镜把门猛然大打开，我们吓得轰然四散，居然还有往死胡同里跑的，不得不又跑回来，遭徐眼镜结结实实踢了几脚。

865. 这以后，无论在哪里看见门铃，我都有冲动去按，按了就跑，现在都是。

866. 微积分和危机感差不多。

867. 有一天我突然发现自己胸口上肿起两个包，吓惨了，不敢给我妈说，睡觉时趴到睡，想把两个包压下去，趴了一个星期发现不得行，算球了，癌症就癌症。

868. 还记得屡屡给我带来勇气又给我带来耻辱的那件婴儿时代的斗篷吗？那件斗篷是红色缎子面的，上面绣着好几朵牡丹花，后来我才知道，是我外婆出嫁时的陪嫁被面，多年都舍不得用，一直放在柜子里，还新崭崭的呢。现在它已经残破了，我把上面绣得最漂亮的一朵牡丹沿着形状剪下来，送给了我暗恋许久的陈继凯。 13-15

869. 陈继凯说：桑格格你会叠幸运星么？……三天后，我疲惫又深情地捧上三百六十五颗幸运星，陈继凯震惊又喜出望外：啊！太好了，终于有东西送给曾燕了！

870.　　李铮神秘兮兮地约我放学后在俱乐部门口见，我十分紧张。去了，看见李铮站在那里，手背在后面好像还拿着一把花，我脸“腾”地就红了，低着头走过去，小声对他说：我来了，你有啥子事就快说嘛！他一脸诚恳地说：你觉得我这个人咋样？我转过身背对着他：还可以啊！他又说：我想请求你一件事，你答不答应？我都要羞死了，点头：你说嘛！他把花举到我面前：请帮我把这把花带给李颖！

871.　　啊，爱情，你究竟姓啥子？！

……

872.　　每次人家说“才华横溢”这个词时，我就仿佛听见“哧——”一罐汽水被猛然拉开。

873.　　班会，主题是“我的理想”，分小组讨论。我、张蕾、雷娅、贺中华、陈丽几个一组，雷娅说她要当导游小姐，贺中华说她要当女出租车司机，张蕾说要当老师，我说我要当演员。小组爆发出一阵爽朗的笑声，张蕾完全不相信自己的耳朵：你说你要当啥子？！我说：演员。

874.　　我想当演员的原因是，小时候有一天我照镜子，突然被自己的美貌惊呆了！我惊慌失措地去找我妈，问她：我是不是天下最好看的女娃娃？我妈点点头：是的，蓉娃子，天底下没有比你更漂亮的娃娃了！我又问：那我去当演员都可以哇？她又点点头：当然可以啦，你是我的女。

875.　　我摊开一张上次二舅来留下的成都市交通地图，寻找，在“四川电视台”上画了一个圈，又在“峨眉电影制片厂”上画了一个圈。我决定先去峨眉电影制片厂。我有一条黑呢长裙，是我妈单位上同事穿不得了送给我的，虽然每次穿陈丽都要讽刺说修女又来了，但不可否认，这是我最高档的行头，外面套件白色马海毛线衣看上去品位还是很高档的。我就这样把所有的当家行头都披挂上阵，品位高档地坐四路转十三路去了。售票员说：去哪儿？我镇定好情绪一字一句地说：我去峨、眉、电、影、制……售票员不耐烦地说：晓得了！恶狠狠递给我一把零钞和车票。

876.　　我站在峨眉电影制片厂门口，看着每一个进出的人都像电影演员，那个白头发老头提着菜篮子的姿势多么高雅啊，那个推着自行车的女士步伐多么迷人，和外面的都不一样。我走进一间叫作艺术创作室的房间，两个艺术家正在讨论艺术大事。我说明来意，他们就请我在沙发上休息，然后继续讨论艺术大事。一个小时以后人家很客气地请我离开了。

877.　　我走进一间叫作导演室的房间，这次里面只有一个嬢嬢，她说：导演全部都去开会了，抱歉。我慢慢走出去，她可能觉得我的黑呢长裙还比较体面，就多说了一句话：导演曾江河最近开一部戏，可能需要很多女娃娃。这是他们家电话、地址。

878.　　我见到曾江河第一面，觉得这是一个青春焕发的老头子。结果杂志上介绍：青年导演曾江河。我对他说：我很好，好得很！你不请我演戏就可惜了！一张脸十分严肃和冷静。他笑眯眯地看着我：孩子你进来坐一会儿，看你一头的汗。一口高级普通话。他翻出了剧本：嗯，你多大？我说：十三。他沉吟一下说：你也许可以演丁秀。我问：我可以看看剧本么？他哈哈一笑，把剧本递给我，你看吧。这时，门铃叮咚一声响了。

879.　　来的也是一位导演，白发苍苍的，曾江河导演热情地把他迎进来。我觉得自己坐在沙发正中不合适，很懂事地往边上让了让。他们就谈起了剧本和电影，谈笑风生，中间还有人端来西瓜。他们让我也吃了。他们谈的剧本我记得，叫作《狂》。白发苍苍的老导演，名字叫凌子风。他们最后谈完，凌导演要起身走了，回头看见我，笑眯眯地问我：你是谁啊小姑娘？我 13-15
严肃地说：我是一名冉冉升起的新演员。他哈哈大笑，曾江河导演也哈哈大笑。凌导演拍拍我的头，对曾江河导演说：这孩子真好玩。

880.　　曾江河导演对我说：孩子，西瓜再吃一块么？我摇摇头头：我们来谈谈丁秀这个人物吧导演，剧本我看过了，这个人物形象严重不平衡，需要更多的烘托，你要给我加点戏。

881.　　剧组要出发了。我对我妈说：妈妈，我要出趟远门。请你给我收拾几件衣服，要保暖一点儿的。我妈说：你发啥子梦癫？我说：我要去当演员了。

882. 为了这次远行，我妈给我买了两双高级袜子，穿了好多年松紧口都是好的。后来，我不穿了，她又继续穿了好多年。她给自己都舍不得买那么贵的袜子。

883. 出发那天早上，我妈又不放心了，最后她找出一个塑料哨子拿绳子拴了挂在我脖子上，语重心长地说：要是有人欺负你，你就使劲吹哈！

884. 剧组在四姑娘山里头拍戏，我生怕自己吃亏，人家要一个饭盒，我要两个。不要以为这是一般的饭盒，饭盒里的肉都是山区里的土猪肉，炒的是山里的野蘑菇。简直好吃极了，我真的欲罢不能。剧组里的大人们也对我好，说这个小孩长身体呢，多给她一个。

885. 很快我就长胖了，脸也大了。如果我脸的两边都住着人的话，以前一个人从脸的这边到那边打车二十多就够了，现在起码三十。我会偷偷把自己的少数民族袍子收紧一点，显得自己没那么胖。两个月以后我胖了十几斤，胖得前后的戏都不好接了。我妈一向是以胖为美的，看见我，都连连摇头。

886. 那时候的四姑娘山还没有旅游开发，山沟里除了我们这个剧组，只有当地老乡，特别安静。每天，我就蹦蹦跳跳地跟着大部队出去，坐在大巴车的最后一排。我看着那些大山，阴雨绵绵的，觉得好美喔，还要和曾江河导演交流感受：曾叔叔，雨景真美啊，下雨把山下得更绿了是不是？曾叔叔眉头紧锁：是啊，美。但是下雨耽误进度啊，小朋友。

887. 有一场戏，拍祭天，我跟着大家一起祭天。一位舞蹈演员演大祭师，她在大石头上跳神，我们在那下面跟着跳。跳着跳着，我觉得自己真还有点灵魂出窍，我突然不知道自己究竟是谁，在这里干什么，还热泪盈眶。只可惜那是一个大场景，根本没有人发现我那么投入。

888. 我在片场睡着了，等我醒来的时候，所有人都走了，只有一只奶牛在舔我。我一点都不慌，欣赏了一会儿美景，然后坐在路边等路过的老乡，让他们把我送回去。

889. 那景色，我一辈子能记得。我当时躺在一棵大松树下，醒来看见牛，牛的大眼睛咚大，又吃惊又温柔，眼睫毛好长，又翘。我坐起来，牛慢慢走开，露出一大片开满花的草甸，后面是一截雪山。那就是四姑娘山。

890. 在这个剧组，我和美丽的女一号迅速混熟了。她叫张春燕。我觉得她太好看了，整天姐姐前姐姐后地跟到。她也让我跟，还送了一只不要的口红给我，我受宠若惊之余帮她洗了两个月的衣服。

891. 我们坐在摩托的偏斗里，她紧紧把我搂在胸前，我心里一暖。她说：帮我挡着点风，胸口都吹痛了。

892. 我有个本事，无论在哪里都能让自己尽量舒服一点。我很快就发现，这个山沟里居然也有个小卖部，卖一种饼干，很好吃。那个小卖部的饼干都让我买空了，用剧组发的前期片酬，整整一百八十元呢，我长得更胖了。这个饼干我也给张春燕姐姐吃过，她也觉得不错，还问我在哪里买的。

893. 开始我还不习惯自己胖。有一天我到楼底下理发店蒋爷爷那去耍，他说：你都不算胖了，那这个世界就没有胖女子了！我立即反驳：又不要你喂，我胖我的，关你啥子事！从此再也没去他那耍，每次经过时都绕着走。死老头子说话邦臭。

894. 从四姑娘山回来以后，我和张春燕姐姐依然在一起耍。后来，我还拍了几部电视剧，经常遭导演骂得瓜兮兮的，我和一个叫谢娜的小姑娘在楼梯口抱头痛哭。她比我成熟，擦干眼泪对我说：记住，某某某司机说过——只有小角色，没有小演员。 13-15

895. 拍戏，悲情戏，剧情需要哭得死去活来。我心头有点儿紧张，就去问以哭闻名的范艳，她说：不来头，你到时候抹点儿风凉油在眼睛边边上就可以唠。我就抹了，演我爸的男演员已经抱到我哭得死去活来了，我的眼睛头也是眼泪花儿跟到流，但是瞎迷串眼的弄死睁不开！导演死劲喊：把眼睛睁开！对视——深情对视——妈哟！对视个铲铲，风凉油抹多球了！

896.　终于接到一个广告，一天就挣了一百元钱！我跑到厕所把这张票儿展开摸了又摸，心跳得厉害。这是我第二次接触自己挣的百元大钞。从四川电视台出来，心想，好大一张钱哟，恐怕我去坐公共汽车人家都找不开！就从金河宾馆那边一直走回了双桥子，一共有九个站。

897.　以前三线厂，尤其是军工厂都是编号，比如我们成都的132、420。我突然想：会不会有250？

898.　晚上睡觉，屋头有一个蚊子我妈都睡不着。一次，我睡到半夜，尿胀了，矇矇眬眬睁开眼睛，看见还有一个臃肿的身影在半空中舞影蹁跹——她还在气喘吁吁打蚊子，正咬牙切齿地看着天花板说：老子今天晚上不把你娃捉到，老子就不姓何！

899.　我妈是个宝器。有一次，请他们科长一家人吃饭，我妈在厨房弄菜，科长太太倚到门框上和我妈说话，我站在科长太太后面。突然，我听见科长太太放了个屁，一会儿整间厨房就臭昂了，我妈拿着锅铲到处闻，惊风活扯地说：哎呀！糟了，煤气又漏了！

900.　我妈教的学生比她还要宝。有一次他问我妈：老师，蜂蜜是不是蜜蜂屙的屎？我妈也不晓得，含含糊糊地说：可能是嘛。他就来劲了，跑到外头真的逮了一只蜜蜂，一只手捏到，屁股朝外，就去舔，结果蜜蜂狠命一蜇，他疼得像杀猪一样惨叫，舌头肿得咚大，一个星期吃不得饭，只有喝稀的。

901.　我妈在当姑娘的时候，在乡坝头，那时候生活艰难，家家户户还都不准自己开火。我妈端了伙食团的一筐红苕去堰塘头洗，洗完提起来一看，里头有咚大两条乌棒（乌鱼）！那天晚上，一家人关起门来，悄悄眯眯地在屋头拿火烤起来吃了，虽然盐都没有，但是每个人都幸福得发抖。

902.　我妈说我刚出生时，因为有奶吃，在408库的锅炉房睡得很好。但是我爸对于我这个凭空而来的肉坨坨很好奇，喜欢在我睡着的时候去捏我鼻子，总是把我惊醒。之后一段时间，我一入睡就惊醒，后来还是跑到跳蹬河看了医生吃了药才好的。从此以后，我就十分痛恨睡熟的时候被人叫醒。有一次我在窗户边的沙发睡觉，同学在楼底下叫我，我迷迷糊糊睁开眼睛，摸到一个温水瓶顺到窗子就甩了下去，幸好没有烫到人家喔。

903.　　农夫破坏人家小蛇冬眠，把人家惊醒了，还放在怀里，那么臭，不咬一口才怪！

904.　　多么希望家头有个男人，可以帮我修理灯泡。有一次，水龙头爆了，我吓得都要哭了，不敢近拢去弄，咚咚咚去敲隔壁雨雨她爸刘科长的门：刘叔叔，救命。

905.　　我妈在上班的路上遭大货车擦剐从自行车上摔下来，左手骨折。这下我累惨了，上学、买菜、煮饭、收拾家务，还要跑到我妈单位和医院跟一帮人理论：到底算不算工伤，医药费能不能报账以及误工咋个算等等等等。不要看我小哇，嘴巴狡得很，他们几个大人都有点说我不过。但是，突然看见我爸来了，我就一下哽咽得说不出话了。

906.　　我爸一下子多歪的，对那些人大声武气地说：离婚是离婚了，但是娃娃还是我的，她还是娃娃的妈！哪个要为难她，先找我打一架！我站在他背后，就流泪了。

907.　　不过，我爸不是专门来管这个事情的，他是来医院复诊碰到的我。我爸长了痔疮，这不奇怪，十男九痔嘛。但是，我不相信哪个人采用的治疗方法和我爸一样：蹲在厕所头，自己摸到痔疮，一用劲“噌”的一哈就扯下来了！据说当时我爸流血不止，差点栽倒在茅坑头，但是他以惊人的毅力咬到牙巴走出“手术室”后，多少年来痔疮没有再复发过。

908.　　多年以后，我问一个得了外痔的朋友那是个啥子感觉。她说，就像衣柜装太多，一条袖子漏出来让柜门关不上，而你又总想把它塞回去……

初二

909.　语文课，我们班主任深情朗诵：周总理你在哪里？我说：我在这里！

910.　《生理卫生》一发下来，我就翻到有男女裸体图的那一页，分别在男裸体边边上写上了我最讨厌的男生名字“晏治”，又在女裸体边边上写上了我最讨厌的女生的名字“雷娅”。还怕人家不明白，打了两个箭头指向当时我认为最丑陋的形象。

911.　老师说，男性的小鸡鸡里装了很多小蝌蚪，起码有上亿只。那么，这个世界上的青蛙都是男人生的咯？

912.　没有比“独骗其身”更恐怖的成语了。

913.　我们多么企盼着生理卫生中那最关键的几节课啊！终于上了，结果那个女老师一节课都在扯其他的闲篇，要下课了，她把脑壳埋到，脸红扯红扯地说：剩下的大家回去自己翻一哈就是了。

914.　快十四岁了，觉得自己的腿毛好长哦，跟没进化干净的猿人一样。就拿起我三舅留下的手术剪刀，开始剪腿毛。那剪刀之锋利，完全出乎我的想象，剪到剪到就看见一团红色，仔细一看清楚，一小坨肉！

915.　还是因为遗传，我腿上皮肤很干燥，丝丝扭扭的干纹像条蛇。在学校，我从来不敢穿短裤。但有一次在操场上跑步穿了，那是一条绯红的短裤，同时我还穿了我妈的一双黑色长筒袜。偏偏上面又是一件黑转转（T恤），远远看上去就像一个非洲黑人只穿了条红窑裤奔跑在草原上，一边跑还一边唱歌：寂寞的鸵鸟总是一个人奔跑，孤独的飞鹰总是越冷越高……

916.　居然有个外班的男生追求我！我本来应该受宠若惊的，但是他长得也太难看了！尖嘴猴腮，丑得来伤心！他会在任何可能有我的地方出现，甚至女厕所门口。我很讨厌这条尾巴，躲都躲不赢，幸好他只是跟到，还不敢上来骚扰。有一天，我遭老师留下来训话，从办公室出来天都黑了，结果在操场上，远远看到麻渣麻渣的有个身影，坐在双杠上，宁静而又孤独。

917.　学校第一届卡拉OK大奖赛，我报名参加，进了决赛，可以在全校师生面前演唱！结果在比赛那天，我老毛病又犯了，一上去就唱高了，不仅唱高了还把词搞忘了！下面的人一阵哄笑，我在上头觉得全世界都不存在了，死的心都有。突然听到一个响亮而又执着的掌声突兀地从一片嘲笑声中传来，越来越响，越来越起劲，坚持了有一分多钟。同学们开始四周寻找声音来源，我也拿眼睛在下面寻找，果不其然，是那条尾巴在鼓掌。大家开始是交头接耳，最后，也稀稀拉拉开始鼓掌，最后，掌声连成一片！我终于可以下台了。

918.　这个丑陋的男生一直都没有勇气走上来和我说句话，后来毕业了我也不晓得他叫啥名字。

919.　考试，隔壁班的班主任监考我们，她在讲桌上坐得磨皮擦痒的，突然扬起手臂说：看见我的表没有？我儿从法国给我带回来的，你们一辈子都买不起。

920.　过了一个学期，这个老师居然替换了徐眼镜，调到我们班做班主任。我们厂矿子弟学校，说来都是兜兜转转的关系：班主任和我妈单位上的女科长很好，这个科长总是扣我妈的奖金。我妈找她打过架，我偷偷用锥子扎过她的轮胎。科长肯定和我们班主任说了这些事情的。

921.　　班主任是教语文的，她很恨我居然语文不差，只有说我其他的致命弱项。有一次她在课堂上批评我，说我数学成绩太差，拖了班级的后腿。我说：我们班又不是猪，还分前后腿。

922.　　只要是班主任的课，我一般都会迟到。有一次，我就在半路上和一只狗儿耍，耍一耍的狗儿居然对我恋恋不舍，一直跟着我，敲教室门，我还没有进，它倒是先进去了。班里这下炸了锅，班主任吓得缩在角角头，原来她最怕狗。

923.　　我被班主任憎恨也是有理由的。我们班教室靠走道墙壁有一个半高不高的窗户，放了几盆花。我那个时候充分体现了人是由猴子变的这一进化论，喜欢攀爬。一天，我刚爬上这个窗子想去采花，上课铃就响了。一般上课铃响了好几分钟班主任才拽着屁儿来，这天神了，铃声一响她就进来了。她一抬头，看见我在窗子上，我正准备往下跳，她说话了：哎，莫动，你就蹲在那儿，要是下来小心我扒你的皮，现在上课。

924.　　就是这个班主任，上音乐课居然都从后门看见我在看小说，二话不说，进来收了就走。那是二月河的《康熙大帝》，要知道这书分上下册，环环相扣，动人心魄，龟儿子居然收了老子下册！我两个月的零花钱！我咬着牙看着她的背影：日你个妈哟。

925.　　我长大了之后，第一个男朋友就是个黑社会，我把这辈子的冤情都诉给他，重点说了说这位班主任和《康熙大帝》。我说：你找个人把她给我抖一抖，把书给老子要回来。

926.　　过了几天，黑社会买了所有二月河的书给我，不仅有《康熙大帝》，还有《雍正皇帝》和《乾隆皇帝》，他深情款款地在扉页上写：小妹儿，不要恨你们老师了，以后有我在，没有人敢欺负你。

……

927. 去找李颖耍，听说她自己买了染发膏染头发，很好奇想去看看。果然，她一开门，我就看见了她满脑壳的玉米须须的颜色：可以嘛！跟外头弄的一样！她吞吞吐吐地说：颜色是可以，就是龟儿子一盒太多了，我实在用不完……她话还没有说完，她妈从后面钻出来接话：她用不完，鼓捣我也染！你看嘛，孃孃这个样子咋个上街买菜嘛！李颖她妈朴素一辈子，今天突然出现了相当惊悚的造型，玉米黄顶在一个五十岁上下的老娘子脑壳上，实在有点那个。

928. 她妈气不过，拉着我，来来来，看这个死女子干的好事！我在李孃孃的带领下，来到了她们家凉台上，看见小画眉鸟巧巧，站在笼子头，蔫头蔫脑的，一身颜色也是玉米黄。

929. 李颖很喜欢听我说笑话，用尖细的小指甲掐着我的胳膊，另一只手叉着腰，笑得上气不接下气：龟儿子的说话好笑人喔，哎呀不行了肚儿痛！你帮我揉一下揉一下！……我一边帮她揉，一边继续严肃地模仿射洪县广播站播报时间：社员同志们，刚才“鸡儿”的 声是巴京时间绳儿点正——她一脚踢开我：格老子尿都笑得飙出来了！

930. 当然，我们也有文雅贤淑的时候，手挽手在校园深处坐在石坎上唱方季惟的《爱情故事》。是什么样的感觉，喔——我不懂，只是一路上我们都在沉默……李颖数学好，还知道方季惟，教我唱颤音，教我在“喔”和“我”这两个字之间注意颤抖声带转换音量。我喃，也学得认真，就是把颤音学得有点翻山了，颤得有点多，后来只有改唱邓丽君。

931. 梦见数学老师把我历年不会做的卷子都拿过来，说：必须做！我翻过来倒过去地看了一遍，满头大汗，再看了一会儿，终于崩溃大哭：老师啊，女人何必为难女人！

932. 塔子山公园的腊梅开了好久了，我一直没有逮到机会去。终于在一个下午，我决定逃学去看下，再不看又要等到明年了！我飞叉叉地冲进塔子山公园，远远就闻到腊梅香，跑过去一看：果然好多腊梅都谢了，掉得满地都是。我把毛线围巾解下来，蹲在地上一颗一颗地捡，想包回去给我妈也闻一哈。结果，我那条包了腊梅花的围巾香了好久，第二年拿出来戴都还是香的。

933. 一到春天，我就更不想上学了。面对暖和的太阳，我都恨不得把自己用擀面杖摊成最大面积去承接。我想约刘仁华去塔子山公园烤香肠，她本人就像这个端庄严谨的名字一样，是一个好学生，时时刻刻都在学习、上进。她有很粗很黑的发辫，被她一丝不苟地用了十几根黑色的钢夹子贴着头皮紧紧地夹好。但是小学的时候，那次下雨，她是第一个跑出来和我一起在大雨里淋雨耍的，我觉得她内心还是有爱玩的一面。

934. 我缠着她：刘仁华——我们去塔子山公园弄烧烤嘛！我藏了两截香肠！她娴雅地叹了口气：哎呀，不得行，我要做化学卷子。我继续缠着她：你硬是喔，你做未必我就不做了嗦？走嘛——去塔子山公园弄烧烤嘛！她文静地摇头：嗯……我妈喊我在家把衣服都洗了。我跳起来坐在她的课桌上：我去你家帮你洗，我们两个人几哈就洗完了，然后我们就去塔子山公园弄烧烤！她用水汪汪的单眼皮眼睛看着我：哎呀，真的不行……最后，我居然说出了这么一句话：你看，现在是春天，难得太阳这么好，不要辜负春光啊！她是这样回答的：不怕，春天过去之后就是夏天，天天都是这么好的太阳，莫得事！

935. 显然，我们俩对“辜负春光”的定义是不一样的：她的理解是，抓紧时光学习；而我，抓紧时光耍。她最终没有和我去塔子山公园弄烧烤，我孤独地骑着自行车去了遥远的塔子山公园，在公园院墙下面，搭了个火堆，把两截香肠烧来吃了。我在品尝香肠的时候，一贯好得吓人的胃口，突然觉得有点没意思。不过，这是春天啊，看啊，小蜜蜂在采蜜！

936. 我用塑料袋装好了半截香肠，第二天带给了刘仁华。她笑眯眯地责备我：好脏喔，你还要吃，啧啧！不过，她在用纸巾仔细地擦过了香肠之后，也吃了下去。然后，我小声地对她说：把化学卷子拿给我抄一哈。她小心把嘴角擦干净，说：瓜娃儿，我光给你抄有屁用，来，我给你讲一下。然后，她在校园的七里香蓬蓬下，展开字迹娟秀的卷子，洁白的纸迎着春末夏初的阳光，闪花了我的眼。

937.　　几个月前的一个周末，三姐工厂放假，她来我家。她一来就勤快得很，做这样做那样，窗帘都拆下来洗了。她还帮我妈把刀磨了，说实在太钝。结果我妈拦住不让磨，说磨那么快做啥子，看好生割到我的手！

938.　　她在厨房舀了一大斗碗血豆炖猪蹄，一边站在厨房门边吃，一边问我妈：秀孃，我找你借条裙子，要好看点哈！从我家出门的时候，我和我妈在楼上看着她：她穿着我妈当家的一条豆沙绿柔姿纱长裙，脖子上挂了一串白色的塑料珍珠项链，脚上是一双白色半高跟凉鞋，回过头来对我们挥了挥手，然后嫣然一笑。我妈摇摇头：这个鬼母子不晓得要到哪里去！她摇曳生姿地推着自行车，上车的时候，却像是男人家那样从车座后面一骗腿，把个豆沙绿柔姿纱抖出一个完美的半圆弧形。

939.　　这天，又是个周末。三姐从包包头翻出几张照片给我看，内容是一对年轻男女在公园的花丛中、游船上、木椅上依偎呢喃。虽说是花前月下风景怡人，但是两人眉目之间隐隐有一丝忧愁。她叹了口气，喃喃道：这个时候，我们的时间是以分钟来计算了……

940.　　照片中的女娃当然是三姐，而男娃就是三姐穿着我妈的豆沙绿柔姿纱长裙去见的那个人：刘哥。刘哥微胖肤白，中等身材，戴金边眼镜，文质彬彬，是长旺镇信用社能干的年轻干部。他家境贫寒，全靠自己的聪明读了大专的金融专业，有了一份不错的前途。他会作诗，喜欢文学，在他的帮助下，三姐的阅读档次从琼瑶升级到了三毛，并且从此喜欢穿长布裙子。不是我说她，脚杆本来就不长，又胖，弄那么大一堆在脚面上堆起，不说好看不好看，走起路容易绊倒是真的。嗨，但是刘哥每次看见我三姐穿着长布裙子总是要双眼放光：小琼，你——来啦？

941.　　他们两个约会，三姐有时也会带我去，跟到吃点喝点耍点。有一次他们去一个湖中岛去耍，夕阳西下了，刘哥温柔地对三姐说：小琼，你看天色已晚，不如我们归去罢？小琼姿态万方地拎着她那长得不便于行走的布裙子说：嗯，好嘛——！刘哥手一指：小琼，你看最后一班客轮来了，载我们驶向幸福的彼岸……这边厢，小琼已经把玉手伸给了意中人儿：走，我们一起上船——

942.　　船儿拉起归航的汽笛，一轮夕阳映在黄昏的水面。突然，船上有人指着刚刚离岸的码头喊：哎呀，还有个小女娃子没上到船——！在岸上哭！大家往岸上一看，一个八九岁的女娃娃坐在地上，双腿蹬起蹬起地哭，哭得哇哇哇的，一边哭一边高声叫着两个人的名字：呜呜呜呜呜何三妖怪……呜呜呜呜刘二麻子……

943.　　刘哥皮肤白，脸上有几粒雀斑就特别明显，我不高兴的时候叫喊他：刘二麻子。刘二麻子紧急喊船老大靠岸，塞了一包红塔山。我上船之后，两个人轮流给我道歉：哎呀蓉娃子哪门会把你搞忘了嘛！错了哈错了哈，带你去买新衣服。别看我哭得脸都肿得像猪崇嘴，但是一听到说“买新衣服”，马上就不哭了，严肃认真地和他们敲定了买衣服的具体时间、地点。

944.　　刘哥不愧是金融界人士，很讲信用，我得到了一件粉红色的毛衣。我太爱粉红色毛衣了，以前有一件，是房客殷叔叔给我买的，早就穿不得了。刘哥这一件，比那一件还要高级：通身是粉红色的，胸口到背后有一圈各色锯齿形花纹组成的美丽花边，衬托着桑格格那少女的面庞，经常让她沉浸在自己惊人的美貌中，久久不能自拔。

945.　　但是，每当在刘哥大手大脚地花钱的时候，三姐总是表情格外严肃，一句话都不说。有一次我听见她和刘哥在吵架：你到底有没有拿国家的钱？你晓不晓得那个是要敲沙罐（枪毙）的？我要你清清白白的……刘哥就像鸡啄米一样点脑壳：我没拿我没拿真的真的。

946.　　唉，刘二麻子啊。

947.　　三姐说“我们的时间是以分钟来计算了”，就是因为刘哥知道自己要出事了，警察已经查上了门，最后一次去找她。他带着不明真相的三姐去了贵州“旅游”，在花溪公园的游船上，他终于痛哭流涕地对三姐坦白了这件事情：小琼，我对不起你！三姐眼泪哗哗地流：你啊！我早就说……两个人哭得来桨都不要了，船儿就在湖中心打旋。

948.　　稍后，三姐把眼泪擦干，又把刘哥的眼泪擦干，说：我们去拍几张合影！然后，就有了她给我看到的那几张照片。三姐握着刘哥的手：你听我说，回去自首，男子汉敢作敢当，不管啥子后果，我何小琼等你！……三姐停了停，眼泪又包不住了：我可能……我可能有了。

949.　刘哥从贵州回了四川，一笔现在看来并不算什么的款项，判了十五年。后来，他在旺苍监狱服刑的时候，一个男婴呱呱坠地，那是他的儿子。

950.　三姐坚持要生下这个娃娃，这意味着她要独自抚养。她一个人在外面租了间单房，每天也满怀着期望，以及思念，在窗子下面打小毛衣。就是她妈，我那只有一只眼睛的大舅妈，时不时背着人，给她送点营养品。她把东西放下之后，看着家徒四壁的房间，用还剩下的一只眼睛流下了浑浊的泪水，一行，又一行，拉着她的手喃喃地说：哎呀勒我的三挂面我的三女娃子喃……

951.　三姐不晓得从哪里来的勇气，尽量保持着乐观，并且用她阅读琼瑶以及三毛的文学功底，给儿子起了一个名字：恋儿。我觉得这个名字不好听，对三姐说：琼瑶阿姨的风格，这二年不怎么受欢迎了，而且“恋儿”听上去缺了点男性色彩，二天人家长大了，要遭同学笑话！

952.　三姐沉吟了片刻，抚摸了一下肚子，说：好嘛，那就来个威猛点的，嗯……叫何占彪！不晓得为什么何家的人都这么喜爱这个“何占彪”，我二舅也企图给他的孙儿取这个名。我摇摇头说：三姐，除非你想他长大了混黑社会，要不然最好不要叫何占彪。三姐说：那叫啥子好嘛……

953.　我说：叫苗苗吧。何苗，希望他像禾苗一样，天天向上，健康成长。

初三

954.　放学的路上，我突然哎哟一声，捂到腰杆一哈就蜷在地上了！李颖多紧张地跑过来问我，做啥子了嘛？！要不要去医院！我不慌不忙地站起来：没得事，BP机的震动搞忘调回来了。

955.　我拍戏挣了几个钱，不仅给自己买了个BP机，还给家里添置了个大彩电。要说，最挣钱的还是拍猪饲料广告，我恨不得他们年年都来找我。我妈逢人就夸，夸得院子里的老娘子们个个眼睛发绿。我天天教育我妈，要低调要低调，我妈就是不听，她扯起女高音：人人都恨不得来欺负我一下，这哈，让她们看看我的女，好出息呦！——狂扯狂扯——狂狂扯！

956.　有一天，我和我妈走到院子门口，又是一群老孃子围着我夸，说我现在当演员好得行喔！都在电视里看到我了！这时候，我隔着人群看见黄三儿走了进去，据说她高中读了住校，很少回来。她长得好高了，肤色还是那么苍白，瘦得很。我确定她看见我了，但是装作完全没有看我一样。我也哼了一声，冲起就走了。

957. 我想，我现在这么得行，电视上了，BP机都有了，三儿咋个还不理我喃？唉，我隔着帆布书包摸着里面的BP机，像是握着一个秘密，算了，人各有志嘛。你去你的未来，我去我的未来。

958. 这是一个晴朗的早上，蓝蓝的天上飘着几朵白云，我们每周一次的例行朝会如期举行。将近一千名的学生和老师站在宽阔的草场上。看看大家都昏昏欲睡地歪着斜起，听老校长那了无生趣的公鸭嗓，我沉着地先将BP机的音量调至最大，旋即按下了“铃声选择”键……BBBB！BB！BB！所有人的目光刷刷刷扫了过来，这是我意料之中的，我潇洒而又有风度地对大家频频招手，点头微笑。

959. 我们的班主任听到了，她惊奇地走过来：桑格格，你啥子在响？！我不慌不忙地掏出BP机，对多年来在贫寒的子弟中学任教的班主任普及着新潮科技：老师，这是BP机！班主任瞪着眼睛，玻璃眼镜片后面那一双不可思议的眼睛有一种暂缓理解的茫然：BP……机？是做啥子的？！语气还是平时那样严厉，但是已经有了一丝不能全面掌握局势的不自信。

960. 我耐心地把屏幕上的汉字翻出来给班主任老师看：你看嘛，我现在有急事，人家电视台的找我，我必须去收发室回个电话！其实那已经是一个星期之前的信息了。她捧过BP机，手指拇上沾着红墨水和白粉笔灰，手腕上还戴着那块她儿给她从法国带回来的、我们一辈子都买不起的表，与黑色的机身形成了一个让我终生难忘的反差。

961. 班主任左右看了看，恢复了常态，把BP机还给我：你去收发室回电话吧，但下不为例，以后BP机也不要带来学校了！这次，我从奢侈品拥有者的主动地位苏醒过来，回到了一个学生应有的谦逊姿态，点头哈腰地对班主任点点头：谢谢老师！

962. 我，一个身穿蓝色条纹运动装的十五岁女生，以矫健的身姿，从操场的人群中跑过。我像一只快活的小鹿，其间故意摁响了BP机很多次，故意跑一条需要绕场一周才能到达收发室的路线，我跑啊跑，B啊B，风和同学们的目光在我身后洒落。有人羡慕，有人嫉妒，有人咒骂，有人不屑，而我，只坚持走自己的路，让别人去说吧。

963.　　再以后，不长的时间，一年左右吧，BP机也比较普遍了，隔壁班的一个男生也有了，后来高中好几个学生也有了。我这下奔跑起来不是那么带劲了，经常在上午第二节的数学课上，望着窗外的香樟树感到一阵阵淡淡的伤感：时代进步真快，我们的青春真短。

964.　　李晓佳坐在张维的斜对面，直接造成了张维的斜视。

965.　　李晓佳梳一个马尾，马尾再编成一个大辫子，辫子上绑一根粉色的丝带。从张维这个角度看上去，仿佛蝴蝶落在上面。有时候，李晓佳刚洗了头，辫子有点绑不紧，头发黄黄软软地松着，细碎地支着，从张维这个角度看过去，脖子后的小绒毛和鬓发是浅金色的。

966.　　张维长得矮，不是班上最矮的，也是第二矮的。但论沉默，他数第一。张维妈死得很早，他爸在单位上运输科，有时候跑车一走就是半个月。张维背着军挎，从420厂技校那条路沿着一排垃圾桶，转过来是一个小菜市，走过菜市就是学校了。然后他又穿过菜市，走过那排垃圾桶，路过技校回家。但是最近，他的路线改变了，他每天从后面走，走工人俱乐部的那边，李晓佳住在那边的8707栋。他每天轻轻走过8707栋，其实只是走，连头都不敢抬起来看，上面也许晾着她的连衣裙呢。就这样，走了一个学期。

967.　　放暑假的时候，他爸又走了。张维每天在家把地用水狠狠地擦了又擦，灼热的空气中水汽急速地蒸发，他静静地躺在发青的水泥地上，在心里把开学的时间算了又算。他喜欢听小虎队的“叫你一声My Love”，反反复复地听：从前有个传说，传说里有你有我，我们在阳光海岸生活。

968.　　开学的时候，有一个消息悄悄流传在刚刚升为初三的整个年级：原来初二（3）班的女生李晓佳被“洗白”了，是班上一个天棒娃娃王少刚干的。他说那天是他生日，请了很多人来家里玩，但是事实上就请了李晓佳一个人。李晓佳开学那天没有来，但是王少刚却依然神气活现地坐在后面的座位上。

969.　　张维依然沉默。回家后他开始做一些手工活：用钢丝拗成枪架、扳机和撞针，串上自行车的链条和辐销，再用细铁丝和牛皮筋固定。唯一麻烦的是，他跑遍了好几家杂货店才买够了火柴。事后，有杂货店老板说，怪不得那小厮儿在我这里买那么多火柴喔！

970. 初三（3）班一下子就少了三个人来上学。三个空位子，一个远远在后面，另外两个，是紧挨着的斜对面。

971. 事实上，王少刚并没有洗白李晓佳，那是他撒谎，以为这样显得自己很港。李晓佳没有来是因为，她去外地亲戚家玩，没有来得及在开学赶回来。但是，一个少年少了一只眼睛，一个少年成了少年犯，她只好转学。

972. 我们学校确实比较野蛮，而我们班，在几个班中又以暴力著称。而本班上，有全年级几个最强悍的，在最后一学年到来的时候，被班主任全部赶到了最后排坐。虽然摊上了这么个班，但是我们班主任还是一个有志气的中年妇女：我就不信盐碱地真的不长粮食！

973. 最强悍的几个男生，本来还是分布在全班各个角落，这下全部集中了，他们是：晏治、大王海、左章成、徐斌。我将这四个名字打在一起的时候，时隔多年，我的手还在发抖，这个邪恶的F4。

974. 成都冬天特别阴冷，他们四个就在后面烧报纸取暖。报纸不够，还把角落里多余的一把椅子拆了烧，反正一般老师在我们班上课都不咋敢管他们。有一天，班主任不晓得咋想起来这把椅子，说找来坐，看见只剩一个靠背了。

975. 他们觉得光烧火比较浪费资源，就带了一些可以烤制的食物：玉米、红苕、土豆，有一次居然有香肠！香飘全教室，他们也大方，居然把香肠切成一片一片地往前传，我吃了好几片，真好吃。当时在上地理课的老师走到后面：你们太过分了！徐斌正在课桌上拿刀切香肠，把脑壳一抬：老师，你要是再往前走一步，后果不堪设想。

13-15

976. 他们也不是经常扰民，有时候他们会收集全班同学的橡皮擦，然后切成一副麻将，四个在后面聚精会神地搓橡皮麻将，整个教室就说不出的安静和祥和。

977. 晏治比较婆烦，像个家庭妇女一样啥子都往学校带。他们之前烤香肠的叉叉、刀刀都是他带的。冬天，他嫌脚冷，居然带了一个脚盆、暖水瓶，课桌旁边钉了颗钉子，上面挂了根擦脚帕！有一次，有个不了解情况的老师叫他起来回答问题，他就站在脚盆上回答的，居然回答对了，老师很满意：好，坐下。他坐下继续泡脚，觉得温度不够，还拿暖水瓶加了点开水。

978.　　左章成闲来无事，喜欢把玩梳子，一会儿梳脑壳，一会儿把鸡鸡掏出来梳毛。

979.　　真正的大哥是大王海。大王海也是平时最不爱出声的一个。有一次，年级主任给我们上课，他举手说：我想上厕所！年级主任才不理他，拿眼睛狠狠瞪了他一眼。一会儿，一股恶臭从教室后面飘出来，大家纷纷转过头：大王海蹲在凳子上，下面垫了一个塑料袋，正在爽。爽完了，他从作业本上扯了两张纸把屁股擦了，一边提裤子一边打包，对旁边的喽啰晏治说：等哈儿你帮我丢了哈！晏治说：要得。

980.　　上生物课，要观察血细胞，每一组都要派个人把手指刺破取点血样，但是大家都不敢，你推我我推你。这个时候，听见后面一个声音说：格老子有啥子好怕的嘛！大王海站起来，一把铅笔刀“嚓”地一下从手指划过去，血一股就流出来了。晏治、左章成、徐斌纷纷也站起来效仿，大家都拿着载玻片就上去取血样：谢了哈！多谢！谢谢！

981.　　我给大王海写了张字条：交个朋友。

982.　　这天晚上，梦见晏治用澡盆泡了一澡盆的方便面，自己打个光胴胴坐到里面吃。我问他：你吃得完这么大一盆么？他嘿嘿一笑：能吃完。我又问：你干嘛自己要坐在里面呢？他又嘿嘿一笑：这是素面，借点肉味。

983.　　虽然我读的这个中学有很多黑势力，但是居然没有坏娃娃敢真的惹我，据说是黄美丽去打了招呼的。她的名声越来越坏，据说社会上的两拨烂娃娃为她打了一架，其中一个人被捅了几刀差点死了。学校开除了她。再后来，听说她去一家歌舞厅上班去了，算是彻底踏入了社会。

984.　　自从上次我妈打了我之后，我已经有两年多没和她交往了。有时候很晚了会听见有人在楼下敲院子铁门，一定是她。我就会从床上爬起来擦起窗帘看看，她穿着完全是大人了，穿了高跟鞋，头发烫了，她每次都塞点钱给开门的大爷。夜色中，路灯把她的影子照得长长的。

985.　这天，院子突然来了一辆货车，她们家要搬走了。邻居们指指点点：那个烂货被一个老板包了，给她买了一套房子，靠卖×发财了……她在院子里麻利地指挥几个干活的搬家具，像完全不知道别人在议论她一样，还当众点了一支烟，用血红的嘴唇抽，一边抽一边喊：那个，小心点！往里面搬，顺到搬！她妈跟着忙前忙后，脸上有点不敢张扬的喜气。

986.　最后，她说了声“上车”，很飘逸地坐进了驾驶室，扔了烟蒂，“啪”一声关了车门。我一直看着她目不转睛，她最后环视了一下这个院子，抬头看见了我。她斜了斜嘴角，笑了。我对她挥了挥手。她们的车开出去了，在楼上看见车上的家什，小小的一堆。那里面有她答应送我的那套奶黄色的洋装么？

987.　后来就再也没有见过她。想起有一次，她站在我对面，双手捂住左边的胸口说：你看我像不像抱了一只小猫？她那天穿了一件衣服，左边胸口正好绣了一只小猫，她捂着小猫笑得嘎嘎嘎的。

……

988.　要毕业了。同桌胡蓉说，以她的成绩不想考高中了，家里情况也不好。我问她：那你想做什么呢？她说：我表姐在成都饭店做清洁员，有时候房间没有客人的时候，她就把浴缸的水放满，然后自己泡在里面洗澡！我说：你也想？她点头。

989.　她确实爱干净，我一个星期才洗一次澡，她就经常洗。但是，我还是觉得这份工作听上去不怎么样，但是也说不出劝她继续读高中的话来，她的成绩实在太差了。我说：这样吧，老子以后开个全成都最豪华的温泉桑拿浴，你当老板娘如何？她嘻嘻一笑：说得我好像是你的老婆。

990.　又到了写毕业留言的时候。我们班上每人一本留言本，请这个写完了请那个写。写的人就可以浏览前面的人对“本主”的评价、希望，还有一些个人喜好之类的信息。这样，留言本同时也是流言本。我的留言本在姚安东写完之后，我就把他那页紧紧地用透明胶封了起来。这下班上炸了窝，纷纷传说姚安东向我表示了爱意，遭到我的拒绝。无论谁来询问，我都保持沉默，姚安东也是。

991.　去年，回家，我翻看以前的玩意儿，翻到这一页我自己都奇怪，为什么要封起来呢？就找了一把小刀拆开，看见了这样一段话：桑格格，我觉得你像一只装了太多火药的鞭炮，精力太旺盛了！我认为你很爱出风头，这样是不是好呢？我也不知道。反正，我不喜欢……我看完，四处翻找透明胶，又把这页封上了，比当年还要密实。

992.　潘蕾，是一个叽叽喳喳的女孩，黑瘦矮小，但一张嘴绝不饶人。她在我本子上的留言是：芸芸众生，你是否能独善其身？！悠悠俗世，你敢向红尘吐蕊？！以我初中三年级的智商，我呆掉了，这是什么意思？向红尘吐蕊，是不是教导我不要抽烟？从此，我看潘蕾的眼光不一样了，我始终觉得她有点神秘，说不定是上天派下来体察民情的，故意装得很庸俗的样子。

993.　多年以后，我碰见了在超市卖章鱼烧的潘蕾，闲聊中问起了这句留言。她说，喔，我也不晓得啥子意思，可能是我在一本书上抄的。

994.　又看了一遍《灰姑娘》，都是翻了多少遍的书了，突然一句话跳了出来，不知道为什么，看得我眼泪花儿都要落下来了：爸爸，若是你走在路上，一根树枝拂过你的头，请把它摘下来带给我。

995.　中考结束了。我爸开车去小金拉苹果，把我也带去耍。我坐在东风货车高大的驾驶室里，后面坐拥五吨的苹果，觉得自己像个女王。喔，不对，我爸爸在这里，我最多是个公主，他是国王。

996.　我说：爸爸，我要吃苹果。我爸把车子嘎吱一声就停在路边，十分敏捷地爬上货箱，对我说：把衣兜牵开！这样，我想吃多少就吃多少，这个不甜就甩了再来一个。我们一路山水一路歌，我爸品位无敌地放着他的卓依婷，小卓在四川小金美丽的山山水水间深情地用闽南语演唱着：爱情的代

116. 妈妈给我打了件毛衣，蓝色和紫色交叉的水波纹图案，胸前还吊两个一蓝一紫的毛球。在幼儿园睡觉，我就把毛球含在嘴里，醒来，球变得很重，一挤，滴滴答答都是口水。

118. 我喜欢吃肉圆子，在碗头刨半天都舍不得吃，我要留着最后慢慢一丁点儿一丁点儿吃。突然，一个男娃娃从旁边一哈就用叉子叉起走了，而且一口就吃了！

125. 每当听说天上的哪颗星星儿又以某某某科学家的名字命名的时候，我脑壳头就浮现出这样一幅图像：这位科学家像只青蛙一样蹲在外太空，他的旁边还蹲着其他科学家——那是以前命名的科学家行星，他们一起用智慧又慈祥的目光注视着蔚蓝的地球。

126. 夏天，下了一场雨。在寄宿幼儿园，我想起妈妈说，自己要知冷知热，就把棉袄翻出来穿上了。

129. 有一次要搞一场三家幼儿园的智力比赛，每家幼儿园要选五个娃娃，我们二幼的人选基本上都确定了，最后只是在我和杨俏之间犹豫不决。我妈十分关心，每天都在问：选起没有？选起没有？我妈悄悄跑到幼儿园来找我，知道是选我她高兴地一蹦一跳地走了，杨俏给我形容：你妈就像抓到蓝精灵的格格巫一样，在森林里跳起跳起地走！

131．我们你看我我看你，发出一声惊叫，扑向了那堆平时基本拢不到边的玩具！洋娃娃的脸原来是这样美丽啊！眼睛一翻一翻多么好看！

133. 《世界各地》是我很爱看的电视节目。有一次，里头讲非洲有种大荷叶，上面可以蹲个五岁的娃娃没得问题，我非常焦虑：我马上就要满五岁了，再不去蹲一哈这辈子都蹲不成了！

134. 后来听说，我在集体宿舍门前小花园种的那窝草，其实是水仙花，还开花了。人人都说，你看那窝水仙就是桑格格那个匪头子娃娃栽的，居然活了。

价，竟然是这么大，失去了青春好年华……咚咚卡！咚卡……我爸抬起他那颗国王般尊贵的头，对我说：以后你要找男朋友不带给我看嘛，谨防你娃娃的皮！

997. 这时，我们看见远远路边有一个体格健壮的羌族小伙子招手搭车，我爸拿眼睛夹了一下，觉得小伙子长得多可以的，就把车子停在路边了。他满心欢喜地让人家上来了，哎呀嘞，确实是帅啊，大家知道羌族的小伙子要帅起来是很可怕的，深陷的眼睛、坚毅的鼻子、浓密的睫毛。一路上，他一直拿眼睛看人家，然后拿眼睛看我，嘻嘻嘻嘻嘻地笑，完全不顾国王的尊严。最后，人家下车了，他还热情地装了一背篼的苹果给人家。

998. 他说：看见没有，这个人种就好！你以后要找这样的！

999. 我爸响应单位号召个人承包汽车的政策，把他那辆车况良好的东风承包了一年。这哈，他压力大了，整天在外面跑业务，一天人影子都看不到。我跟他出过几次车，他开到累得来不起的时候，就要求我唱歌给他听，我扯起嗓子，在大东风轰隆隆的颠簸中，唱一路。

1000. 坐我爸的车，不用憋尿，想在哪儿停就在哪儿停，我豪爽地“啪”一声关上车门的时候，心中充满了优越感。

1001. 我爸最爱听的是“红太阳系列联唱”、各种民歌、五六十年代电影插曲，我不重复连续两个小时唱给他听。最后，他说：你不行，你还是当不到你妈的一半！我想脱口而出：那你还不是不要我妈！但是话到嘴边又咽下去了。

13-15

1002. 路边的鸡毛店，几个妖艳儿嬢嬢把我爸的车拦下来，热情地说：大哥，住宿、吃饭、娱乐，一条龙哈！我爸从车上下来，她们蓬起蓬起去拉他，我爸赶忙把我推上去，去！给嬢嬢们唱个歌！我的表演欲一哈又被撩拨起来，又开始载歌载舞地表演，嘹亮的歌声不同寻常，立即吸引了几个嬢嬢。我爸趁机去给车加了桶水，还在老板那儿把茶加满了，最后去正规厕所不慌不忙地屙屎。出来时，二话不说，拉起我就走。我声情并茂的《黄杨扁担》才唱了一半。

1003. 最后，我们下榻在一家国营招待所，他说：你住房间，我就睡在驾驶室头。我说：不！我睡驾驶室，我还从来没有在驾驶室上睡过觉呢！我爸把车门检查了一哈，就同意了。

1004. 其实我是有点心疼我爸，想他在正经的床上睡个好觉。结果，驾驶室睡起来比我想的还不舒服，我那么小都不好翻身，更不要说我爸了。我干脆不睡了，在工具箱以及椅子底下翻了一晚上，企图找些我爸的隐私。结果在一堆发票、车辆检查票证中间，看见一个烂朽朽的笔记本，里面夹着一张我小时候的照片。还找到一把塑料小梳子，是有一次我在地上捡的，拿来送给他。

1005. 我爸贪凉快，开车的时候把车窗大打开，吹得他脑壳上的假发中分线都在一边。突然，远远看见有个身材窈窕的孃孃在招手，他连忙对我说：你看哈我脑壳乱不乱？我用手给他刨了两哈：不乱了。他喜滋滋地“嘎——吱”把车子准确地停在了那个招手的孃孃面前。

1006. 有一次跟他跑金堂，晚上回来的时候，一路上都是要载货的小贩在招手，我爸最后挑了一个模样长得比较善良的鹅贩子，帮他把一车鹅运到成都。在城边边上下了鹅后，那个小贩把两百元钱交给了我爸，我爸还恶叉叉地吼他：给老子把车厢冲干净！我爸顺手抽了一百元给我：拿去，买点学习上有用的东西，不许乱用！好生读书！

1007. 我很想自己挣钱在爸爸的东风货车上安个高级空调，免得夏天他一身都是痱子。

1008. 小时候，我爸经常跑省外，比如陕西、贵州这样的地方。经过荒山野岭时，他还是有点虚，早巴早的就用泥巴把“川A”的字样糊起来。有一次，还真的遇到事情了。他开着开着，突然，挡风玻璃前钻出来两个人挡住了视线，我爸只有紧急刹车，瞬间十几个人包围了东风货车。接下来就是武打场面，在一个伸手不见五指的异乡的黑夜，他一个人勇斗十几个歹徒。据我爸的描述，他好歹当过兵，打跑了好几个，但是人家有刀，他的左额有一块皮也被砍得耷在了眼皮上。最后，他英勇地生擒了两个年龄最小的歹徒，大概都只有十六七岁的样子，送到了当地派出所。

1009.　他狠狠地将一摞红头文件摔在派出所的桌子上，用浓重的四川口音说：妈了个巴子！龟儿子运往越南战场的电缆都敢抢！所有人都愣住了，我爸指着自己下巴上一处枪伤：这是老子在战场上一颗子弹从这边打进来，从这边穿过去的老伤！他又指着额头上的新伤：这是老子们刚刚遭自己人民砍伤的，格老子！！老子们在前方流血，在后方还要流血！老子们的车队一会儿就拢了，我是队长，老子就命令把所有的电缆都摆在你们派出所门口，要耽误啥子，你们去抵！！

1010.　派出所的所长来了，用大皮鞋把地上蹲着的两个小歹徒一阵好踢，然后和颜悦色地对我爸说：老哥请放心，我们一定妥善处理！我们马上送你去看伤！

1011.　医生缝针的时候，我爸对他说：医生，好生缝哈，我是四川深山里面三线城市的大龄青年，还没有找对象！

1012.　该赔的赔，该出示的证明出示。我爸说，必须写一个在陕西境内遭车匪路霸抢的证明，才能对上级说清楚耽误时间的问题。一路上，从陕西到山西，从山西到石家庄，最后到达首都北京，要交费的时候，我爸就指着自己额上的伤再出示遭车匪路霸抢的证明，几乎都免了费用。后来，纱布干了，他就把纱布从前额扯下来，结果没有纱布效果差很多，他赶紧又把纱布蒙回去。

1013.　到了北京，他本来想去看看天安门和毛主席，但不知为什么，要走拢了，突然没有了心情。他说，也说不清为啥子，心里难过。回了四川，他说：一路上人家看我遭抢了造孽，都给我免费，回到自己本单位，那些龟儿子说表示慰问，但是这个月的承包费一分不能少。比车匪路霸还凶！

13-15

1014.　其实，我爸只是一个在改革开放中，响应个人承包政策的货车司机，拉的是私货，单枪匹马，没有啥子车队，也不是运往越南战场；红头文件不是假的，却是以前拉单位上的货时留下来的；他更不是什么三线城市的大龄青年，早就结婚了，还有两个等他抚养供读书的娃娃（有一个是吴嬢嬢的儿子）；他确实上过战场，但是那个枪伤不是来自战场，而是小时候耍鸟枪遭打到的。

1015. 我爸晚回来的半个月里，我在家把眼睛都望穿了，担心极了。他为了安慰我，给我买了一个新书包，还塞了一百元零花钱。

1016. 在等我爸的这几天，我做了一个梦。梦见我是一个女土匪，浪迹天涯四处打仗，突突突用起枪来那真是不在话下，一身的伤痕，比男土匪还要英勇。一天，我路过另一个土匪窝子，拍门：里面的英雄听着，我也是一名绿林好汉，走过路过望行个方便，容我吃个便饭再赶路。里面的土匪从门缝一瞧：是个女的！那土匪头子想让我当压寨夫人，于是就笑盈盈把我请进去了，这一请进去，就是设宴招待我。

1017. 我可开心了，吃啊吃啊，可是宴席都结束了，我依然还是没有吃饱。我悄悄溜到后厨去，揭开锅看，呦，还有一只焗大龙虾呢！看厨房的小土匪脸都绿了：别别别吃，那是大王的夜宵。我嘿嘿一笑：不吃，你去给我盛碗白米饭用龙虾汁给我浇在上面总可以吧！这时候，小土匪的步话机响了，土匪头子用步话机说：让她走让她走。小土匪：大王，你不要留她做压寨夫人么？土匪说：吃太多吃太多，养不起养不起！我索性把龙虾抓起来啃了两口，拍了拍手：姑奶奶走了！从此，我又开始了浪迹天涯。

16-18

16 - 18岁 高中

高一

1018. 新学期开学的第一天，我在口子上看见初中的英语老师遭黄道婆（穿黄背心的义务交通员）抓了，手臂上笼了个箍箍，上面写着“遵守交通、人人有责”，也在路口摇旗旗指挥交通。我慌忙掉过头来走另一条路，好歹要给老师留点面子。

1019. 这位英语老师，就是被我取了个外号叫作“晶状体”的那位。说来也好笑，后来毕业了，他居然还给我写过一封情书，长长三大卷纸。其实也不晓得是不是情书，龟儿通篇整的都是英文，看都看不懂……难道，他不了解我的英文水平如何吗！真是的。

1020. 我上的高中，又是一个歪高中，各种没有考上重点中学的同学不得不上的一个学校。但是我也无所谓，上就上，歪就歪。自从上次考初中，那只小黄猫被我妈摔死、我没考上重点开始，我觉得自己就开悟了。再加上我当过劳动委员之后，也没有了官瘾；被老师剥夺了作文比赛的奖品，也没有了名利瘾。张敏说她的理想就是以后出家，我觉得她还不行，红尘滚滚，她还需要历练。

1021. 居然就这样，我都被选成了班长！因为，我们这个班实在太撇了，按照考试的分数，我还算高的。对于这个班长，我毫无感觉，完全不管事，可以说没有任何责任感。我妈晓得了都有点惊喜，我却一脸冷漠地回答：矮子里挑高子，有啥了不起嘛。我妈不这么看，她还是高兴：嗨呀，话也不能这么说，你看看，你本来也不高啊。

1022. 有一次，上午上到第四节课，快要饿昏了，突然闻到一阵韭菜饺子的香味，我贪婪地大口大口呼吸，同桌肖利川瞪着铜铃般的眼睛，也在回味：嗯，刚才我打了个嗝。

1023. 是不是有一种很悲情的鸟叫作不死鸟？就是那种没有脚的，只能一直飞啊飞，一生只能落一次，就是累死的时候……那是这只鸟愿意累死！你说，没有脚，还有屁股可以坐啊，还有上半身可以躺着啊。你说那么多高位截瘫的病人，也没看有几个一天到晚在天上挂着的啊！

1024. 开始听到“下半身写作”的说法，脑子里立即出现了一个勤奋残疾少年用脚夹着笔写字的场景，我觉得很受鼓舞！人家身残志坚，我要学习！

1025. 不知从哪一天起，班上的所有同学都学会了转笔，一时间，上课的时候就听见教室头“啪”“啪”净是笔落在地上的声音。我也转，但因为手指拇比较短，转得不好，老是要掉。我喜欢偷偷欣赏旁边一排坐的李昭峰转笔，又稳又快而且还会正反两边转！我无比羡慕地认识到，有些事情，还是男的做起来比较好。

1026. 后来，我惊讶地发现，李昭峰居然把文具盒都抡在手上转！呼呼生风！

1027. 李昭峰不甚招人喜欢，但他确实聪明，有一次我眼睁睁看着他把魔方弄成整齐六面颜色，才用了几分钟。从那以后，我在心里对这个吊儿郎当的男生有了一份敬意。

1028. 班里男生忽然流行起抽烟。一天晚上下了自习，在回家的路上，胖子姚东挑衅地问李昭峰：会抽烟吗？说完自己点了一根，深吸一口，吐出一缕青烟。李昭峰看了看，从姚东烟盒里抽出两根插在嘴里，从容地点着，深吸一口，吐出两缕青烟。

1029. 姚东把李昭峰的卷子偷出来撕了，李昭峰发现了，一坨子打在姚东的鼻子上，顿时血流如注。一小时后，姚东的妈妈领着他到李昭峰家告状。李昭峰的妈把李昭峰叫出来，陈述事实经过，李昭峰掏出一张揉得稀烂的卷子说：他把我卷子撕了。姚东妈看了一眼卷子，什么都没有说，立刻向李昭峰妈道歉，拎着儿子就走了。

1030. 姚东回家又被他妈打了一顿，他妈骂他：人家考九十八，你考六十八！考试考不过人家，连打架也打不过人家！回来还有脸说！

1031. 据说李昭峰原来也是打算考重点的，不晓得啥子原因没考上。

1032. 李昭峰到了我们这个班上之后一直闷闷不乐，一天到晚脸都垮兮兮的。有一天，我在校门口收发室拿信，看见有一封他的信，落款是“成都市七中高一（1）班”。上课无聊的时候，我悄悄问他：嗨，你是不是有个同学考上了七中？他瞪了我一眼：关你屁事。把头转过去，趴在桌子开始睡起觉来。

1033. 七中是成都最好的高中。我到现在看到清华北大都不羡慕，要是哪个说毕业于成都七中，我内心都充满了敬仰，恨不得站起来敬个礼。

1034. 过年，汤娃儿他爸穿了身新衣裳，一天到晚都站在大门口散烟，有人问：吔，汤司令！穿的是啥子？他胡子都笑来翘起了：是屁儿烤干。后来才晓得是“皮尔卡丹”。

1035. 汤娃儿开始操社会了，那身“屁儿烤干”就出现在他身上了。他穿起好看些，不像他爸，里面配件红色的鸡心领毛衣，毛衣还扎到西裤头。人家潇洒地把外套搭在肩头，嘴里拗支烟，嘴巴一撅就是一个圈圈，再一撅，圈圈套圈圈，看得我春心荡漾。

1036. 汤娃儿在酒吧头操洋盘，拿起把拓拓儿（奥拓）的钥匙放在人家单身女娃儿桌上，摇头摆尾地说：小姐，能不能坐一哈！人家拿眼睛角角瞟了一眼，轻轻个儿甩了把雅阁钥匙上来：对不起，有人了。

1037.　汤娃儿越来越港了，胳肢窝夹起了公文包，走在街上屁儿一甩一甩的，腰杆上挂了个咚大的黑坨坨，蒋小佳说是他老汉儿的电工包，我说：不懂不要乱说，明明是个发报机……结果是个摩托罗拉手机。

1038.　汤娃儿越来越神秘了，一段时间操得风车斗转，日月生辉，一段时间消失得无影无踪，人间蒸发，连他爸都不晓得他在哪个塌塌。院坝头的人都说：汤娃儿在整假烟，看嘛，这个背时娃娃要遭敲沙罐（枪毙）！他经常和他爸吵架，差点儿动刀儿。但他对他妈之好，他说：不是我妈住在这儿，整个院坝老子都想炸了！

1039.　有一天，有人调戏学校前几届的一个校花，被他堵在巷巷头暴捶了一顿，然后他就遭派出所抓了。结果他那些兄弟伙几十个人居然在派出所外头守了好几天，派出所的人撵都撵不走，他们都说从来没遇到过这种事。汤娃儿的老汉汤司令，居然一点也不觉得丢脸，在院子里拍着胸脯子到处说：我的儿，不是说的话，仗义！这个！举起一个大拇指。

1040.　我为他把心都操碎了，天天为他祈祷。结果，汤娃儿刚从派出所出来，就正式和那个校花好上了！那个女娃子天天到我们院坝头来，尖声尖气地喊：飞儿（汤娃儿大名汤红飞）——帮我拿哈包包！我在家悲愤地反复演奏《长尾巴的孩子》，觉得那个校花太没得气质了，比我差远了，汤娃儿都看得起！

……

1041.　梦见说过的话都会变成一双鞋，好话就是舒服的软底鞋，不好的就是尖头的高跟鞋。

1042.　院子里都在说，三儿得疯病了，就是小时候和我一起耍的三儿。她突然有一天就不理我了，好多年过去了，我都快不记得她了，突然就听说她疯了。我妈说，她没考上大学，好像又被一个男生抛弃了，已经把自己锁在房间里有半年了。

1043. 我妈去她家打麻将，回来跟我说，那个三儿啊，看见生人来了，“嗖——”一哈就钻进房子里了，像只耗子！

1044. 在院子里，看见三儿那浓妆艳抹的妈，我还是怕得要命，正打算躲开走。可是她眼尖，一眼看见是我，忙跑上来拉住我：格格格格，你去看下我们三儿嘛，你们那个时候耍得那么好！

1045. 我没有去。我不晓得为什么没有去。唉，其实我该去，可能还是有点生她的气吧。小时候过家家的基地早不在了，现在那里拆了，打算修一个叫作“幸福时光”的楼盘。

1046. 深夜，尖利的警车警笛声吵醒了整个院子，还有凄厉的哭喊声。我妈披上衣服跑去阳台看了一会儿，回来钻进被子里说：唉，对面楼上的三儿，真的是疯了，举起刀要砍她妈。一会儿，哭声、喊声、说话声慢慢弱下去了。大家散了，我一直在黑夜中咬着下嘴唇，流泪了。

1047. 暑假，我去了三姐打工的工厂，她在寝室里抱着苗苗哭得嘤嘤嘤的。问了半天，她也不说，最后甩给我一封信，捡起来一看，是一个女人写给她的，信的中心思想是：刘二麻子是我的男人，他一直瞒着你说他未婚，现在这个男人进去了，是不是给了你好多钱，老子要来找你算账。

1048. 看来，琼瑶、三毛在这么复杂的内心情感世界起不了支撑作用了。我给三姐听了贝多芬的《命运交响曲》，但梆梆梆梆、梆梆梆梆的声音一起，就把一边安睡的苗苗吓哭了。我赶紧把收录机关了，手握三姐的手，清唱了一曲：他说风雨中这点痛算什么，擦干泪，不要问为什么！我觉得可能还不够，还要演唱一首《阳光总在风雨后》，被三姐制止了：蓉娃儿，你三姐我没有做过对不起人的事情，我不后悔，再难我也能过下去，你莫担心我。

1049. 苗苗长得十分可爱，白白胖胖的，一逗就笑。他的脑壳四四方方的，额头又高，看相的人说，这个娃娃是个福相啊。小鸡鸡飙尿，一飙飙老远，哭起来也很有力气，我觉得他二天长大了，可能是个人材。

1050.　苗苗的出生，让我很茫然，我和三姐讨论了很久，才确定苗苗应该是我的侄儿，他该叫我小姨。之前，我好几次对他伸出双手：来，姐姐抱！这还不算啥，三姐都好几次对他伸出双手：来，三孃抱！

1051.　我们俩笑，小奶娃娃苗苗也又开嘴巴咯咯咯咯笑个不停。满月的时候，三姐带苗苗出去拍了一张照片。他穿着三姐做的粉红色小衣服，我买的粉蓝色披风，被放在嫩绿的草地上，看上去无忧无虑，又白又胖。他那么小，五官就很突出，小小的翘鼻子和妈妈一样，白皙的皮肤和爸爸一样。这张照片寄往了旺苍监狱。照片背后，是三姐歪歪扭扭的字迹：恋儿，现在叫苗苗，某年某月某日下午两点出生，重七斤八两。

1052.　据说监狱里的刘哥看了这张照片之后，又重新燃起了对人生的激情，扬起了生命的风帆，他很激动地找到干事倾诉：报告政府！我要坚决好好改造，发挥自己的余热，争取早日回归社会重新做人！他利用自己的专业知识，在里面担任了监狱厨房的会计，有时候还会出去采买瓜果蔬菜，逢人就把照片拿出来给人看：看，这是我儿！

1053.　三姐没有稳定工作，带活个娃娃好难喔。但是这句话，在看了刘哥辗转寄给我的信之后，我就咽下去了。

1054.　刘哥那封信的中心思想是，蓉蓉你在社会上有关系的话帮刘哥想点办法，在里面好苦闷喔。唉，我还是一个高中生，虽然开始闯荡社会了，但也就仅限于在几部没啥影响的影视剧中扮演了几个没啥影响的小角色。我回信说：刘哥，我现在确实找不到什么关系帮你，但是，有我在，就会尽力帮助苗苗和三姐的。随信，我寄出了一双厚厚的手套：冬天来了，旺苍冷吧？

1055.　我说服三姐辞掉了工厂的工作，充分发挥她的厨艺，自己开馆子！前几天我妈还在说，狗日的蓉娃子之大胆，上学的娃娃就敢借钱给她三姐开馆子。嘿嘿，实在不好意思，那二年，在下荣任过一段时间的高中班长，我当班长完全不用心，但这个职位可以保管几百元的班费！几百元！我生来就有挪用公款的天资，并且有前有后，绝不出错。这几百元的班费，加上我在各种影视剧中跑龙套的片酬，成了三姐川菜馆的重要启动资金。

1056.　星期天，我在馆子里跑堂，三姐在厨房里主厨。人家点了一个鲫鱼豆腐汤，我把汤端给客人之后，远远看见三姐厨房里笑眯眯地给我招手：来！来！我把毛巾搭在肩头，笑脸对客人说：几位大哥慢吃哈——就唆进了厨房。三姐把鲫鱼汤留了黏黏的一碗，对我说：来，蓉娃儿，你喝！我严厉地批评了她，作为一个诚信经营的商家怎么能这样呢？最后，这碗汤还是苗苗喝了。

1057.　唉，三姐实在没有自己做生意的经验，周围来臊皮和揩油的二流子又多，馆子很快就倒闭了。

1058.　她买了个三轮车去卖水果，走在三环路某个路口的时候，遭城管逮到了。城管非要收缴她的三轮车，她急得一头的汗，眼泪就在眼眶里打转。两岁的苗苗坐在三轮车前筐里，已经会说话了，他哇哇大哭，在筐里一双小手忙起势给城管作揖：猪猪、呜要打窝妈妈！猪猪、呜要打窝妈妈！翻译过来就是：叔叔，不要打我妈妈，叔叔，不要打我妈妈。周围群众都在帮他们说话，城管在群众的呼声中，放过了这一对母子。

1059.　之后，三姐还绘声绘色给我讲述当时的场景，故意夸张其中的喜剧成分，想让我笑。我笑不出来，说去屙个尿。躲进厕所，我伤伤心心哭了一场。

1060.　班费不能继续挪用了，我正好接拍了“杠上花”牌猪饲料广告，收 16-18
到片酬三百元整，我拿给三姐报名参加了一个保安培训班。她智力不行，但是身体那是杠杠的。三姐在这个培训班上果然是佼佼者，打靶、走正步、出操、上杠，男人都比不了她。她毕竟有着拿菜刀砍人的光辉业绩。再说女保安很少，她还在培训期就有用人单位来预定她了。这真让我欣慰。

高二

1061. 张敏、豆豆、我、毛兰英，我们四个人是穿一条窑裤的毛嘎儿朋友（青梅竹马）。我们中最老练的是豆豆，最娇气的是张敏，最憨包的是我，最单纯的是毛兰英。

1062. 我经常风叉叉地骑着我妈的菊花二六去玉林小区找毛兰英，她们住在一排两层的红砖楼头，一层都是铺面，二楼住人，是以前当地农民的回迁新村。毛兰英她们家在一家肥肠粉店子上头，招牌上那个“肠”字正好对到她的闺房。我每次都潇洒地“吱”一声恰好停在那个地方，不用下车，一只脚踏在踏板上，另一只脚，不是脚，而是我那条从比例上来说还是长长的腿，架在地上，眯起眼睛尖起嗓门：毛——兰——英儿！

1063. 毛兰英是我们三个的集体倾诉对象，她虽然不能给出什么建设性意见，但听的时候却非常投入，感同身受，不停适时地加入一些语气词与短句：哦？啊！是不是哦？！就是！好鸡巴烦喔！！

1064. 她也有自己的特长：在寻呼台当接线小姐，一分钟可以打一百五十个字以上。在QQ上可以同时和八个人聊天。

1065.　如果不算小学上体育课那次，我第一次正式抽烟是毛兰英带去豆豆那教的，那也是我第一次见到豆豆。

1066.　毛兰英问我：今天中午陪我去某某中学去找我原来的同学好不好？我说不，那个中学很远。毛兰英又说：她可以请我们吃中午饭。我立即就说好。

1067.　第一眼见到豆豆，觉得这个女娃子长得还可以，尤其是个子，大概是一米六五的样子，在成都女娃子里头算是可以的了，眉毛是眉毛，眼睛是眼睛。但是说实话，我更关心她中午饭请我们吃啥子。

1068.　她不咋爱说话，但也不是文静或者沉默，就是有啥说啥，没啥闭嘴。她把我们带到学校门口的彭县军屯锅盔门口，说这家锅盔还要得。我们就一人拿了一个锅盔，坐在一个小花园里共进午餐了。

1069.　我满意极了，真的，那个锅盔太好吃了！是千层油酥带牛肉粒的，里面的盐味和花椒味混合得之好！我们默默地各自啃着自己的锅盔，我很投入，毛兰英也很投入，就豆豆看上去好像吃这么好吃的东西也不怎么动容。我心里赞叹：这个女娃娃好稳得起喔！简直就像是见过大世面的一样。 16-18

1070.　我猜对了。她果然带我们见了世面。吃完锅盔，她把油纸一揉，准确地扔入了几米外的垃圾桶，然后从包包里摸出一包烟要给我们点上。烟是红梅的，她递烟的姿势很熟练又无所谓。我假装镇静，假装我抽过。人家毛兰英不用假装，拿起来嘿嘿一笑先和豆豆把烟点燃，呼出一口蓝烟，流畅默契。

1071.　我暗暗羡慕，随后也点燃了。我们三个默默抽了一会儿，豆豆斜我一眼：抽烟要把烟子吸进去再吐出来，在嘴巴头打个转就出来，浪费老子的红梅。

1072.　豆豆给我示范抽烟的完整过程：两根手指轻轻夹住香烟，放在嘴唇中间靠左的地方含住，往里深深吸气，然后烟拿下来，嘴巴中间嘟起来，吹、吹、吹……示范完了之后，她整个人就坐在一团蓝烟中，笑盈盈地说：你来试下。

1073. 我有点迟疑，有点自卑，主要我的手指和人家的比，实在太那个……短了点。我照做了一遍，立即就被呛得惊天动地。豆豆和毛兰英在烟雾、花香、阳光中，哈哈大笑。

1074. 豆豆家住在肖家河一个小区的一楼，破墙开了一家裁缝店。这家裁缝店养了一对女儿，大的叫陆道红，小的叫作陆道平。“陆道”在四川话里面喊快了就是“绿豆”，绿豆喊亲热了就是“豆豆”。姐妹俩小时候缠着她妈要零钱买零食的时候，她妈就指着顾客的衣服说：要零钱，可以！锁一个扣眼一角钱。大姐陆道红不干，扭扭捏捏的同时，二妹陆道平麻麻利利已经锁了一长串扣眼了。

1075. 除了在家挣钱，豆豆在外头也有办法。她当年战斗的地方就在东风大桥，学习空余时间就蹲在桥上卖黄果兰——拿个筐筐铺上湿润的老蓝布，把花摆得巴巴适适的，扯起喉咙喊：黄——果——兰——两角一串！黄——果——兰——两角一串！

1076. 她旁边有个盲人老头拉二胡，一直业务不咋个熟练，拉得不成调。盲老头夸她嗓子好：小妹妹要不要我们合作一哈，恐怕挣钱要多些。她拒绝了：爷爷，我还要上学的，不能专门要钱。

1077. 反正豆豆一直都有办法弄到钱，可以买红梅。

1078. 豆豆打算带领我们四个一起弄点钱，去染坊街批了点散装“飘柔”，包装好了和商场里的一模一样。拿张报纸用毛笔写了个招牌“正宗飘柔”，就蹲在水碾河工人日报社门口开始卖。毛兰英和张敏负责两边站岗。半天都没有顾客，我们眼睛都要望绿了！来来往往的人根本没得哪个看我们一眼。发了半个小时的瓜，我说：管球的喔，反正有人放哨，摆在街中间！

1079. 终于有一个中年妇女从自行车上跳下来，问：好多钱一瓶？我激动地说：十二！她疑惑地问：真的嘛假的喔？我跳起来，操起一瓶，打开，你闻嘛！她把鼻子凑过来，我生怕她闻不到，使劲一挤，噗哧！翠绿色的黏稠液体沾了中年妇女一鼻子都是。那个妇女骂骂咧咧地骑起车子走了，她一只手掌龙头，一只手还在揩鼻子。豆豆拿眼睛翻我一眼：龟儿宝器！我沮丧地低下了头：人家又不是故意的。

1080.　倒霉的还在后头。我们继续发瓜，豆豆仰天长叹：哎呀嘞——还没有“嘞”完，突然看见两个带红箍箍的老太婆矫健地往这边跑，她大惊失色，一把抱起箱箱扯起我就跑，我吓疼了，一边跑一边往后头望，两个老太婆声嘶力竭地喊：站到——

1081.　过了好久，估计风平浪静了，又兜回来，看见张敏正在心焦泼烦地找我们。成功会师后，发现少了毛兰英。我们在她负责的区域找了半天，终于看到她在一个书摊摊上翻杂志，还是《少男少女》，一边翻一边吃手上的冰糕。

1082.　最后，我们只有一人分了五瓶“飘柔”拿回家。几周后，我妈说：洗了你拿回来的飘柔，咋个头发一把一把地掉喃？

1083.　张敏这娃有点小气。我们上学的时候，中午都在外头吃小吃，我、毛英儿、余岚转到转到地给钱，嘿，就是这个屁娃娃不给，把我们气得来说都不好说。有一天，我们决定要采取点儿行动，先是派我去侦察了哈她包包头有没得钱，结果，发现了一张五十元的巨钞！我向坐在左上方的毛英儿和右下方的余岚点了点头：中午可以实施行动。

1084.　我们三个说：哎呀！天天吃面食，不安逸！今天中午打盘牙祭，整盘蒸牛肉！张敏想到反正他妈的也是吃欺头，就好嘛好嘛的，跳得比我们还高！结果，去了，点菜的时候，她还黑起屁儿地点喔！我们也不加阻拦，心怀鬼胎地互相交换眼神，吃得也非常之香。最后，吃完了，大家嘴巴一抹，我开始说：哎呀！我今天咋搞忘带钱包了喃？毛英儿惊叫唤：哎呀！我也搞忘了！张敏多紧张地把余岚看到，余岚笑扯扯地说：不好意思，我也没带！张敏那个脸色喔，水都扭得出来！但最后，还是不得不把那五十元巨钞丢在桌子上，伙计一算：四十九！还好，给她剩了一块钱坐十六路回家。

1085.　张敏居然舍得花钱去医院修理她那一口稀牙巴，我们表示吃惊。她说：妈咦哟，吃丁点儿肉就要卡起，弄得我肉都吃不成了，那还要得？！

1086. 豆豆在另一个歪高中和她的班主任斗智斗勇，但是一有空，我们几个就天天裹在一堆耍。她常常长叹一口气：莫得钱啊！老子好想有钱啊！

1087. 豆豆的老家在北川的大山里，放假的时候她带我去耍过。那是真正的山沟沟，走进去出来都费劲。有一次对面山路上，停下一辆摩托车，在干活的豆豆幺舅直起腰杆来看，山谷那边传来喊声：割不割猪肉……肉……肉……豆豆幺舅喊：不割……割……割……如果要割肉，就喊：等到……到……到……那个卖肉的把摩托停下来，起码要等半个小时，买肉的才走得拢。

1088. 这个大山名叫药王谷，春天的时候，漫天遍野都开满了紫红的辛夷花。豆豆面对这种美景，一点都不激动，说山太大了，山里的人太穷了。她问我，你把这个花叫啥？我热爱文学，告诉她这就是辛夷花，著名诗人王维写过的：木末芙蓉花，山中发红萼。涧户寂无人，纷纷开且落。她拍了拍巴掌：嗯嗯你娃可以，啥子都晓得，我们当地喊这个叫猪母花。

1089. 她带我去了一个溶洞，溶洞的峭壁上嵌了一座小神龛，里面只有一尊石雕小神。小神在神龛不知道待了好多年了，风化严重，模模糊糊的五官努力在笑，看上去又神秘又寒酸。豆豆说：这个神太旧了哈，我以后要挣钱给它重新修过！我觉得豆豆太了不起了，连神她都要罩住。

1090. 我们在溶洞里大声唱歌，你一首我一首，天然立体声混响，回响震天。我唱的是邓丽君系列，《小城故事》和《在水一方》，她唱的是《还珠格格》的片尾曲《你是风儿我是沙》，还有《外面的世界》：外面的世界很精彩，外面的世界很无奈……幸好溶洞里就我们两个，彼此不嫌弃。

1091. 豆豆打算不读书了。其实她也不想这样，她和班主任说好了不要在家长会上告状，她自己晓得好好学习的，请老师给一次机会，要不然她爸老陆一定会把她揍得半死。她班主任信誓旦旦地答应了。但是家长会后，班主任立即口齿伶俐、结结实实地告了豆豆一状。豆豆每次说起来，眼睛都在四下寻找，看哪一样比较接近当初她爸揍她的那些武器，然后比划着：这样也是打断了的那样也是打散架了的……据说她爸奋力把一把他们家坐了几代人的高靠背椅子扔向她，她“嗷”的一声惨叫就躲进了八仙桌下面。

1092.　我和豆豆讨论过挨打的一些细节和各自的反应。我开始是闭口不求饶，一直让我爸或者我妈打，我妈比较心软，打到最后自己就一边哭去了，而我爸看我越不求饶越打得凶，打到我开了窍：桑格格，你这一辈子还长，遭自己老汉打死了划不着。然后我就求饶，我爸立即就高兴了，但是又得寸进尺地进一步让我表态：记不记恨老子？！我多客气地一边挂着鼻涕眼泪一边表示：不不不，不记恨，您是我爸，我怎么能和您一般见识呢？

1093.　豆豆听了很不以为然，哼地冷笑一声说：我的风格是——打死不求饶，打死十八年之后又是一条好女娃子。豆豆不记恨打，记恨说话不算数，所以，她不能原谅她的班主任告状。她在八仙桌下面躲藏的时候，就打定了主意再不能去学校见那说话不算数的人，她不屑于与这类人为伍。

1094.　我觉得吧哈，豆豆打小道德标准定得太高了：要知道遍街都是说话不算数的人，他们走路占了街，你就不走了？好歹长大点再说嘛，皎皎者易污……豆豆听我说起这个新学会的词时有点疑惑：义乌？小商品批发中心？？

1095.　豆豆挨打之后，消失了两年。毛兰英说，她跟着一个啥子野鸡舞蹈团去了汕头。一听这个，我觉得这口人就算交代在芸芸众生中了，内心还有一丝伤感，毕竟人家请我吃过锅盔请我抽过红梅牌香烟一起卖过假飘柔，还一起看过辛夷花。

……

1096.　我爸桑国全端详我良久，语重心长地说：你千万别刮胡子啊，要不然就长得跟我一样了。

1097.　上生物课，老师说，世界上最强韧的东西是二十岁左右女人的头发，我赶忙瓜眉瓜眼地从头上“噌”的　哈扯了根头发下来，拿在手头把玩。旁边一排坐的谭亮压低声音说：有啥看头嘛，你离二十岁还远得很！我就把头发甩了，心头甜滋滋的，觉得自己还有大把青春。

1098.　胸口上的两个包越长越大，据说只有去买两个口罩扣到。妈哟，这和我有啥子关系嘛，老子根本没有同意它长。

1099.　翻到一本书，夹着一张简笔画，是我画的，画的是我初中同学李颖：两个又圆又大的单眼皮眼睛，开阔的前额，小嘴。我不得不又一次惊叹自己，画得简直入神！晚上就梦见她了。事实上这两年我经常梦见她。有一次在双林吃麻辣烫，远远看见过她，我要招呼时，她却背转过身走了。

1100.　记得有一次，我们两个偷偷摸摸躲在教室后面，她神秘地说：来，我给你展示一样东西！她掏出一张手帕，在桌子上东折西折，就在要成功的时候，她停下来说：挡住我。我就站起身来挡住，李颖把折好的帕子一抖，出现一个连体口罩，我说：这个是啥子？她说：瓜儿，这是胸罩。后来，她考去了重庆的一家重点中学，都没有等我们两个完全发育成熟就和我失散了，以至于我都不知道她穿多大的尺码。

1101.　那个梦见李颖的梦好像是在夏天，知了叫得响，太阳把泡桐树叶子都晒蔫了，我顶着太阳骑自行车去她家找她。她还住在老宿舍区的二楼，一楼是420厂生产资料门市部，她的房间就对着生产资料门市部那个“料”字上。我把腿放在地上，一遍又一遍地扯着嗓子，声嘶力竭地喊：李颖——！出来耍——！李颖——！出来耍——！

1102.　我们院子里有一个考上了南京医科大学的哥哥，我十分喜爱和崇拜他，他也很喜爱和我们小女生玩。每次他放寒暑假回来，我们都要去他屋头耍。我特别兴奋，围着他讲话，他上厕所我就站在门外继续讲。我说：我们班的晏治、姚安东都喜欢我，连二楼的刘东都喜欢我，还有门口打锅盔的丁丁猫儿，但是我哪个都不喜欢！

1103.　他从厕所出来，一边提裤子一边说：胡说八道，你看你个小娃儿，要胸没有胸，要屁股没有屁股，人家咋会喜欢你嘛！我站在原地，一股屈辱的旋风在我头顶盘旋，眼睛瞬间变成红色，小胸脯一起一伏。他看见我不服气：来来来，哥哥给你看我们班的女生照片！我甩开他的手臂：哼！不看！就冲出门走了。

1104. 邓佳和蒋小佳小心翼翼地对他说：我们告诉你一个秘密，你不要说是我们说的哈，要不然全家死绝！南京医科大学的哥哥点点头。她们马上争先恐后地说：桑格格喜欢你，喜欢了好久了！

1105. 也许，“要胸没有胸，要屁股没有屁股”这句话是一颗仇恨的种子，埋在我小小的身体之后，它就开始产生奇怪的作用：我像面包一样开始发育了。

1106. 冬去春来，在夏天来临的时候，南京医科大学的哥哥又回来过暑假了。我在家不停地在风琴上弹奏《长了尾巴的小孩》，苦苦地思念着他。他这次也奇怪，居然不来叫我上他们家玩，邓佳和蒋小佳都陆续去了，我简直要发疯。终于，这一天，我忍不住了，去他们家敲门。他开的门，我冷冷地看着他，指着自己的胸脯说：你！看好了！——这是我的胸！又转过来，指着自己的屁股说：这是我的屁股！然后大义凛然地说了声：拜拜！愤然离去。

1107. 男生纷纷跑去偷看我的体检表，有个别的还来告诉我，我的胸围只比叶子楣少两个尺码。

1108. 半夜梦见有人把毛毛虫放在我的胸上，我惊叫着吓醒了，十分生气，决定报仇！于是我努力又睡着过去，在梦里把那个扔毛毛虫的家伙抓住了，一顿拳脚相加，骑着他打，一边打一边问：还扔不扔毛毛虫？还扔不扔？！他扯起嗝嗝地哭：我错了！我再也不了！

高三

1109. 寒假，春燕姐姐居然答应带我去一次北京！我太激动了！第一时间找张敏借了一件羽绒服，找毛兰英借了一双长靴子，自己跑去百货大楼买了一个拉杆箱。大家都没有去过北京，都替我激动。她们说：你是不是就能看见雪了？我说：应该可以！她们说：你就能去天安门和长城了吧？我说：应该可以！她们还说：是不是可以吃到烤鸭了？我说：都应该可以的！

1110. 结果，刚下了飞机，春燕姐姐居然第一站去的是燕莎，第二站是赛特。在这些暖气十足的大商场里，我觉得口干舌燥，舌头都峦不动了，嘶哑着对春燕姐姐说：姐姐，我想喝水。她一头扎在新款衣服里面，半天才转过头来：哎呀，一会儿再说！

1111. 路过天安门的时候，我忘记了我在车里，直接站起来，脑壳撞在车顶上。我呆呆看着天安门，它静静地、富丽堂皇庄严无比地好像也在凝视着我，我激动得快要哭了。春燕姐姐非常不以为然，对着后视镜检查了一下自己的妆容说：真是个小孩儿。

1112.　我是个非常随遇而安的小孩儿，就这样我也很深地感受到了北京，真是很不一样！春燕姐姐去挑衣服的时候，我就站在路边边看树：所有的树都是光秃秃的，一片叶子都没有，黑乎乎的、弯弯曲曲地往上，但并不难看。尤其是北京这个天，好蓝好高啊！让我想起了小时候和我妈看的那个电影，那个在北方森林里拍的电影，仰头看这个北方的天，心里胀鼓鼓地开心！啊，天，和四川完全不一样的天！成都的冬天是铅灰色的，黑压压地在头顶。

1113.　有一点不是很适应：这里太干燥了，我怎么喝水都还是渴得厉害。不过我发现，北京没有我想象的那么冷，张敏的羽绒服完全够用。只是我不习惯，在北京一进门就要脱衣服，里面的毛衣破了个洞，脱出来让我怪不好意思的。春燕姐姐递给我一件毛衣：这件你拿去，你那件脱下来不要穿了。

1114.　晚上睡觉的时候，我对春燕姐姐说：姐姐，我好喜欢北京啊！她这次是来北京试镜的，打了个哈欠：是啊，哪个又不喜欢北京喃，搞事业不来北京就白搞。我不说话了，因为我喜欢北京好像和搞事业并没有太大的关系，但是又说不清喜欢北京什么，就静静地在被窝里，抱着她给我的那件新毛衣，睡着了。

1115.　夜里下大雪了！我兴奋得不得了！南方娃娃哪有看见雪不兴奋的！我连羽绒服都没有穿，马上跑下楼去走，雪已经铺起了，地上白白一层，像是白天掉在地上了，而夜晚在天上。最后，我找到了一块还没有被人破坏过的雪，小心翼翼地躺了上去，哇，原来躺在雪上是这样的感觉！

1116.　我以后还能在雪上躺躺么？

……

1117.　回到成都，就要填报志愿准备高考了。鲁西西毕业于“唧唧唧”大学，我很想报考，却不敢往志愿表上填。

1118. 有个四川传媒学院对吧，简称川传，用成都话说就是：读个铲铲。

1119. 复习背题，我觉得再不用点功说不过去了。背着背着，我趴在桌子上睡着了，第二天醒过来，发现把茶打翻了，脸泡在茶里睡了一晚上，卷子也打湿了。我妈默默给我炖了一锅鸡汤，这一次她没有说考不起就吐出来的话，她怕我不敢喝。

1120. 梦见我被清华大学物理系录取了。我妈去看我，她居然也被录取了。我们去上了一次课，课堂上都是些大脑壳、大眼睛的聪明人，讲的东西我们一个字也不懂。我和我妈吓得在宿舍相拥而泣，再不敢去上课了。

1121. 拍全班毕业照的时候，大家都嘻嘻哈哈的，我觉得不该这样，拍了照片大家就一拍而散了嘛，是不是应该有一丝不舍和忧伤呢。我观察了一下大家，还真的没有，没有就没有，我也嘻嘻哈哈起来。只不过，那天剪了一个十分瓜的刘海，照片里就我一个人看上去有点忧郁。

1122. 毕业的时候，张敏送了张照片给我。照片上她穿了件红底起黑圈圈的拉链蝙蝠衫，脚踩黑色健美裤，巨大的墨镜遮了大半个脸，完全看不清表情，还一只手叉腰，另一只手臂抬在半空，手指拇全部叉开地摆了个造型，她肯定误以为这是一个舞蹈动作。

1123. 后排的石盛武和刘艳他们两个同桌在谈恋爱，一直是手拉手上课的，拉了整整一个高三，石盛武考上大学后这双手就分开了，真正的“分手”。

1124. 我终于明白为啥子勇哥当年要在岷江边上撕书，还要哭得汪啊汪的了。虽然我是一个开悟的人，也遭考试逼得莫奈何。好在我妈这一回不逼我了，她说：你个死娃娃要是实在考不上大学嘞，就在院坝门口切摆个缝纫摊摊儿打衣服，每个月还是能挣些钱，离我又近，我可以每天帮你把摊摊儿摆出切又收转来！

1125. 说回来勇哥，血气方刚的他参加了当年那个血气方刚的运动后，就被分配到了几乎没有汉人学生会被分去的藏区毛尔盖。他从一个天天时时一堆兄弟伙簇拥的小头目地位，突然来到了这个只有牦牛和羊咩咩的地方，十分不习惯。他根本不打算待下去，却被当地的藏族姑娘青睐着，天天在他住的单身宿舍后面喊：重庆民院的——出来跳舞！

1126. 他打算用一条床单遮住玻璃窗。但是那条床单不够长，全部展开也只够遮住下面。早上醒来的时候，窗子顶上大概二十公分的地方全都是毛茸茸的女性的眼睛。如果全部遮住上面，早上醒来的时候，窗子脚下大概二十公分的地方又全都是毛茸茸的女性的眼睛。

1127. 在如此单调的大自然和如此热烈的感情的两面夹击下，他遭不住了，递上了辞职信。他至今都记得毛尔盖有关领导在他的辞职信上的批注：该同志不安心山区工作，向往内地生活，自动辞去公职，自谋职业直至终生。

1128. 所以，勇哥这样上了大学的人，还不是一样在重庆“自谋职业直至终生”。而且如果不是自谋职业的话，勇哥都不晓得自己有这么多潜力，他现在和老同学邓安一起搞了一家叫作“人生终点站”的丧葬一条龙服务公司，风生水起。

1129. 我问：邓安是不是把花生倒了的那个？他点头：咋不是，狗日的邓安儿那个哈包！嗯！日妈的现在说起来都是兄弟伙的心病！勇哥绘声绘色给我讲了他如何第二次参与邓安的爱情事件。

16-18

1130. 勇哥在重庆老火锅见到邓安的时候，他已经不像当年那么羞涩，一个人开了一家丧葬一条龙服务公司，虽然经营一般，但是格式在，头发用鞋油梳得八根一股八根一股地立在脑壳上。他听说勇哥居然被藏族姑娘当作金鱼观赏，觉得勇哥太有艳福了，打起了商量：哥子！我有个事情麻烦哈你！何勇已经喝得左脚敲右脚：说！兄弟！老子一定帮忙！是不是喊我一起弄公司？邓安说：公司的事情不重要，重要的是我看上个妹妹，长得之巴适，你能不能把你房子借我下……我、我、我……何勇趁着酒劲，一咬牙：要得！房子是艳梅她单位的，你娃小心好生点，不要给老子惹麻烦！

1131. 宁静的深夜，群星在闪耀。在沙坪坝某个小区，万家灯火，一派温馨的人间烟火气象。突然，在某栋三楼传来一阵女性急促的呼喊声：哎呀——何勇——！何勇——！何勇——！

1132.　此刻，何勇先生正在楼下的寒风中蹲着抽烟。听见一个女的这么失魂落魄地在黑夜中呼喊他的名字，吓得烟都掉在地上了。一会儿，一个女孩衣衫不整地从楼上冲下来，一股强烈的气场裹挟而来。何勇迎上去，火门都没有摸到，“啪！”脸上就遭甩了一记火辣辣的耳光。女孩还吐了口口水：呸！一群流氓！讨厌！然后就在夜色中跑掉了，就像上次的“花生女神”一样，跑掉了。

1133.　邓安挠着脑袋说：哥子，我、我、我对不起你……我也不晓得咋个她急了要喊你的名字，但我总不至于说房子是我的嘛……肯定说是你的噻……我还专门喊她莫害怕，有你在楼下为我们站岗……

1134.　第二天，整个小区都在传送着一则新闻：昨天晚上，三楼杨艳梅的男朋友何勇，企图强奸人家女娃娃，没有搞成！何勇又理所当然地挨了正牌女友杨艳梅一记响亮的耳光。

1135.　两三个月之后，他还在反复解释交代那天发生的“强奸事件”，邓安已经在和那个女娃娃甜甜蜜蜜准备结婚了。女娃娃关于那晚邓安借房幽会未遂的事情是这样重新表态的：哎呀硬是多谢你……牵红线哈，哎呀硬是不好意思，哎呀哎呀哎呀……关于那一巴掌，就没有再提了。

1136.　在婚礼上，邓安当着所有来宾的面，对着娇羞的新娘，流利又热情澎湃地发表着爱情宣言：我再也不能忍受这美丽的折磨，忧郁而悠远的相思穿透了所有的空间，美丽的女神，卑微的我，终于得到了你的垂怜！

1137.　勇哥一口酒喷了出来：妈拉个巴子！

19-20

19 - 20岁 大学

1138.　梦见考试，考什么呢，考韭菜盒子和鸡蛋煎饼各叫什么名字。发的考卷就是韭菜盒子和鸡蛋煎饼！哎呦把我高兴得喔！立即多要了一份考卷——韭菜盒子，给我妈拿家去！

1139.　上大学，我简直就像复仇一样，耍喔！扯撑了耍！系主任在路上看到我一边走一边手里拿个牛肉锅盔扯起扯起地吃，就问：桑格格，你们不是在上课的嘛？我一边嚼锅盔一边随口就答：老师病了！没来！

1140.　军训，男同学从楼上爬下来，把我们女生寝室的水果吃完了又爬回去，还用左手留了张字条：苹果有虫！

1141.　上微机课，我企图用刚学的五笔输入法打出“四大天王”这四个大字，结果搞了一下午，没有成功。

1142.　教新闻写作的老师是个一米九几的男青年，姓郑，我们私下叫他巨人症。巨人症是个博士生，本来在四川电视台当编导很受重视的，但是他哥子有一次采访高压锅质量事件，看见一个十六岁的女娃儿脸遭高压锅铲脱半边，然后，随便咋个都不当记者了，非要回学校教书。他衣着简朴，模样英俊，就是烟抽得太孬了：甲秀！“混得臭，抽甲秀”，搞得我有一段时间非常想去关心一哈他。

1143.　教古汉语的高老师是个十分有朝气的老太婆，一身李宁，白色运动鞋，上衣拉链上还绑坨巨大的玻璃钻石，拉上拉下，璀璨得光芒四射。她一进教室，不像其他老师一开始就是讲课，而是要给我们扯半天闲龙门阵，比如啥子非洲灾民、民主权利、关心贫困同学等等。有一天，她正在讲《诗经》的《蜉蝣》，突然就停下来了，把耳朵竖起来，跑到窗口上左望右望：有狗儿在叫！有人在虐待小狗！

1144.　我们那个班比人家正规分数的班要矮一篾片，这倒是和我求学路上的各种歪学校非常成系列。有时候学校开会，校长都要喊我们这个班先回去，高老师就给我们说：同学们，不要自卑，人生啊，不是标签可以说明的！

1145.　嗯，我主要上这两个老师的课，其他的课，偶尔去参观参观。

1146.　在食堂里买了一个肉包子一碗稀饭，回到宿舍，坐在下铺的床上开始吃。咬到咬到，我突然觉得有点不对，然后慢条斯理地从嘴头拖出一个邦硬的东西，经过仔细辨认，是一颗一公分半长的黑色铁钉。全屋人惊叫起来，对门寝室的也来了，大家愤怒声讨学校食堂，我一边和大家一起声讨，一边把剩下的包子吃完了。最后，大家决定要把这颗钉子送到校长办公室去时，上铺的张莹犹犹豫豫地说：嗯，我的鞋底少颗钉子，不如给我钉鞋底吧！

1147.　我端着饭盆又一次来到食堂，走到窗口，看到刚端出来一个大盘子，翠绿翠绿的大青椒，立刻递过饭盆：打一份炒青椒！大师傅打了一份，递给我，面无表情地更正说：这是炒猪肝。

1148.　小时候，我非常喜欢把一块整砖狠狠砸在地上，砸成几瓣之后，捡些碎小的拿到乒乓球台上去研磨。磨得越细就越有成就感，一会儿就能整一小堆。上课铃响了，就把砖头粉粉撒在地上，红扯扯的一片，煞是好看。这一天，我惊悚地在学校宣传栏的报纸上看到，现在的小商贩正是用我当年的办法在研制新型辣椒面。

1149.　有个台湾老板在二食堂边边上开了个西式快餐“红河谷”，里面挂了张台版的《勇敢的心》的海报，为了这张海报，我去那儿打了半个月的工，正当那个老板对我有点意思的时候，我领了海报就走了。死老头，还想和梅尔·吉普森竞争！

1150.　一个帅哥前来搭讪，说他是搞体育的，我问是啥子项目喃？他面有难色，支支吾吾说：撑竿跳。我忍着笑说：喔，原来你是孙悟空！

1151.　去吃麻辣烫，旁边有一个男生，像是高年级的，过来和我一锅烫，笑嘻嘻和我说话，他的意思是想帮我付账，并希望能认识我：你叫什么名字？我扯了一截餐巾纸，细细地把嘴巴擦干净，把签签数了钱放下，最后才站起来，对那个男生说：我叫——上官云珠。然后侧转身走了。

1152.　初中时我穿过一身白，现在我喜欢上了一身黑。那是一件黑色V形领的毛衣配一条黑色的健美裤，我还特意别了一朵塑料玫瑰花，金黄色的，在V形领的领尖尖上，然后深谙时尚要领地对旁边的张敏讲解：看到没得，这就叫全身的美汇于一点！张敏翻了个白眼：像个叉叉，掇了个糖油果子。

1153. 我和张敏在校门口的书摊上看免费的《瑞丽》。我说这套衣服好看，她说那套好看；我说你娃眼光不行，她说你虾子品位有问题；我说你上次毕业时穿的那件红底起黑圈圈的拉链蝙蝠衫之丑，她说你拜客才穿的黑长裙很瓜；我说你娃所有的衣服都有点问题，她说你就没有一次把衣服穿对过。我们两个不欢而散。

1154. 再下一次见面的时候，已经是很久以后了，经过长时间的冷静，我们对彼此的态度都很缓和。我们手拉手走在街上，看见一个橱窗中的衣服同时流口水，异口同声地说：嗨呀！巴适！安逸！……然后我看了她一眼说：你对好东西还比较敏感哈，她说你对时尚还是有点感觉喃；我说你那件埃斯普立特的小毛衣很好看，她说你刚买的长靴子很霸道嘛；我说，其实这几年你买的东西都算比较成功，她说虽然你不太时髦但还是有自己的味道。

1155. 但是，当我们又一次站在书摊前看一本免费的《世界时装之苑》时，我说这个包包好看，她说那个包包好看……

1156. 川大有一个莽哥，隔三岔五就要出去打锤。出去之前，寝室的兄弟伙都来扎起，帮助莽哥武装设备。大家帮他往身上绑木板儿，绑了前面绑后面，绑了手杆绑脚杆，生怕他吃亏！绑完了，就往莽哥身上插刀儿，大刀拿手上，小刀别在腰杆上，以及小腿处。武装完毕，大家一起吼一声：雄起！！然后就目送莽哥上战场。莽哥就像变形金刚那样，跨哒跨哒地迈着矫健的步伐出发了。

1157. 有一次，莽哥完完整整地、发型都没有乱地回来了：日妈的龟儿子虾爬才来十几个人！格老子都不好意思下手！

1158. 又有一次，莽哥七零八落地回来了，脸肿起老高，身上还有挂彩。大家小心翼翼询问：莽哥，今天来的人是不是有点多哇？莽哥一脸怨气地叫唤：格老子你们还好意思问？把木板儿绑在老子倒拐子上，老子像猫抓糍粑——扯不开爪爪，打个铲铲啊打！还不成了人家案板上的嘎嘎，随便砍啊！……哎哟嘞！那些砍脑壳的瘟殇……

1159. 嘎嘎，在四川话里就是肉的意思，小时候有个童谣就唱：金丝蚂蚂黄丝蚂蚂，请你家公家婆来吃嘎嘎。后来，我第一次听说Lady Gaga的时候，以为那是肉联厂的新品种。

1160. 难得去上个课，下课之后，背着书包路过操场。操场在举办露天舞会，我实在有点无聊，就进去了。我坐在水泥台阶上，有个男生来邀请我跳舞，看了一眼那个男生，长得瓜兮兮的，一脸青春痘还戴了副巨大的黑框眼镜。我就找了个借口，拍拍书包：对不起同学，我的书包没人看，你找别人吧。

1161. 没有想到，这个时候旁边杀出个男士：我帮你看包包，你切跳嘛。我愣了一下，那个青春痘男生顺势就把我拉去舞场了。我其实根本不会跳舞，又走神，一直看着那个看包包的男士：他一头卷发，不晓得是天然卷还是烫的，有点帅，长得还有点像歌星费翔。此刻他端端正正地捧着我的包包，笑嘻了。我倒是有点冒火，因为跳不来，被青春痘男生像是油桶子一样拖来拖去，恨不得找个地缝钻进去。

1162. 终于跳完舞，我满头大汗回到台阶上，那位男士把包包还给我，还笑扯扯地：你是不是怕我把你滴包包偷走喽？放心，我叭得要你滴包包！哈哈哈！我不喜欢陌生人嬉皮笑脸的，格外严肃地：谢谢。他看了看表：我要走喽，同学，下次有缘再见。

1163. 我看着他的背影，倒是觉得蛮奇怪的，这个人肯定不是学生，看上去四十多岁了，但是也不太像学校的老师。而且他居然真的就是帮我拿下包包，并没有啥企图，简直是个活雷锋。他说话口音瓮声瓮气的，不晓得哪里来的。

1164. 我和刘鹏之间的关系，是属于世界上最纯洁的那种。我虽然一直在高中对他有点麻渣渣的感觉，但是考试太忙，没有顾得上表白。没想到，上大学的头几天我就收到了他的一封信，他写了几大篇，却没有任何我期待的语言，就是说一件事情：世界杯要开始了，你猜哪个队赢？

1165. 我也回了几大篇页子的信，中心思想就是托尔斯泰的《复活》太让人伤感了！我说：你晓不晓得，世界上最美丽的眼睛就是玛丝洛娃那种有点

174. 为什么失恋就会痛苦啊？什么是痛苦啊？大概是刚刚喝完中药又摔一跤吧。

175. 学着对面楼上的姐姐唱邓丽君，唱到最后一句“把我的爱情还给我”时，还模仿她把一条腿架到另一条腿上面，结果因为腿又短又肥，从小板凳上栽了下去。

178. 我模仿着各位明星的笔迹，在我们家楼道上签满了名，有翁美玲，有蔡国庆，有林青霞，有解晓东，有温碧霞，还有毛主席与鲁迅。走进这个楼道，就像走进了星光大道，可以从一楼看到顶楼，密密麻麻。

188. 醒了以后，突然想起那些火炮，还有烟花，冲起来在桌子上看，都没有了！我一趟子冲下楼，在一堆火炮渣渣中，翻哦找哦，终于，让我找到了！我捧到我的烟花壳壳，伤心得哇哇大哭：它居然还是热的！

197. 每一堆沙都通向大海，要不然里面咋会有贝壳喃？

205. 远远地看见地上有一小坨东西在闪光，我欣喜若狂：一个硬币！我冲过去捡，怎么摸到黏糊糊的喃？定睛一看：妈哟，原来是一口痰。

226. 六一儿童节班上要表演节目，老师在手上摊了一坨胭脂，给那十个娃娃化妆，我远远地看着，人家的脸蛋红扑扑香喷喷的，嘴巴一瘪就想哭，老师发现了：喔，还有个替补，来，也给你化个妆！搽了红嘴皮的我一直把嘴翘得老高，坐在观众席上洋昏了，笑嘻了。

247. 铁臂阿童木占据了我的心，我好几天都吃不下饭，整天想着他。

248. 现在不想了，我又想六小龄童孙悟空和贾宝玉了。

儿近视有点斜视的眼睛？最后，我添上了一句：对不起，我完全不懂足球。

1166.　他不泄气，又来了几大页子的信，把足球相关的各种入门知识——用图示加说明画给了我：这个星期四的晚上七点五十五请看中央五台的《足球之夜》，有许多进球的集锦，第二天上午十点还有重播！我收到这封信后，也不想继续写《复活》的中心思想了，直接邮寄了一本原本过去。然后，开始硬着头皮研究他那些图示，看了半天，实在是搞球不懂！就去请教熟悉任何一种体育包括垒球在内的张敏，她口水横飞了半个小时，我二麻二麻地说，咋个不把球门朝背面侧一转呐？这哈随便哪个都弄不进去了！

1167.　我和刘鹏的纯洁友谊就告一段落了，因为我一直没有搞懂啥子叫“越位”，他看《复活》也从来没有超过十一页。不过在他的影响下，我还是很崇拜巴蒂斯图塔，一直崇拜到现在，每每将他的名字念在嘴上都觉得铿锵有力、唇齿留香。虽然我并不知道他长什么模样。

1168.　晚上没吃饭就睡了，梦见盖着一片巨大的面包片睡觉，而且脚那头有葡萄干！我一晚上都在努力把葡萄干转到嘴边……没成功！累死老子了！

1169.　毛兰英毛焦火辣地给我打电话：快出来喝酒！豆豆回来了！

1170.　看清楚坐在酒吧深处的豆豆时，我下巴都要掉下来了！龟儿子的，完全长成一个大人了嘛！好时髦的一身裙子！好洋盘喔！豆豆看着我，哈哈哈大笑：你娃还是那么瓜。原来，豆豆以一米六六的高度和水葱般的年纪被选入了汕头新时代至尊歌舞团，主要工作是和一群年纪相仿的姑娘经过培训之后在各大夜总会为歌手伴舞。也怨不得我们担心她，这不是一份人人都能理解并且赞同的工作，更何况她才十七岁。

1171.　我让她说说都做些啥子，她说就是穿起服装化个妆踩到音乐跳点健美操。拿死工资，一个月八百，演出赚的钱都是领队收走。她说一个月钱拿来吃都不够。她啥子都爱吃，对什么都好奇，啥子都恨不得咬上一口。钱不够就只有向着人家流口水。

1172.　后来她知道她们一场伴舞是多少钱之后就不平静了，召集了姐妹们秘密在寝室夜半开会：说起欺压和剥削，还说起了奋起反抗和自己当家做主。听不懂的，她就简单说：我们跳一场就够我们吃顿海鲜的，但是我们天天吃盒饭。大家就炸了锅，纷纷表示这很要不得。

1173.　她秘密策划着要带着姐妹们离开，去成立自己的歌舞团。走的那天她告诫大家只能拿自己带来的东西，领队发的东西一概不拿，要有骨气……说到这里，她吐了口烟，淡淡地评论自己的举动：太幼稚了。

1174.　她们去了一个南方的什么小镇，名字她已经想不起了。她们在那个小镇上一单活路都没有揽到，这让姑娘们犯了愁。偶尔有一场，费用比以前领队谈下来的差了一大截。不认输不行，但是大家都没有怪她，姐妹们喝了场酒抱在一起哭了一场，散了。

1175.　我悄悄问她：都说那些沿海地区乱得很，你没有遇到那些事情么？她凛然一笑：老子一身正气，两袖清风，怕个锤子。

……

1176.　治安越来越不好，我打算养条狼狗。三姐打电话过来说，她想和我们同住，我大喜：好啊，你来了我就不用养狼狗了！

1177.　三姐从老家带来些晒干的刺梨子，泡水喝是润喉的。我妈想分点儿给林孃孃。人家兴冲冲地来拿，她说：等一哈！然后从厨房拿出一个沉甸甸的卫生巾袋袋递给人家，笑嘻嘻地说：都是女的，晓得这个袋袋其实最卫生！

1178.　三姐终于找到了新男朋友，又姓刘，也曾是社会上的一个角色，现在不混了，好生帮三姐摆摊摊做生意。城管队长来摊摊上扯皮，我那亲爱的三姐夫什么都不说，就是把一把杀猪刀在手中细细把玩，始终似笑非笑把对方看到，一直到队长发毛，走掉。然后多年前一起耍的弟娃过来问候：哥，龟儿子的城管大队的陈虾子出钱喊我来弄你，老子把他弄了一顿，一脚踢开了，你放心。我三姐夫说：哎呀，兄弟伙费心了，晚上过来喝酒。

1179. 我三姐通过周密的市场考察，决定要开一家凉拌菜铺子。她靠自己的能力，一点一点攒钱，并且潜心拜“玉林小妈”凉拌菜的小妈为师，练就了一手独特的手艺。她每天早上五点钟就起床拌菜，用料新鲜味道充足，享誉红牌楼农贸市场。有时候我去看她她都搞不赢，苗苗乖乖地在一旁写作业，有时候帮妈妈收钱。她这样，天天不停，一直要忙到深夜。

1180. 那个时候，我除了隔三岔五去学校晃一圈，也人模狗样地在省电台找了份临时工，当上了主持人，有了点微薄的群众基础和宣传力度。我经常在广播中，声情并茂地播送：一位叫作蓉娃的小姐要把这首张惠妹演唱的《姐妹》，送给成都红牌楼市场A区13号何三姐凉拌菜的何小琼小姐，祝她生意兴隆，万事如意——

1181. 这一天，我面带神秘地递给三姐一瓶搽脸的香香，特别嘱咐她好好用，这是好东西。三姐问：好多钱一瓶喃？我嗯了半天，说不贵就几十元钱……三姐跳得八丈高：狗日的死娃娃！买那么贵的东西！其实，那是一瓶 19-20
五百多元的雅诗兰黛特润修护露……

1182. 她千珍万贵地把我送给她的“几十元”的香香拿来用了，还问我，蓉娃子你看我的脸是不是皱纹少点了？我仔细端详三姐：她站在我的面前，穿着一身粘着油泥的衣服，散发着凉拌菜的味道，身材发胖了，一双备受摧残的黑色皮鞋套在有点浮肿的脚上。但是，她的眼睛，除了周围的皮肤变皱了变黑了，眼神一点没有改变。

1183. 三姐说：你要给三姐扎起哟，利用你的知名度给我揽生意哈。她嫌这还不够，四处散布消息：某某台某某主持人是我表妹，她每个星期六下午都要来“玉林何三姐拌菜”帮我卖拌菜！然后要我必须每个星期六下午去陪她。我心焦泼烦地坐在摊子上帮她卖菜，她一边剥瓜子一边逢人就说：嗨，这就是我表妹！有人来买菜，我恶叉叉地问：要啥子？要好多？对方怯生生地说：麦琪，我很崇拜你，能不能给我签个名？

1184. 麦琪这个名字，其实来自张敏的英文名字Maggie。取播音名的时候，我脑壳都抠烂了，不晓得取哪个好。突然，灵光一现，卖给！其实还有一种好的翻译：麦琪。我查了查，有个美国作家欧·亨利写了一篇文章叫作《麦琪的礼物》，找来看了看，写得好。我在电台的节目，就是每天点歌送祝福，这个名字再合适没有了。

1185.　每天我是全台收到信件最多的主持人，不是因为我有名，是因为人家要点歌。我一般会先打开那些邮票好看的信件，先满足这些信件的点歌要求。

1186.　我的这些事情都是瞒着学校的，他们不让在校学生搞太多社会活动。老师、同学都不晓得。有一次上课，我赫然发现，旁边的女同学在给我的节目写信，我企图凑近看一眼，那个女同学牙尖舌怪地白我一眼：看啥子看！人家的隐私！我瞄了一眼她的信封，邮票稀撇。我摇摇头：估计你的点歌搞不成。

1187.　不知怎么回事，上节目时居然开始打嗝，无论如何都止不到。我就算好规律，大概十秒钟会打一个嗝，就把话按照九秒一截九秒一截来说。但偏偏有一句话完不到，还有个反问句：难道不是吗？呃！！……全四川人民都听到了，响亮得很。

1188.　热线电话时间。我趁播放歌曲，赶快打了个电话给张敏，忙慌慌地说：等一哈儿的问题是问这是陈昇哪一盒专辑里的歌，你就回答说是……张敏打断我：不忙多，今天奖品是啥子？我说：五罐娃哈哈八宝粥。她打了个哈欠：算了，不想要，空了吹。说完把电话挂了。我只有把肥水留给外人了，拉开话筒：好，亲爱的听众，您听清楚这是陈昇哪一盒专辑里的歌了吗？我们来接听第一位幸运听众的电话……

1189.　就这个样子，我们电台的一个副台长还说要栽培我。一说“栽培”，我就想到我们副台长，在一片空地中挖了个坑，然后将我像树苗一样栽在上头，浇水、施肥，还有修剪枝叶以及捉虫。

1190.　副台长神神秘秘地对我说：嗨，麦琪，这个周末一起吃个饭，有个你的听众想见见你。我啊了一声，我都有听众啊！他又嗨一声，你咋个就不能有听众喃，你现在播音水平比刚来那会儿好多了。尤其是夜间节目，收听率还是不错的。

1191. 对了，夜间没有广告的时候，我就把那个时段按照自己的想法改造了一下，播点我喜欢的音乐、读点我喜欢的书，比如我就播过萧红的《呼兰河传》。奇怪得很，每当读萧红的书，我就格外动情，读到读到的，就要哭。一哭，我就把音乐推上去，自己平稳了情绪，再继续读。

1192. 这位听众据说就是这样被打动的。台长说，他也是一位大学的老师，他最喜欢深夜开车出去在郊区的旷野中，听我朗诵《呼兰河传》。我一听，哎呀，知音，感动，就点头答应了。

1193. 去的那天，一走进餐厅，副台长就招手：小麦这边这边！我走过去，那位听众一看我就愣住了，我也愣住了——他就是在学校露天舞场帮我看包包的那位男士。他一哈就笑了：同学，跳舞啵？我也笑了，模仿他的口音说道：跳叭来。他有点不好意思了：我这个泸州口音是有点重哈，莫办法，所以我才那么喜欢听你说普通话嘛，真滴有意境！

1194. 副台长一脸的莫名其妙。

1195. 这顿饭吃得就相当奇妙了。副台长介绍这位男士是教哲学的“李老师”，李老师客气了几句：叭好意思，莫哒其他的本事，只是喜欢研究哲学。但是副台长又在洗手间外面悄悄告诉我：你要当心啊，这个人泛泛之交就可以了，他背景相当复杂，说是黑社会都行。我点点头：晓得了，台长，我又不是小娃娃了，怕啥子嘛。我们航空航天部的工人子弟，天都敢上，还怕黑社会。

1196. 梦见自己得了金鸡奖，但是我没有出席，因为奖品是一只真的公鸡。

1197. 电台有一个中年男播音，声音浑厚、语言温柔，令包括我在内的广大女性听众们心旷神怡，经常有粉丝把“金嗓子喉宝”送到电台门口，点名道姓地要送给他。当时我在电台除了主持点歌节目，还主持些没人愿意上的边角料，比如一档深夜广告节目“性医药天地”，这个节目刚好接他的班。每天，我会带领着一两位“性医学专家”在导播间等候。金嗓子一进播音室，必先关闭所有的灯，只留他头顶的那一小盏，然后戴上耳麦，高音关一半，中音、低音打满，一阵深沉的音乐后，他将话筒贴在嘴唇上：亲爱的——听众朋友们，夜，已经深了——你，寂寞吗？……

1198. 看着金嗓子在播音室对着话筒侃侃而谈的样子，就觉得也许接下来的一个小时不是那么难熬。接班时，照例要说那么几句话：你好、来啦、今天气色不错哈。然后，不知道为什么，他说了这样一句话：格格，你这种身材穿旗袍应该很好看。

1199. 于是那天晚上，性学专家们交头接耳：咱们又不是摇滚乐节目，这主持人咋这么亢奋？然后好心提醒我注意夜间节目安详、宁静的特点，还要不时地问道：要不要试试我们的新产品“性安宁”？

1200. 第二天，成都的大街小巷有一个疯狂的身影在移动，她专门瞄准旗袍，千挑万选，万选千挑。她想要一条什么样的旗袍呢？是这样：要稍有弹性的布料，但弹性不要太大，没有弹性的布会显得笨，弹性太大会夸张线条，有失大方；不要缎面的，缎面太舞台感，太张扬，没有生活气息；花色呢，可以有碎花，最好是浅蓝、浅绿、浅紫的底，起同色系的小花，花要细密有致；款式呢，领口不要太高，小小的立领，镶浅浅的边，一定要恰合大小；剪裁不要太夸张，适度地在腰部放松些，走动起来有若隐若现的褶皱；不要长，不要短，长度在膝盖处，衩口也分到大腿中部即可；对了，短袖，千万不要垫肩……

1201. 我失魂落魄地寻找了一天，拖着沉重的步伐，双眼呆滞、大脑胀痛地行走着、行走着，脑子里轰鸣着金嗓子的那句话：你这种身材穿旗袍应该很好看！穿旗袍应该很好看……我跌坐在步行街的椅子上，思索着人为什么要从猿猴变成人？要是猿猴的话，大家都一身毛，也没有这等含辛茹苦的事了……我突然眼前一亮！前方十米一家小店，塑料模特上穿着一件和我描述的一模一样的旗袍！我走进去，按捺住狂喜的心，故意表现得有些随意，但声音却是颤抖的：这件旗袍多少钱？店主说：一百二。我说：八十。

1202. 晚上，我穿着这件旗袍出现在电台，金嗓子看见了：你好、来啦、今天气色不错哈。我搔首弄姿地穿着旗袍走来走去，期待着他再说点别的。果然他说：你这件旗袍不错，哪儿买的？我想给我太太也买一件。

1203. 那晚的“性医药天地”我主持得相当急躁，一个听友打电话进来：

主持人啊某专家啊，我最近，嗯，好像有点对老婆……没有性趣了啊？我不等专家回答，恶狠狠地对着话筒就说：让她好好打扮打扮，买件旗袍穿吧！性学专家们又一次交头接耳：咱们又不是投诉节目，这主持人咋这么亢奋？然后好心提醒我注意夜间节目安详、宁静的特点。我咬着牙说：把你们的“性安宁”拿一盒来。

1204.　“崭露头角”的一定都是魔鬼，只有魔鬼，头上才会有角。

1205.　我平生作为一名演员被人认出来，是在成都红旗商场陪我二姐买腊肉的时候。那个卖肉的售货员大妈一看我就看得不转眼，半天才发出一声嚎叫：嗨呀！你是昨天晚上电视头那个遭人家骗了的小保姆得嘛！你嘴边上有颗痣，我认得到！我很不好意思地扯起我二姐就走，卖肉的售货员大妈还在后头喊：哎！今天晚上是不是就该演到你和你男主人那个咯——

1206.　从十二岁勇闯峨影厂开始，我还是演了几年戏。净演小角色，女七女八之类的。在剧组里比较自卑，没戏的时候，一个人待着，反正没人知道我。人家问起你演谁的时候，我也有点不好意思，解释半天人家才喔一声，依然一脸茫然。唯一一次觉得被人重视，是有一天晚上这部电视剧的原小说作者来了。他一一和演员握手，我排末尾，他问你是哪一位啊？我很小声地说：我是满妹。他双手握住我的手：你是满妹啊！你好你好！我心里一下子觉得被温暖包裹了，毕竟我这个人物是他创造的。主角配角，再小的角色，也是他创造的，他的热情都一视同仁。估计那时候，我就觉得，我还是不要演戏了，我要去搞写作。

1207.　总的说来，我在四川影视圈最大的收获，就是代言了好几个猪饲料广告，以至于现在我都对猪饲料品牌如数家珍，这都是业务啊！尤其是一个叫“杠上花”的牌子，这个“杠上花”猪饲料特别有眼光，连续多年都指定我做代言人。我问为啥老找我喃？他们负责人笑眯眯地说：我们老总说，从来没有看到过一个模特，可以对着想象中的猪笑得那么投入，还持久。

1208.　有一家广告公司不晓得在哪儿看了我的照片，居然要请我面谈。我激动得啊，拉起我妈就去逛荷花池批发市场，一定要买件好看的衣服出场噻！我们把脚都转趴了，终于在我妈的光辉指引下，买了一件蓝底印白花的蜡染中式大衣，一条针织黑色中长百褶裙（*后来是我妈的舞裙*）。正式面谈那天，我妈还郑重其事地给我梳了个盘头，插了几朵花瓶头的塑料玫瑰，有红色的，也有黄色的。我娉娉婷婷地走过广告公司的走廊，引得无数人侧目，大家纷纷在猜测这个模特有三十嘛还是四十岁？最后还是创意总监揭的谜底：十六。

1209.　我有一个重大发现，离我家大概两站路远的水碾河招待所的二楼，走廊上有个写字台，上面摆了部电话，可以随便打，全市直通！我试了两回，居然没得人吆我！这哈，我就带起电话本本，开始固定每天在这里联系业务，挨到挨到给每一个我认识的影视圈人士打电话，还告诉人家，这就是我的电话，我每天啥啥啥时间会在这里。

1210.　居然真的有一天，这部电话神奇地响起来，我都吓了一跳，响了好几声才接起来。真的是一个电视台的大叔打来的！他在电话里问我：小桑，有个广告，你愿不愿来拍？我像是弹簧一样从椅子上弹起来：愿意！好久来？！

1211.　拍的时候，就是化好妆站在一个绿色的幕布前，做几个笑眯眯的介绍产品的姿势让他们拍照。拍完了，我才问：这是啥广告喃？大叔说：猪饲料杠上花，后期制作会放一群猪儿围在你身边。大叔还多贴心地解释：先没告诉你，怕你笑不出来。

1212.　我在这个编外办公室还是搞成了几桩业务，“杠上花”是其中最辉煌的一单。这部电话我一直使用到这家招待所倒闭为止。那次，有几天没去了，结果走上二楼一看，不要说电话，所有的一切都不在了，每个房间都空了，走廊上堆满垃圾，看上去十分令人伤感。

1213.　我有参加不完的社会活动，总是在外头跑，我们系主任终于忍受不了了，居然想出了小学老师的狠招：请家长！我妈到了学校里头，系主任对她说：你们桑格格，这个月缺了好多好多课，上学期还有好多好多门没有修过，她现在简直不像个学生！一天到晚就在外头！一会儿在电台，一会儿又去拍广告，你们当家长的究竟管不管的哟！

1214.　我妈听完了这一大堆劈头盖脸的投诉，清了清嗓子，慢条斯理地说：老师，这两年大学嘛，不比往几年要包分配了，她现在搞那点儿活路，毕业了你们保证给她找得到不嘛？！看到系主任脸上不好看，又补一句：你放心，业我还是要喊她毕了的！还有点事，先走了哈，不送、不送！

1215.　林孃孃的那个儿陈朝晖是个天才儿童，十四岁就被保送到中国科技大学少年班，成为我们420厂的传奇。他毕业了，回到成都，根据他的金融专业分配到了中国银行成都分行当了个副科长，刚刚二十岁！把林孃孃高兴得喔，嘴巴都笑叉了！

1216.　但是，自从陈朝晖上了班之后，和单位上的所有同事都搞不拢，最后把上上下下的人都得罪完了。他总觉得世界上的人都该围到他转，偏偏就在这间银行，人人都不甩识他！最后，他除了把最基本的工作完成之外，啥子人都不认，单位上、社会上啥子活动都不参加。每天回来就把自己关在房间头，闷起脑壳打电脑游戏。吃饭都要弄好了放在门外头，他自己端进去吃了又把筷子和碗甩出来。她妈哭起哭起地来找我妈：何老师，你是当过老师的，你去劝一哈那个死娃娃嘛！我妈去了，结果门都进不到。

1217.　我妈开始一直想让我和陈朝晖耍朋友，后来也不提了。她说，书读
多了也要不得。人啊，还是要活跃点，唱唱跳跳，一辈子高高兴兴。所以，她一度很想让我进入文艺团体，十分想，想得不得了。有一天，她面色凝重地对我说：要不这样，我看见报纸上木偶剧团在招人，你先去试试，反正都是文艺系统的，可以调嘛。

1218.　我妈曾经的偶像是查尔斯王子。九七年香港回归的时候现场直播，有查尔斯镜头的时候，我妈冲过去，把着电视机，另一只手挥在半空：快快快，给我闪一张！

1219.　后来我去了北京，有一天我妈兴冲冲地打电话来说：我昨晚做了一个梦，有一个人给我献了一朵花，是鲜红鲜红的玫瑰花！我问：是哪个给你献的喃？她有点羞怯地说：是查尔斯王子。

1220.　我梦见自己被授予了“香港太平绅士”称号，被颁发一包太平苏打饼干。

1221.　我妈现在换偶像了，她说：某某某还要帅些……某某某不便说了，

国家机密。我呢，现在经常挎个数码相机在身上，和我妈走在路上，无缘无故就找不到我妈了，然后就听见我妈在遥远的地方喊：快快快，给我闪一张！这时她一定是站在某朵花前，笑眯眯地把花朵朵拉在胸当门前了。

1222. 我妈这辈子其实从来就没有好好享受过爱情，但这不代表她不憧憬。有一次，我们看日本青春偶像剧，最后，男主角为了救女主角不惜爬过一条悬在山崖中的铁索桥，人家越爬越近，她离电视也越坐越近，最后终于搭救成功了！她眼睛也迸发着光芒惊呼：这就是爱情的力量啊！！

1223. 一起看电视的林孃孃用十分疑惑的表情看着她，我心里却十分难受。想起当年，我妈那叫一个豪情万丈：想当初！你妈我十七八岁的时候还是相当可以的哟！从堰塘头挑水上来，走热了，站在马路上歇脚，一张脸绯红，那颜色不摆了！连大货车过上过下的都要刹一脚看：狗日的这是哪家的妹崽？长得红头花色的！

1224. 据说，我妈和我爸刚结婚那会儿，感情还是可以。桑国全每天出去钓鱼时，就把婆娘当天换下来的衣服拿到河边，洗了，挂在树子上。天黑了回去，衣服也干了，就折得巴巴适适地带转去。还有钓的鱼，一起交给婆娘……

1225. 我妈挽着我，叹口气：你爸咋后来变了喃。

1226. 我妈也曾有过美好的初恋，但那是在“文化大革命”中，他们一个属于“缚苍龙”造反派，一个属于“镇黑狼”保皇派，没有搞成。我妈现在都追悔莫及，反复问我：你说那个年代的人咋那么瓜喃？！

1227. 现在，我妈的这个初恋情人据说还当过我们老家的副市长。有一次我妈吃醪糟蛋吃醉了，还到人家屋头去耍过，遭人家爱人客客气气送出来了。

1228. 我妈打算减肥，我不信她减得脱，那身肥嘎嘎是生我生出来的。但是，没想到她真的不吃饭了，光啃苹果！三天后，她眼睛落抠了，脸色跟菜青虫一样。我吓到了，把她拉到三倒拐小娘蒸菜去吃饭，她说：我不吃！我就不吃！结果菜一端上来，我发现我们根本拢不到边，她一个人吃得比哪个都欢！人家要把空盘盘收走，她还喊：不要动！汤汤我要留到泡饭！最后，她把油嘴巴一抹：妈哟！这两天把老子饿疼了，闻到煤油都觉得是菜香！

1229.　她啃苹果啃瘦了一斤零点，遭我破了戒律，又重了五斤有多。

1230.　不要看我妈矮矬矮矬的哇，她的爆发力相当惊人。一次走在街上，有个贼娃子骑起三轮车从后头一把抢了我妈的包包，说时迟、那时快，只见我妈“嘿——”一声大叫，两步上前，居然把那个贼娃子连同三轮车拉来立起！

1231.　作为她的女儿，在需要爆发的时刻，我能明显感受到体内有来自她的遗传。小时候我和妈妈坐大巴回老家，半途上来几个偷儿，一排排挨到偷，偷到我这排，我恶狠狠地看着他们几个，声音从牙缝里挤出来：敢动老子，老子要你死。

1232.　很多年前的一天，一位陈先生去了成都的一家婚姻介绍所，他都快四十了，还没有讨到老婆。这家婚姻介绍所位于成都平安桥天主教堂旁边的白果林茶园，按照我妈的说法，是世界知名的。曾经有一对可怜的来成都旅游的外国朋友，无意中迷路了，钻到这座茶园。就在他们像一对没头苍蝇团团转的时候，婚姻介绍所的中老年单身们纷纷兴奋地说：咳！看！我们这里连外国人都有！我们这里是国际知名的！

1233.　当然，陈先生不想找外国女人，他想找一个本分的年龄相仿的体健貌端的无不良嗜好的可以有婚史但最好无孩的中国女人结婚。他体格健壮，气质沉稳，一进园子就引起了单身老母母儿的窃窃私语。管登记的李老孃子用满意的目光上下把他打量了一遍，略带女性魅力地问他：年龄？他恭敬地回答：三十八。有无婚史？无。李老孃子凝视了一下他，他诚实地点点头：真的没有！李老孃子继续问：工作单位？陈先生迟疑一下：殡仪馆，开丧葬车。

1234.　李老孃子“轰”的一声站起来，拿登记簿像赶苍蝇一样往外扇：走走走！快些走！不要霉了老子的生意！于是，这位体健貌端的陈先生，就被不幸地赶出了国际知名的婚姻介绍所白果林茶园。

1235. 转眼七年过去了，他依然单身。在这几年中，成都发生了一些变化，很多老街拆了，建起了高级公寓，工厂倒闭的倒闭、外迁的外迁，好些本地人离开了出去闯荡，又有不少外地人来到成都打拼生活，赚到钱的人成了都市新贵。陈先生所在的民政直属单位殡仪馆，在很多企业不景气的情况下，效益算很不错的。他已经四十五岁了，多年的积蓄无处花，买了好几套房子，都涨了且租出去了。早期有出租车的时候，他还很有眼光地买了一辆出租车顶子，雇人开着，月收入万多元。还不算殡仪馆那份工资。这一点，让陈先生再次鼓起勇气走进了国际知名的婚姻介绍所白果林茶园。

1236. 登记的还是李老孃子，她看着眼前这个似曾相识的男人，问了七年前相同的问题。不过，这一次她没有赶苍蝇，而是把登记簿收起来，左看右看，然后用一种中老年女性专有的含羞表情问：老陈，嗯，你看我合适不合适？陈先生一扫当年的沉稳谨慎：老子要找三十五以下的活泼开朗的体健貌美的性格温柔体贴入微的爱好文艺的心灵手巧的可以有短暂婚史最好无孩的美——女！

1237. 然后，他顿了顿，定了定神：听说你们这里国际知名，外国妹妹也不是不可以的！一直把耳朵伸得老长的单身老母母们又一次哄然而散。

1238. 我妈喝了口茶，幽幽地对我说：我嘛，就是年纪稍微超了点，还有你这么个娃娃，要不然我觉得我还是多合适他的！哎呀，缘分哪……

1239. 这天夜里，我妈做了一个梦：她考上了飞行员，穿着神气的飞行服，戴着飞行眼镜去单位上，找到她们科长说：我要离开这个单位了，我要当飞行员去了！我要开飞机去了！

……

1240. 我们中最小最单纯的毛兰英儿居然耍朋友了！比我和张敏还早！我们几个摁到她，鼓捣要她交代到底和那娃儿有没有“那个”，她笑得咯啊咯的就是不说！我们只有算了，耍其他的去了。一会儿，看见她一个人在边边上发神，自言自语：挨到梁成睡好热和哟！

1241. 毛兰英拿了个LV的包包，大家都说是A货，她誓死捍卫包包的纯正血统，大家让她说原因，她脸红：梁成绝不会给我假的。

1242. 在路上，遇到初中的班主任，就是在我手里第一次见识BP机的那位。她把我上上下下打量了一番，看得我都有点不好意思了，才神神秘秘地对我说：嗨！你晚上到我家来一趟！

1243. 晚上，我去了，才发现原来她是要给我介绍男朋友！她从台湾来了两个远房亲戚，一对老头老娘儿拿起摄像机围到我摄喔，我还没反应过来，又把我扶起来，还要摄全身！之后，喊我不动，他们要量身高和三围，量到胸围和臀围的时候，我明显地听到台湾老娘子咂了咂嘴巴，点头表示满意。全套检查下来，我被请到沙发上坐起，这下才回过神来，看见沙发上还坐起两个女娃娃，一个和我差不多大，一个比我大些，我心想，他们有几个儿喔？结果一问，我们三个都是待选的！

1244. 我朦朦胧胧记得，照片上那个还在服军役的男娃儿还是多帅的，有点儿像秦汉年轻时候的野蛮版，可惜，中间隔了一堆讨嫌的老头老娘儿，还有一湾浅浅的海峡。

1245. 后来，我们三个每人发了一对金耳环，不晓得是不是标底费。我把耳环甩给我妈，我妈说：哪来的？我说了一哈“选妃”事件，她脸一沉，不行！退回去，我才舍不得你嫁那么远！

1246. 台湾，是不是日月潭中的那个小岛？

1247. 这天晚上，我梦见一个超级月亮，和太阳一起升了起来。月光和日光同时照在我身上，我就隐身了，只有我妈能看见我。我坐在一片水潭边上，对着那片水潭说：你就是日月潭吧。然后那水潭里浮出无数鳄鱼，开始对我流泪。

1248. 我们电台的副台长把我喊到一边：我给你介绍个巴适的男朋友！一

听，又是介绍男朋友，我把脑壳甩得像拨浪鼓儿样。他一脸严肃地说：我都跟人家说好了！你好歹去对付一哈嘛！行不行你自己定！

1249. 我只有硬到脑壳去了。是军区一个将军的儿子，人称雷公子，人还比较和气，猛一看，还有点儿憨厚，一桌吃饭，还是晓得向我献点儿小殷勤。他鼓捣要带我去见他爸：大名赫赫的雷司令！吓得我侧转身就走。结果，第二天，一辆军区牌照的帕杰罗就停在电台门口，雷公子一身军装，吓人巴叉地下来做了个“请”的动作，我觉得这一动作还是有点帅，就上车了。直接拉到磨子桥军区大院，车停了，他指了指前面一栋二层楼的楼房：那就是我家！

1250. 这栋房子值得好生说一哈。从外面看去，还是比较朴素，就是普通的家属楼，结果一走进去，发现是上下左右四套房子全部打通！也就是说，人在里面可以像踩轮轮的小白鼠，不断循环！我和他走进迷宫一样的将军楼，吓得心跳都消失了。我坐在他家沙发上，他遭他姐叫到楼上去了。我一个人捧杯热茶，紧紧捧到，都不觉得烫手。

1251. 看见角角头有个衣架杆，上面斜起挂了件军装外套。我正歪起脑壳在数军装肩章上有几颗星星，他爸就来了，没有穿军装，看上去也就是一个平常人，但是我就是不敢抬起脑壳和他对视。他和蔼地问我：多大啦？——二十。他皱了一下眉头：这么小！又问：你爸爸是干什么的呀？我脆生生地回答：货车司机！

1252. 后来，雷公子还是给我打过几次电话，但是我每次都说：哎呀，肚皮痛！出来不到！

1253. 这件事情我妈又知道了。刚好我和同学伙起去深圳耍了几天，没有给她说清楚。她找不到我，居然直接上了省军区，找雷司令要人。话说，我妈，一个其貌不扬的中年肥胖妇女，找到省军区之后，被站岗的士兵拦了下来，她硬邦邦地甩了一句：我找雷立文！人家很诧异地反问：你晓不晓得雷立文是哪个？也是你这样随便叫的？我妈气势汹汹地说：我晓得！你们司令嘛！老子给你说，今天我要找不到雷立文你娃娃要负责！

1254. 最后，我妈找到了雷立文，人家客客气气接待了，又客客气气地送出来。我妈得意地说：最后，那个站岗的兵兵还啪一声给我敬了个礼！

1255. 小平南巡，去了深圳，这个小平是我高中同学罗小平。她遭一个男人撤了漂（抛弃）之后，一气之下，觉得四川男人莫得搞，甚至整个四川都莫得搞，就跑到南方巡视了一圈，最后觉得深圳最巴适，就留了下来，当了个坐台小姐。

1256. 小平本来一直雄心勃勃地要跟我一起考四川大学，但是机缘巧合，上了社会大学。她嘴巴不算甜，不能天天有台坐，半个月下来，除去服装费、台费，只剩五百多元。有一天挣得多，挣了七百元，但是周身没得包包搁，只有捏在手上，结果弄丢了。

1257. 有一天，有个干部非要喊她唱《公仆赞》，她说她唱不来，能不能唱叶玉卿的《假正经》，结果遭甩了一耳巴子。和客人玩游戏，划拳，输了必须除去身上的一样东西，她那天晚上之霉喔！输得来只剩内衣内裤，就是这样，跟到又输一盘！男人们流起口水等到欣赏无上装或者无下装表演，结果，她不慌不忙，脑壳一埋，手一点，取了片“博士伦”下来！

19-20

1258. 小平只出过一次台，还没收钱。她说：他长得太像我前头那个死鬼了！

1259. 暑假，我、豆豆、张敏约到去深圳耍，住在小平那。我先一天到，打算先去小平的夜总会打个照面，刚进门就遭她推出来了：走走走！这儿不是你耍的地方！又塞给我一百元钱，快！打个的回去！我把她的钱推开：我有钱！她脸色有点不好看：妈哟，嫌老子钱脏嗦？！我一把抢过那一百元，挥手上了一辆出租，在窗子头对她说：晚上早点回来哈，我从成都给你带了五香兔儿脑壳！

1260. 第二天，豆豆、张敏也到了，小平在她们夜总会给我们开了个小间：自己耍哈，我去忙。

1261. 我和张敏为了表示对张国荣逝世的哀悼，一直在唱张国荣的《莫妮卡》：莫妮卡——莫妮卡——莫妮卡——莫妮卡……我们十分动情，声嘶力竭地认真重复着高音部分。其实不怪我们，本来就是男声的歌，我们女的唱就要再升高八度。

1262.　豆豆实在是有点看不得我们的表演了：去去去！让老子来！她把烟一灭，啪啪啪熟练地点了首叶玉卿的歌：看我的！她把裙子一撩，大腿就抬在桌子上了：得不到你——的爱情！然后轻盈地（她生了娃娃之后居然还可以这样轻盈）转了个圈，一双手就像在身上找扣子一样摸来摸去：就像鲜花——没有雨淋！我和张敏笑得喔，巴巴掌拍得喔，从来没有看见这娃还有这一手！一曲罢了，豆豆又点了一支烟：咋样嘛？老子们在汕头那两年野模没白当嘛。

1263.　小平忙了一阵，过来看我们，她一身黑色套装，看上去还多庄重的，手里捏了三个手机一个对讲机，一个私人的，一个客人专用订房的，还有一个不晓得是干啥的。她一进来，已经半醉得左脚敲右脚了，但是二话不说，和我们每个人都干了一整杯啤酒。我们都喊算了算了，她嘴巴一抹：啥子算了，日妈的外人都豪气冲天地喝了那么多，自家的姐妹就抿一口啊！喝！喝完了，她用对讲机喊：某某包间，送个大果盘，加一打喜力。

1264.　完了，她点了一首歌，脸红筋胀地站起来：来，给你们唱一首我最新的代表金曲，《嫂子颂》。嫂子——嫂子借你一对大脚，踩一溜山道，再把我们送好！她唱得中气十足，感情充沛，充满了正气凛然的爱国情操。唱完了，她嘿嘿一笑，这首歌最受那种机关单位领导的欢迎。

1265.　以前在高中的时候，罗小平看上去长得糯乖糯乖的，但是性格相当爽利，一点儿都不渣哇。咋说呢，就是成都妹儿的长相，重庆妹儿的个性，还好打抱不平、能干。班上有啥事情，大家还停留在讨论的阶段，她可能就开始动手了。比如，有高年级男生欺负我们班的女生，她的办法就是引进社会力量，强中更有强中手。社会上有的是可以教训这些男生的力量，价格合理，专业过硬。小平说，能用钱解决的事，都不叫个事。她酒量惊人，在感谢社会力量的火锅桌上，她说自己都没有想到，喝得人家都不收钱了，说要和这个小妹妹交个朋友。

1266.　她特别大方，简直就是张敏的反面。而且大方得有点没必要，每次在一起吃东西她都争到给钱。其实都是学生，都没啥钱。她把好贪便宜的人都整习惯了，只要小平在，算账的时候屁股都不抬一哈。但是有一次，小平去给钱，服务员说有人结了。问是哪个，居然是那个又颓又酷的李昭峰。

1267. 李昭峰喜欢上了小平，方法之一，就是默默地跟在她屁股后面帮她给钱。两股大方的力量扭在一起，并且以此作为爱的试探和交流，真的让张敏之类的小气鬼白白吃了好多欺头。但有一次，小平站起来，当着大家的面说：李昭峰你是不是钱多了？钱多了出去给那些讨口子嘛！李昭峰脸都涨成紫的了，冲起来就要走，被大家拦了下来。张敏这时候出来打圆场：算了，大家AA嘛！

1268. 和小平喝酒的时候，我突然问她咋个不喜欢李昭峰呢。她把杯中酒一口扯干，擦了擦嘴巴：哎呀，我们这些人注定要在社会上漂的，人家是好学生，大家都不要浪费时间。

1269. 你醒了就过来，我们都在很远的海边。这是豆豆发给我的短信，怎么看都像一句诗。

1270. 张敏生来八字不好，从小磕磕碰碰小病小灾不断，我们一路出去耍，个个都是好好个儿的，只有她不是这儿遭蚊子咬了肿起一坨，就是那儿遭桌子边边撞了紫成一片。在深圳小梅沙游泳，我想，这哈总对了噻，都是水、沙没有啥子要伤人的。结果，最后张敏还是惨叫了一声：救命！我遭水母电了！

1271. 深圳咚高的物价把我吓了一跳，啥子都不敢买，最后走的时候花五十块钱买了两把手电筒。

……

1272. 小学与我关系有点儿暧昧的徐非，是一个非常俊美的男娃娃，雪白的皮肤、精致的五官，眼睫毛又长又翘，最令人心醉的是，他拥有一副铜铃般的歌喉。一天，音乐课上，老师教一首外国儿童民歌，歌词是：白色的桦树林，绿色的山冈，群群的麋鹿来来往往……（中间有两句记不清了），嘭得得嘭嘭、嘭得得嘭嘭、嘭得得嘭嘭嘭嘭嘭！最后那个“嘭得得嘭嘭”随便哪个都唱不好，舌头峦都峦不过来。只有徐非，唱得来字正腔圆、颗粒饱满！把我的心都唱得来陶醉了。

1273.　在春熙路吃肯德基，我一进去，就有人在叫我的名字，回头一看：徐非！他穿着肯德基的制服，笑眯眯说：好多年没看到你了！我一边嗯嗯嗯地答应，一边惊讶地发现，徐非这么多年完全没有改变，一点儿都没有青春期发育的痕迹，还是雪白的皮肤、精致的五官，眼睫毛又长又翘，仔细一听，连嗓音都是当年唱“嘭得得嘭嘭”的那把童声！

1274.　徐非给我介绍了一个朋友，一个矮胖矮胖的穿西装三件套的秃顶男子，他面带讨好地介绍：这位是杰哥——杰哥之前在肯德基是他的主管，打算独立出来自己创业做快餐店。杰哥居然听过我电台的节目，还说是我的忠实听众，他激动起来脱了西装外套，露出了箍得邦紧的西背，眉飞色舞地说：嗨呀，格格，你这么有才，给我的快餐店做形象策划嘛！帮我设计一套服务员服装！

1275.　企业形象策划，专业术语是不是叫作CI？我搞不懂这些，但是我不是一直对自己的时尚品位颇有点自信么，说起设计服装，我来劲了：要得嘛，我试试看。

1276.　那家不幸的快餐店位于成都火车站，听上去就不是一个长久的买卖。先来说说我做的服务员服装设计：上衣绿色，下装黄色；绿上衣的领口一个黄色的领结，黄下装的裙摆要做一对绿色的口袋；对了，还有顶前黄后绿的帽子以及一双左黄右绿的布鞋。当时，我记得裁缝的眼珠散了黄，他短暂晕厥之后，迟疑地：设计师小姐，你的意思是，让员工们一个脚一个颜色？我充满先锋感地点头：对！要充分把这两种和谐的颜色巧妙地打散，然后通过艺术的搭配再结合到一起！

1277.　裁缝把脸转向坐在一旁的老板杰哥，这个当时还对我有点追求意向的半老小伙子。他看见我们都盯着他，毫不犹豫地下达了最后的命令：就听她的！当时我对这个小老板其实一点感觉都没有，现在想起来他作出如此果断的决定，心里居然涌起一阵柔情的歉意。就这样，成都火车站，曾经十分短暂地出现过一群活像韭菜炒蛋的四处流动的服务员，大家对我的服装设计颇有微词，但是不得不每天一个脚一个颜色坚守在自己的岗位上。

1278. 杰哥充满深情地问我：你看，我这家快餐店叫什么好呢？我凌厉地给出了一个名字：巨杰！巨大又杰出！而且你的名字有一个“杰”，多么有意义啊！好了，巨杰快餐店就这么诞生了。

1279. 唉，巨大又杰出的巨杰快餐店开张后生意很不好，显然，南来北往的旅客们没有闲情欣赏这一杰作，轻易地拒绝了它。拒绝，巨杰，鬼知道这之间有什么该死的关联呢？人生总是这样一语成谶。我很快离开了CI界，和小老板杰哥也再没有联系。

1280. 何强表哥要结婚了！为了去老家参加他的婚礼，我给自己买了一块表。走在熙熙攘攘的大街上，我很高兴，很希望大家排队来看我美丽的新表。但是，大家不理我，我就命令身边的朋友：你每隔两分钟就要问我一次几点了！

1281. 我爸爸的现任妻子吴孃孃在第一次见我的时候，送过我一个电子表，是一个项链表，数字显示，十分高级。那时候她和我爸爸的关系还在朦胧阶段，所以，这块表送得十分及时，她还温柔地对我说：等你二十岁孃孃还要送你一块更高级的表！今年我已经满二十岁了，她提都没提这个事。她已经当了我爸近十年的妻子，太忙，可能就忘记了。

1282. 老家有条叫作“松风古道”的街，在那样土里土气的小县城居然有这样诗意的街道！我说回去一定要找找看，我妈说：找啥子嘛！就是你上幼儿园的时候，天天走的那条路。

1283. 大舅舅家都不种粮食了，改种草，说是成都现在大搞绿化，这个值钱些。

1284. 婚礼仪式马上就要开始了，新郎倌何强穿上西装准备上场了，但是发现自己不会打领带。他问桑格格：蓉妹，你会不会打领带？我说：不会。我问三姐：三姐，你会不会打领带？她说：不会。三姐又问了所有在场的兄弟姐妹：有没有会打领带的？大家都纷纷摇头，司仪在外面又一次催：有请新郎倌上场——！我性子急，上去抓住红色的领带就往何强的脖子上套，管他三七二十一，所有人都没有看清我怎么弄上的以及弄成了什么样子。然后，我就把何强往外推：去吧！小伙子！

1285. 台上一对新人交换着酒杯，新郎很帅新娘很美，我在台下看着眉开眼笑。只有我知道，新郎其实是打了一条红领巾。

1286. 我们那一桌，有一个重要的客人，穿着一身洋装，珠光宝气的，明显不是这个小县城的人。她说话的腔调也有点怪怪的，半白不白的广东话夹杂一点椒盐普通话。过上过下的人都要格外看她一眼，但是她像是什么都没有看到一样，很自然地和我三舅妈坐在一起，偶尔小声地和她附耳说话。我三舅妈专门把我叫过去在她们旁边坐下来，给我介绍：喊郑孃孃，人家是从香港来的港商，我们遂宁的风云人物，是你三舅妈的初中同学。我对那位珠光宝气的孃孃点点头，用普通话说：郑阿姨好。

1287. 郑小兰一直是个传奇人物，她的故事在整个川南地区，包括遂宁、蓬溪、射洪、南充等一带流传，版本很多，不晓得哪个才是真的。我三舅妈说起郑小兰的故事来，沟子（屁股）上都是劲：话说当年，郑小姐是个远近闻名的美人，在乡头当了个民办教师，代课的。后来遭个当官的瞧上了，非要弄到手，郑小姐不干，就遭整了，说她作风有问题不能当教师，又绑到街上游行，身上还挂个牌牌：梭夜子（破鞋）。最后，说是还要判刑，有个好心人看到整得造孽，就在晚上把她放了，喊她跑，跑得越远越好！

1288. 这一跑，就跑到成都当了个保姆，紧接到又从保姆变成了主母，并且跟随老公跑去了香港，在那儿继承了一笔遗产。几年后，老公死了，遗产她分了一半。灵堂上，老公生前的生意好友来吊唁，一看：狗日的朋友遗孀还这么漂亮！马上搞到手！结果，不出半年，这个倒霉鬼也翘杆了，还没有子女，剩下的遗产全部归了郑小兰郑小姐。

1289. 改革开放了，搞活经济了，鼓励外商来投资了。郑小兰以香港亿万富婆的身份回来考察，由省里领导陪同、遂宁市里领导开路，一路杀回老家，她爸还在田坎上吆鸭子！一看，不晓得是哪路神仙下降，吓得往竹笼窠头钻，小兰一声：老汉！她爸回过神来，看了半天，“哇”地哭了出来：吔……是我的兰妹崽得嘛！老子还以为你死在外头了嘞！天哪！天哪……

1290. 小兰要在家乡办厂，先投几百万修路，只不过据说她开了几个条件：一是把以前的档案全部销毁，一是把那个当年整她的人从副区长的位子上抹下来。我回老家，看见堂妹章清妹崽在写作文，拿起来一看：《给小兰阿姨的一封信》。章清说，全市儿童每个人都要写一篇，感谢她，学习她。

1291. 婚礼结束了，我跟着闹哄哄的人群走出酒店门口，看到有几辆脱笼垮稀的中巴车停到那儿在招生意，有个大肚皮的孕妇头发一蓬起，衣服也歪起歪起的，把到车门扯起喉咙管喊：走塄！快点儿——东禅的！走塄！我看得不转眼，嘴头喃喃地念：彩萍，彩萍。

1292. 后来听说，彩萍十九岁就嫁了，嫁的就是当年她爸吴照相给她订娃娃亲的那个吴家，二十二岁上已经有两个妹崽了。我看见她这次，肚皮头是包的她三娃子，幸亏是个男的，要不她婆婆母还要她一直生下去。

1293. 晚上做了一个梦，梦见去找彩萍，彩萍不知道怎么的，那张脸突然变成了郑小兰的脸，还拉着我说：格格，你以后有事情，尽管来找我。我现在好了，我有办法。 19-20

……

1294. 在人民公园外面的兰桂坊酒吧，居然碰到了以前在溜冰场见过的一个女娃子莎莎，二校的。她扎了个冲天辫子，化了王菲的晒伤妆，叼了只绿色沙龙，问我：你还记得梅梅不？我叼着一支骄子，留了及腰杆的长发，眼睫毛被睫毛膏涂了一百二十层：晓得啊，那个会滑飞燕的女娃子，住在金鱼巷的嘛！以前溜冰场只有她一个人会滑飞燕这个姿势！莎莎往地上弹了一下烟灰，吐了个圈圈：她昨天跳楼死了，就在她们金鱼巷的屋头。我正要问她跳楼的原因，突然，串烧迪斯科响起来了，她兴奋地弹掉烟头、跳下吧凳：回头摆！我先去嗨皮！

1295. 站在成都乌烟瘴气的街头，一步都不想走。尖起喉咙喊：三轮儿——一辆三轮“嘎吱”停在面前：切哪儿？我说：前头几步路，人民商场。他说：五元。我吃了一惊，啥子那么贵哟！他说：坐不起就不要喊嘛！我“轰”的一声火起：你个瓜娃子娃娃嘴巴头有屎嗦？邦臭！他也不是吃素的，直接开始怀疑我的职业和我妈的职业。我说：你娃等到。

1296.　翻电话号码，开始想喊雷公子，但又一想，算球了，不要轻易动用军力，找个民间力量就行了，那个据说是黑社会人士的哥子，搞定个把三轮总没得问题嘛。通了，我毛焦火辣地说：我在仁和春天门口遭人家臊皮（骚扰），你快过来哈！三轮伙到旁边几个三轮笑疼了：小妹儿，客户哇？

1297.　只见天边乌云滚滚。我手搭凉棚一看，嫣然一笑：黑社会把大部队开过来了。我说：哥老倌，我客户来了，你们认识一哈嘛！三轮肯定觉得丝丝凉气从背后袭来，他转头一看，脸上颜色一哈就变了，急急忙忙骑起他的三轮就要跑，偏偏脚又在打抖，骑了几哈，链条就脱了，他把三轮往绿化带一送，“嗖”的一声就跑了。

1298.　其实他们也没有来好多人，二十几个而已，只不过人人都穿的是一套黑西装，整体效果看上去有点儿吓人。

1299.　哎呀嘞——以后的话说起来就长了啊。我开始和黑社会约会了。

1300.　黑社会岁数比我的年龄大一倍还有多：我二十，他四十二。但是人家长得来又红又黑，眉冠日月，虽然是没得费翔费哥那么高，但是也差得不远，关键是两个人简直长得来是耶、木、耶、样！这里为了强调这种不可思议的相似性，我特别用成都郊县双流的口音演绎“一模一样”。

1301.　深入一了解，这哥子虽然没有上过大学，但是人极聪明又爱钻研，居然精通无线电，而且还在泸州教育学院教过书。教的是啥子？就是我一辈子都弄不懂但是一听就崇拜得要命的——哲学！我们第一次约会主要内容如下：你晓不晓得黑格尔的主要哲学思想是啥子？不晓得。黑格尔的主要思想是%%^(*&)%^$。你晓不晓得康德的主要哲学思想是啥子？不晓得。康德主要说的是※×#￥%◎※×……我完全晕了，这个男人太完美了，简直就是一尊活神！

1302. 他有一半鄂伦春族的血统，这又和我有了共同语言。他说，我们这个民雀（民族）生了娃娃都是挂在树上的，哪个经过就哪个喂一口，活得出来的都是强人！他在我心目中已经比费翔费哥还要高了，无论是身高还是魅力。唯一一点不足，他不是成都本地人，是从泸州杀过来的过江龙，口音有点不好听。一次，我坐在他车上，红灯停下来，他一看前面的车牌就脱口而出：这个号码安逸！瘪瘪瘪瘪瘪！

1303. 那个车牌号码为：川A 88888。

1304. 坐黑社会的车去重庆，走成渝高速公路。我还是一个没有坐过高级轿车的小屁孩，一路上问这问那的，黑社会在没有暴露他的身份之前，还文质彬彬地保持着哲学老师的形象，对我有问必答。我开心地玩耍着电动车窗，呜——升上来了，呜——又降下去了，好好耍喔。哲学老师还体贴地说：好生小心不要吹凉到了。我正在兴头上，哪管这些，然后看见哲学老师清鼻涕掉得老长，在夜色中发出清冷的光芒，才问：你是不是有点冷？冷我就把窗子关了。他感激地看着我笑了一下：你真是一个好娃娃。

1305. 没过两分钟，我发现，路面上均匀地排着一队队的小圆球，形成一条线，车灯照着的时候亮闪闪的，车子过去回头看又不见了。我问哲学老师：车子会不会把那些小球碾碎？他温文尔雅地说：不会。从现实意义上来说，它们根本不是球体，而是一种夜光涂料，你的主观臆断产生了幻觉……说句老实话，我觉得天大地大都不如身边这位男性的学问大，虽然我根本就没有听懂他说的是啥子意思。觉得实在好奇，提出了一个要求：你能不能把车子停下来，让我摸一下？他说：虽然客观上在高速路上停车有点危险，但是我主观上是很愿意满足你的要求的……

1306. 他靠边把车子停下来，我迫不及待地下车，左右看看没有车子来往，就冲到路中间去摸那些球。我趴在地上笑得很白痴：嘿嘿，果然不是球球喃，是个小坑坑，玻璃坑坑！夜色中，一个中年男子靠着他的豪华林肯，抽着极品中华，眼睛乜斜着几米开外的那个瓜女娃子，表情很哲学。

1307. 从此，我就十分爱坐他的高级轿车，最喜欢打开厚实的车门又关上那一瞬间，觉得这个世界上还有这么缜密高端的机器，小小的我被包裹其中真是万分荣幸。随便他往哪里开，不知道终点最好。

1308. 高级车还有高级音响。那一年流行《将爱情进行到底》，我就在车里放了一盘磁带，有一段是原声朗读，女主角开着车，漫无目的地穿梭在上海的夜色中，看见有人在河边放烟火。我问他：好不好听？他说：没有深度。我把眉毛立起来：再说一遍，好不好听？！他说：肤浅。我二话不说，拉开车门就要跳，他连忙踩刹车，吓得颜色都变了：好听好听好听啊！！有深度不肤浅不肤浅啊！！我满意地把门关上：这就对了嘛！记住，我们要将爱情进行到底哈！走！

1309. 无论如何，我还是接受了他，而且准备要带去见我爸。他把车子开到我爸他们家楼下，我打电话上去：爸！你下来给门卫说一哈，新来的认不到我不准车子进。在等我爸的几分钟中，我格外紧张，把他侧来侧去看了半天：你还是有点黑！我赶忙拿出我的粉盒盒，满满蘸了一扑粉：来，加点儿工！

1310. 我爸下来了，我脸涨得绯红：爸，这是小李。嘿，这是我爸。我爸看到他惊了一跳，又不好说啥子，就呜呜呜几句：喔，小李你好……然后就把黑社会难倒了，他该叫我爸啥子好喃？两个人看上去完全是兄弟俩。他脸也涨得绯红，也只有呜呜呜几句，伯……好好好。他们之间肯定没有龙门阵摆噻，我几哈把话说完就说：爸！我们走了哈！他和我爸同时嘘了口气出来，我爸开始有话说了：好生保重，记到多吃大蒜消毒哈，白天吃怕有味道就睡觉前吃嘛……

1311. 在返回的路上，他一脸委屈地说：你记到哈，我为了见你爸连粉都搽了的，你不要甩了我哈！

1312. 之后，在成都的街面上，经常可以看到一辆红色加长林肯，无人驾驶但跑得飞快。是我在里头开得酣扎劲，我有点矮，只有一米五九点五。

1313. 黑社会在地面上也是个生意人，曾经开过灯具市场，现在还有几个仓库的库存没卖脱。电台同事刘平说：下了班你陪我去转一哈伊藤洋华堂，我想买盏灯。我一听，买啥子买！我朋友有的是，直接带你去拿就是了！我兴冲冲地把刘平领到地下仓库，在一片豪华的奥地利水晶灯宫殿中，她显得有点迷茫：我只是想要盏小台灯，可以调节亮度的那种。

1314.　我不想浪费资源，就整了挂很巴适的奥地利水晶吊灯吊在我们家饭厅头。我妈觉得不安逸：嘿，死娃娃，你不看一哈，吊顶都要遭扯脱了啊，看哪天砸下来把你妈埋到吼头（里面）！我说：没得事，找两个人来钉一哈嘛！我妈还是不安逸：再说了，丁点儿大的房子挂个又长又大的灯，走路都要让起走，吃饭，灯珠珠在碗头扫来扫去！在我妈的一再坚持下，我只有喊人又把那挂吊灯取下来了。

1315.　我一直认为，不是我的灯不行，只是我妈小家把式地害怕给电费。

1316.　自从和黑社会耍了朋友，我就迅速膨胀了。走在路上，看到讨口子造孽，想都不想，就刷给人家十元钱。生活也开始奢华，买了箱小金苹果磕在阳台上，抽根小板凳坐到旁边，拿一个咬一口，不甜，“嗖——”就甩了，再拿一个咬一口，还是不甜，“嗖——”又甩了。

1317.　去高级馆子吃饭，人家都是有热帕子供应的。我十分喜爱这项服务，每次上来我抓起来就擦，擦啊擦，使劲擦，连手指拇儿尖尖、手指甲壳壳都一根一根地仔细擦。擦完之后，还要和黑社会比一哈，看哪个帕子上头黑指拇印多、污染区大——每次都是我赢！ 19-20

1318.　黑社会带我去西安出差，参观兵马俑，我发出质疑：为什么这些泥人都是单眼皮？难道秦始皇时期的人类还没进化到双眼皮时代？黑社会睿智地口若悬河：从古希腊到文艺复兴时期的雕塑理论可以得出结论，始皇时期的技师雕塑技巧和理念还很有限，所以作品的立体造型还有所欠缺。我指向一匹马，接着问：那为什么这匹马是双眼皮？他正在喝矿泉水，“噗”的一口就吐出来了。

1319.　黑社会带我玩格（享受），去了趟资本主义香港。晚上，导游领到太平山上看夜景，灯火辉煌得来有点吓人。黑社会平时在成都神气活现的，现在在香港的夜色映衬下，脸色有点黯然。我过去把他肩膀吊到说：龟儿子有啥子了不起嘛，密密麻麻地住到里头气都出不赢！还是我们泸州安逸，山清水秀人风流！他脸色一哈就舒展了，呵呵一笑，两排白牙：就是，我也是这样想的。

1320.　在香港买东西，想到我妈这一辈子多不容易的，就一咬牙，买了个巨大的名牌LV的包包给她。我回来送给她，她拿到手上雀（看）了半天：硬戳硬戳，不安逸！后来，我发现这个巨大的名牌LV包包遭我妈甩到墙角角头装牙膏皮皮，她自己每天还是提起布包包出门，说是又耙和又装得。

1321. 晚上吃冷淡杯，有歌手过来请我们点唱。我看这个歌手挎个吉他，样子还多诚恳的，就问了价格：请问好多钱一首？他说：十元。我说：好嘛，你就来一首。他立刻抄起吉他很投入地唱了一首《一无所有》，很认真，结尾的时候每一个噢都噢了的。我友好地递上十元钱，他一边擦汗一边说：不得行，这个要收二十元，摇滚！又费马达又费电！

1322. 黑社会的侄女玲玲坐在我的对面，惊恐地叫了两声：喔！喔！我正要问她怎么了，她又惊恐地叫了两声：吔！吔！接下来，她就发出了这样的声音：爱你在心口难开……

1323. 我坐在椅子上缝我破掉的包包，发出这样的声音：咦——咦咦！黑社会没有反映，我继续：咦——咦咦——咦咦咦！！还是没有反应！我一脚踹在他椅子上，然后愤怒地把一个戳出了血的指头摆在他面前。他连忙来吹，一边吹一边说：我还以为你在唱歌呢。

1324. 现在补个鞋子太贵了！以前掌个鞋底，一只最多只要一块钱，那天那个补鞋子的死老头儿居然敢要我三元！不是看旁边黑社会和他朋友的三辆车子在巷巷头等了半个小时了，我肯定能把价格杀下来。

1325. 黑社会说：我还是一个多温柔浪漫的人！秋天来了，我都不敢到外头去走，害怕树叶子飘下来落到脑壳上引起多愁善感！你不信去问出纳刘孃。我问刘出纳有没有这回事，她说：有！李总闻不得桂花香，闻了喉咙管要过敏！

1326. 黑社会还是个好人。和我一起看张艺谋的《一个都不能少》，他哭得眼睛肿起几大，出来去停车场开车，远远看到他的加长林肯发神，我摇了摇他：你做啥子？脑壳短路了嗦！他说：你说把这台车扯起来卖了，够好多个娃娃上学喃？

1327. 汤娃儿他爸汤司令找到我妈说：嘿！喊你们格格帮个忙！把他们那

个加长林肯拿出来用一哈，我们汤娃儿要结婚了！

1328. 我冲起冲起地要自己给他们两个开车。结婚那天，我坐在前面驾驶位上继续表演“无人驾驶”，他们在一阵“噼里啪啦”的踩气球声音中上了我的车，校花梳了个凤头鸡脑壳，上头撒了点儿金纸烟儿，一身白婚纱像蚊帐一样蓬起几大，脸上笑得稀烂！我曾经暗恋过的汤娃儿喔，穿了身金盾西服——还是那么帅！他一上来就递给我一个红包：桑妹儿，谢了哈！

1329. 我在前头默默地开车，听着后面一对新人的欢声笑语，心头那个滋味喔！匪头子娃娃桑格格第一次觉得人这一生简直太无法想象了。

1330. 我这一辈子最尴尬的事情就是，有一次，我从厨房偷了点牛肉，拿草纸包起躲到楼门头吃。吃得正香，突然发现一楼阳台上汤娃儿正看到我，笑扯扯的，我脑壳“嗡”一哈就爆炸了：天哪，我心目中的白马王子，居然看到我怂眉怂眼吃草纸包起的牛肉！多少年来，每当想起这件事，就要不可遏制地大叫或者叹气。如果不是那一次我在汤娃儿面前失去了纯洁高尚的形象，哼，那个校花可能没得机会喔！唉，我的生活轨迹又不晓得是咋个的 19-20
喃？

1331. 还记得暗恋汤娃儿那会儿，有一次，他说，过几天他们几个朋友要约到青城后山去耍。我听在耳头，记在心头，我十分想跟到他去，想在一个山清水秀的地方与我梦中情人相会。到了那一天，我分别敲诈了我爸二十元、我妈二十元，自己跑到新南门汽车站赶车，也去了青城后山。一路的青山绿水，风景十分好看，但是我没有心情观赏，只是在上山的路上搜寻有没有汤娃儿他们的身影。

1332. 我一路找啊找，都没有找到，我心里十分难过，用尖石头一路上在栏杆上、亭子头、台阶上写满了：THF（汤娃儿大名汤红飞的缩写），我来过了！THF，我来过了！THF，我来过了！

1333. 过英语四级，我完全没有准备，结果考了五十四分。然后，第二次，我假巴意思地复习了一哈，考下来一看，四十八分！

1334. 三姐自从开了凉拌菜摊摊之后，和江湖中人来往就少了，再加上那边龙爪联防的人走的走、换的换，基本上没得认得到的人了。连我那个三姐夫都不是很罩得住局面。有一天，她和隔壁的张二娃割孽，人家扇了她一耳巴子她腔都不敢开。我晓得了，热血沸腾：多少年来，都是她罩我，现在我终于可以为她出哈头了！又是黑社会出马，张二娃从此在红牌楼农贸市场消失了。我多得意地等到三姐夸我两句，结果她又触（抢白）我：你个死娃娃咋个总喜欢拿高射炮打蚊子喃？！

1335. 我三姐还是没有过来和我一起住，和我那个三姐夫，现在喊刘哥，一天到晚裹得梆紧，我喊她过来耍一哈，她说：人家现在生意那么忙！空了吹！

1336. 我只有还是养条狗儿。我对杜哥（黑社会的司机）说：劳务你，切给我找条狗儿嘛，最好是狼狗。他说：好嘛！然后我就忙慌慌地把屋头收拾了一哈，把上次买双开门冰箱剩到的纸箱箱抬出来在角角头磕倒，左看右看，生怕给狗儿住还是小了点。

1337. 杜哥在外头按喇叭：快来开门！狼狗儿拿来了！我惊叉叉从二楼飞下来，冲过去：在哪儿？！杜哥慢条斯理地从怀头摸出坨耗儿那么大的狗儿：就是这个。

1338. 我把狗儿抱过来，它那一双大眼睛定定地看着我，哈哈哈地吐着舌头，我突然就想起来小时候养的那只小黄猫。但我并不像第一次养小黄猫那样激动了，只是试探地抚摸着小狗。小狗一点都不岔生，一头拱进我的手里，拼命地舔我，欢天喜地呜呜直叫。我心里毛茸茸地酥软了，马上就去给它张罗好吃的好喝的，还把窝坝得舒舒服服的。我看着它一头扎进食盆的时候，不晓得为啥子，眼泪又啪嗒啪嗒流下来。

1339. 我希望它强强壮壮地长大，不像是眼前这么弱小的样子。突然理解了三姐为什么当初想给苗苗起名“何占彪”了，我现在也有这样的期望，于是给它取名：猛虎。

1340. 我的尽头牙又在生长了，之痛喔！痛得人生好像真的到了尽头。

1341. 黑社会的朋友在美领馆门口开了家茶楼，叫“金领馆”。堂子十分豪华，桌椅板凳全部是巴洛克风格，厅中间有个大理石喷泉转球，一天到晚“嘚儿”啊“嘚儿”地转，说叫个“石来运转”。大门上弄了个古希腊高头大马站起，上头的骑兵很像堂吉诃德·德拉曼恰（请参考动画片发音）。我悄悄对黑社会说：你看那匹马的雀雀儿好鸡巴大喔！他睖我一眼：死女娃子嘴巴越来越叉了，说话怪渣渣的！

1342. 黑社会每天中午起床，去公司打一头，就直接到金领馆报到：他们一伙朋友在里面有个固定包间，天天在里面“抓鸡”“锄大地”“炸金花”“索哈”。每天耍到天亮，包括金领馆老板两口子，其中那个男老板天天抱个巨大的茶缸缸，泡的是最高级的体己茶，缸缸上有只蓝皮鼠，和他本人长得来是耶、木、耶、样！

1343. 黑社会完全沉浸在这种生活方式里面了。我要和他继续把朋友耍下去只有两种选择：一是到金领馆牌桌上给他抱膀子，二是在牌桌上买马。

1344. 我一直都培养不起对这种生活方式的热爱。前两种选择，耍几盘就呵嗨（哈欠）连天，于是我有了第三种选择：在旁边的沙发上睡觉。在二手烟缭绕的斗室中，吵闹嬉笑中，我睡得清口水长流。天要亮了，他摇醒我，走了，然后牵起我走出去，我一边走一边继续睡，继续流清口水。 19-20

1345. 我在他车上放了床空调被，他抱起现金、我抱起铺盖，天天在金领馆过夜。第二天还要去学校打一头，电台的活路也要弄起走，累得很。

1346. 有一天我正在做梦，他把我摇醒，脸铁青，递了串钥匙给我：去，帮我去在保险柜头取二十万现金。我终于受不了了。第二天，我没有睡，一直坐在沙发上发神。他侧过来看哈我：哎，你还是来买匹马嘛！我没有理。过了一会儿，我走到他身边，摇了摇他肩膀：不打了，我想回家。他把手一挥：少来哈，老子现在正在打翻身仗！我毛了：你到底走不走？气氛一下就有点紧张，他看几个兄弟伙在交换眼色，把脖子一梗：要走你个人走！我疯了，“呀——”一声，就把牌桌子掀了。包间头一哈就静下来了，只听得茶杯盖盖儿在地上“嘚儿”啊“嘚儿”地转，我脸涨得通红，胸口一起一伏像在扯风箱。他惊呆了，愣了几秒钟，环视了一哈四周，所有人都在把他盯到，老板蓝皮鼠过来劝：算了，老李，你今天先回去，好生把妹儿豁（哄）一哈！他脸也涨红了，走过来“啪——”一记历史纪念性的耳巴子就扇到我脸上了。

1347. 我一个月都没有理黑社会，他把成都市都翻交了，手下的几十个大汉在街上到处骚扰背影和我相似的良家妇女。此时的我，正在豆豆和她老公共同产业的办公室头优哉游哉地喝刚上市的“青山绿水”。这里在世界都闻名的、号称“天下幽”的、离成都两个半小时车程的青城山……的旁边，不大好找：下了高速路第二个口子拐进去，七拐八拐一百二十个拐，如果运气好的话，可以看见一排烂朽朽的红色七孔砖围墙，顺到围墙找下去，就可以看见一个锈得看不出颜色的铁门，上面有个比较新的招牌：成都豆蔻年华全自动化养猪场。

1348. 这个高级的名字是我取的。他们刚刚兴建这个养猪场的时候，豆豆比较信任我的品位，让我取个名字，说是随便取，最好有点特色。我想了半天，觉得“豆蔻年华”最恰当，又诗意又有个老板名字中的一个字，我还很有建设性地给他们加上了“全自动化”，虽然他们只是几个工人每天提起潲水桶桶在喂猪。

1349. 豆豆虽然不是我见过的美女中最美的一个，但却是最不把自己容貌当回事的一个。在我们几个死党完全不知情的情况下，她早早就委身于这个养猪场的小老板，还爱得不得了。有次，人家又在外头勾兑了个妹妹，她几天几夜不吃不喝溜到闹，我去她家看望她的时候，她正在黑暗的角落中抽烟，眼睛都落抠了。我说：你何必嘛！她狠狠把烟踩在脚下：老子不把那个死婆娘抓出来老子就切死！

1350. 我对生活条件没有什么特别的要求，只要睡觉的时候有个密扎的荞麦枕头。我在成都伊藤洋华堂买了一个质量很好的，但回去一用觉得矮了点儿，就拆开往里面加了点泰国香米，缝好之后睡起之舒服喔！不摆了！但是，成都是个潮湿的城市，没过好久，我就闻到枕头味道不对，才反应过来：人家做枕头的荞麦是晒过的，我加进去的泰国香米是新鲜米，不仅要发霉还要长虫！我又去伊藤洋华堂买了个新枕头，把那个旧的甩进了垃圾桶，耳鬓厮磨那么久，心头还有点舍不得。

1351. 和黑社会吵完架的第二天早上，我蓬头垢面地出现在豆蔻年华全自动化养猪场门口，豆豆惊爪爪地把我迎进去：拉豁（分手）啦？我木然地点点头。她看我斜挎的包包鼓鼓囊囊：不瓜嘛，还晓得卷点儿金银细软！我慢慢从包包头摸出一个荞麦枕头，一脸悲伤地说：害怕你这里没得，没得它我睡不着瞌睡。

1352. 但是接下来咋办喃？黑社会到处找我。豆豆叼着烟坐在我的对面，以她的口头禅“怕个锤子”拉开了谈话内容，直逼王熙凤那句虽没有太多文化色彩、却是最好的开头：一夜北风紧，开门雪尚飘。

1353. 我小心翼翼地问：你说，我是不是该给他写封信或者好生面谈一哈？她眉毛一挑：谈？谈啥子？有啥子好谈的？你直接跑。我啊了一声：那我妈咋办？她说：这是个法制社会，天网恢恢疏而不漏，哪有那么容易杀人放火的？她还说了一句我现在都记得很清楚的话：不要用放大镜看别人，也不要用缩小镜看自己。广阔天地，大有作为！

1354. 豆豆置办了一个录音机，在黑社会打威胁电话的时候全程录音。黑社会在那边拼命咆哮，她在电话这头猛点头：嗯嗯嗯说得好！你现在可以说话也可以保持沉默，但你现在所说的一切都将成为呈堂证供。电话录音搞完，她问我有没有想去的地方，我说北京。她捏着那盘磁带晃了晃：快去。你要是挂了，我拿到这个去喊冤。

1355. 我开始认真策划出逃计划。我之前就给三姐说过：我要是有事情，就在传呼机上给你打一个5，一个5是有点心烦想你出来摆龙门阵；两个5，就是我心情十分爆炸，需要你的及时安慰；三个5，情况更加危急，你要跑快些哈！

1356. 离开成都那天，我打了五个5。三姐出现的速度比110还要快，真不愧曾经是专业安保人员。我当时和黑社会又吵了一架，并英勇地一脚踢碎了落地玻璃，地上流了一摊血。三姐赶来的时候，看见我站在一摊血液中发瓜，果断把我拦腰抱起（还不忘帮我收几件衣裳和拿证件），一趟子冲出小区拦住一辆面包车，把我塞进车里，拍了两百元钱给司机：哥老倌开快点，谢了。回头看，走过来的路上都是弯弯曲曲的血迹，我忍不住唱起一首歌曲：一条小路弯弯曲曲细又长，一直伸向迷茫的远方，我愿随着那条迷茫的小路去，跟着我的爱人上战场。

1357. 据说黑社会带人去“玉林何三姐拌菜”摊子要人，她把菜刀“砰”的一声往菜墩子上一插，围裙解了往地上一丢，双手叉腰：龟儿子的哪个敢上来？唵？！不想活的就往何三奶奶这里来！！根据围观群众反映，说她当时眼睛是血红色的，水桶般的腰杆肉腾腾的，头发都奓开了，活甩甩的一个母夜叉。

1358. 张敏在我情感世界最恼火的时候，也南下深圳去寻找她的爱情去了。这天她正在男友房间哼着歌打扫卫生，从床底下扫出其前任女友的发夹一个，她想也没有想，直接夹在脑壳上，继续哼着歌打扫。听到有人急吼吼敲门，她一打开，是黑社会和两个一米九几的退役篮球队员，他正在对我实施第一套方案——展开全国范围的通缉：人在哪儿？！张敏说：不晓得啊！又问：她打过电话来没有？张敏说：没有啊！黑社会还是不灰心：这样嘛，我在你这儿安个窃听电话！遭到张敏婉言反对。黑社会叹了口气，走了。

1359. 黑社会第二套方案是在全国各大媒体登寻人启事，上面据说写得来声泪俱下、感人至深，结果还有几个女的冒充我去安慰黑社会。

1360. 黑社会的第三套方案是守到我妈痛哭，我妈说：那么歪的人，在我面前哭得哟，像条狗儿样！汪啊汪的！造孽！你还是回来嘛！我说：要去你去，反正你也比他大不了好多！

1361. 我还是给黑社会写了一封信，最后一封信。信中写道：自古穷通皆有定，聚散岂无缘，从今分两地，各自保平安！奴去也，莫牵连！

1362. 因为逃跑，还没有毕业的大学只有“哦喝”了，反正人家早就想开除我。好在学生证没有上交，每次去买个啥子票都可以学生价，省了不少钱。后来上头的日期过期了，我找了点退字灵，改了，继续享受学生价。

1363. 我一把屎一把尿养大的猛虎，就是那条耗儿样大的狼狗，已经长得来高大威猛，跟到我后头上街方圆几十米都没得人敢靠拢，那些人远远地在猜测：狗日的是条狗嘛还是匹马喔？我离开成都前，就送给了在乡下养鸽子的爸爸，他说可以给他看棚棚儿。我有点儿舍不得：你对它好点儿哈，隔一天就去提副猪心肺给它吃！

279. 魏丽向我哭诉，说外面有个男娃娃打她，我义愤填膺：好，我这就去理麻他！走之前觉得自己形象不够威武，又把婴儿时代的红斗篷翻出来穿上，然后口里喊着：冲啊！杀啊！结果又被一群人耻笑。

300. 拉窗帘不小心碰着了一只壁虎，它的尾巴马上就脱落了，我拿起它的尾巴跟着追：你的尾巴不要啦？！你的尾巴不要啦？！看见它害怕地逃跑，就把尾巴放在地上：我不追你了！放在这里，等会儿你自己来拿哈！

302. 整个暑假都被关在家中，我只有一天到晚从我们家阳台上爬出去，抱到下水管往下梭，去二楼找刘东，再爬回五楼找邓佳。整个夏天，你都可以看见一个娃娃，像一个壁虎儿一样，在一栋五层的红砖宿舍楼的立面上，爬上爬下。

394. 父母终于离婚了，爸爸要领走一半家产，他开了辆东风货车来，院子里好多人围着看，我也围着看，还很高兴，嘻嘻地笑。看着那辆东风车越装越满，我开始着急了，那是我的家啊！我爬上东风车，把拿得动的小东西一件一件丢下来，一边丢一边仰头往楼上喊：妈——快下来啊！我帮你又抢回一些东西……

428. 我爸是个司机，经常要睡到货车底下搞修理，我就站在边边上帮他把衣服抱到，他修完了，梭出来，看见我站在原地悄悄眯眯地，抱衣服的姿势都没有改变。他的手糊满黑机油，就用手背抚摸了一哈我的脸，强烈的机油味和汗臭窜进了我的鼻子，这个味道，以后不管在哪闻到，都会想起我爸。

464. 在家里拍照时，不是随便拍的，我妈会把屋头所有值钱的东西都堆在一起：威力牌洗衣机在左面，上面放条拉舍尔毛毯；双燕牌单门冰箱在右面，上面搁着红梅牌十四寸黑白电视机，电视机上面还要叠一样东西——一个崭新的闹钟。然后，我们分别站到中间，笑得十分幸福和满足。

533. 又有一天，我妈跳完舞回来，激动得满脸通红：嘿！我今天把台上唱歌的小伙子都逗下来了！啥子喃？我眼睛都鼓出来了！接着她有点害羞地说：是真的！你不要不信嘛！他唱歌的时候就盯到我，唱完了还下来专门请我跳了曲舞！他还问我：姐姐，你说我唱得好不好听？我说：好听，最喜欢听你唱《你知道我在等你吗？》……

604. 睡完午觉，我从房间出来看金鱼，啥子方向都看了还是只有两只。于是满屋子地找，总不可能平白无故地消失嘛！我望了副司令一眼，它也望了我一眼，然后迅速地从我眼皮底下溜走了。我一下就觉得问题不对了，爬到沙发底下一看，才发现四条鱼的尸体整整齐齐、完完整整地排到那儿。

1364.　后来，我回去看我爸，远远看见一条流线型的狗儿向我跑过来，跑到当门一看，是猛虎！瘦得来跟皮影戏一样！我用手摸它，摸起来骨头都摁手。那么大条狗儿呜呜呜地在我脚边挨挨擦擦，咚大的眼睛珠珠盯鼓眼儿地把我望到，神情就像第一次杜哥把它从怀怀头摸出来一样。

19-20

21 - 22岁 北京

1365. 在飞机上，看见一只苍蝇儿，觉得它真可怜，它可能永远回不了故乡了。

1366. 临走前一天，豆豆鼓捣都要过来陪我睡一夜。盖一床铺盖，说一夜话。我说你忙你就不过来了嘛，她说不得行，都没睡上你就走了咋个得行嘛……龟儿还是火体子，盖一床被子都出汗，我盖两床都还要挨她梆紧，一身冰沁。

1367. 夜里做了一个梦，说是我没有见过世面，大家说这样可不行。我就说那我就去见见世面吧。我出发去森林里，遇见了梅花鹿，问它：你好，请问你是世面吗？梅花鹿说：我不是啊。我点点头：那好的，再见。走啊走啊，走到田野上，遇到一只旱獭，我问它：请问你是世面吗？旱獭直起身体，嘻嘻嘻笑起来：我不是啊。我又点点头：那好吧，再见了。

1368. 走啊走啊，我看见一座城市，走过去，碰见一个骗子。我问他：你好，请问你是世面吗？骗子看看我，滴溜溜地转了转眼睛，点头：你找对了，我就是世面！你跟我走吧！我很开心上去拥抱了他，太好了，我终于找到你了，世面！我终于见到世面了！

1369. 三文鱼，是由三种文化构成的鱼。

1370. 在北京深秋的夜里，桑格格十分拉风地穿着唐朝古装丫鬟纱衣，站在风中，嘴皮涂得像虎皮鹦鹉，鸡皮疙瘩顺着广袖稀里哗啦往下掉。我端着个绿色塑料果盘，上面放了几个塑料水果，拼命收腹挺胸地跟在一行同样装束的人后面，迈着宫廷小步，滴滴答答地走。我拼命告诉自己，不要撞了前面的人，水果不要滚出来，等等。但是不管用，该发生的还是要发生。

1371. 导演是个好人，态度和蔼地对副导演说：你丫个傻比，找的什嘛龙套！副导演也是个好人，走过来态度和蔼地对我说：傻比你没毛病吧？！不想演拉倒！我更是个好人了，而且是著名的好人品牌——四川好人，我态度不仅和蔼而且坚定：你丫才有毛病……我觉得关键时候说普通话太可惜了，马上自如地换了四川话：格龟儿子的老不胎害嘴巴里有屎脑壳上有包脚底下流脓周身发臭的虾子！滚岩的老子就不演了……

1372. 四川有句骂人的话叫作“滚岩的”。比如有车擦着你飞驰而过，你可以大声喊：你这个滚岩的，跑那么快做啥子！滚岩，翻译过来就是：Rock & Roll。

1373. 我仙衣袂袂、霓裳飘飘地高抬着脑壳，走了。路过导演的时候，顺便操了小平腔问候了句：好好干，小同志——突然看见他身后有个熟悉的身影，定睛一看，咳呀！刘晓庆儿得嘛！她也在看我，似笑非笑，同是四川好人，显然听懂了我的好人发言。我居然对她点点头，说了句：刘姐好。她含笑点点头：好。好就好啊，宝一对啊，这是我们四川好人划拳的开场白。

1374. 换了日常衣服，我走出摄影棚的时候，一个我现在都想不起长相的男人过来递了张名片，瓮声瓮气地说：晓庆让你去考她们的影视学校，这是名片。我接过来看了看，递还给他：谢谢她，不用了。我缩了缩脖子走出北影厂：格老子的！把老子冷安逸了！

1375. 我走在国贸那高档的琼楼玉宇之间，看见一个民工一脸凄惶地问一个制服笔挺的保安：这里有没有厕所？我迅速在脑海中帮他搜索了一下方圆五十米的厕所，但是，那些都是高档的马桶啊，这个民工是不能把他卑贱的便便拉进去的！果然，制服笔挺的保安面无表情地向民工摇摇头。我停下来，用无限同情的眼光看着那个民工，叹了一口气，还是走了。

1376. 一个送货的小贩，把一筐鸡蛋打翻在地上了。一地的黄色液体，他看着这些碎掉的鸡蛋，惊诧、悲伤、无助。他扎手扎脚，围着慢慢四溢的流质转了一圈，无法下手。我站在原地，看着这一切，眼睛就红了。我包包里有好几百元，能不能给他呢？最后我跑到一个僻静的地方哭了一会儿，没有给钱。

1377. 重读萧红的《呼兰河传》，看着看着眼睛就红了：多好的姑娘啊，咋就受了那么多罪！写得这样好，看世界看得这样澄明，咋就偏偏那样苦！她写和爷爷在花园里摘玫瑰花，我小时候在院子里也和夏癫子摘月季花，耍法都一样的：把花插在爷爷和夏癫子的破草帽上。我们都笑得咯啊咯的。

1378. 虽然我从成都是带了一点点存粮，但是差不多要吃完了。躺在租来的小屋里，我琢磨着怎么样才能征服这个世界。嗯，影坛算了，文坛也先不进了，必须先找一份工作。但是，老子没有毕业的嘛，没有毕业证怎么好呢？我手中玩弄着一张“大东亚国际办证集团”的名片，试试。

1379.　我和“大东亚国际办证集团”的董事长贾政先生取得了联系，人家很热情，很快就同意颁发一张“四川大学新闻与文学学院”的毕业证给我，多好的人啊！第二天早上，我穿上了唯一的白衬衣准备去某杂志应聘记者一职了，并且和贾政先生约好了在路口转角摊鸡蛋煎饼的地方举行隆重的证书颁发仪式。我喜滋滋地去了，小头梳得那叫一个光。不过，当贾政先生取出大红本本的时候，我发现那上面赫然印着：四川师范大学新闻与文学学院，怎么能不打招呼就给我转了学呢？！贾政先生一手红色的油墨挠着脑袋：算你便宜点，八十，怎么样？

1380.　我只有硬着头皮直接寄自己写的文章去杂志社，居然有一家杂志社 21-22
要我去实习。上帝保佑，我就知道有这一天。

1381.　我已经是一名记者了，如果实习之后人家还要我的话。刚刚采访完，从人家著名人物家头出来，已经是晚上十一点了，天还在没完没了地下雪。现在下雪已经没有刚来那会儿那样让我激动了，尤其是站在深夜，脚拇指的冻包冻得发痒的时候。我耐心地站在公共汽车站等车，心里在默背：天将降大任，啥子啥子的。四十分钟过去了，我猛一抬头，才发现末班车早就结束了。

1382.　Don't break my heart，中文翻译是：冻包没好。唉，心碎和冰冻总是同行。

1383.　一个人住总是容易做噩梦，梦到鬼来抓我。张敏信佛，说遇到这种情况就念金刚经，记不住，阿弥陀佛念几遍也可以。我试着念了一遍阿弥陀佛，咦，不管用喃。我又不会《金刚经》，怎么办！那个鬼把我越抓越紧，我越来越难受，挣扎半天我觉得我快死了……绝望之中，我喊出了十分关键的那句：我日你妈个逼呦！没想到，鬼愣了一下，突然霞光万丈，鬼变成一阵烟消失了。

1384.　这也算我独创的七字箴言了吧。

1385. 刚当记者的时候我打不来字，啥子都搞不来。我在稿纸上写，写错了就把错的那几行剪下来，要不然把对的剪下来再贴在另一张纸上。同事小曼教我：你不要剪嘛！不要的部分画个框框起来再打个删去符号，就这样，看到没有，啾啾啾！如果又想恢复，在下面打一串三角形，就这样，看到没有，揉揉揉！

1386. 一个字想不起了，我抓起电话就打给朋友：哎！那个什么什么字怎么写？……哎呀，想起来了，你不用说了……先这样哈，拜拜！整个通话过程他就发出了几个“咦”“唔”“哦”的象声词。这个朋友叫作王小峰，后来就是他鼓励我写的这本《小时候》。

1387. 最开始我对写字楼的理解，就是里面的每个人都拿着一支中华铅笔，齐刷刷地在写字。

1388. 奇怪，我总是找不到一支好写的笔。无论我找出一支什么样的笔，一定是漏墨的、不出水的、笔画断续的、弹簧松了、笔帽裂了……要不就看上去好好的，但是写起来就是说不出来的别扭，让我难看的字更难看。有时候写着写着我就想和那笔吵一架。

1389. 有一天，我签收快递，我捏着人家的笔写下了自己的名字，写完了我还捏着那笔。年轻的快递员用快活的眼睛看着我：小姐，我的笔！我不得不还给他，心欠欠地补充一句：你的笔真好用。

1390. 小曼送过一支笔给我。我惊喜万分地收下，收下的时候还好好的，等再一次拿出来写的时候，居然又漏墨……可能，我生来克笔，或者五行缺笔。我不得不就这样，艰难地走上了采访写作的道路。

1391. 我还是采访过一些明星的，比如黎明，他还给我吃他的芒果干。于是我们的访问就这样拉开了——我：你的芒果干超级好吃！黎明：谢谢……那就一边吃一边聊。我说：你在哪儿买的？黎明：不知道，我的助理帮我买的。我：啊！他真是个有品位的人！是在香港买的？黎明：应该是吧……我：我觉得香港的芒果真好吃！黎明：……

1392. 此时，我采访的时间还有三分钟。我：那么，你平时最爱吃什么？

黎明：嗯，米饭加肉，不过很容易肥。我：就是！我也是！哈哈，油油的肉拌饭最香了！尤其是那种汁水……黎明：嗯。

1393. 此时，我的采访时间还有三十秒。我：我、我、我，嗯，必须问最后一个问题！黎明：请问？我：请说说绯闻吧……然后，他的助手过来说：时间到。最后，他把芒果干送给我了，对我挥挥手，笑得很甜蜜。我也是。

1394. 刚出去的时候，没有辣椒的餐桌，对我来说，就是背井离乡。

1395. 据说麻辣炒龙虾已经流行到外国去了，我心中充满了自豪感，你晓不晓得它从哪儿开始发家的？从我们成都！从我们成都的成华区！从我们成华区双桥路！从我们成华区双桥路的海峡火锅店！一句话：从我家门口，星星之火开始燎原。

1396. 只有一点，北京人人都像播音员，个个发音都比我纯正，搞得我有点失落。

1397. 据说我们四川人说话乡音很重，其实我们自己不觉得，乐山的同胞更乐观：四川七十二县，县县有土音，唯独我们乐山莫嗒，有，都是滴把滴！我们中学的年级主任是自贡人，更是信心爆棚，自贡话有个特点，除了声调不同之外其卷舌音比北京话还要厉害，我们年级主任说：当初其实是要选我们自贡话当普通话的，不晓得咋个没搞成！

1398. 有一个从四川安岳考进中央音乐学院的同学，他询问我听不听得出他的四川口音。我摇摇头：现在你说话没有问题了，但是一拉琴，无论是莫扎特还是巴赫，都是四川味，十分浓郁。

1399. 还有鸡叫的声音，和小时候在老家听的几乎一模一样呢！好在人不太听得出来鸡的口音问题。

1400. 看见天安门广场有解放军排队走过，我会遏制不住地大喊：一、一、一二一！立——正！

1401. 我以记者的身份参加了三大男高音的演唱会。我一进会场，坐在椅子上跷起二郎腿就开始给张敏打电话：喂，你晓不晓得现在哪个坐在我前头？杨紫琼！你晓不晓得现在哪个坐在我后头？张曼玉！你晓不晓得现在哪个坐在我左面？刘德华！你晓不晓得现在哪个坐在我右边？周润发！……除了第一个是真的，其他的都是在冒皮皮、扯白撩谎的哈，但是效果是有的：成都娃娃们的眼睛集体“唰”的一下变紫了。

1402. 但是我一直没有在北京碰见过我的前偶像：蔡国庆。

1403. 一个关系不错的记者老师要到台湾去出差，问我要不要带什么东西，我说：你如果有空帮我去邓丽君的坟上看看，献把花！他对我顿时肃然起敬。他到了台湾，完成了工作，人家接待方说：您要不要去台湾哪个名胜点看看呀？他说：如果有可能我想去邓丽君的坟上看看！结果，人家一屋子的台湾人都肃然起敬。

1404. 秋天了，楼下的菊花开了。仔细看是我从来没有见过的品种，每一片花瓣的顶端都像是一把小勺子，好奇怪呀。我给自己也买了盆菊花，嗯，这就是和大自然平分秋色。

1405. 在家采访某著名媒体主编，谈到一半，我突然口气急促地说：不好意思，有点紧急事情，十分钟之后我再打给你好吗？他说：好吧。我飞快跑出家门口，去追一只猫，这只猫和我有仇，它抓过我晾在后院的胸罩！我眼看追不上了，脱了一只拖鞋打过去，“嗖——啪！”猫儿“嗷”了一声不见了踪影。我捡回鞋，气喘吁吁、心满意足地回家转。喝口茶，继续拨打采访电话，礼貌地问候等待的主编：刚才我们谈到哪里了？喔，对对对，城市规划与现实之间的差异源自何处……

1406. 有一次，喝醉了，晚上回家取隐形眼镜，几乎把眼球抠下来了都没有取出来，才想起那天根本就没有戴隐形眼镜。

1407. 喝醉那次是因为采访蒙古族歌唱家腾格尔，为了让他谈得高兴，我也豁出去了，他喝多少我也不含糊。其实也不完全是为了采访，我发现这个酒一喝啊，人就开始高兴得不得了。人家腾格尔老师都说，慢点喝慢点喝小朋友。当我手舞足蹈走出酒楼的时候，外面下了一场大雪，我豪情万丈踩着雪走着唱着：我爱你——我滴家——我滴家——我滴天堂！回到家才发现，要问的问题一半都没有问。

1408. 腾格尔老师第二次见到我，对我竖起了大拇指：酒量不错啊小姑娘。我惭愧地低下了头。他给我讲了好多草原上的故事，说高兴了还给我唱歌，那种轻重转换急速的风格，近身听来感染力格外强烈。这篇采访文章还被一家国家级别的文摘报纸转载了，杂志社也觉得我可以继续当记者，就正式录用我了。

1409. 成为了正式记者，我打算好好收拾一下自己的形象，先去楼下理个发。走进美发店，坐下来剪头，剪到一半，边上另一位美发师端详了一下我，问：姑娘你做什么的？我答：记者。他围着我转了一圈，“咦”了一声：矮马你长得挺漂亮的愿意当演员不！比记者风光！我也跑剧组给人弄头发，矮马你这样的，一定有台词，一天二百呢！行不？！他电话响了，出去接电话。给我剪头发的那个沉默的小弟终于说话了：这我们老板，人有点那啥，你别在意啊。

1410. 这位小弟给我剪过两次头发了，手艺不错，也会悄悄观察人，他一边剪一边说：你第一回来的时候，我还以为你是袁立呢，手发抖，没剪好。今天我确定你不是，是不是比上次剪得好多了……哎，你真不是袁立吧？

1411. 一个妖娆女子坐在旁边，一边烫头一边大声打电话：你他妈的给我介绍的啥逼客人啊！我他妈的等到半夜都没来！电话那边好像是说堵车，她又嚷道：啥堵车啊，对姐们不满意早说啊！店里的人都默默地看着她，这时，终于有个洗头小弟说：姐，昨天真堵车！今天也堵！

1412. 这次发型剪得相当成功，我十分满意！第二天我去采访一位仁波切，他一上来就要给我摸顶。我伸出手来说：且慢！还是握手吧，摸顶容易搞乱发型！

1413. 一个人在房间吃杏，一口下去，甜得我自己开口说了话：真甜。

……

1414. 一棵非常小的桂花树挂满了花，闻闻还挺香，你说它妈又不在身边这谁教的呀？这孩子真能干。

1415. 傍晚看夕阳挂在对面楼房上，那光不愿意走，但是又被宇宙之神硬拉着，一点点划过去，留下一排倒勾着的指甲印子，还是横着的。

1416. 慢慢地，我喜欢上了北方的生活，一个人的生活也不含糊，买菜做饭、养花养草。我说话也故意带点北京腔了。早起去买菜，卖蛋的老头没来，老太太来的，她家蛋分别都是她家的鸡、鸭、鹅下的。她家的鸡尤其能下蛋。又起风了，菜市场的人不多，老太太裹着花毯子举着个录音机听戏，美不滋滋的，我用自己想象中的北京话说：劳驾您嘞，买点蛋！她一边哼戏一边说：我家鸡越冷越下蛋，下一匣子我都不知道哇，都臭了！鸡也死一个。我说：下蛋下忒狠下死了吧。她喜滋滋地：谁知道啊！我：来，约（yāo）两斤。她手快又轻，约了二十个，看了看，又拿一个加进去：饶你一个吧姑娘。我高兴了：您家蛋就比别家好吃！老太太更高兴了：吃去吧！好吃着呢。我乐呵呵抱着蛋：您听什么戏呢？她又钻回花毯子：秦香莲啊，秦香莲进宫那段！

1417. 菜市场口上有卖煮花生的，我看了看，颗粒又大又饱满，对大爷说：来两斤。大爷乐呵呵给我称：这大冷天的小姑娘你也不戴双手套，瞧给冻得小萝卜似的！我觉得练习北京话的机会又来了，“嗐”了一声：还不是为了赶来买您的花生嘛，走得急，忘了，您这花生整个片区都有名的！来晚了我怕买不着啊！然后，我们两人都乐得合不上嘴，称好花生，又频频点头，依依不舍地告别了。

1418. 去买火烧，小声对老板娘说：那个，你们火烧不如以前好吃了呢……她“嗯”了一声，威武无比地回答：是你吃得太多了！歇两天再来！

1419. 火烧店门口，我后面排着一对小夫妻。男的说：你看你的头发，晚上该洗洗了。女的答：嗯，不洗。我下意识回头看了一眼，和女孩对了个眼，我们都红了脸。然后听那女孩在暗暗揪那男的：不准说我不准说我，你脚臭我还没说呢……

1420. 去市场买菜，顺便把带子快要断掉的包包拿去鞋摊上补。我把包递给师傅，师傅看了一眼点头，举起两个手指，我立刻急了：二十？！师傅我这包才五十呢，就补一个带子，能不能便宜点啊？！他慢悠悠抬起头：两块！而且你这个包四个带子都得补，要不你得来找我四回。

1421. 花摊看见红豆杉，一直想买，一问价：三十。我说：能便宜点么？那老板不说话，就盯着我看，半晌说：你长得可真漂亮！我点点头：你红豆杉能便宜点么？他继续盯着我看：不能。我很生气：你说你这个老板，夸人漂亮还看了半天，就不能便宜点么？！老板终于乐了：二十五，拿走！

1422. 水果摊上有葡萄，突然想起听小曼说过有一个啥品种的好吃，就停下来问：老板，有个啥啥美人，不不不、啥啥宝石的葡萄来着？女老板爽利地一笑：是玫瑰香吧？我点头：对对对，来点！然后一偏头，哇塞，一堆颗粒硕大的葡萄，我自己要吃绝对是这种！问老板：这叫啥？老板：乒乓球！我大点头：嗯嗯好，也来点！

1423. 听见水果贩子们聊天：这他妈才几点就收摊了啊你？另一位说：你他妈不看看这他妈的天才几点钟就黑成这样了！我点点头，内心应和：这他妈的可不是么。

1424. 买花，我指着其中一盆问老板：你这盆米兰多少钱？老板答道：这是桂花，大的八十，小的四十。我继续问：米兰喜阴还是喜阳？老板：这是桂花……喜阳。我：喔……那浇水喃？老板：不干不浇，一浇浇透。我：嗯，米兰还挺好养……米兰香么？老板不屈不挠：米兰香，桂花也香。我：好我要一盆大的，能送到家么？老板：送，但是您能叫它桂花么？

1425. 买“米兰”的同时，我还看中了一棵红梅。一并送来之后，看了看挂在枝条上的标牌，上面写着：海棠。

1426. 小区居然有磨刀的，我听见一长串垮垮垮的响板声音，在楼下走，还有喊声：磨剪子——磨刀！磨剪子——磨刀！垮垮垮、垮垮垮……我想了半天，家里真没什么可磨的，遗憾地趴在窗口目送那磨刀师傅远去：他扛着一条长板凳，衬着冬日的蓝天，好像《呼兰河传》里的事情喔。

1427.　冬日傍晚的天，特别像深蓝玻璃融化后，把溶液缓缓吹成球形，表面是蓝色的，里面包着空气和夕阳，还在一闪一闪地发光。慢慢地，吹玻璃球的神仙没有力气了，蓝色就慢慢偏暗，最后变成蓝黑，天就真正黑了。

1428.　我在北京啊，想起来就高兴。

1429.　北方的山和四川的山好不一样喔。四川的山总是绿油油的，全部是树，密密麻麻的。而北方的山，都是石头，不，也有树，因为石头多树少，树就显得很突出。尤其冬天，没有树叶子，光是树杈杈，跟龙爪子一样。

1430.　那些龙爪子一样的树，太奇特了，有的奇特到我多年后都会记得。那些树也许都不信我这样说，它们不觉得自己有什么奇特。我就想起小学，我们班主任在讲台上把书一摔：你们是不是觉得自己在下面搞小动作老师看不见？！你们自己上来看，看下面一清二楚！我就想对树们说，你们自己来看。

1431.　而想起中学的数学老师，则是爬山爬到山顶的时候。因为她对我最爱说的一句话就是：桑格格，你为啥一上数学课就是一脸的云里雾里！

1432.　这天晚上，梦见我失魂落魄地找一间数学教室，说是高考前老师把好学生都偷偷集中起来教他们数学。我这种成绩不好的，就被放弃了。我到处找他们，最后找到了，居然在一排平房里，隔着窗户，我看到高才生们戴着厚厚的瓶子底眼镜认真听讲，老师倾囊相授。我哭泣着拍着窗户：不要放弃我呀！我能学好数学！

……

1433.　接到张敏电话说是明天要来北京，我兴奋得呀是一晚上都没睡瞌睡，连夜把一个星期的稿子都写了，好陪她耍。第二天她到了，发来短信：下飞机了，不过我先有点事，过两天再来找你。

1434. 她带了顶浅绿色毛线帽儿来，我觉得好好看哦，喊她借给我戴。然后戴起到处问人好不好看，好不好看。得到的答案只有一个：像癌症晚期的病人。我马上就把帽子还了。

1435. 张敏想把头剃了去当尼姑。不是因为看透红尘，而是发现尼姑和尚在春节期间逛庙会居然不要票。

1436. 打车带张敏出去耍。小区门口站了一坨打扮周全的大妞，着急跳脚地在那等车，看见来了两个和她抢车的，白了我们一眼，转身往前走了几步。没想到车从我们这边来了，看她眼神中流露出了绝望，我做了一个请的姿势：您先来的。她立即转忧为喜，脸上乐成了一朵花：哎呀不好意思，我约会要迟到了！我点点头：约会愉快。

1437. 带张敏去中国革命历史博物馆，走到门口，警卫说今天是维修闭馆的第一天。我们问那什么时候再开门呢？警卫看了我们一眼，说：十年后吧。

1438. 我们去景山后街，看见一队当兵的走过来，每个人手里都拎着一个绿色的类似于公文包的东西。我很神秘地对张敏说：那些兵一定是运送机密文件，这些文件中只有一个是真的，其他都是掩护，预防被劫。张敏崇拜地望着我：你懂好多啊！

1439. 走近了才发现，每个人手里都拎着一只绿色折叠小板凳……

1440. 张敏没坐过地铁，我专门带她去坐。出来后，我问她感觉如何。她不屑一顾：还不就是个长唆长唆的车车儿，左开右开，右开左开，脑壳都不掉一哈，啥了不起嘛。

1441. 我们在圆明园欣赏北方的冬天，看那些光溜溜的树杈上的鸟窝。张敏说，小时候没柴烧时，男娃娃会上树去把鸟窝取下来，都是些干干的好柴火够烧一顿饭。鸟回来发现窝没有了，会绕着树叫好几天。

1442. 张敏指着路边的一棵树说：这个树是不是开花跟白色纸巾的那种？说：白色纸巾？她嗯一声：开过了，就跟用过的纸巾一样。我定睛一看，是一棵广玉兰。

1443. 一只松鼠在树上抱着一个大核桃，行动十分不便，样子有点滑稽。我和张敏在树下对着人家指指点点，笑得直不起腰来。松鼠一紧张，那个核桃“啪”一声掉下来，它气得往树最高处猛窜。我们把核桃捡起来，摆在它能捡到的地方，念念有词：放心，不得要你的，我们一会儿出门自己买。

1444. 夕阳西下的时候，看见一对大乌鸦在树林间飞翔，在这个枝丫停一会儿在那个树杈停一会儿，我对张敏说：看，小夫妻在看房呢。喏，看见没有挑中这个小区，飞走了。

1445. 不要看张敏哇，傲球得很！我要是给她块凤肝龙肉，她一定会咬两口就甩在那里：一般哈，不咋个！

1446. 张敏啥都吃不惯，只喜欢我们小区外头门口的烤羊肉串。我们去圆明园耍，出来时饿疼了，但是我们都决定先把口水包到，回去吃羊肉串。一路上都在商量你吃好多串羊肉，我吃好多串板筋，再来些羊大腰子及小腰子，喝瓶燕京……说得我们手都在发抖。但到了门口一看，羊肉串今天没来！一问，原来是城管刚刚扫荡过。我们两个“呸”“呸”，把满嘴的清口水都吐在了地上。

1447. 请张敏去六本木吃寿司，我对这家寿司的米大加赞赏。她一看价钱：还不如回去整两碗干饭。

1448. 在公共汽车上看见个老婆婆，我们马上让座。老太婆激动了，鼓捣要给我们留电话，还悄悄地拉到我们说：我老头儿是中南海的，有事记住打电话给我啊，我是认识你们的。

1449. 长城上的风太大了，外地客张敏没得经验，迎着风吐痰，“啪”的一声又遭吹回来，粘在她嘴巴左上角。

1450. 我和张敏的合影永远曝光不正常，她黢黑，我刷白。

1451. 出门，张敏冻得像耗儿一样缩在我身后，我呢，早就习惯了，凛冽的寒风中，一枝腊梅傲风霜，面带微笑轻松得很，转过来对张敏说：快点儿嘛！张敏一张脸揪得稀烂：你飙那么快做啥子，又没得哪个踩到你尾巴儿！突然，张敏眼睛头放出异样的光芒，三步两步跑到喷水池边边上，趴下来拿手去摸：嘿嘿，这是块冰！

1452. 她天天盼到去滑冰，每天在喷水池上去踩几下看要不要得，有次冰裂了，发出低沉的崩裂声，她吓得惊叫唤，我果断地指挥：趴下，减少压强！四脚朝天！……喊错了，不是四脚朝天，应该是四脚着地。张敏的姿势就有点古怪了哈。

1453. 天巨冷，我握住滚烫的杯子对张敏说：我现在准确地知道食道在哪里了。她问：为啥喃？我说：烫到了。

1454. 连续三天零下二十度，终于在什刹海看见有人租冰鞋了，她跳下去，租了一双，穿起冰鞋猛照了些相，连双飞燕动作都摆了的。她说：耍累了，明天我要回成都。

1455. 耍累了，晚上在家静静休息。前男友躺到床上看电视，张敏坐到他旁边打毛线，我在抓紧时间赶稿子。偷偷看着他们，心里有点感动：从来没有过这样甜蜜的家庭生活啊。

1456. 因为采访的关系，我认识了那个巨大的小提琴家前男友。那个时候脑壳发晕，差点就想要结婚，我妈屁颠屁颠从四川赶来参加喜事，她老人家一贯喜欢玩观念艺术，从包包头拿出鼓鼓囊囊一大袋说：这是白果，四斤四两，四季发财；这是百合，百年好合；这是莲米，心连心；这是……加到一起一共是一十八斤八两，要发发！

1457. 半年后，事情搞砸了，我们两个早就没有联系了，我妈费心巴力地打了个电话给小提琴大师，人家正要上台表演高难度，她在电话里头说：哎呀，厨房冰箱冷冻室第二格还有两斤白果，你要拿出来晒一哈，不然要发霉！

1458. 我妈一直打得粗，但有时候又娇贵得不得了。她到北京来看我，走的时候我买的是打折机票，要清早五点钟就爬起来的那种。她说：哎呀，讨厌，又扰乱人家内分泌！

1459.　我妈最得意的就是她是中等师范学校毕业的，教音乐的，十八般武艺，扬琴、风琴、手风琴都会一点儿。有一次她从二舅舅那里搬了挂二胡回来，天天拉得嘎嘎吱、吱嘎嘎。她陶醉完了，回过头来问：我拉的《梁祝》好不好听？我说：喔，原来你拉的是《梁祝》唆！

1460.　她兴冲冲地对小提琴家前男友说，嘿！人家都喊你音乐大师，教哈我嘛！

1461.　有一天，我出去买东西，回来的时候多远就听见家里是锣鼓喧天彩旗招展一派节日的声音。推开门，小提琴家一脸苦笑地给我妈伴奏，她在引吭高歌《北京的金山上》，还抱怨小提琴家：你起得有点高。

1462.　我妈终于晓得小提琴不合适给女高音伴奏了，虽然她声音真的很高。据说在生我的时候，我妈在420厂医院躺了整整一天一夜，痛得她死去活来，叫的声音比其他产妇都要高、尖。整个妇产科都响彻着我妈那高亢的叫声，医生都要受不了了，去给我爸说：你喊你婆娘控制哈嘛，哪个生娃娃都恼火，哪个都没她叫得那么大声！

1463.　我妈在四川盆地住久了，就得了盆地狂想症。她以为成都啥子都天下第一，不是第一也是世界闻名的，包括她钟爱的白果林茶园婚姻介绍所，我表示不以为然。她神秘兮兮地说：嘿，你不晓得哇，昨天还来了两个外国人……她殷勤地招待小提琴家：来来来，吃成都龙泉山桃子！我给你说——这个桃子，在世界上都是有名的！

1464.　我妈从小就很注重我的素质教育，她要亲自教我英语。她指着桌子说：惹丝衣日得丝刻！我奶声奶气地说：惹丝衣日得丝刻！她指着墙上毛主席的画像说：切儿门茅！我奶声奶气地说：切儿门茅！……可想而知，我现在英文口语是什么水平。

1465.　她还要和人家在英国生活了十五年的小提琴家对话。她说：你在英国待了那么多年，我来考考你的英语水平哈。她指着窗户：这是什么？小提琴家温文尔雅地回答，It's a window。她又指着窗户外面：外面都有些什么啊？小提琴家温文尔雅地回答，There are many trees and a lot of people。我妈终于作罢，点点头：嗯，还可以。我的脸都涨成一块猪肝了。

1466. 后来带我妈坐上飞往太平洋小岛塞班的飞机，人家外国空姐用英语客气地问我喝什么，我说：orange！结果，那么长的国际飞行，我只能喝orange，想喝点儿别的都不行。我只想得起这一个单词。

1467. 那次在外国的航班上，我们正好坐在紧急出口边边上，飞机在关岛降落转机，我妈对空中小姐说，嘿！你来把这个门给我打开一哈，我下切照个相！

1468. 谢娜一直都在当演员，由于她一直有某某某司机那句话作为精神支柱，把演员一直当到了北京。我到北京都一年多了，才给她打了个电话，一听是我的声音，她在电话那边尖叫：鬼啊——

1469. 我们立刻相约三里屯米兰酒吧，然后一起杀向幸福村的水煮鱼，她忙慌慌地说：我受不了哕！每次跟其他人吃，不是这个吃不得辣就是那个受不了麻，我们两个切搞一盆最辣最辣的超级无敌麻辣水煮鱼！！

1470. 那时三里屯的服装市场还没有拆，我发了工资就去找谢娜逛，她杀价比我凶。一次，她居然含羞答答地在买一条男式内裤，还反复问人家老板有没有更大一点儿的。我终于晓得，这个死女娃子耍男朋友了，还是个加加大号。

1471. 又是在幸福村的水煮鱼，我终于看见了她的“加加大”，也是个演员，样样儿嘛……还可以，就是不爱说话，老是把脑壳埋到。在厕所头，我蹲一个坑，谢娜蹲一个坑，隔到板板她问我：咋样？我说：将就。

1472. 由于我在杂志社工作，谢娜说：咳！你给我们小伙子写点嘛，登个照片！我说：好嘛。结果稿子照片交上去，就遭编辑部主任打下来了：你一天在搞些什么名堂？这个刘烨听都没听说过，你写他做啥？！照顾老乡不要不顾稿件质量！

1473. 两个月后，刘烨这娃娃居然得了个奖，金马影帝。这哈，编辑部主任看到我笑嘻了：嘿嘿，桑格格，最近工作很卖力啊，不错啊！不错！……你把上次那篇稿子再拿来给我看看！

1474. 对了，多年前谢娜用来激励我的某某某司机那句，原话其实是：没有小角色，只有小演员。

……

1475. 小提琴家十万火急地给我打了个电话：等会儿有个采访，是南京某某报的，我该怎么应付？我说些什么好呢？！我不慌不忙地安抚他：不要急，和他们谈谈你的爱好、兴趣……他打断：可是我有什么爱好、兴趣呢？！我还是不慌不忙地说：这样，你说，你爱俄罗斯风格的所有东西……他说：可是我爱好俄罗斯风格的什么呢？！我说：你说你喜欢俄罗斯这个民族厚重而充满忧伤的艺术气质……他大叫：等等！我拿支笔！

1476. 第二天，我买到了南京的某某报，翻开文化娱乐版，头条是这样的——小提琴大师某某：我爱俄罗斯风格。

1477. 小提琴家在家里练习，那把据说价值千万人民币的小提琴在房间内震耳欲聋，吱吱嘎嘎嘎嘎吱吱，我在旁边熨衣服，就在耳朵头塞起耳机，听邓丽君。

1478. 听音乐，我觉得有点耳熟：这个碟是不是我们听过？小提琴家说：我们一直在听，刚才只不过按了一下重播键。

1479. 我的脸盲症和路盲症已经严重到不可想象的地步了，现在又延展到了耳盲症，体检又查不出来，唉，焦人得很。

1480. 小提琴家是个河南人，我只好跟他去了郑州。住久了口音都有点儿变了，一天，有个外国的电话打来，他不在，我拿起电话就说：呼啊谁？呼啊谁，就是河南发音的“谁”与“Who are you”的融合。

1481. 郑州街上的广告牌牌，咚大，又丑！有一天，我爬上过街天桥，迎头就是一个巨大的某某某西服的广告，是费翔打的，吓得我心惊肉跳：这相当于黑社会在向我Say Hello。不知道他对我的追杀令撤销没有。

1482. 我把这个前尘往事也给小提琴家老老实实交代过，他沉吟着说：不怕，时间会改变一切。他晚上做了一个梦，醒来告诉我：说是在轮盘赌，一边是我的照片，一边是他的小提琴，最后，他把小提琴推了出去。唉，我觉得他还是有点吓到了，连忙安慰他，下次有这种情况先把我推出去，我小时候吃鸽子肉吃得多，晓得自己飞回来。

1483. 小提琴家要去成都演出，我之得意，要了很多张票，带了刘鹏、刘仁华、张敏、潘蕾等老同学齐去观赏。开演之前，还多得意把大家叫在一起集体训话：这个是高雅音乐哈，你们听不懂不要乱拍巴巴掌哈！要看我的指示！

1484. 台上小提琴家拉出了一个停顿的姿势，我马上就鼓起掌来，但是全场就我一个人鼓掌！大家都转过头来把我看到，我脸红得喔恨不得找个地缝钻下去！而且，台上正在演出的他，居然都拿眼神恨了我一眼。

1485. 我妈也和我们一起听了小提琴家的独奏音乐会。结束后走出来，我问：咋样？还可以嘛？我妈严肃地说：你去提醒一哈他，左手边袖子上的扣儿要落了，一甩一甩的。

1486. 那天，在台下看小提琴家的演出，他穿了件燕尾服，两根尾巴在后面一扫一扫的。恍惚中想起了《拇指姑娘》，一下子明白了这个故事让我心碎的真正原因：其实，拇指姑娘最后不该和小人国的王子结婚，而是应该嫁给救她的燕子啊。燕子为了她，冬天都没有飞回南方，在冰冷的地洞中，冻僵了，拇指抱到他哭，还拿好多棉花围着他。春天到了，燕子终于醒过来了，他做的第一件事，却是把拇指姑娘驮向小人国。

1487. 毛兰英打电话来，一开口就说：豆豆打算离婚了！嗨呀，她那个老公喔……啧啧啧……我咋个说嘛？说又说不到重点，左一个好鸡巴要不得喔右一个简直不像个男的，把我急死了。

1488. 我再次看见豆豆的时候，还是在以前我们经常去的酒吧。她坐在角落里，像是人只来了一半：瘦脱形了，魂不在了。这次换我问情况，她说话结结巴巴的，以前气吞山河的气概一丝都没有了。说完，她问我：还能等等看么。我说：等？等锤子等，有啥子好等的？你直接离。

1489. 豆豆这个老公，我第一眼看见说不出哪里不好，但是就觉得要不得。但是那时候豆豆看着他就眉开眼笑，觉得他简直就是天上地下第一的人物。我摇着脑壳，觉得爱情两个字，好盲目。当时的豆豆听我这么说，双眼一翻白：不盲目，叫啥子爱情。

1490. 我对豆豆说：要不，先出去做事。她点点头：我能做啥子喃？我说：随便你做啥子，我都支持你，有我锅里的就有你碗里的。有想去的地方么？她点点头：深圳。

1491. 每次说起“浪掷青春”这个词，我就想象着自己把青春像扔铁饼那样扔了出去。

1492. 好想看看真正的蜂鸟是什么样子，到底有多小？我现在已经知道不可能在某朵花里找到拇指姑娘，但是蜂鸟是可能的对吧？

1493. 川大门口，问一位过路大爷：请问某某处咋个走喃？大爷指了指公交站：三十五路，三站就拢了。我嗯了一声：打车该咋个说喃？大爷嗨了一声：你是个大学生嘛？！咋个点都不晓得给妈老汉儿节约点喃！打车打车，一天到黑就晓得打车，坐公交，三站，下来就是你要去的地方！我喔了一声：好嘛，谢谢爷爷。

1494. 记得我们小学毕业的时候，全班到望江公园去耍了一次，还在薛涛井照了张全班合影，照完之后班长谭韶华激动地说：我们十年以后还要聚到这儿再照一回！大家纷纷说好。十年过去了，这天我正好在川大办点事情，突然想到旁边就是望江公园，就去了，料想应该是没有一个人记得这十年前的约会，但是在原地坐了四十分钟后，确定了，真是没有人记得。

1495.　阳光里站着，看着自己的影子，不知为什么，突然行了一个少先队队礼。

1496.　我有一件菜青色的太空服，之怪！女性同胞们都说好看，而男性同胞们都非常见不得。最见不得我的太空服的就是小提琴家。有一次，小提琴家要带我出席啥子宴会，鼓捣我把菜青色太空服脱了，还一把塞到垃圾桶头，甩给我一件驼色的羊绒大衣：穿这件！

1497.　我一直在宴会上心神不宁，人家跟我说话我都皮笑肉不笑的。后来宴会一结束，我飞叉叉地跑回去，在垃圾桶头把我的菜青色翻出来，吹了吹了、拍了拍了的：不许我穿嘛也不要拿来甩了嘛，还可以送给张敏！

1498.　后来，衣服我还是没舍得送给张敏，因为我觉得菜青色太空服实在太好看了，就忍痛割爱，把小提琴家甩了。他送我的那件大衣，我不喜欢，后来转送给了亲戚。人家问：这是哪儿产的？我说：不是英国就是美国，反正是高级货。

1499.　后来，人家查了字典告诉我：产自毛里求斯。

1500.　和小提琴家分手一年之后，偶尔也会想到他，就上网看看他最近的消息，看见前几天他在成都演出的一场采访，标题是——小提琴大师某某演出侧记：俄罗斯风格让我着迷。

23 - 25岁 广州

1501. 梦见去一个国家，好像类似巴西这样的，有个街道工厂，里面在生产云。很多绳子从高高的天花板垂下来，云就吊在那绳子上，长好了，就剪下来，跟剪脐带一样。一堆一堆的云做好了，往外送。但有些工人一边抽烟一边运送云，我想做这个工作怎么能抽烟呢！云不都被污染了吗？真是的！

1502. 开始在广州一切都是新鲜的。我专门去超市观赏榴莲，看得起劲，翻起翻起地看，像在乡坝头人家杀完牛我去翻看牛睾丸。突然，一个榴莲不晓得咋的就掉下来了，我本能地伸出手来接：嗷！……

1503. 没想到广州的冬天也这么冷，屋头还不像北京有暖气，冷得不得了！我翻出北京带来的暖宝宝，从肩背至腰部贴了一长溜。走起路来，整个后背硬翘翘地起伏，活像一只皮皮虾。

1504. 广州这么冷了，居然还有蚊子！一月底的蚊子，这是什么概念？！我觉得就像是个远方穷亲戚，还是个孤老，一直就躲在我家门房边上，等我出门，转角处拦下我，开始嘤嘤嘤嗡嗡嗡，凄凄惨惨地哀求：孩子啊给我口吃的吧，你婆婆我一星期没口下肚啦……嗡嗡嗡……嘤嘤嘤……

1505. 四月份的广州就迅速变热，然后就进入到了梅雨季节，天气预报说今天广州湿度98%，再加2%不就全是水啊，那咋办？我不会游泳啊！

1506. 公共汽车上，闷得起火，一个在母亲怀中牙牙学语的小女孩不断在重复一个刚学会的单词：God！God！God！God！God！……

1507. 一过梅雨季，广州就把我热傻了，傻到不想做饭，早上起来饿了，就煮几根玉米。那玉米又老又不甜，木渣一样，我就目光呆滞地味同嚼蜡地一粒一粒剥下来吃——就跟我爸养着的鸽子一样。

1508. 我总是想在冬天记起夏天有多热，在夏天记起冬天有多冷，但不知为什么，总是做不到。

1509. 在广州，最怕的事情之一就是过街，好像车都比成都开得猛。但是，我喜欢的小蛋糕偏偏又在街对面，还有大塘烧鹅。唉，人生不如意十之八九。摩托车啊大卡车啊公共汽车啊，嗖嗖嗖地呼啸而过，把我这个瓜娃娃吓得更瓜了。

1510. 去后门的茶餐厅，要了三笼小点心，等了好久好久才上来。我火了，对服务员说你们这样的服务以后我不来了，然后开始埋头吃那个虾饺——好好吃！然后我就后悔我说的话了！咋办！好希望那个服务员忘记我的长相，还想去吃那个虾饺！

1511. 刚出炉的蛋挞，又大又肥，看不见热气，但是隔着蛋挞锡纸烫手。放在口中，轻轻用舌头压着咬，先碎在嘴里的是层层酥皮，然后舌尖触到蛋心布丁，不需太费嚼力，热趴趴的半只蛋挞就下肚。站在糕点铺档口，闻着大炉的香气，小口小口地吃几只蛋挞。最后，再拍拍身上的细渣，埋单，三只一元，六只。

1512. 炳胜门口天天都有许许多多的人排队。我们总是凑齐四个人去吃，在排队的时候正好可以打锄大地。终于到我们的号了，几个人冲上来问：你们的扑克卖不卖?

1513. 其实我认为最有意义的事情是：偷一本炳胜的菜谱，每天打盒饭回来时，边看边吃，靠看着菜谱上的图片下饭，这就是“靠谱”。

1514. 据说燕窝是海燕口水做成的，我想那不如抓只海燕，天天跟它舌吻。我小时候含着虫喂过小燕子，也许那时候我就吃过燕窝了。

1515. 有人在饭局商量要吃穿山甲，我很不喜欢这样，就站起来走了。穿山甲你们要藏好，这几天不要出来玩了，多捉些蚂蚁放在窝里吃，便便的话就挖洞埋起来。你们要是闷了也不要出来，可以互相抱着挠痒痒玩……挠不动也要挠。

1516. 去后门的大排档吃麻辣烫，一个女孩儿捡了几串菜递给老板：唔该！不要辣、不要麻、不要醋、不要葱、不要蒜、不要酸豆角、不要花生！多谢！老板说：知道啦！过来问我：你不要什么？我说：啥子都要！多放葱、多放麻、多放辣、多放酸豆角、多放花生米！他又问：辣是中辣还是小辣？我说：超级无敌大旋风金刚钻麻辣！

1517. 三姐在成都的拌菜生意做得风生水起，听说我来了广州，就打电话来问：你们那边市场如何？我惊恐万状地说：不得行！不得行！这边的人丁点儿辣椒都沾不得！

1518. 去后门对面的商场，经常有不晓得从哪儿钻出来的人，二话不说，上来抱到人家的脚就往上头挤一坨鞋油，然后就按在那里擦啊擦，最后嬉皮笑脸地说，买一管吧！才十八元！有一次，一个卖鞋油的向我冲过来，我十分灵巧地往边边上一闪，“吱”他就把鞋油挤在地上了。

23-25

1519. 晚上，我梦见这家商场举行周年庆，空中飘满了喜庆的气球。人们都在门口等着进去购物，进门前都要把脑壳伸出来，有个穿制服的拿起一把砍刀砍大家的脑袋，脑袋一掉就飘上空中变成了气球。大家没有脑袋地进了商场，挨挨挤挤，开心极了。

1520. 地铁上，一个多妖艳的女子神情傲慢地坐着，衣着清凉，长腿浓妆。周围的人用复杂异样的眼神看着她。上来一个孕妇，长腿女子交叠的双腿立即打开站起，头一点：上这坐。孕妇微笑：谢谢。周围的人看女子的眼神，明显友善了很多，但她毫不在意，神情依然傲慢。

1521. 在靠近垃圾站的对面有个街心凉亭，里面住着个女的。她在垃圾站找早餐、午餐、晚餐，还有些可以避寒的布片片。白天，吃饱后就在凉亭里唱歌，还有点好听，好像是某种方言的民歌，偶尔还可以看见她随着自己的歌声起舞，舞姿不算动人，但跳得投入。晚上，她就睡在凉亭的石凳上，石凳很窄，她侧起睡，依稀还有些玲珑的曲线。

1522. 一天，我正在屋头写字，又听见她在唱歌，单纯而热烈，声音越来越远，她不晓得绕到哪栋楼去了。

1523. 这两天广州干燥，一直没有下雨，但晚上还是有些凉。我有两床睡袋，都是旧的，但破的地方我都细细密密地缝起来了，可以给她一床。但是，如果下雨了呢？今天经过凉亭，看见她还没有起床，远远拎着被子，犹豫着，不知该不该打扰她的好梦。

1524. 梦见我是一只生活在小区绿化带的猫，每天食不果腹风餐露宿。这天，一个白净斯文的小伙子经过，戴个眼镜，走路轻盈，我就喵喵地大声叫他。他蹲下来看了看我，我嗷嗷地说：带我回去吧，我好着呢！但是他没听懂，犹豫了一下，还是走了。我不声不响，抄近路赶上他，这一次我不叫了，只是安静地看着他，他就不忍心了，把我抱上带回家了。

1525. 叫了桂林米粉的外卖，送来之后发现里面的外卖条子写道：四元酸辣两份、加一元花生、美女、19栋101。我的心沸腾了！我的热泪盈眶！我的嘴唇哆嗦了！谢谢你，桂林米粉店眼光精准的人们。

1526. 后来知道，美女，就是住在美院的女生。

1527. 我买了一张世界地图，在家里打开它的时候，就看不见地板了。人家问我你家有多大，我就说，有世界那么大。

1528. 该说说为啥我住到广州这件事了，这就不得不提到一个人。如果说，黑社会是黑马，小提琴家是白马（他演出常穿身白西装），那么这个人，浑身都是颜色，还有一双毛茸茸的大眼睛，像是人，又像是神，还有一点野兽的不羁，所以我叫他：九色鹿。

1529. 时光倒回到这个世界上还没有九色鹿的那天早上——在北京，刚和小提琴家分手，我拖着箱子走进朋友的家，要在她家借住。朋友说：我这里还有一个朋友借住，是个男生，你别拘束哈。

1530. 我果真不拘束，看着那个男生说：咦，你怪帅的嘛！你叫什么名字？男生对我点点头，没有说话，端个杯子就去洗手间刷牙了。我追去洗手间，站在他背后：你叫什么名字嘛？男生一口的泡沫：呜……呜呜……啊，你连刷牙都这么帅啊！

1531. 男生被我追问急了，又说不成话，冲回客厅抓起一本书就扔给我，指指它，又指指自己。啊？！你写的？他点点头。我定睛一看，是一本书稿，书名叫“××乌托邦”。啊！我脱口而出：你好有才华啊！然后就坐在客厅看起来。男生躲回洗手间，估计是不敢再轻易回到客厅了。

1532. 无奈客厅乃必经之地。他斜欠着身体挪回客厅，企图悄无声息地潜回自己的房间，我猛抬头：你好有才华啊！他头部开始冒汗，像耗子一样射进自己的房间，瞬间披上了件外套，笑容可掬地对我摆摆手：我要出门了，幸会，后会有期哈。

1533. 这个男生根本不知道他对面的这位女生叫作桑格格，一个坚定的人生观以及世界观的拥有者，其核心思想就是：帅哥是个好东西。我用热烈的眼神看着他：你去哪？他显然放松了警惕：哦，去故宫。我故作惊讶：啊这么巧，正好我也要去！

1534. 我那时候和小提琴家刚分手，外形打扮多少都有点小提琴家的影响，就是多那啥的：烫的卷发戴着钻石耳环穿着高跟小羊皮靴子。看到这位淡泊名利的男生，眼神中不时流露出对我这一身上下的鄙夷，我当街买了一双二十元的布鞋，高跟靴子，甩了！卷发，扎起来。耳环，取下来……这个没用，可以送给张敏嘛。

1535. 这一天显然不在他的计划之内，无论他说什么，都有一个酷似《花仙子》中娜娜小姐的超级女声以高分贝的声线配合他：哦！是吗？！咦……嘻嘻嘻嘻……又或者，《茜茜公主》中茜茜与弗兰茨国王在林间相遇的腔调：我最爱吃的是苹果饼——啊！太巧了！我也是！我最喜欢的花是红玫瑰——啊！太巧了！我也是。

1536. 这位男生被迫与我认识了，并且劫后余生地活到了现在。他不告诉我名字也没有关系，我给他取了一个：九色鹿。

1537. 他在广州教书，说不方便我去找他，因为宿舍太小了，我说有多小？他说9.57平米，跟一张地图差不多大。我说那还小，和全世界都一样大了。

1538. 最开始认识九色鹿时，我还不知道什么是“乌托邦”，而且就这区区三个字还看错了一个，以为是个鸟笼子。接着，当“力比多”这个词出现在他嘴中时，我理所当然地认为那是一种奶粉牌子。只有他提到“性价比”的时候，我二麻二麻地问：是不是就是价廉物美的意思？他点点头。

1539. 一般说来，嫁给面包师的女人有吃不完的面包，嫁给珠宝商的女人有戴不完的首饰。那么，作为一个嫁给教师的女人，我能得到些什么呢？九色鹿说：你有上不完的课啊！

1540.　最初，我曾尝试着去九色鹿任教的大学听他讲座，但几次都忍不住在课堂上昏睡了过去，而且据他的描绘：他在遥远的讲台上都能看到我趴在桌子上流出的口水。他痛定思痛，决定对我这个特殊对象的教学，以课外辅导为主。

1541.　吃饭时，他给我上数学课。他在菜盘上比划了两下，考我：2除以0等于多少？我很恼火地回答：等于2。他笑得饭都喷了出来：哈哈……0不能被除！这道题是不可能的！我完全冒火了，直接一个叉子飞了过去。

1542.　和他去野外郊游，他就给我普及生物知识，讲什么是生物多样性：你看哈，比如我是一只蜜蜂，而你是一只苍蝇，我们呢进行杂交，生出来一个新的物种……我打断他：对不起，凭什么你是蜜蜂而我是苍蝇？！他毫不介意，挥挥手：好好好，我是苍蝇，你是蜜蜂，我们呢进行杂交……

1543.　说起物种间的“优胜劣汰”，九色鹿说达尔文的这个理论是片面的，是为列强的武力扩张提供借口。优劣是相对的，二者间是相互依存的生态关系。然后，他请我不要误会，这并没有影射他和我的关系。

1544.　不过在生物课上九色鹿没有太多优势，至少我认识的花草比他多。为此他四处寻花问草，每到一处都拍很多花草照片给我——先别急着说他浪漫：他把这个系列叫作“羞辱花”，意思是如果我不认识照片上的这个花草，他就可以对我进行尽情的羞辱。有一次，他从澳洲拍了三张他不认识的花草回来，我连续说出三种他无可辩驳的名字，其实他也不知道到底是真是假，他就撂下一句：你等着瞧。

1545.　然后我们一起去了以物种丰富著称的孟买国家公园，他找到一棵我们都从没见过的树：这棵该是你不认识的了吧？我处变不惊，根据树上呈细小对称排列的树叶形态，鉴定道：这就是传说中的——含羞树。他又崇拜又惊喜地去碰，那些叶子毫无动静。我瞪了一眼他，又瞪了一眼那树：什么世道，该害羞的都不害羞了。

623. 说到遨游太空，我其实一直对我国的航空航天事业相当地关注。你说，一个人要是一辈子不放屁，攒在一起放，这个屁会不会把他自己冲上天呢？

662. 圣诞节，我们班也假眉日眼地跟到耍洋盘，非要搞个圣诞晚会。我和张琦一致认为这个晚会能不能开成功，完全取决于是否有棵圣诞树在那儿摆起。我们天天像两只绿眼睛狼一样在小区头转，盯鼓眼看到绿化带头，看哪棵比较符合规格。终于，我们在紧挨一楼阳台的边边上发现了一棵造型完美的小柏树。

680. 教室走廊上有一幅宣传画，上面是一群学生围到一个和蔼的戴眼镜的女老师，还有鲜花绕边，上头写了一行字：老师像妈妈。看得我直瘪嘴。找了个没人的时候，在画的右下角用圆珠笔写上：屁！

759. 这就是我那只小黄花了。把它带回家的时候，我妈正在镜子前梳妆打扮准备出门跳舞。她一看我手里的猫就火冒三丈，梳子都掉地上了。我这个人特别有气节，在她面前从来就是宁可站着死不肯跪着生，但是这一次我特别低三下四地求她：妈妈妈妈，求求你留下它吧，我自己养，绝对不给你添麻烦！我也会好好学习，不调皮捣蛋了！

802. 体育老师是曾经的四川散打业余组冠军。有一次，下雨了，我们不得不在教室头上体育课：由体育老师讲中国国粹——武术的基本发展。他讲得感情丰沛、声情并茂：你们晓不晓得啥子是“大鹏展翅”？！我们还没有反应过来，他哥子“嚯”的声就跳上了齐肚皮高的讲台，双臂展开，双脚半盘，厉声说：这就叫“大鹏展翅”！！

883. 出发那天早上，我妈又不放心了，最后她找出一个塑料哨子拿绳子拴了挂在我脖子上，语重心长地说：要是有人欺负你，你就使劲吹哈！

911. 老师说，男性的小鸡鸡里装了很多小蝌蚪，起码有上亿只。那么，这个世界上的青蛙都是男人生的咯？

915. 在学校，我从来不敢穿短裤。但有一次在操场上跑步穿了，那是一条绯红的短裤，同时我还穿了我妈的一双黑色长筒袜。偏偏上面又是一件黑转转（T恤），远远看上去就像一个非洲黑人只穿了条红窑裤奔跑在草原上，一边跑还一边唱歌：寂寞的鸵鸟总是一个人奔跑，孤独的飞鹰总是越冷越高……

1546.　在广州，我说我怕冷不想起床，九色鹿就在床边给我讲了高尔察克将军当年逃亡贝加尔湖时二十多万人如何被冻死的故事，中心思想就是：和西伯利亚的严寒比起来，广州的这点冷算个毛啊。我辩解说广州的冷是湿冷，不一样。九色鹿话锋一转，开始给我回顾广州往事，说土改的时候斗地主，有一群广东的地主带着粮食躲在山洞里，躲了一个冬天……好吧好吧，我起床！那他们在山洞里待着岂不是很无聊？他白了我一眼：没准他们带了扑克，在山洞里打斗地主呢。

1547.　九色鹿让我背“经互会”成员国，背到一个地方卡壳了，他慈祥地提醒我：小鼹鼠是哪个国家的啊？我立即答出来：捷克斯洛伐克！他满意地点点头：对了！不过他又告诉我作为经互会一员的阿尔巴尼亚欠了我们很多钱而且不打算还。我爱财如命，心都碎了。

1548.　我在天文方面的知识也少到让九色鹿羞愧。他问我：你知道月亮是什么星么？我摇摇头。他又问：你知道月亮和地球的相对运动轨迹么？我再次摇摇头。他有点发毛：那你知道如果没有了月亮，地球会怎么样么？我这次点了点头：地球会失恋。九色鹿白了我一眼。

1549.　不过，一会儿他又肯定了我的答案。他说月亮原来是地球的一部分，后来分了出去，所以永远是同一个面对着地球，说是忠贞不渝的爱人也是可行的。九色鹿这个人，啥问题都要想清楚才过得，真的太严谨了。我发自内心觉得他太博学了，太智慧了，称呼又从九色鹿升级到了九大师。

1550.　嗯，这么多年来，地球是不是一直都在自转？

1551.　月球和地球的关系让我一下子对天文学产生了浓厚的兴趣。很快，我就开始攻读一套巨著——《十万个为什么》，受益匪浅。我甚至从此开始钻研起艰深的科幻文学，不可自拔，满脑子都是宇宙的景象。我问九大师：宇宙中真有外星人吗？九：宇宙之大，无奇不有。我：如果我被外星人掳走了你怎么办？九：等你回来。我：我要是回不来呢？九：会回来的，不过那时我可能已经老了，你还年轻。天上一日，地上一年。我：那你看见我回来会怎么样？九：我会深情地告诉你，祖国统一了。

1552.　这天晚上，我梦见在我们以前的那个歪高中的课堂上，同学们玩耍的玩耍，老师们闲聊的闲聊。我站起来，痛心疾首、语重心长地说：同学们、老师们，我们要学习啊！我们要珍惜大好的时光，学点什么啊！

1553. 我和九大师住在艺术院校里，每天看周围的人都格外有气质。一天，我看见一个秃顶，大胡子，还有飘逸的白色大胡子，真正是仙风侠骨！我顿时倾倒，问九大师的学生杨翘：这位大师是哪个专业的？他说：这位大师是每天在教室管开关电灯的。

1554. 在美院门口，几个民工在搬运一个雕塑，嘿凿、嘿凿的很吃力，大热天的，汗如雨下。我站在旁边看热闹：原来艺术这个东西，真的很沉重。

1555. 守到这块艺术圣地，咋个可以不去看哈裸体喃？我鬼眉鬼眼地找杨翘勾兑了好几盘，人家终于答应在某一次人体素描课，把我夹带进去。

1556. 我还是假眉日眼地带了几张白纸和一支中华铅笔进去，像沙漠上等待下雨的小土拨鼠一样，挺直了小小的身板，眼睛盯鼓眼儿地望着门口，等待裸体的出现。她来了，是个小保姆模样的女娃儿，身上披件睡衣，样子还是乖咪咪的，对几个正在调颜色的学生说：还是上周的姿势吗？得到肯定后，她“哗”就把睡衣脱了。小土拨鼠手中的中华铅笔没有拿稳，“啪嗒”掉在了地上。

1557. 杨翘想做一个外星人的雕塑，做出来后觉得有点没对，看了半天，才发现那其实是一个加菲猫。

1558. 我其实十分热爱绘画艺术，每次都正儿八经地用毛笔蘸起碳素墨水，在洁白的日历纸反面，画竹子，一节一节地画，还要添上竹枝和竹叶，最后还要落款：郑板桥，某年某月某日。

1559. 九大师有时候还把外国人带来家里做客。真是的，我最怕外国人了，每次我都躲出去，蹲在地上玩会儿蚂蚁，外国人走了九大师再把我喊回去。他安慰我：你不要怕嘛，你就当他们从西藏来的！藏族人你不怕嘛！我点点头：嗯，藏族人不怕！

1560. 美术馆那边引进了国外的人尸标本展，老听人家说得吓人巴叉的，啥子有人当场呕吐、有人当场晕倒，我就兴冲冲地跑去看了。我一走进去，就急急忙忙凑近看标本上分离开的大腿肌肉，没想到，口腔居然分泌出了唾液，并且产生了食欲，开始想念厦门鼓浪屿的猪肉干，那个猪肉干才好吃哟，可惜当时买少了啊！

1561.　看《异形Ⅱ》。为了助兴，叫了一客黑椒酱排骨饭，边吃边看。

1562.　又买了烧鹅，边啃边看费里尼的《甜蜜的生活》。老九递给我一块，我看也没看放嘴里啃，没啥肉就甩到骨头碗里去了。他连忙捞出来：我以为你啃得多干净呢，还不如我！然后他继续啃起来。

1563.　费里尼是个送牛奶的，他把故事装在玻璃瓶子里面，天天骑个自行车来送。我说：明天一瓶《卡比利亚之夜》、一瓶《大路》。他说：要得嘛！

1564.　由于九色鹿是一个老师，我这个站没站相、坐没坐相的人居然也被称作“师母”。我心里十分高兴，一直竭力地维持着庄重、文雅、矜持的师母应有之形象。平时见面打招呼，学生说：师母好！我颔首微微一笑：某某好！但这种令人赞许的局面没有维持多久，后来大家都知道我是一个怎样的人，慢慢态度都有了些许改变。九色鹿也真是，我不行他也不行，一天到晚嘻嘻哈哈的，称呼上从“九老师”居然变成了现在的“老九”，害得我也从“师母”变成了“母狮”。更有甚者，昨天我去工作室，杨翘说：今天格格看上去心情很好嘛！来，给我们跳个舞！真是过分！然后，我跳了。

1565.　听说河南有个动物园的动物都要饿死了，老虎本来一天要吃十六七斤的，现在每天只吃四五斤，河马只有麦麸皮做的窝窝头，丹顶鹤身上都溃烂了，也没有钱医。我觉得，总动员的时间到了！今天夜里，我会带着一把小钢锯，偷偷潜入动物园，打开笼子。以我超群的领导才能，把动物们排成两队，一队去五羊新城的小肥羊，一队去小北花圈的小肥羊，两边都吃点肉，然后再去许留山吃点儿水果，补充维生素。还要买些香港好药交给丹顶鹤同志。咪咪啊咪咪请你相信，我们没有忘记你，高高的月儿天上挂，明天的早餐在我们心里。

1566.　咦，咋有婴儿在哭喃？仔细一听，竟然是我小学六年级时摔死的小黄花！我四下一看，果然是它！它的小碗小盘中无粮无水，饿得喵喵叫，我赶紧添好水粮，顺手把小黄花抱起来，让它趴在我的胸上，抚摸，细细摩挲它的小肉掌、小指甲，突然想起这小家伙在外面流浪这么多年，肯定脏得很，就躬身抓起放在床下，它“喵——呜”一声就不见了，像放进了烟里……醒来，原来是个梦。

1567.　有一天，邻居小李说：有只猫，每天早上八点多钟都在新教学楼的草地上趴着，饿得皮包骨头，很像你说过的小黄花喔。我提起猫粮去了清晨的草地，四周找了半天，没有见到小黄，只有一个背壳壳都老黄了的老头儿在那边锻炼身体。我走过去，礼貌地用普通话问：老伯，请问你在附近有没有看见一只黄色的小猫？他愣了三四秒没反应，我以为他没听清，准备再问一次，他突然用粤语对我说：对唔住，人事和行政上嘅事，我经已好多年都唔过问咗。

1568.　痴呆猫，是一只脑壳有点问题的玳瑁花猫。说它脑壳有点问题，不是骂人的话。它生了一窝娃娃也不晓得喂，全都饿得嗷嗷叫。路过自己的窝，看见这窝小猫居然还有点惊奇，像是见到别人家的娃，闻一闻，然后又跑了。这窝小猫被收养在我家走廊上，最后都是我喂活的。

1569.　这一窝里，有小黑、小花、小黄。小黑是世界上最可爱的猫，小花也是世界上最可爱的猫，小黄还是世界上最可爱的猫。我和每一只猫都是一个完整的世界，在这个世界中，我的心里只有你没有他。不过非要说的话，小花是最漂亮的，而且性情乖巧、感情丰富，它会笑，还会用爪子轻轻给我按摩，术语叫：推奶。

1570.　我顺手从猫窝一抓，温软的手感觉像从地上捞起一把半流质的东西，小猫啊呜啊呜大叫，像海鸥。我把它的小脸翻过来，我的个妈啊！好小的猫啊！我的心中升腾起一种粉红色的气体，眼前出现无数心形的小星星。细细地抚摸小猫，奶毛还有点潮湿，带着生产的气息。它的眼睛还没有睁开，小鼻子一张一翕，嘴在我的指缝拱啊拱，湿润的舌头贪婪地舔。

1571.　眼见着小猫一天天长大，我觉得它们活脱脱就是这几个月吃的牛奶变的，由没有生命的颗粒变成了毛茸茸软乎乎的活物，世界真奇妙哇。那么小的猫怎么喂呢？自行车气门芯一小截，眼药水瓶一个，把气门芯安在眼药水瓶上就是个上好的小奶瓶了。每次喂奶的时候，把牛奶倒出少许在小碗里，用小奶瓶吸，然后把奶瓶放在加了开水的小杯子里摇一摇，加热。喂的时候，先滴一滴在手背上，看温度合不合适。一手拿着奶瓶，一手架着小猫，我一辈子都不会忘记小猫吃奶吃到满足时，那颤抖的爪子、伸直了的尾巴，和那舒适到眩晕的半闭的眼睛。

1572. 小花这样安然长过了满月。我用电脑的时候，它就在桌子上玩，并且交了一个好朋友叫“鼠标”，它喜欢啃它。它眼巴巴地等着和我玩，但是我总是忙，有时候觉得它在旁边静悄悄实在乖，我就伸出一个手指头，它能抱着这根手指头睡着，发出细微的咕噜噜的鼾声。我轻轻把它放回用枕头做的小床上，小小的一坨，肚皮是粉红的。 23-25

1573. 而小黄，我比较喜欢整它，看见它在打呵嗨，嘴巴张得飞大，就赶忙过去把大脚指拇塞到人家嘴巴头。

1574. 小黄有很强的表现欲。有一次，它把我带到一棵棕榈树下，开始爬树。它噌噌噌爬了一截，回头看我是不是在看，我抄起手也把它看到：继续噻！它噌噌噌又爬了一截，又回头看我，我说：将就，没得啥子新难度！它噌噌噌再爬了一截，第三次回头看我，我只有拍拍巴巴掌：可以了，下来嘛。它“嗍儿”就溜下来，和我高高兴兴回家了。

1575. 小黑呢，是个小小的守卫者。只要家里有什么动静，它马上就竖起耳朵听，一双警觉的眼睛到处看，有时候还要发出喵嗷喵嗷的叫声，尽量叫得可怕一些，好吓走坏人。我会拍拍它加以鼓励：嗯，有责任心。半夜起来上厕所，大家都睡得呼啊呼的，只有小黑从小窝里撑起头来，眼睁睁看我走出去，一直等到我再次回到床上睡下，它才把小脑壳埋回窝里。

1576. 晚上去菜市场。有家猫粮店里，猫粮桶上面蹲着一只老黄猫，谁来买猫粮都得给它行个礼：唔好意思，买走你的猫粮啦！它不理。店主人就出来打圆场：吼啦吼啦里个死大黄，人哋系嚟帮衬我嘚！它就“喵呜”一声伸个懒腰跳下来，迈着猫步不情愿地走开了。

1577. 菜市场回来，路边居然有耍猴戏的，一个河南男人带着三只猴子，两只大的、一只小的。小猴子在后面，非常非常小，捡了块塑料纸捧在嘴里啃来啃去的。我抓了把猫粮摊在手上，它迟疑着伸手来抓，手更小了，小脑袋上整一边的毛都没有了，脖子上的毛也是斑斑点点的。我站起来，它受了惊，下意识跳到另一边，然后把猫粮急急地塞到嘴里。我转身就走，眼泪跟着就掉了下来。

1578.　我非常想把小猴子的手握在手里，细细地看、轻轻地摸。请小猴子耐心一点，因为可能我会看很久。好小的手啊，好小啊。

1579.　美院后门，看见一个女孩在撕心裂肺地哭，周围有几个人拉着她，她都站不住了，浑身瘫软。隔了十几米，也有一个男孩也在撕心裂肺地哭，周围也有几个人拉着，他已经哭得坐在了地上。走了很远了，还听见他们的尖叫和喊声。我回到家里，莫名其妙也伤伤心心地哭了一场，抱着我的猫。

1580.　小提琴家居然来广州开独奏会。他犹豫了一下，还是给我打了个电话。我说欢迎他来耍，他问了下地址，二十分钟就出现在了广州美院的后门，居然穿着一身正装，在人群中特别扎眼。我带他在校门口吃了我最爱的特惠牛排套餐。他问你男朋友呢？我说在上课。他喔了一声，拿出两张票：晚上请你们来看演出。

1581.　没想到，老九很喜欢他的演奏，有些曲子都能用口哨整段吹下来。最后一次返场时，小提琴家拉了一段音乐，很短，拉完就回后台了。那是一段我以前使用过的电话铃声。

……

1582.　一只很小的鸟儿飞进一棵龙眼树里，我蹑手蹑脚走过去，弯腰去看，小鸟瞪我一眼，气急败坏地飞走了。那么小的鸟脾气咋个这么大嘛！我哼了一声，也气急败坏地走了。

1583.　广州这边的人们无论谈论什么，结尾一般都是这样两句话：一、这个世界好难讲的！二、自己开心就好啦！还有两句话是：一、这个世界很复杂！二、生活可以很简单！

1584. 一直以为广州有条“数钱路”，对之我有着无限的憧憬。今天才知道，那叫“署前路”。

1585. 家里到处扔着我随手放的零钱，送外卖的时候找的，买面包的时候剩的……几块、十块、二十块甚至高达五十面值的都在那扔着——我想我真的变成了一个有钱人啊，成熟了，不怎么为钱激动了。要上学那会儿，那不每一张都叠得整整齐齐的！

1586. 每当我背上小包对老九说：我去菜市场啦！他就紧接着一句：少买点。如果他那天心情好，也许会问：要我给你两百块么？我马上就说：要。

1587. 我往钱包里放两百元钱，左放右放都放不进去，才想起来这是我第一次往这个钱包里放这么大的钱。放好了，两百大元在钱包里面和其他小钱钱交朋友，我就高高兴兴走在去菜市场的路上了，心里恶狠狠地想：一会儿就把你们用个精光，哼哼！出门遇见小李，远远招呼我：格格干嘛去啊？我压住内心的兴奋：去下菜市场。

1588. 千万不要小看了我家旁边的这个菜市场！它可不是一般的菜市场，是个蕴藏丰富的所在，是个小型的销金窟，是我无数次迷失自己的地方。它不仅有菜，还有外贸衣服、走私外文书籍、过期杂志、面包、久久丫鸭脖子、猫粮、水果、凉茶、龟苓膏、拖鞋、毛巾、佛山土特产、配钥匙的、兰州拉面、公仔玩具、手机充值、棉质内裤、十五块剪一次高级发型、日用品（内有很多国货，连万紫千红散粉都有）、袜子、诸葛亮用的羽毛扇、卖金鱼和小盆栽的、天津包子、鹌鹑干、蛋仔华夫饼、煲仔饭、桂林米粉、补衣服的、卖糖水的、竹椅凉席、碎布头散条花边、装假牙的、玉器、文具……嗯，除了装假牙的，所有的摊店我都光临过！有钱就是好哇花钱就是爽！

1589. 有个摊在卖小包，一堆妇女围着看，我也过去凑热闹。一个妇女手上拿着一只棕色花纹的反复看，我问：这个花色还有么？老板想了想说：没有了，这是最后一个。我失望地“喔”了一声：可惜，这个最好看……那妇女一听，高高兴兴掏钱买下这个包就走了。我也打算走，突然老板低声说：

那个包还有啦，回来！

1590.　在菜市场花档选了一堆各式花草，对老板娘说：能不能一起便宜点？她冷漠地摇摇头：唔得。我急中生智：咦，以前这有个很漂亮的小姑娘呢？她立即笑容满面：系我个女仔，呵呵，返老家上学啦！很皮啦！少算你五文，再俾你一包营养土！

1591.　菜档有个丝瓜佬，最爱大声宣布自己的丝瓜多靓，珠三角都难找，永远便宜对面摊一毛钱。但是我每次经过他的摊档都很害怕，因为哪怕就是瞄了一眼他的丝瓜，他就会立即跳起来：这条是不是？！然后就咔咔咔斩成三段递到你面前。

1592.　还有卖多功能菜刀的，卖刀的小伙子说得唾沫横飞，吸引了众人围观。嗨——这刀好哇！嗖！把一块塑料削掉了。嗨——这刀靓哇！嚓！把骨头砍两半了。但大家看了一会儿，就陆陆续续地散了，只剩我一个人还饶有兴趣地看，最后我说：来一套！小伙子居然有点不相信，停下手中的活计，看着我说：谢谢你！真的谢谢！我学他夸张地说话：嗨——这刀好哇！

1593.　我花钱的风格是，每次抓一大把零钞出来：老板，多少钱？喔三块二啊，给您！然后再把剩下的一大把又塞回去，潜台词是：看，我还剩这么多呢。购物袋都塞不下的时候，我就去菜市门口的杏仁糊店要碗杏仁糊，一边吃一边给老九打个电话：东西太多了，我拿不动！一会儿，就看见他气急败坏、骂骂咧咧地出来了。

1594.　我有一对小铂金耳环，想熔了打成戒指。菜市场门口的金铺里有个小伙计，说这个容易，他来，我就交给他了。但他手忙脚乱的，熔好液体往模子里倒的时候洒了一地！那液体滚落到地上和灰滚成了大一粒小一粒的珠砣子，他突然抢白我：你看你看，就是你站在这里挡了我的光！我涨红脸：嗯，那就算了嘛，我走了。从这以后，每次经过菜市场门口，那个小伙计看见我都要装作在忙，脸涨得红红的，不敢抬头。

1595.　我雄心万丈地邀请一帮朋友吃火锅，对大家频频致意：不要拘束哈，多吃点哈，要吃啥子点就是了哈！最后结账的时候，我很潇洒地从包包头摸出我的银行卡递给收银台，结果人家退回来了：对不起，小姐，这是一张医疗卡。

1596. 给人递名片的时候，我在巨大的包包里面掏啊掏啊，摸到了！掏出来递给人家，人家很有礼貌地还给我了：桑小姐……唔好意思，哩个系你嘅身份证！

1597. 又一次出去买蛋糕，换了衣服拿了钥匙，却不想关掉电脑上正在播放的音乐，因为那是邓丽君正在唱《何日君再来》，好好听啊，于是带上门走了。关上门的一瞬，听见邓丽君的歌声一下细小了，仿佛家里有个人在说 23-25
话，心里甜丝丝的。等会儿买了小蛋糕回来，还有邓丽君在家等我呢！

1598. 邓丽君躺在据说五十年不化的棺材里，现在是什么样呢？好想看她一眼，摸摸她亲爱的喉咙管哟。

1599. 有一天晚上，可能是凌晨三点，我热得睡不着，就爬起来上网看MTV，居然找到邓丽君当年在香港维多利亚体育馆的演唱会。我大脑一片空白，从来不晓得她还有这样一场演唱会。她像女神一样从舞台深处款款而出，纯白的纱裙：小城故事多，充满喜和乐……我马上打电话给出差在外的老九，哭得浑身都哆嗦了。老九吓疼了：什么事？！出了什么事？！慢慢说、慢慢说！我断断续续、上气不接下气地说：邓、邓、邓丽君，实在、实在是、太、太可爱了！……

1600. 公园里有中老年人在凉亭里唱粤剧，我就站在那儿看，还为他们献唱了一首《女儿情》：鸳鸯双栖蝶双飞，满园春色惹人醉。他们热烈鼓掌！然后我还唱了几首《月圆花好》《一条小路》《分骨肉》，他们都鼓掌欢迎，还夸奖了我！

1601. 我还喜欢坐公共汽车唱歌。出去随便坐一路公共汽车，找一个最后角落的位置，车开起来闹喳喳的，就可以小声地唱了：好一朵茉莉花，好一朵茉莉花，又香又白人人夸。

1602. 在摊摊上一个一个挑选水果的时候，也可以一字一句地唱：怎么会夜深还没睡意，每个念头都关于你，想你，好想你！

1603.　梦见我去银行取钱，柜台的职员是个中年妇女，看见我惊异地“咦”了一声：我认识你妈妈，你小时候我去过你们家！说完，她还拿出一张照片，照片上面是我和她的合影，我那时还是个小孩。这时，她温柔地说：你都长这么大啦，来，阿姨给你唱首歌……她通过银行的对话话筒，轻柔地唱：军港的夜啊，静悄悄，海浪把战舰轻轻地摇……唔……嗯……嗯……全银行的职员和顾客都静了下来，一起听，大家的脸色开始变得梦幻，也一起唔……嗯……嗯……

1604.　来到广州不到一年，附近起码已经有三个人在暗恋我了：一、食堂边上美发店里的洗头小弟，我每次走过，他都在扫地上的发渣，而且每次都会抬起头看我一眼，一直看到我转弯；二、菜市场里卖水果的小弟，有一次我挑选橘子的时候，他向我表白了：像你这样的靓女就少算一点啦，一毛一就不收啦！三、还有就是大门口“东方眼镜”的几个哥哥，他们都很爱我，都争着给我清洗眼镜，其中一个更是特别热情地向我要电话，我欣欣然答应：写在哪儿啊？他恭恭敬敬递上一张纸，说：顾客联系栏。

1605.　经过水果摊的时候，我猛然把老九的手甩开：别让那个卖水果的小男孩看见了，他最近在暗恋我，看见了会伤心的。老九说：那好吧。就走开了。

1606.　我怀疑后门那家小笼包子店的大师傅也爱上我了。我一去他就大叫：啊呦你二十几天没有来了！你那天说包子馅咸了，现在已经调整了，你尝尝看！

1607.　我说：我想单独去做一次短途旅行！老九说：不行！像你这样如花似玉的女孩儿，一个人出去一定会被人强奸的！我的虚荣心立即得到了极大满足：那好嘛，那我就不去了嘛！

1608.　都说广州治安乱得很，我也怕。有一天我一个人跑到晓港公园玩，就遭一个男的跟踪了，他看上去最多二十岁，穿着牛仔裤、背心，背心还撩起来露出肚子，典型一个流氓！我吓疼了，马上站起来往人多的地方跑，一边跑还一边往后面看，他也在跟着我跑！我跑啊跑，他也跑啊跑，我往哪里跑他也往哪里。终于在一个人多的地方，我停下来，气喘吁吁地看着跑上来的歹徒，看他怎么敢当众强奸我！哼！他跑上来，递给我一把伞：小、小姐！这是、是你的伞吧？我脸“腾”地就红了，居然冒出一句粤语：唔……唔该你。

1609. 一天，我没有戴眼镜，远远看见有个小木偶站在自行车棚旁边，十分逼真，我就捡了一根木棒去戳小木偶的脸，嘻嘻，好玩！没想到小木偶“哇”的一声就哭了，还说话：妈妈，有人打我！

1610. 又有一天，我又没戴眼镜，远远看见街对面有一个“三折什么”的
字样，就无怨无悔地钻入泥泞霉潮的过街地道。从地道钻出来一看：三菱电 23-25
机。

1611. 初中一年级刚刚配眼镜，第一次把眼镜戴在眼睛上看到的大地都是倾斜的，服务员说：不怕得，第一次戴都是这样的，戴一段时间就对了！我说：好嘛！那我先试一哈。我偏偏倒倒地走出眼镜店，“当”一家伙就撞在门口的玻璃上了。

1612. 在广州，我把眼镜耍掉了。去了一家老字号眼镜店，老广做事就是认真，又是人工验光又是电脑验光的，反复了好几道。最后师傅表情十分复杂地问：你戴这个度数多少年了？我说：十一年。他说：你以前的度数不正确，左眼多了五十度近视，右眼多了五十度散光！

1613. 取新眼镜那天，我将永生难忘：正确的度数戴在眼睛上，好××舒服喔！

1614. 人类对自己身体的了解真的是非常有限的，我就永远不知道自己的胸围到底应该是什么尺码。我妈曾经笑嘻嘻地企图撩起我的衣服，想了解一哈长成啥子样子了，被我一声怒吼：耍流氓！坚决地制止了，其实我不知道，我失去了一次多么好的胸罩购买辅导课啊。

1615. 在一家内衣店买内衣，又是人家精明能干的广东人，当然是女人了哈，拿眼睛稍微扫了一哈我的胸围，就直接拿了一个号码给我，我一看：不对吧？我从来就没有戴过这么大的号码！人家广东妇女斩钉截铁地说：放心！绝对没有错，我在这里卖了这么久胸罩还没有推荐错过一次！我一试，果然又是：好××舒服喔！我从试衣间头兴奋地出来，对那个恩人说：请给

我拿三个，粉色、白色、浅蓝色！

1616.　三个正确的胸罩进入我的生活之后，就等于宣布了以前辛辛苦苦积攒起来的一箩筐其他错误的胸罩退出了历史舞台。我打电话给胸围比我小一号的张敏：快来！我这儿有一堆上好的胸罩任你挑选！后来我去深圳看她，一进门，阳台上挂的全部是我的前任胸罩，还在滴滴答答地滴水，非常之亲切。

1617.　张敏这两年不晓得在搞啥子，可能忙于修行吧，和老同学们都疏远了。上次见她，还是两年前我在北京的时候，她来北京耍，我带她去香山公园。那天还是玩得多开心的。玩好了，准备离开公园，都走到门口了，我才想起刚才在假山上拿钱包垫着坐，走就走了，钱包忘记在那里。她立刻像只兔子一样，拉着我拔腿就往公园里跑，跑得飞快，真想不到我们都能跑那么快！终于，她把我的钱包找到了，居然还在原地没丢！想起这件事情，我的心中就有一股暖流，张敏依然是我最好的朋友！

1618.　去深圳看张敏，豆豆也过来凑热闹。我们窝在张敏十六平米的出租屋里，也没啥事情做，用了一整个下午慢慢给一个柚子剥皮，或者，给彼此拔拔汗毛。

1619.　豆豆问：最近去成都有没有打折机票？我说：前几天有，现在要过节了，涨了！豆豆说：喔，有你就说一声哈，便宜的话我回趟成都把婚离了。我说：不着急嘛，这几天天气冷，开春了热和了回去再离也不迟。豆豆说：也要得。

1620.　到了晚上，我和豆豆张敏坐在地板上看电视。张敏真是啥子都看得，简直就是一个节目垃圾桶，最近她的最爱是那些国产古装剧。她的原话是：在夜晚，没有啥子比那些没咋弄好的电视剧能给我带来更多的欢乐了。

1621.　豆豆一边跟到张敏看“那些没咋弄好的电视剧”，一边在“网络红娘”上找男朋友。她招呼我们来看一个帅哥的照片，被我们一致否认。她指指照片下方：你看人家抱的这条牧羊犬好安逸喔！为了这条狗，我想见下这个8796号！

1622. 我觉得豆豆的“心理告白”写得太简单了，袖子一扎：来！老子给你加哈工！然后我把她们两个都打发去看“没咋弄好”了。半个小时后，豆豆偷偷走到正在忘情创作的我的身边，对张敏勾勾小手指：来，看桑瓜儿编小说！

1623. 其实我也没多煽情，只是特别强调了豆豆是个四川女孩，会做饭。但自从我把给豆豆加工过的“小说”上传到“网络红娘”后，她的交友帖访问量迅速飙升，但是前来应征的人没有一个引起她的兴趣。浏览中，她无意中被一张低调的照片吸引了：照片中的男士胖胖的，大脑壳，闭目双手合十，手中挂了一串硕大的佛珠。他的介绍语这样写道：转山转水转佛塔，不为修来世，只为途中与你相遇。豆豆脑壳嗡了一声，说：这就是被缘分击中的感觉！

1624. 她马上加了这位佛教徒的QQ，一等对方上线，豆豆就发了一朵玫瑰花，隔了半天，人家慢悠悠回了一句：阿弥陀佛。我建议豆豆不要发太好看的照片，发点一般的，免得见面失望，豆豆说好的。结果照片发过去，对方的反应更加慢悠悠了。不过豆豆依然开心，她觉得有觉悟的人就是不同，哪能像我们那样咋咋呼呼。此后，她看见人家上线就跟打了鸡血一样，聊了好几次，原来这位是在东门市场档口开佛珠铺的。有一天，豆豆含情脉脉地说：你能说一句让我开心的话么，我想挂在QQ上。这次，佛珠铺老板麻利地发来一句：无欲则刚。

1625. 这句话还是在QQ上挂了两天，后来豆豆实在想不过，又换了一句：人生若只如初见——她有点按捺不住了，想拉到我们悄悄去见识这位佛教徒。这一天，秋高气爽，我们三个打打扮扮地出门了。走进东门市场，在一条档口的尽头远远闻着一股藏香的味道，豆豆的生命雷达启动了，她停下脚步：应该就是这附近了。果然，里面有一间藏式风格的店铺，关着门，就像是一尊佛龛。我们小心翼翼地推开门，嘎吱一声，传来佛经音乐，但是光线很暗，环顾一圈没看到人。

1626. “阿弥陀佛！”突然里面有人念了一声经，把我们三个吓了一跳，这才看清楚铺子尽头的柜台里坐了一个男人，面前摆了一台功夫茶，手甲捏着个鸡蛋大小的茶杯子，似笑非笑地看着我们：三位女施主想结缘什么？

1627. 这个男人一身麻衣麻裤，脖子上挂了三四串佛珠，两边手臂上加起来七八串，应该就是网上那位男士。豆豆本来想脱口而出：想结缘你噻。但还是忍住了，看了看说：找串佛珠吧。老板放下茶杯站起来：那我推荐才到货的西藏老蜜蜡，材质高档，最关键是活佛开过光的。他从柜台里取出一串橘黄色的珠子，递到豆豆手上，豆豆脸红了，好在光线暗没看出来。她装作若无其事地问：请问好多钱呢？他微微一笑：您头次来，也是个缘分，我收个成本价，三千元吧。

1628. 我和张敏同时倒吸了一口凉气，但没有拦住豆豆花掉这三千元，按她的说法：缘分来了拦不住。当天晚上，她还是忍不住在网上告诉对方，她就是白天买珠子的人。结果，那边愣了一下，半天才说：怎么是你。她兴高采烈：怎么不能是我？过了好一会儿，那边说：对不起，我把钱退你吧，那珠子不是真蜜蜡。

1629. 豆豆脑壳有点蒙，但转而就像打了铁一样，死也不接受退款。要我说，佛珠男士还是有情有义的，毕竟人家最后还是良心发现了。张敏淡淡叹口气：唉，人生若只如初见啊，咋个能说是假的喃……豆豆站在阳台上抽烟，喃喃地问：你们说，是不是我看男人的眼光就是有问题？我和张敏都没说话，但同时对着她的背影点了点头。

1630. 仔细想来，现在能把“龟儿子的不想老子也不来看老子就晓得谈恋爱赚钱没良心滚”一口气说完的，也只有豆豆了。她那么泼辣麻利，不晓得咋个的感情就是不顺，唉。

1631. “没咋弄好的电视剧”终于演完了，接着的“午夜剧场”播放的居然是《茜茜公主》！我们三个紧紧地盯着屏幕，停住了呼吸：咋还是那么好看喃？！

1632. 张敏听见茜茜公主养的小鹿的名字叫作沙薇尔，立刻要把自己初中起的英文名字“卖给”换成这个。她要求我和豆豆立即就用新英文名字称呼她。我对她说：沙、沙、沙窝子，把烟灰缸递给我哈嘛！张敏把烟灰缸递给我，双目含情地纠正道：是沙薇尔。

1633. 这个时候，豆豆看着屏幕哽咽了一声：看人家茜茜公主的腰！明天我要穿调整型内衣出门！又看见剧中弗兰茨国王激动地说：我要去找我的茜茜！什么也没有我的茜茜重要！……豆豆把烟蒂按灭在烟灰缸上一个金属小男孩的鸡鸡上，不屑地说：妈那个麻花儿……感情接二连三的不顺，她对爱情的态度有点消极。

1634.　其实她也不是没有被打动，当弗兰茨在悬崖上为茜茜公主摘下火龙草的时候，豆豆的眼睛湿了：这他妈的才是耍朋友啊。

1635.　你说，如果我们三个都穿上茜茜公主的蓬蓬裙，在这十六平方的出租屋里，转得开身不嘛？

1636.　到了深圳，我们偶尔会和在夜总会上班的小平见个面，一起吃个火锅啥子的。去之前，我觉得也该打扮一下，结果挑来挑去，不晓得哪根线路搭错了，居然穿了一条短裤加长筒红条袜子——我觉得很新潮！很有童话感！张敏见了之后赫（吓）了一跳：你很像一样东西！我问：像啥子？她很言简意赅：像两条杠的早孕试纸！

1637.　小平现在升职成业务经理了，每次来，都给我们摆好多夜总会的故事。她说，最近夜总会来了一个大客户，长得来肥头大耳，酷爱穿花衬衣，出手特别大方，大家都喊他“老大”。每天晚上，老大都来照顾小平的生意，小平和其他几个业务经理、楼面主管、啤酒小姐早早就等在夜总会门口一字排开，看见老大来了，就齐声高唱：欢迎——欢迎——热烈欢迎！老大里面穿了件花衬衣，西装外套搭在肩头，另一个肩头还扛了瓶十斤装的人头马CLUB，嘿嘣嘿嘣的，还不忘腾出只手向各位挥挥手，潇洒地说：大家好！大家辛苦了——

1638.　老大有点黑、有点胖、有点矮，但是在深圳月之光夜总会各位工作人员的心目中是尊活佛。小平说，人家老大的手机造型之奇特，国内绝对没有，是乌龟形的，咚大！人家都是最后发小费，老大一来就发，笑嘻嘻地喊大家先润到，最后再发一次，再润一次。老大房里的姑娘个个像刚刚敷完补水面膜，脸色滋润得吓人。老大喝多了就要摆点儿知心龙门阵：哎呀！我这一辈子，啥都没有就是有钱！命中注定！

1639.　有一次，老大带了几个朋友来，有一个爱灌酒，他旁边的小姐都要喝吐了。老大说，这个小妹我今晚包了，然后塞了一把钱给她：去隔壁希尔顿等我。小姐跑到酒店，进了房间把门关上，就跳到床上数钱，她乐开了花，一共八千多！她马上去浴缸头泡起，还倒了杯红酒放在边边上。老大发了个短信说：看你被灌得太厉害，好好休息，我就不来了。

1640.　大家起哄喊老大把十斤装的人头马CLUB开了大家喝，他慢条斯理地说：不！我要拿回家的！先在这儿摆一摆，好看！之后，果然又嘿凿嘿凿地扛回去了。

1641.　还有一个客人，小平说，一来她就觉得很不寻常。她点了支烟：这个人一看就不像是来我们这儿消费的，太彬彬有礼了，穿得也太讲究了，说一口听不出口音的普通话。每次来，都客客气气的，不要小姐，只请我陪他喝点洋酒，听我唱几首歌，一般都是不到两个小时就走了。坐小包，给大包的钱。我啊了一声，为啥喃？

1642.　小平吐了一口烟：我也好奇啊，有一次多喝了几杯，就问他，先生啊，您为什么喜欢到我们这里来呢？那位先生居然说，不想去那些最高档的地方，在你们这里有种人间烟火气。我很吃惊：小平，你们夜总会难道不高档么？小平乜斜着眼睛：说你娃没见过世面喃，你娃又去过北京。我们这个夜总会按照星级来说，四星都不到。深圳多的是真正的销金窟，那个客人可能是那些地方耍腻了吧。

1643.　我喔了一声，这个人太神秘了！小平嘿嘿两声：但是我晓得他是哪个。我瞪大眼睛：是哪个？小平一脸神秘：有一天路过报刊亭，看见一本财经杂志上登了一篇“某某家族发迹史”，我一看封面上几个人物，其中一个很眼熟，仔细一看，十有八九就是这个客人。我爆发出“哇”的一声，她叹口气：好奇嘛，我和你一样好奇。有一天人家又来了，喝了两杯，我就问，您是不是那个谁啊？人家咋个可能承认喃，只能说小姐你认错人了，就再也没有来过。

1644.　小平的烟瘾真不小，我问她过春节回家咋办，她说：好办，要回屋的时候把烟藏在楼梯口的纸箱子头，出门再摸出来就是了。

1645.　这次春节，我们在一起耍，我带了我妈，大家都不敢抽烟了。小平坐在对面，悄悄伸出两根指头，然后指了指厕所，我心领神会，站起来对她说：走，我们去解个手！没想到我妈也从座位上跳起来：走嘛，我也去！

……

1646. 过春节，电视上净是各行各业的人出来给市民拜年，我和我妈多高兴地坐到床上看。突然，有一个证券公司的代表冒了出来：祝各位股民新春快乐！万事如意！我妈如同条件反射一样“呸”一声黏痰吐了过去：黄鼠狼给鸡拜年！这些龟儿子！

1647. 我辛辛苦苦赚了一点小银子给我妈，说：你放到好些，我几哈就用完了。结果，她就去入了股，可想而知，全部焊在里面了，我妈安慰我说：不怕得，2008年我肯定走得出来！有一次，我听见我妈在电话里头给人家说：你相信我不得拐，某某某股和某某股好得很，适合做长线！——嗞！她还在给人家推荐股票！

1648. 我妈天天给我摆股经，无奈我听不懂。她教导我：你还记得小时候我让你走丢的时候咋个办嘛？还记得不？我点点头：站在原地等你来找我。我妈“喔”了一大声：对了！炒股一样的！走掉了不要换股，要等它涨回来！一样的！

1649. 我问我妈：妈妈你一个人的时候要是寂寞咋办呢？她嘿嘿一笑：数钱！一数一晚上就过去了！怪不得上次回成都，院坝门口的那些老孃子们看见我妈就笑她：吔，何老师，上次看见你在街上边走边数钱，发财了哇？不过那几天股市行情不好，我妈不想理人，白人家一眼：买了菜，顺下毛票。

1650. 我爸最近有点事情，找我借钱。我急中生智：你去找我妈嘛！我妈炒股有钱！你们总不可能老死不相往来嘛，你要这样，你要那样……我切切嘈嘈教了他一堆关于分寸和节奏的事情，比如她一个人住，问下有没有啥需要帮忙啊，要不要买米啊，水管子漏不漏啊。我爸笑了：龟儿子的，居然喊我去找你妈，离婚都那么多年了。我嗨了一声，试试看嘛。加油。实在不行，再回来找我。

1651. 没想到，我妈居然先来要我爸的电话，她说她要去银行取钱，要找个人当保安，想来想去还是我爸稳当。我很吃惊：妈，你是有好多钱乜？还需要保安。我妈哼哼了两声：你妈我的股票，涨了。

1652. 我听证券公司的给我妈打电话，她大手一挥，气壮山河地说：我这个人！永远是满仓！喔，对的，我的外号就是何满仓！

1653. 我妈背着手，在屋子里转悠了好几圈，完全是指点江山的气概。她思索了半天说了一句话：我这个人，没别的，就是脑壳太够用了！真的！你妈绝对是个聪明人！你看刚才喊我何大姐的，那个是证券公司的小伙子，才三十出头，不是这点人格魅力，咋个能服众？！唵？！

1654. 我妈在家里边唱边跳了一段《北风吹》喜儿扎红头绳的选段，胖是胖，居然十分灵巧，那个出场的小碎步翻得之快，自己还改词：股市带回钞票来，欢欢喜喜过个年，欢欢喜喜——过个呀年！哈哈哈哈哈！

1655. 带我妈去成都近郊看楼盘，我都觉得挺不错，又安静，绿化又好。人家售楼小姐问她：孃孃你喜欢安静点还是热闹点喃？我妈一直没有说话，终于忍不住了：我喜欢热闹！我才不住郊区，我要住在春熙路口子上！

1656. 路过卖车的4S店，我妈居然也拉着我进去转了一圈，然后财大气粗地问卖车的：你们这儿有没有无人驾驶的车！人家卖车的态度多好：孃孃，你说的这种车，预计在五十年后可能有得卖。

1657. 回老家，我说坐火车还是大巴？我妈说：包车，老子有钱。

1658. 在老家，我妈心情好，就爱摆龙门阵。她问我：以前老家有个熊二娃子记得不？我还没搭腔，她就开始自说自话地摆起来：那个老家伙板眼长得很，人喃，又爱开玩笑，见到哪个都笑嘻嘻的。但是他一直没有老婆，人都老得一把皱皱了，还是没有老婆。他有一天搭起板凳在牛棚里日牛，不幸被抓住了，关进了监狱，罪名：破坏农业生产罪。

1659. 熊二娃子他妈是个干啥都欢天喜地的老太太，她男人过世时，她都还是欢天喜地的，看见有人从门前过就喜滋滋地对人家宣布：我现在是寡妇咯，就不请你进来坐了哈！

1660. 熊二娃出狱之后幸逢改革春风，回来了，手里提了个公文包。那个公文包咚大，看他拎得龇牙咧嘴的，很重。每天，他吃了饭没得事，就拎起包包在街上转一圈，脑壳仰起老高，威风八面的。有时候他一只手拖狗屎夹，另一只还是要拎包包。为此，街上有个老寡妇就嫁给他了。但是没有几天又离了，寡妇说：个砍脑壳的瘟！个塞炮眼的！个老不胎害的！包包头装 23-25
的全是石头！

1661. 熊二娃子还是见到哪个都笑嘻嘻的，爱说笑话。人家问：熊二娃子你有好大了哇？他就笑扯扯地回答：晓球得的喔，总是要满六十了嘛。

1662. 我妈说，熊二娃子终于在去年死了，村上查了一下，他整整一百零二岁。

1663. 刘哥，刘二麻子，三姐的前任男朋友，从小就是我的偶像。但是，十年前他因为拿了国家的钱被送进了四川旺苍监狱，其间他还给我写过信，详细地描述了他们劳教所狼狗的花色、品种以及他戏弄昆明狼犬的全过程。他在信的结尾说：这边冷得很，你给哥哥买双厚点儿的手套嘛。我当时上高中，手上的流动资金不多，就在小摊摊上买了一双给他，厚是厚，但质量一般。这件事让我心头一直有点过意不去。

1664. 在新华公园的茶铺里，我终于又看见了刘哥，他在服刑期间一直表现良好，获得了五年减刑，提前出狱。见面时他笑嘻了：狗日的蓉娃子长起这么大了！我惊异地发现刘哥几乎没有任何变化，脸上还是那几粒雀斑，还长胖了长白了！他说：你哥嘛，走到哪儿都吃得开嘛，我在里头当采买，不仅自己吃得好，还可以每天出去买趟福利彩票！刘哥又说，他在里头好耍得很，手底下带了不少兄弟，为此不得不自修了大学本科的管理专业。

1665. 但是，三姐已经不想见他了。自从接到那个女人的来信之后，她再也没有提到刘二麻子，只是一心抚养苗苗。她喊现任男朋友来接待他。两任男朋友都姓刘，两个刘哥一见面，新刘哥还是多热情的，一见面散烟，一支红梅多远就递过来了：来来来，兄弟伙！燃起燃起！老刘哥十分潇洒地挡了回去：多谢了，抽我的！一包软中华直接就塞了过去。

1666. 老刘哥说：老子好想把他娃天葬喔。

1667. 其实还有一种地葬。名词解释：一、天葬，监狱集体活动之一。众人将一人抛向蔚蓝的天空，旋即散开，等抛向天空者自由落体。反复多次。二、地葬，监狱集体活动之二。众人将一人置于洪荒大地，置于地者身上覆盖棉被，众人从高处跳下落于棉被之上。反复多次。

1668. 我告诉老刘哥：新刘哥也没有什么钱，但是对三姐很好，很体贴，并且很爱苗苗。苗苗十岁了，很健康，正在读小学。

1669. 青莲寺门口，一个三四岁的小女娃娃手里攥着一只气球，一个老爷爷微笑着问她：佳佳，哪儿来的气球喃？小女娃娃瞪他一眼：瓜娃子，买的嘛！

1670. 今年过年，豆豆张敏也从深圳回了成都。据说青莲寺有个和尚灵得很，我们想正月里讨个好彩头，就去找这个和尚摸顶，每次一百元。谭亮说：我有熟人，我带你们去。

1671. 走拢了，找到了那个传说中的和尚，果然是宝相庄严，正在给众香客摸顶。到我们了，我正要往盘盘头丢钱，和尚慈眉善目地阻止：客官且慢，随老衲里面来。我们几个十分虔诚地跟他进到里面小间，他老人家一哈就放松了，对谭亮说：你娃娃不在屋头好生陪你妈老汉儿，跑到这儿做啥子？！然后对我们说：来来来，我泡壶好茶给你们喝哈！谭亮介绍道：这个是我们幺爷爷！

1672. 喝了一会儿茶，我们问谭亮的幺爷爷，你老人家是不是真的有神通喔？幺爷爷捻着山羊胡子：神通都是邪门歪道，不要信。谭亮笑嘻嘻：我们幺爷爷真的有神通的话，那只有在牌桌子上你们才晓得！大家纷纷说来来来摆一桌摆一桌，尤其是豆豆跳得最凶。幺爷爷摆着手：使不得使不得，出家人……

1673. 我们遭幺爷爷的牌技震惊了。幺爷爷摸了牌上来码都不码，看一眼，牌扣到，任何人打啥子他都清醒白醒，小牌人家根本不割。三盘之后，幺爷爷说：各位小施主，千刀万剐，不和头三把，现在三把过了，贫僧要开杀戒了啰！呵呵呵！我和张敏互看了一眼，感觉背后一阵凉意。果然，我回首就点了幺爷爷一个大炮，清一色带勾加杠上炮。我站起来去泡茶，豆豆还幸灾乐祸地说：快点嘛，给钱！张敏比较了解我：她在逃避现实。我深深吸了一口气，缓缓入水出汤，稳稳喝了一口茶，又回到牌桌前，淡淡一笑：幺爷爷，我该给多少？

1674. 但无论如何，我觉得我在麻将桌上还是相当稳得住的，调整过一次心态之后，就进入了自动付款程序。张敏就不一样了，越打她的脸就越垮，越打她的脸就越青。最后，她又点了爷爷一个龙七对，我都忍不住问她：你要不要也去泡个茶调整哈心态？张敏白我一眼：喝了尿多！豆豆谄媚地对幺爷爷说：幺爷爷，张敏说她以后也要出家，你是不是帮她开悟喔？幺爷爷似笑非笑：你们这些娃娃呦……

1675. 一个多小时之后，我们几个都有一种“我在哪里”“我在干什么”的终极追问感——因为都遭幺爷爷全部打来立起了。这个时候，寺里敲钟了，幺爷爷站起来，把赢的钱都从抽抽头拿出来：来，娃娃些，你们各人的钱各人拿去，爷爷就是陪你们耍一哈。神通这回事，是莫得的哈，万事如梦幻泡影，不要执着就对了。老衲还有事，你们先回吧。

1676. 从寺里出来，大家一起去老码头吃火锅，边等锅烧开边看新闻，说是成都有个双胞胎聚会，还有三胞胎到场。豆豆显然是下午的麻局还意犹未尽，脱口而出：嗨呀，龙七对下叫了得嘛！

1677. 我一直不晓得谭亮是不是上高中的时候有点喜欢我。那时候，我们住得近，上学常常一起走。一次，他搭我上学，路过二号桥的时候把自行车停了下来，指着河边远处空空荡荡的地方说：看到没得，以后那儿要修一栋房子！他手指抬高了一点儿，指着半空继续说：我们家大概在这个位置有套房子，我喃有其中一间，就可以带你去耍！

1678. 今年回去，曾经的空中楼阁已经修起来了，他也已经有了一个未婚妻，他们现在就住在那间房子里。晚上吃饭，他把未婚妻也约过来，是个才二十出头的小姑娘，两人一来，我们一个二个都在踏谑他：谭亮你个拐骗犯，带这么小个妹妹。谭亮笑嘻了，赶紧介绍：这个是丁丁，这个是格格、张敏、豆豆！人家小女娃子一张脸都涨红了：格格姐好张敏姐好豆豆姐好！我们“轰”的一声表示对这个称呼的不满：老子们集体十八岁，不要喊姐姐哈！丁丁多乖巧地递上一袋冬枣：哎呀，那不喊姐姐嘛，嗯，火锅燥热的，吃点枣子润到，我洗了的，可以直接吃。

1679.　吃了火锅，接着喝酒唱K，丁丁甜蜜地唱那英的《梦醒了》：我想起你描述梦想天堂的样子，手指着远方画出一栋一栋房子，你傻笑的表情又那么诚实，所有的信任是从那一刻开始……谭亮喝得已经差不多了，开始学他幺爷爷练气功，双手合十：本来无一物，何处惹尘埃！阿弥陀佛！

1680.　他看大家在笑他，更加得意，跳在吧台上，怒喝道：呔！这是洒家的诺亚方舟是也！丁丁笑嘻了说：诺亚方舟是皮鞋的嘛！这两天伊藤洋华堂在打五折！

1681.　我也喝多了，迷迷糊糊，都不记得几点到的家。早上起来，老九说我昨晚睡觉时十分霸气地喊了一嗓子梦话：买单——

……

1682.　过完年回到广州，地铁里看见一个标题：雷锋，让我们一起成长。心想果然又是快三月了，又要学雷锋了。然后我发现看错了，不是雷锋，是霆锋。

1683.　这次豆豆的老公为了把她从深圳哄回成都，给她买了一套雅诗兰黛。我走前去她家，狠狠用了一下，是好用哪！豆豆的心都要痛木了。

1684.　半夜，豆豆打电话来，怒气冲冲地说：老子明天就回深圳，龟儿子男人老子不要了！我问：雅诗兰黛也不要啦？她说：雅锤子——兰黛！

1685. 广州闷热、潮湿，充满瘴气。过不了多久，我就会找一天太阳好的天气，把所有的内裤内衣拿来用消毒水泡一哈、开水煮一哈，然后用根绳子挂在太阳底下，各种颜色、质地的内裤、胸罩迎风飘扬，引得过路的人来来往往都要看几眼，我才不管！没听说梅艳芳死于妇科疾病唆！抽个小板凳，坐在内衣内裤下守到，害怕猫儿来抓。

1686. 邻居小李好奇地来掀我蹾在火上的大锅，一边掀一边说：老火靓汤么？我连忙一连串不不不别别别，说晚了，她还是掀开吓了一跳，差点锅盖都掉在地上：一锅彩色的内衣内裤，跟变态凶杀案现场一样。 23-25

1687. 广州虫子特别多。在隔壁小李家耍，我看见一条二指长的蜈蚣，吓得跳到沙发上，老九抄起一只鞋子，一鞋板就打死了！小李怯怯地说：其实我是认识那只蜈蚣的，它在我家住了两年了，小时候不像现在这么吓人，还是浅灰蓝扁扁的。嗯，打死了就算了……

1688. 张雨生有一首专门歌唱蜈蚣的歌曲，就献给小李家这只可怜的小蜈蚣吧，以表达我们的歉意：徒劳蜈蚣想把，每朵浪花记清。

1689. 广州之热！热得来我都要发疯！我蔫耷耷地在屋头坐起发神，突然听到一声非常奇特的猫儿叫，像是在屋头又像是在外头发出来的，仔细再一听，居然更像是从墙里头发出来的！我跳起来找，在屋头到处翻，最后把冰箱大打开，喵——我那只很会享受的小黄居然在里头乘凉！

1690. 这个季节，最让人冒火的一句话就是：心静自然凉。

1691. 我居然在广州度过了一个没有空调的夏天。一天，我路过隔壁单身汉钟老师的门口，一阵凉意袭过：人家是有空调的。我特意又来回走了一遍，真是很爽啊！我就这样徘徊在单身汉的门口，心中渐渐鼓起了勇气，终于向老九摊了牌：今天你不给我装空调，我就进去这间屋睡。他说：那好吧，装吧。

1692. 过了一段时间，我觉得蚊子咬得难受，路过人家单身汉的门口，看见人家装了一扇十分好看的纱门……老九说：那好吧，装吧。又过了一段时间，我想吃冰冻西瓜，路过人家单身汉的门口，看见人家家里有一台十分小巧可爱的冰箱……老九说：那好吧，买吧。

1693. 过了一段时间，单身汉钟老师终于有女朋友了，她也经常在我们家门口转，然后回去就听见她在那边说：奥运开始了，人家家里都有电视……另一个声音说：那好吧，那就买吧。

1694. 这夜，我过了一个温馨浪漫的夜晚——点起了两支宜家的熏香蜡烛，在黑暗中袅袅婷婷地走来走去，并且思考了一些人生的终极问题：以后要注意电表，没有电了要赶快去买。

1695. 你说空调机整天嗡嗡嗡的，怎么没把自己烦死啊，它的人生就这样了么？！

1696. 看雅典奥运会，排球比赛，我想起中学班主任，她叫我“二传手”，就是因为有一次抓到我帮两个同学传纸条，他们隔太远，我就搭把手嘛。

1697. 标枪比赛，我又想起了我妈。小时候有一次在我楼底下耍，我妈在楼上煮饭，突然听见我在哭，看到一个娃娃在楼下打我，急忙抄起一根晾衣服的竹竿竿“嗖”地杀了下去，比这个不远些？！

1698. 我在洗澡，外面有个木工，一边拉锯一边唱歌：江山秀美人风流，啊莫愁啊莫愁，劝君莫忧愁。我按摩着我的头皮，心中有点欣喜：我也是很喜欢这首歌的喃，好久没有听见人唱了！他继续演唱了如下几首歌：一、《说句心里话》；二、《爱拼才会赢》；三、《小薇》；四、《萍聚》；五、《亲亲我的宝贝》；六、《千年等一回》。他的演唱特点奔放而不拘一格，随意而自创特色，尤其表现在两首歌之间自然的过渡上。

1699. 我包着浴巾施施然从浴室穿过厨房，来到我的房间，夹上窗帘的时候，猛然发现刚才那位歌者正盯着我看，不唱了。我连忙把窗帘严丝合缝地夹上，又把电脑打开，开始狂放莫扎特。窗外又传来歌声，更加高亢了：阿美阿美几时办嫁妆，想得我心发狂，啦嘶啦嘶啦嘶啦（拉锯声）……

1700. 张敏惊爪爪地给我打电话：快点！给我打两千块钱来！我遭房东吆

到街沿边边上了！

1701.　张敏现在经常打饥荒，隔三岔五就被房东驱逐。她号称自己是个自由主义享受派，如果卡里还剩一百元，她一定会先打个的，跑到中信城市广场喝杯星巴克咖啡，还要抽支老船长雪茄，把脚靠到另一张椅子上抖啊抖的，任凭海边都市下午的阳光和煦地洒遍全身。最近又听说她在屋头吃了饭没得事，在研究《奇门遁甲》。

1702.　她其实有工作，但嫌人家月薪少，辞了；她其实有个男朋友，搞室内装修，在深圳多出名的，结果她嫌人家逼她结婚，一句话不对，收起包包就搬出来了。自己这哈就在屋头吃了睡、睡了吃，一天就在网吧泡起。中国游戏在线，锄大地、争上游、斗地主，我都还在待业，她的级别都是正局长。实在没得钱了，就给我或者其他几个死党、最熬不过就给她妈老汉儿打个电话，讨点儿银子。我说：死人，你究竟想做啥子？！她懒洋洋地说：不做啥子，等到三十岁就去出家！

1703.　张敏很早就宣布了她的人生轨迹。她原来上高中的时候就说，希望在二十九岁的最后一天了却尘缘，遁入空门。我们听到这个话，很疑惑：你真的不耍啦？她笃定地点点头，并且指了指墙上贴的一张海报，上面有尊如来佛，以明心迹。我说：那以后我约你去星巴克都不得行了啊？她也有困惑：咖啡算素的吗？然后，她又认真思考了一下，把出家岁数推迟到了四十五岁。

1704.　电话里，我兴冲冲地对张敏说：我准备把我们小时候的事情写一哈，而且就用成都话写！她有气无力地说：祝贺你成为新一代乡土作家。我在网上耍两副牌，搞不赢！哈，拜拜。

1705.　穷鬼张敏在网上耍得最起劲的游戏名字叫“大富翁”。

1706.　张敏说，其实我小时候的第一个愿望不是出家，是长大后赚很多很多的钱！现在，这个愿望已经实现了一半，我长大了！

1707.　她把深圳的房租付清后，房东就拒绝再续租给她了，我喊她到我这儿来过渡一下。张敏来到广州，宣称心情不好，但食量可一点都不含糊。她一边大嚼一边解释，说她每次心情不好就会化悲愤为食量。我嗯了一声：原来您就是传说中的“饭遭殃”啊！

1708. 张敏爱吃，但并不是啥都吃，那是十分挑剔的。她喜欢7-11的鱼蛋，我陪她去买，一串两块五，四个；两串五块，八个。她就拿小塑料碗装起。我交完钱对她一摆脑壳：走！她说：不拿给售货员看一哈嗦？我说：不用，熟人熟事的！她嘴巴一瘪：早晓得多舀一个嘛！

1709. 张敏问我，你觉得八角钱的烟算不算相因（便宜），我说：八角钱一包，当然相因啦！她说：八角钱一条。这种烟的名字叫“飞雁”，现在早没了。

1710. 张敏有一种特异功能，随便在哪一个饭馆都能迅速点出人家最难吃的那个菜。她还有一种特异功能，打蚊子，不说一巴掌七个嘛也至少有三个。她把这项功能教给了我，我比她差点，一巴掌一个。

1711. 张敏床头那双塑料拖鞋看上去怪怪的，上面的英文字母经我仔细辨认，是：WC。

1712. 张敏斜躺在我那架烂朽朽的行军床上，体态慵懒，一脸超然地问我：我给你说过我们家没搬以前啥子样子没有？我说：没有！她继续带着憧憬的表情说：那时候，我们家是一楼一底，有个花园，没得好大，也就两百多平米嘛！院子头种的都是气柑树，妈哟，老子们搬走都没有结过气柑。后来，又种了点葡萄，这回结是结了果子，但还是青的，就遭外头娃娃些摘完了……

1713. 我点点头，想起来了，你们家那会儿还把房子租给人家，那家有个十几岁的男娃娃想摸你，他喊你去睡在床上，说摸你一哈，就给你吃一颗黄豆。张敏哈哈哈地笑，嗯对的，我当时说，黄豆就想把老子打发了，胡豆还差不多。我说然后喃，他真的拿胡豆出来啦？张敏说：不可能，他的黄豆、胡豆早都被我偷吃光了。

1714. 张敏说，他爸那边有四个叔叔——张国福、张国安、张国起，还有一个——张国荣；她妈那边也有四个兄妹——刘德清、刘德云、刘德芬，还有一个——刘德华。

1715.　她们屋头有只猫，死得有点惨，从她们楼顶掉下来，没有遭摔死，但是掉在两匹砖中间，遭夹死了。

1716.　在深圳，张敏还养死过一棵植物，叫常春藤。

1717.　我问张敏：你明天干嘛？她说：不知道，不过明天早上就知道了。

1718.　豆豆已经在深圳女人街开了个铺子，我说张敏你现在闲着，要不然和她一起开算了。她想了想说，做事情好累人喔。我说出家一样要扫院坝，还要多早起来扫。她叹了口气，说那我考虑一哈嘛。

1719.　我和张敏睡在床上，哪个都不想去关灯，张敏只有拿脚去刨，企图用脚指拇缝缝把灯索索夹到，再往下一扯。结果，我观赏了足足五分钟，她都没有搞定，我为她打气：加油——加油——她一使劲，“扑通”就从床上滚了下去。

1720.　我妈打电话来问我好久回去，还说她把家里大变了个样！我暗暗觉得大事不好，问你咋想起来折腾屋头的摆设呢？我妈说，你干爹来了一次，说我们家太不会利用空间了，他说他完全有办法把我们屋变成一套四！

1721.　好久没见干爹了，听说他在拉萨揽工程当包工头，生意做得嗨，半夜都在出差。这天突然神戳戳打了个电话到广州来：我在南门上（**成都富人区**）又买了套房子，二天你回来住哈！我说：你北门上的蓝波公寓喃？他说：龟儿挨到火车站，不安逸，不高雅！我问：大哥喃？他说：在政府机关上班。二哥喃？在党委机关上班。他们都结婚了哇？结了，你两个嫂嫂一个在政府机关，一个在党委机关！

1722.　据我妈说，我干爹的新房子里头欧陆风格、中式风格、俄罗斯风格全部整交了。她说：你没看到你干妈哟，五十几了，妆化得来眉毛都是红的，还穿一双溜尖的甩尖子皮鞋！

1723.　我干爹姓胡。小时候有算命的说，我的命硬，要认个干爹才能顺利长大。我妈找来找去，各种八字对比了，最终选择了这个长得像个藏蛮子的老胡。拜干爹的仪式正式写了抱养契，还办了酒席的。

1724. 我干爹真是个蛮子，黑大三粗，比较沉默，没啥本事。多年前的一天，他突然引吭高歌：我的心，在等待，永远在等待，我的心在等待，在等待——把在一边写作业的我吓了一大跳。

1725. 我干爹从这天起，据他自己说，他突然看到了遍地都是钱，就等他去捡。我妈说老胡想钱想疯了。他嘿嘿一笑：你们这些没有眼光的人，只晓得拿死工资，看我的，二天你们就晓得了。

1726. 我和大哥、二哥（干爹的两个儿）曾经一起照过一张照片，我们站在公园里一架油漆斑驳的退役军用战斗机上，我站中间，穿了件桃红色儿童西装，里面的转转领子都烂完了，大哥、二哥一人穿一件白衬衣坐在两旁，三个宝器笑得瓜兮了。

1727. 二哥说我的转转烂得有水平，和他们街上收破烂的穿的一样。我很生气，不理他了。我那件转转虽然领子烂了，但是胸前印了一只白鸽，我爸爸是喜欢鸽子的，我穿这件衣服能沾点鸽子的光，让我爸也喜欢我，所以一直舍不得丢。

1728. 干爹说：蓉娃儿，你衣服烂了，走，干爹去给你买件新的！转了半条街，啥子都没买成，我们两个都气得来要爆炸了。回家，我妈问：咋的喃？我说：就他那种品位，买给我当抹桌布我都不干！

1729. 我收拾我二哥的办法就是不理他，几天几天地不理他，看见他在屋头，我转过身就走。我二哥终于忍不住了，给我写了份检讨，自己又不好意思，请大哥转交给我。大哥这个人比较阴险，他直接把它贴在院子门口了。

1730. 干妈向干爹投诉：狗日的两个死娃娃一天到晚只晓得偷白糖吃！我干爹没打他们，也没骂。第二次回家后，胳肢窝下面夹了个铁桶桶交给干妈：拿去，给两个死娃娃每人每天吃两颗！干妈问：这是啥子药？干爹说：这是巧克力。

1731. 我干爹还是有办法的人，一直在做点小生意。他最开始的生意是挂个烂相机，里头胶卷都没得就去公园里头给人家照相。后来慢慢个儿，倒钢材、倒黑白电视机，我妈说他，除了人不倒啥子都倒，他说：人咋不倒？只要弄得来！一次，我放学路过一个市场，居然在门口看见干爹在那里装货，好像还和别个在吵架，我站在那里听，听那个人骂干爹：狗日的死窜窜（倒爷）！我回家告诉我妈：妈，我今天在市场门口看见干爹了！我妈说：你咋个不去给他打个招呼喃？我说：有个人在骂他是个死窜窜。我妈说：喔，那就算了。

1732. 记得我还在读小学的时候，有一次我在干爹那两室一厅的“环球远东国际贸易总公司驻蓉办事处”耍，有个人鬼头鬼脑地来找他：逮猫不？我干爹瞟了我一眼，看见我一双咚大的眼睛瞪得溜圆把他望到，就轻轻摇了摇脑壳：不、不逮。那时我还奇怪有猫为啥不逮，现在我知道了，确实不能逮。而那个鬼头鬼脑的人，就是后来住在我家的房客丝光棉叔叔。

1733. 我干爹肯定要过猫儿的。一次我在他们家，一家人好好个儿坐到看电视，不晓得咋的干妈就和他吵起来了，冲过来就把一台正在播放节目的十八寸长虹彩色电视机甩到楼下去了，电视里还在演《红楼梦》，开头主题歌的“啊……啊……啊”还没啊完。我沮丧得很，又看脱一集。

1734. 我也不知道干爹在我的成长过程中起了啥子作用，反正按照算命先生的说法，他也算是从八字调和中给了我一些帮助吧。倒是我妈特别相信我干爹，毕竟干爹做生意确实发家致富了。发家致富之后，人家也没有大手大脚，家里不要的硬纸板、瓶瓶从来不得甩，都是整整齐齐码在欧陆风格的客厅中间，隔段时间就喊收荒匠来一回，来一回都要卖十几元钱。我妈本来就节约，这下，觉得收集破烂更是一条发家致富的好路子，家里垃圾堆得山高都不得丢。我每次回成都，都觉得下不到脚。

1735. 我干爹还从室内装修方面影响了我妈，他自己家里那种欧陆风格、罗马风格只是表面，他的设计思路以家里能住下好多人为核心。比如，啥地方看上去是个柜子，其实可以放下来是张床；更不要说沙发这种家具，如果不兼顾床的功能，就不是一个好沙发；阳台上更是，打满了隔断，每个空间都能塞个人。我干爹在我家那套不到六十平米的二居室转了一圈，说何安秀，你这个房子要是落在我手里头，估计一套四都有。我妈大吃一惊，觉得多年来吃亏了。

1736. 后来回到成都，我吃惊地发现，我家在我干爹的装修思想指导下，成功改造成了火车候车室：多了好几张可以放下来睡觉的沙发，还有儿童上下铺。我妈得意洋洋地给我介绍装修成果：这间屋睡五六个人，轻轻松松。我问她：屋头一年到头就你一个人，我回来也就两个人，哪里需要接待五六个人？她嗯了半天：万一呢。

1737. 她指着儿童上下铺说：你小时候最想要个这种带楼梯的上下铺。你看嘛，现在给你买起了，你又不在屋头住了。

……

1738. 终于，豆豆和张敏合开的服装店在深圳女人街开张了，店名叫“格格屋”。这个名字倒不是我取的，是她们自己取的。算是对我的一种，嗯，纪念？

1739. 漫步在女人街，会听到成都口音的椒盐普通话响起，比如：这边看这边选，过了这个村没有这个店！又比如：走过路过千万不要错过！再比如：龟儿子买不起就快些爬……豆豆说，不要污蔑她，她已经尽量不打骂顾客了。

1740. 我发现豆豆赚了点钱之后腰杆都硬了，说起人生来大道理一套一套的。她说哎呀这个失恋啊，不在于失恋本身，而在于——失恋之后的青黄不接！我问：你交男朋友啦？豆豆那头声音开始杂乱起来，她说空了吹老子要做生意去了！有空来看我们！

1741. 她发了一张和张敏在一起的工作照，她们穿着一样的店服，骑着两辆一样大的小自行车，朝气蓬勃地行驶在深南大道上。我好奇地问起那挂砣子大小的自行车骑起来快不快喃？豆豆说：骑快点就快了噻。

1742. 我去深圳，到她们住处时，豆豆已经在阳台上临时架的锅上做饭了，她一边拗着根烟一边颠勺，火“轰”一声起来，嘴里哼着《天仙配》：你耕田来你织布，你挑水来你浇园……菜炒好了，嚓，倒在盘子里，她正好弹了弹老长一节马上要掉下来的烟灰。

1743. 菜摆好了，我和张敏欢天喜地围过去，拿手抓起一块肉就吃：好香的回锅肉啊！还招呼豆豆：哎呀，你也来吃噻！她把围裙一挎，又点了支烟，站在窗台边：龟儿子的，吃球你们的，老子闻都闻饱了。

1744. 豆豆转头问我：你不是说要给我带一个胸罩来的嘛？我一边埋头吃肉一边弹了一下胸罩带子：在身上穿起，脏了就脱下来甩给你！

1745. 晚上我和张敏睡在一起。在床上，张敏摸到我问：这是你的脚嘛还是手喔？我晓得我的手是有点粗糙，但这句话还是严重地伤害了我的自尊心。

1746. 豆豆和在深圳新交的男朋友打电话，我和张敏支起耳朵在床上听。豆豆娇声说：瓜儿，给你听写个英文单词哈，Room咋个写的喃？嘻嘻嘻……对了噻，就是啊、哦、哦、姆！

1747. 睡不着，我又坐起来看书，突然闻到外屋传来一股很幽静的香味，好舒服啊。我问外屋的豆豆，你是在点檀香嘛沉香？豆豆走过来：不好意思，莫得那么高雅，是榄菊牌蚊香！她看到我手上的书，瞪起眼睛问：你在看啥子书？！我合上书，书皮冲她。她“喔”了一声：原来是《禅的体验》！我还以为是《裸的体验》……

1748. 第二天早上，我睡眼惺忪地觉得有人在撩我的铺盖——豆豆站在我的床头，对张敏笑嘻嘻地招手：来！看桑瓜儿穿的内裤还多好看的！

1749. 豆豆目光迷离、风情万种地靠在床头：我做了一个梦……我和张敏在刷牙，满嘴泡沫跟螃蟹一样：说、说来听下。她用手指绞着发梢，笑得抿嘴儿抿嘴儿的：嗯，人家梦到擎天柱了！咳呀，那个擎天柱喔长得来之高大，身身儿是机器的，钢铁的肌肉一坨一坨的！但是脸喃，又是人的，长得好撑头喔！好巴适喔！嘻嘻嘻！嘿嘿嘿！把我啊，放在手上，我好渺小喔……我和张敏汩汩汩地在漱口，一不小心，都吞了点带牙膏的水水下去，直打干呕。

1750.　和豆豆去菜市场，有她在，啥都不用我操心，全程都依靠她做决定。她说：买点豆腐吧？我就拍手：好！她说：算了不买豆腐。我也拍手：好！然后我就去用脚踩包水果的泡沫网啊用手去戳人家的米啊，不然就喜滋滋地去看劣质蛋糕店的样品蛋糕……豆豆到处找我，问我要不要吃韭黄肉丝，我喜出望外到快失神了：好！！

1751.　和豆豆一起做饭，我打下手，她是我心目中了不起的大厨。她说洗一根葱，要炸点葱油。我顺手抄了两根葱来洗，说两根葱味道足一点吧。她立刻制止：只要一根葱！我立刻照办，然后在心里感叹：啊，原来这就是我做不好饭的原因啊。嗯，该用一根葱，就用一根葱，千万不能多，桑格格，你要记住了！我一边洗葱一边呵斥自己一边点头。

1752.　我和豆豆的区别是——如果我买了一个烤箱打算用来烤面包的话，这个烤箱将永远烤面包；而她居然可以用同一个烤箱烤出红薯、鸡翅和鱿鱼，还有一些我都不知道是什么东西的东西。

1753.　我这次出门又忘记带指甲刀了，豆豆那也正好没有，她说：你可以躲在超市买指甲刀的地方假装试用，剪完又放回去！我点头大赞这个想法：呃，但是我还想剪脚指甲，可以么？

1754.　豆豆买了副胸贴，还送了副给张敏，因为这两个疯子晚上要去迪吧跳舞，一人一件袒胸露乳的吊带小背心。跳得太猛了，张敏在舞池头大声武气地对豆豆说：妈咦哟！老子的胸贴好像遭跳脱了！豆豆同样大声武气地回答：老子的已经脱了一半了！两个人回到座位，觉得实在不安逸，算球了，扯了。然后，就坐在座位上各人伸手到衣服里头扯，吓得豆豆的男朋友“嚯”的一下站起来用身体帮她们挡到：哎！你们两个还是斯文点嘛！

1755.　我可不愿意豆豆去上班了！每天都缠着她带我出门耍。豆豆终于缠不过来，答应今天不开铺子：你说嘛，今天你想耍啥子？我打了哈欠说：瞌睡来了，先去睡一哈儿。她火冒三丈：给老子爬！去开铺子了。

1024. 开始听到“下半身写作”的说法，脑子里立即出现了一个勤奋残疾少年用脚夹着笔写字的场景，我觉得很受鼓舞！人家身残志坚，我要学习！

1035. 汤娃儿开始操社会了，那身“屁儿烤干”就出现在他身上了。他穿起好看些，不像他爸，里面配件红色的鸡心领毛衣，毛衣还扎到西裤头。人家潇洒地把外套搭在肩头，嘴里拗支烟，嘴巴一撅就是一个圈圈，再一撅，圈圈套圈圈，看得我春心荡漾。

1078. 豆豆打算带领我们四个一起弄点钱，去染坊街批了点散装“飘柔”，包装好了和商场里的一模一样。拿张报纸用毛笔写了个招牌“正宗飘柔”，就蹲在水碾河工人日报社门口开始卖。毛兰英和张敏负责两边站岗。半天都没有顾客，我们眼睛都要望绿了！来来往往的人根本没得哪个看我们一眼。

1152. 初中时我穿过一身白，现在我喜欢上了一身黑。那是一件黑色V形领的毛衣配一条黑色的健美裤，我还特意别了一朵塑料玫瑰花，金黄色的，在V形领的领尖尖上，然后深谙时尚要领地对旁边的张敏讲解：看到没得，这就叫全身的美汇于一点！张敏翻了个白眼：像个叉叉，掇了个糖油果子。

1167. 我还是很崇拜巴蒂斯图塔，一直崇拜到现在，每每将他的名字念在嘴上都觉得铿锵有力、唇齿留香。虽然我并不知道他长什么模样。

1189. 就这个样子，我们电台的一个副台长还说要栽培我。一说“栽培”，我就想到我们副台长，在一片空地中挖了个坑，然后将我像树苗一样栽在上头，浇水、施肥，还有修剪枝叶以及捉虫。

1208. 在我妈的光辉指引下，买了一件蓝底印白花的蜡染中式大衣，一条针织黑色中长百褶裙（*后来是我妈的舞裙*）。正式面谈那天，我妈还郑重其事地给我梳了个盘头，插了几朵花瓶头的塑料玫瑰，有红色的，也有黄色的。我娉娉婷婷地走过广告公司的走廊，引得无数人侧目，大家纷纷在猜测这个模特有三十嘛还是四十岁？最后还是创意总监揭的谜底：十六。

1218. 我妈曾经的偶像是查尔斯王子。九七年香港回归的时候现场直播，有查尔斯镜头的时候，我妈冲过去，把着电视机，另一只手挥在半空：快快快，给我闪一张！

1756.　我每天都想做一件工程浩大的事情，就是帮张敏整理衣柜，但每次打开衣柜后我都叹了口气：唉，我好像能力不够。张敏在电脑桌前头也不抬：那麻烦你把柜柜儿门关上。

1757.　想起我自己的衣柜，里面随便一件都有五年历史，年份更早的可追溯到初中。每次下狠心要扔旧衣服都未遂，但内衣裤是有寿命的，不能年份太久。我的办法就是洗干净放在一边，单等旅行的时候，当一次性用品。这样我的行李就一路越来越轻，跟火箭似的一边飞一边丢掉燃料箱。

1758.　豆豆破天荒地说：要不今天不开店了，我们去大梅沙吃海鲜！我积极响应：好好好！张敏白了豆豆一眼：去大梅沙的路上要经过盐田港，那边大货车多，都是你梦到的擎天柱噶！又白我一眼：不开店？不开店还吃海鲜，我看你真也在做梦！——不要说，张敏居然也有积极向上靠谱的时候。

1759.　第一次走进女人街，我的眼睛都不够用了，好多出口转内销的新鲜玩意儿，都不贵，还可以讲价。不是豆豆和张敏拦着，我这样想买那样也想买！她们悄悄告诉我，不要发瓜，都做这一行了，去拿货更便宜。第一次来深圳咋个没有发现这个地方喃，当时居然瓜兮兮地买了两把手电筒。

1760.　市场外面的广场上那些要钱的真是五花八门：有穿僧衣卖唱的，有罹患地中海病身残志坚的、用脚写书法的……要在华强北混，用豆豆的话来说，就是必须“才华横溢”。

1761.　豆豆张敏带我参观的第一站，是女人街边上的情趣用品店，打算让我开开眼。果然好耍！有个彩色棒子顶端绑了一坨羽毛，我很喜欢，打算买给我的小黑、小花和小黄。张敏对豆豆撇了下嘴：她要买给她的猫儿！豆豆怒了，拉起我就走，数落我：没出息！乡巴佬！

1762.　又走进一家高级服装店，满店的服务员都把我们两个盯到。我心发虚，问豆豆：咋的喃，我们两个很像大客户么……豆豆看了一下我以及她自己的衣服，又是拖起我就走，出门才说：哎呀妈咦哟李鬼遇到李逵了！我们穿的就是这家店的翻版货！

1763.　在女人街口子上有一间卖文艺棉麻衫的，叫作“菊语”。我们经过时，豆豆阴区区地来了一句：菊语，咋不叫屁话喃。

1764. 女人街真的是个大千世界，啥都有卖的，居然有个店卖一只会学猫叫的鹩哥。我们问老板娘这只鹩哥多少钱，人家鹩哥自己回答的：五千！五千！五千！喵——

1765. 试穿一双高跟鞋，特别高，试穿的时候最好有人搀扶：从那高跟鞋上下来，就跟从二楼跳下来一样。

1766. 旁边龙威精品店的小弟，一天到晚戴顶鸭舌帽，穿个西背，打扮得跟《上海滩》里的报童一样，他靠在我们门口，说他爷爷当袍哥的往事，我觉得还挺有意思的，豆豆和张敏却像是没有听到一样。豆豆小声道：我们已经听了五十多遍了。

1767. 对门是大码外贸店，看店的是贵州肥妹阿英，她平均五分钟过来我们这边晃一下。不过来的时候，就在对门直勾勾地看着我们三个，还喊：好无聊啊！陪我聊聊天嘛！我们就用她的贵州口音回答：刻死（去死）——！

1768. 这天，一回到店里，豆豆就把我拉到铺子深处，说街当头那家专门卖A货的铺子又遭工商开罚单了，她笑哈哈地说：龟儿子洋盘，一天到晚还放个破丝机在店子头刷来刷去，这下对了嘛，多刷点！

1769. 一个女人带着小女儿进了店，小丫头手里举着根冰棍，豆豆拿了个小板凳放在门口，小丫头很乖地就坐上去吃了起来，吃得满手的冰棍水儿。我忍不住对她说：你要先吃头里的，快化了！快快快，这边这边，舔，哎，哎，别流手上……她妈买好衣服出来的时候，小丫头在我的指导下，成功把冰棍吃完了！豆豆对她妈笑眯眯地挥手：下次再来，拜拜！小丫头对我挥手：姐姐拜拜！

1770. 小丫头一走，我就坐在那个小板凳上休息，张敏站着整理模特，她肥硕的屁股和小腹正好和我的视线平齐。我说：麻烦你还是收哈腹嘛。张敏说：我是收了的啊。她看我不信，就松了气把腹部放开——看嘛！喔，她果真是一直收着的啊。

1771. 张敏说她最愿意伺候胖妹，胖妹难得找到穿得的衣服，因为有点自卑又好说话，一般来说买东西都爽快。果然，我伺候的那个胖妹妹很好说话，穿上我推荐给她的湖蓝真丝上衣她也觉得很好看。但她还是不敢买，买了黑色的。

1772. 一个女人多妖艳地从我们店门口走过去，那个香水味之浓，顺风起码飘一千米！豆豆扇着鼻子说：这就是传说中的——抹香鲸。

1773. 豆豆说她有密集恐惧症，说是看见一堆一堆的虫子就浑身鸡皮疙瘩。我说那如果是一堆一堆的钱呢？她说：那好像没啥不良反应。

1774. 坐了半天都没有客人来，大家就各自耍手机。张敏失落地说：你们的手机响个不停，咋我的半天都不响喃？豆豆头都没抬：莫得事，一哈儿我给你发一个。

1775. 还是没客人来。我从包包头摸出一本广州带来的《万历十五年》看。一个风度翩翩的中年男子陪着老婆走了进来，看见我坐在小板凳上看书，“咦”了一声说：现在卖衣服的小妹都这么好学啊！豆豆凑近过来附耳：会真买东西的，好生招呼。我笑容满面地和这个中年男子攀谈了起来，从中国古画到古琴，从外国哲学到电影，从文学评论到当代艺术。最后他老婆试了十几件衣服，一样都没有买。中年男士倒是不好意思，问老婆：一件都不合适么？她老婆白了他一眼：不够档次。

1776. 黄昏时，我终于卖出去一个发夹，用小袋子给人家装好，说了一万多个谢谢，欢迎下次再来。然后扬起一张钞票，对张敏大声武气地说：收到！张敏咬着牙，一双凤眼都要飞起来了：十五的发夹被你十元就卖了，还有脸得意！

1777. 晚饭前的半个小时，豆总和敏总这两位老板不动声色地去市场门口切了一张山东大饼，招呼我：店小妹儿——来来来，之好吃！我憨厚地整了好几块，味道是不错。豆总敏总还多殷勤地端起都泡白了的茶：来，喝口茶，不要哽到哈。收档了，她们一边搬架子一边问我：晚上你想吃点啥子喃？不要客气！我吃力地把模特举进去，打了一个饱嗝：呃……饼子整饱了。

1778. 为了犒劳辛苦的一天，收铺子之后路过花摊，豆豆买了两把晚香玉。张敏说：瓜的嗦？屋头又没有花瓶。豆豆看看手头的花，悠悠地说：回去敲一个啤酒瓶瓶儿来插就是了噻。

1779. 这天晚上，我、豆总、敏总一起在家把最近几大烂片一网打尽，这就叫：有烂同当。

1780. 生意惨淡，豆豆怪张敏进货眼光有问题，张敏怪豆豆进货眼光更有问题。我说：你们不要怪了，我来给你们进次货。

1781. 当我气喘吁吁、兴高采烈地把进的一箱T恤扛回来的时候，豆豆和张敏打开一看，同时倒吸了一口冷气：胸口印着一个大大的红双喜，围绕着红双喜上下翻飞着几只喜鹊和春意盎然的红梅。

1782. 我说：多么具有时代特色，多么有好彩头，难道不让人觉得亲切和想起小时候么？！豆豆说：嗯，确实亲切，穿上去像一个八十年代的暖水瓶。张敏说：暖水瓶还算好的，胖的人穿，更像是以前结婚用的搪瓷痰盂。

1783. 她们问我进了好多，我一捆一捆地拿出来：红色、白色、黑色，中码、大码各十件，她们深深叹口气：还算不太多，挂在外面处理价赶快卖了。我嘟着嘴，又拿出一堆：那是短袖。这一堆是长袖，也是中码、大码，红色、白色、黑色各十件。

1784. 只能说，我的眼光太独特了。居然处理价卖得也很困难，没卖出去两件。这些来逛女人街的女人真的太没有眼光了！我一咬牙，剩下来的我一个人全包！有啥子嘛，没人欣赏，我个人欣赏！走的时候，我从筐筐里抓了两件送阿英，阿英忙不迭地说太胖了穿不上，又给我送回来了。

1785. 直到现在，我的衣柜里还有这件“喜鹊闹梅双喜图”，夏天穿短袖，春秋穿长袖，冬天当内衣穿里面。每次看见这T恤，我都觉得——真的很好看啊！

1786. 张敏和豆豆严禁我再去进货，算了，不去就不去，我只管卖还撇脱些。张敏交待我：这一款发夹是塑料的，卖五元……我转头就飞快地对顾客说：这个是塑料的！五元！张敏在角落里拿眼睛把我恨到：龟儿子的嘴巴翻那么快做啥子，给顾客不要说是塑料，要说是烤漆胶！

1787. 我蹲着给顾客找东西，裤子挂在柜子的钉子上了，屁股上扯了多大一个口子！我的心都要痛木了：老子的当家裤儿啊！豆豆说：脱下来老子给你补。等她补好，我拿回来一看，缝好的口子上，一个完美的LV。豆豆得意地抄起手：给你整得更高档嘛！

1788. 有个身材绝好的妹妹在翻看店里的衣服，然后叹口气说：哎呀还有没有更鲜艳一点的衣服啊？最近我发现我老了，喜欢鲜艳的了……豆豆说：哎呀嘞，我最近也是，人老了是这样的！一句话投机，大家也不做买卖了，坐下来开始神摆。我说我最近睡不好，大家跟上一句：人老了是这样子的！张敏说她记性不好，大家再来一句：人老了是这样子的！对面阿英的大码店新店员小熊说她喜欢少年男，大家近乎兴高采烈地提高了八度的嗓门：人老了是这样子的！！

1789. 有顾客来订衣服，张敏负责给人家写订单。写日期的时候，她一抬头，迷离地望着我们：嗯，今年是九七年哇？

1790. 难得一天生意好，我们三个喜气洋洋地在店里穿梭进出简直搞不赢。我和豆豆面对面撞个正着，豆豆欢快地“哎呦”一声说：把老子奶奶都撞瘪了！

1791. 我们三个走进饭馆，看到电视里飞船“唰”的一声升了空。得知宇航员的一身行头价值几千万时，我们连连咂舌：妈呦，一只袜子都够开十家格格屋咯！

1792. 菜上来了，电视里开始放《新白娘子传奇》。张敏看见白素贞脖子上的项链，笑晕过去了：这个我去拿货，两块五！

……

1793. 路上有两只麻雀，一只很正常，蹦蹦跳跳，一只奓着毛不停地颤抖。我停下来关注，它一直抖啊抖，抖啊抖，我开始担忧。突然，正常的那只麻雀拔地而起，抖的那只也不抖了，噌一下也紧跟着飞了起来。然后它们在空中缠抖了一会儿，双双又停在树枝上——这下两只都是正常的了！谁也不抖了！你啄啄我的毛，我啄啄你的毛，恩爱非凡。搞什么搞！我翻了个白眼，走了。

1794. 我已经日理万机地做家务了，为什么我那9.57平米还是不能一尘不染？为什么？！

1795. 在家就不要戴近视眼镜了，把旮旮旯旯的渣渣都看得那么清楚，影响心情。

1796. 电动牙刷坏了，打维修电话。喂，你好，是松下么？请问你们的维修地址在哪里？接线员耐心地问了我型号、购买日期、住址之后，我突然很抱歉地对她说：对不起对不起，我不修了！她很惊讶：为什么呢小姐？我十分抱歉地告诉她：因为我刚发现，我的牙刷是飞利浦的。

1797. 小屋装修，师傅递给我一把螺丝刀，我潇洒地摆摆手，徒手拧了几下，搞定。感谢我妈妈，她老人家给我生了一双树皮一样粗糙的小手，我就知道，一定会有用的。

1798. 关于装修，想起有一年在北京，当时的小提琴家男朋友要来看我，我去菜市场门口的布摊摊上扯了一块布，做了一副窗帘，剩下来的，把我觉得不顺眼的地方都遮了起来。一下子整间屋子焕然一新！真的！我特别满意！那布是红色格子上起小熊图案，既英伦又活泼，我觉得我自己有品位惨了！完全可以接待从国外回来的小提琴大师。我问小提琴家好不好看，他很优雅地点头：好看。还站在那红色小熊窗帘下练琴。

1799. 我给我妈打电话：妈妈，今天是母亲节，祝您节日快乐！我妈高兴昏了：啊呀！好多年都没有听到你说母亲节快乐了！好好好！乖乖乖！结果后来我发现，那天根本不是母亲节，搞错了。我不灰心，把日子掐算了一遍，等到那一天又给她打电话：妈妈，再一次母亲节快乐！上次记错了，这次才是真的！我妈还是很高兴：好好好！乖乖乖！

1800. 结果，又过了几天，我妈给我打来个电话：嗨！人家商场门口的牌牌儿上咋说母亲节是今天喃?

1801. 我和前男友分手，我妈从来都比我难受，在电话里哭得汪啊汪的：呜呜呜，你妈好不容易才接受了，哦嚯，又换了！我现在心头只有他！呜呜呜……我只有在旁边劝：好嘛，好嘛，下次不了嘛！

1802. 我妈对表弟的一个女朋友也是念念不忘。表弟长得有点帅，所以女朋友多，这个女朋友估计他都忘了，但是我妈记得比他还清楚。有一次他们一起去乡下耍，路边有一个果园，这个女娃娃二话不说翻了进去，出来时候捧了三个苹果，而且已经用水洗过了，第一个递给我妈，还说，来，秀孃你先吃！

1803. 与我妈通电话，得知有男士在追求她！我连忙要打哈哈，她一句：别提了，不懂感情的家伙，吹了。我连忙问：咋的喃？！她“哼哼”两声冷笑：他打电话过来问我在做啥子，我说我煮了面条正在吃，他完全不懂事，没说人家正在吃面条就一会再打来啊，一直说一直说，吧嗒吧嗒一直说，说得我面条都冷来坨起了！你说，是不是不懂感情嘛?

1804. 我“啊”了一声：因为这个就吹了啊？她看来还没有消气：不是啥子喃？！我喊他等我吃完面条再打。嗨！等我吃完面条这个龟儿子又不打了！我等到现在都不打！你说是不是不懂感情嘛？！

1805. 我妈这么多年，还是没有固定的男朋友。听三姐说她又找了一个新男朋友，我欣喜万分地在电话里询问。她说：还将就！就是有一点：吃得太多了！

1806. 何安秀和程妖精的恋爱推迟了十四年才到来。这天下午，上了点年纪的何安秀女士从社保定点的大药店买了点药出来，听见后面有人慢条斯理地说：吔——前面的，好像是何老师得嘛！何安秀转身一看，笑了：嘿嘿，这不是程……程老师得嘛。

1807. 多年不见，何安秀还是有点不好意思，“妖精”这个称呼即将冲口而出的时候，被她咽了回去。这种不好意思，不仅仅是因为年辰久了没见，还有一件往事，两人从瞬间的羞涩和尴尬中都能感觉出来，大家都还记得嘞。

1808. 十四年前的一天，从不愉快的婚姻里走出来不久的何安秀的个人条件是这样的：中青年，肤白显年轻，正派，当过音乐老师能歌善舞，又是国营大单位的热门科室的正式职工（那时通过她能搞到些紧俏物资），有房，虽然有一个未成年女儿，但女儿是出口货，总有一天要嫁出去的。在她经常光临的白果林茶园婚姻介绍所，她是可以骄傲的，虽然她有点偏胖，但也是符合介绍人周导演赋予她“白果林的白果”这一美好形象的。

1809. 这一天，何白果被介绍给一位据说是学哲学的老大学生，在厂矿子弟学校教书的程老师，刚离婚，有一男孩随母，也有住房。何女士自己也当过老师，对程老师颇有好感。他们在茶铺里泡了两盏“青山绿水”，就开始了交谈。何女士问：程老师，你饭量有好大？程老师略一沉吟：嗯，就拿面条打比配吧，一斤干面，还要加点菜，稀捞松活！何女士暗暗咂舌，就在心中为他量身定做了一个名字：妖精。虽然吃得多，但是人家也是有正式工作，有工资的。她觉得可以进一步交往。于是，就很正派地要求去看看程老师的家和离婚证，程老师很坦诚地答应了。

1810. 看来程老师哲学有点没学透，有一个重要哲学思想都忘记了：心急吃不了热豆腐。何安秀女士刚一跨进家门，他就按捺不住，欲对白果女士不轨，想剥了壳壳吃米米。这简直是在挑战何白果女士的心理极限，说时迟那时快，还没有靠近的程老师觉得腹部被一样硬物抵住了，他脚杆一颤：何老师……那是啥子？！何安秀冷笑一声：啥子？！弹簧刀！你娃娃给老子放老实点，老子敢上你这儿来，就是有准备的！

1811. 据说，此后，程老师还是一五一十地把大学毕业证、教师证、离婚证都拿给何安秀女士看了的，只是看了之后，何女士拂袖而去，去了之后就没有了下文。不能不说，这是一个有阴影的记忆。

1812. 他们下一次见面，就是十四年后。见面一聊，居然两个都还是单身，不胜唏嘘。何女士再称为“白果”显然不合适了，她已年过半百，越来越发福，虽然依然肤白，但已经是皱纹一大把了。程妖精饭量虽然不减当年，但是由于学校精简机构，他当初费尽心机调去的一个部门，恰恰被精简了，他莫法，被安排去守大门。守大门，他那么大的饭量就养不活自己了，就还要去打一份工，如果想要吃饱了还要有点其他花销，就得打三份工。他白天在茶铺倒水，傍晚去帮馆子倒泔水，深夜再回学校守门。

1813. 这个期间，如果不是当初读了点“黑格儿”、“海德格儿”，他是不好意思在那天下午把曾经的白果——何安秀女士从背后叫住的。他的身体还是很好的，他的目光是依然热情的，他的精神是依然充满期待的。他叫住何安秀女士，二人并肩走过大街小巷，在夕阳西下的时候，他甚至背诵了一句：夕阳无限好，只是近黄昏啊——何老师，你还没有吃夜饭吧？走，我请你吃砂锅米线！

1814. 就是这一碗砂锅米线之后，这一段推迟了十四年的恋爱开始了。何安秀原谅了程妖精，并且坦言当年因为对他有点成见，给他取了这么一个不太雅致的名字。程老师一点都不生气，说：取得好！程妖精，程咬金嘛！反正我也是半路杀出来的！何安秀说：那我就这么叫你咯？程妖精点点头：要得！

1815. 妖精！……哎！……妖精！！……哎！！……妖精！！！……哎！！！……一问一答的黄昏恋，还是多美好的哈。

1816. 程妖精交了女朋友，希望能更多些外快，就凑钱和人家搭伙买了一个歪三轮。怕城管逮，只敢在城边边上转。这一天，何安秀对他说：妖精，八十路那边在修路，车站搬开了，好多人不晓得，坐不到车，你去那边拉生意，一定好赚！程妖精就去了，那一天，果然就赚了一百多元！他晚上回来之高兴喔，去提了副猪蹄子，喊安秀炖上，安秀想到他辛苦，基本上都给他一个人吃了——一斤干面，加猪蹄，还有些菜，他一个人稀捞松活。

1817. 他们两个人都是节约人，就算日子宽裕点了，也不得乱花。但是安秀毕竟曾经是能歌善舞的人物，还是在乎外形的，妖精的发型多年来是那种地方支援中央的“地中海”——中间秃顶，边边上留起多长，然后覆盖全球，风一吹，就像张学友唱的：乱了乱了，头发乱了，喔吔喔吔。安秀说：来，妖精我给你剪一个头发，不在外面花钱。妖精说：要得！剪嘛！

1818. 剪完之后，程妖精忙到去学校交班，匆匆忙忙就下楼了。安秀在楼上远远欣赏了一眼自己的手艺，就倒在阳台上笑岔气了。那一天，妖精所到之处，没有一个人是可以保持正常表情的，他委屈地打电话来告诉安秀：好讨厌嘛！我们学校那些婆娘都笑得钻到桌子下面去了。街上的汽车都不开了，把我看到，车上的人都在笑，堵了一长串！还有门口守自行车的王掰子都笑我，笑得一扑爬，把他守的自行车推倒你妈的好长一排！……

1819. 事后，安秀对人们形容她亲手缔造的杰作：你们晓得梯田嘛？大家一边擦着笑出来的眼泪一边点头：晓得！安秀继续说：那个发型就像是探照灯打在梯田上！那个光影效果是层层叠叠、坑坑洼洼！

1820. 总之，两个人相处的时光是有很多值得记忆的事件的。

1821. 这年春节，我怕猫儿们没人管，就央求让我妈来广州。我妈说：我来广州给你带点儿成都的广柑哈！今年广柑之好！我自己吃的是几角钱一斤的都好得很，我给你拿嘛就称一块钱的极品广柑！都说好了，但是临到订票的时候，我妈说：还是算了，我不想来了，我有几棵杜鹃、一盆吊兰、几窝冬寒菜，走了没有人管。我只得还是回成都，把猫儿托付给邻居小李，打电话告诉我妈已经准备的各种礼物，她反应冷淡，最后她突然想起来了：嗨！你说广州的苞谷甜，你按好的给我背几斤回来嘛！

1822. 回到成都，我妈很心疼地责备我：看嘛，就是你那天打电话来喊我去广州，这盆冬寒菜听到我要走就生了气，都蔫了！

1823. 我问我妈：妈，我的擦脸油呢？她说：在冰箱放鸡蛋的地方。我问：妈，我打印的简历呢？她说：在冰箱第一层。我问：妈，我的内衣呢？她说：在冰箱最大的那一隔，冰箱不插电就可以当柜子用，嘻嘻……

1824. 煮红苕稀饭，我妈居然去打开洗衣机，从洗衣机里把红苕拿出来。我看不懂了，问这又是啥风俗喃？她说：嗨，你回来了，冰箱就要用起了，红苕只有放洗衣机里，耗子才啃不到。人家在藏区，洗衣机都用来打酥油，嘻嘻……

1825. 有人敲门，一打开，我和门外的人都愣了一下，我妈在后面说：喔，妖精来了嗦……喔蓉蓉，喊程叔叔！我反应过来，这是我妈的男朋友，马上笑眯眯地让进来：程叔叔好。程叔叔还有点腼腆：吔，这个就是蓉蓉吧，长得乖长得乖！

1826. 等大家在客厅坐下，我才看清楚了程叔叔的发型，实在有点憋不住笑。程叔叔明显很不自在，用手捋了一下，干笑了两声。我妈说：如何？你妈我的手艺！程叔叔终于忍不住了，委委屈屈地说：硬是的，娃娃在，你也不怕娃娃笑，这都长了一段时间，要不然我咋个见人嘛！硬是的……

1827. 大年初一，我妈和程叔叔问我要不要一路去转府南河耍，我妈把年夜饭剩到的卤菜用饭盒装起，再抓点花生瓜子糖和水果，带几张报纸顺着府南河一路转耍。程叔叔说，多好耍的，走累了，就把报纸垫在河边，把吃的拿出来，拿牙签签起吃！我妈说：离婚这么多年来，这是我过得最幸福的一个春节。程叔叔深情地看着我妈：我也是。我看他们两个这么起腻，才不想去当电灯泡，连忙说：我有事，你们去你们的哈！

1828. 我其实也没啥地方去，跑去吃了碗肥肠粉，居然在肥肠粉店碰到了李昭峰。他考上了大学，但是读到大三就没读了，还是一副垮兮兮的样子。我问他为啥不读了，他的原话是：瓜完了，没意思，不如出来早点挣钱。我问他现在做啥子呢，他掏了张名片给我：整了个酒吧，你来耍嘛，你来免费。我拿起名片看了看，真的吗假的喔，那要得嘛。最后他假装不经意地问我小平去了哪儿。我想了想，告诉他小平去了深圳，实在找不到好工作，做了夜场经理，因为她酒量好。李昭峰听了沉默了半晌，问：你有她电话么？

1829. 我妈过生，我想过隆重一点，就把我妈弄到麦当劳的生日专区坐起，点了一桌的东西。但我妈吃了一口汉堡说太难吃，就从兜兜里拿出根洗过的黄瓜：还是这个香。

1830. 电视里在放宣传四川旅游的片子，有个童声歌谣唱：张打铁、李打铁，打把剪刀送姐姐，姐姐留我歇，我不歇，我要回切勒大麦……我听到觉得好熟悉啊，好像在哪儿听到过，就问我妈：是不是你原来教过我啊？我妈说，不是我，是原来小时候带过你的磊婆婆。你还记得磊婆婆不？我模模糊糊地想了一会儿，说记不清了。我妈叹了一声，那也是一个造孽人喔。

1831. 我妈当光荣的乡村教师的时候，找过几个乡下婆婆带过我。有一个婆婆姓磊，无儿无女，她觉得我妈和善，喜欢来和她说话。我妈有时候也接济一下磊婆婆。一次，磊婆婆来找我妈：何老师啊，你看我这个头发咋个一把一把地掉喃？我妈问她：你最近吃了些什么？磊婆婆把最近的饮食情况大概说了下，我妈听完，让她在椅子上稍坐，就去翻开柜子取出一筐鸡蛋，递给她：磊婆婆，你是缺乏营养。磊婆婆吃了几天鸡蛋，果然不掉头发了。

1832. 磊婆婆不知道有多大了，反正每天尖起个小脚脚，清早就在田坎上去捡牛粪和狗屎，她自己又是没有田的五保户，就是捡来堆成一堆送给下田的村里人，有时候人家就给她一碗米。乡上呢，据说每个月要发二十块钱给她，但是经常又收不到，她就尖起脚脚来找我妈：何老师，你是读书人，去问下政府嘛，好久把我的费用发给我，我身上只得一块钱了。

1833. 我妈被托付了几次这样的询问请求，也问过，但是没有任何音讯。磊婆婆站在操场上的铁钟下等我妈下课，我妈一直心神不宁地从窗子的木栅栏看见她雪白的头发在风中飘散。下课了，磊婆婆急忙拉住我妈：何老师，你是读书人，去问下……我妈拉着她的手：磊婆婆，来我屋坐下！她们回到宿舍，我妈指着墙角一坨咿咿呀呀被固定在摇篮里的肉团说：磊婆婆，这是我娃娃，八个月了，刚断了奶没有人带，要不你来帮我带娃娃，吃住都跟我，每个月我给你十五元钱，好不好？

1834. 磊老婆婆眼泪一下就飙出来了：哪门感谢你哟，何老师嘞！我一个孤老婆子，一辈子没人管噻，就你怜惜哈我哟！我十二岁卖给地主家当小噻，被大婆娘是又打又骂，没有过一天好日子哟！后来说我成分高要斗我，我是无儿无女，连一床铺盖都莫得的哟……她就这样一把鼻涕一把眼泪的，成了我人生中第一个保姆。

1835. 她每天在摇篮里推我，唱歌谣，我妈说磊老婆婆那个嗓子之好，那么老了，声音亮得可以唤山上的鸟。她唱：推磨，扬磨，推豆腐请舅母，舅母不吃渣豆腐……还唱：张打铁、李打铁，打把剪刀送姐姐，姐姐留我歇，我不歇……她还唱：虫虫虫虫飞……

1836. 婆婆有时候尖起脚脚背着我去转田坎，看见地上有牛粪要去捡，却忘记了背上还有娃娃。有一次，我就从背上倒栽下来，哭得个山野四动，环绕立体声。婆婆慌忙抱着我颠，急得嘴里直念咒：包包散，包包散……

1837. 好在我没摔成傻包，而且以我一岁半的年纪，说了一句口齿不清但相当成熟的话：波波我不洞（婆婆我不痛）！婆婆拿脸挨着我的脸，眼泪淌了我一脸：我蓉娃儿乖。婆婆一辈子没有娃娃，事实上不咋带得来娃娃，但是，我命大，无数个磕磕碰碰也没有阻碍我的成长。只是有一次，我妈看见我在地上抓猫儿碗里的饭吃，第一次说了婆婆：婆婆，你看到点儿嘛！婆婆惊惶地从远处奔过来，打掉我手中的饭，紧张地看着我妈，生怕丢掉这份好事。

1838. 后来婆婆抱着我，悄悄说：娃娃，吃点猫饭不怕的，好长大！ 23-25

1839. 婆婆不知道自己的生日是哪一天，每次问起，她就一脸茫然地回忆：不晓得的喔，那年我妈生我发大水……我妈给了她一件藏青色的罩衣，她摆手：何老师，我都婆烦你那么多了，咋好意思还要你东西。我妈说：婆婆你穿嘛。磊婆婆说：何老师，我那么大年纪的人了，穿不烂就要死的，可惜了！

1840. 我妈在这间学校教了两年书，我也长到两岁多了，一口随磊婆婆的口音，还有她教的歌谣。但是，我妈要调离了，不得不带我离开。

1841. 我们走那天，我爸用车子拉了好多斤米和钢炭堆在磊婆婆屋头，又帮她把缸子里的水挑满。我一直跌跌撞撞拉着磊婆婆的手，哭着对她说：波波，一起走嘛！波波，一起走嘛！婆婆不说话，一路上拿她那树皮一样的脸把我的脸挨了又挨，沉默地尖起脚脚把我们送上公路。我妈眼睛红了，递钱给她：婆婆，照顾好自己，有事情找人带信来，只管说……

1842. 我们开车走了，婆婆站在乡村竹林边，单薄衰老的身影越来越小，小得很，然后就消失了。

1843. 我妈说：我们走的那个冬天，磊婆婆跳了沼气池，死了。

……

1844. 热烈祝贺我爸爸入选“夕阳红中老年时装表演队”！并且成为绝对主力！

1845. 不是吹的，我爸嘛，一米七七的身材，又匀称，在他们中老年歌舞厅一站，很是打眼喃！据他说，有些想入非非的孃孃，总是想散了场约他喝茶，他把脖子一梗：不！我老桑不是那种人！可想而知，我爸的魅力，伤了多少人的心。

1846. 我爸是个大老粗，他是不懂得怎么当老汉儿的。我和他在一起生活的日子很短，大多数都是挨揍的记忆。但是我记得，每一次他揭锅盖，而我恰好在旁边，他就把锅盖上的水蒸气抹一点在我嘴上，也抹在他自己的嘴上——因为不知道他在哪里听说这个水蒸气是绝对纯净的水。刚才我蒸发糕，揭开盖子的时候，也顺手把盖子上的水抹了一点在嘴上。

1847. 我爸给我打电话：老子打算给你一个小时的父爱。我就挂了打回给他，他果然给了我近一个小时的父爱：把他的社会经验又讲了一遍。我装作第一次听，让他过足了瘾，然后抬手看看表：爸，我还有点事情，下次再给我父爱好不？他意犹未尽：狗日的死娃娃，每次都是忙慌慌的。

1848. 他在电话里嘱咐我：我和你妈妈，有缺点有优点，你要自己挑那些好的基因，不许继承我们不好的！听到没有？我很恭敬地回答：好的，爸爸，我自己会挑选的，您放心。

1849. 他对人事的评价总有这句：知人知面不知心，画虎画皮难画骨。我终于忍不住了，说：爸爸，你这个想法过时了，人呢要真诚以待，以心换心，吃得到好多亏嘛！我爸嗯嗯嗯了半天，不晓得说什么好，唯一一次没有念结束语就挂了电话。

1850. 结束语是：多吃大蒜，过马路要看两边。

1851. 打我记事起，我爸就在养信鸽，在阳台上搭了一个多大的铁笼子，起码有一百多只。每逢重大庆典，政府就要召集他们这些养鸽子的把鸽子拿去放。有一次，我还去看他们放鸽子：一排人都拎着笼子面无表情地站在主席台下，等领导一声令下，就把鸽子轰出笼子，鸽子惊慌失措地啪嗒啪嗒飞上天。接下来，就没他们什么事情了，自己拎着空笼子回家。有时活动会发纪念品、影集啥的，上面还有字：感谢某某同志响应党和国家的号召，参加放鸽子啥啥的。

1852. 他后来下岗了，正经算是被放了鸽子。

1853. 有一次在春熙路，我和我爸手挽着手转街。路过一家音像店，我爸把我拉了进去，熟练地走到最里头的一个柜台，指着里面的人体艺术碟片说：你看！好丑陋嘛！你不准看这些哈！我说：哎呀，我在广州就住在美术学院，这些都看得不想看了嘛！拉起他就要往外面走，他又把我拉回来：嘿！你说里面真的都是这些光屁股啊？！我点了点头。我爸激动地说：丑丑丑！丑死了！我说：丑嘛你就莫看了嘛！又拉起他往外头走。他站到不动：是不是哪个都可以买喃？我说：是啊，你要不要嘛，我买给你！他吓倒了：不不不不不！我是来教育你的，不准你看的！走了多远了，我爸还在回头看，嘴巴里头不断地说：好丑嘛！好丑嘛！裤儿都不穿！

1854. 现在，我每个月给他寄钱，并且为他添置了很多西服、皮鞋这些体面的东西。他对我说话的语气有了点微妙的变化，没有那么生硬，隐约有点客气和殷勤。我很不喜欢这种变化，心里多酸的，觉得自己对爸爸用心不够，他一辈子都没有什么大成就，在女儿面前都不能呵呵哈哈的，那还得了。于是，我万般谄媚地说：爸爸，你说我明年回老家给乡亲们唱点啥子好喃？他果然高兴，在电话那边沉吟半天，报出个节目单：《黄杨扁担》《好久没到这方来》《绣荷包》《祝酒歌》……最后，他说：你再唱个《北京的金山上》嘛，本来这个歌你妈唱得最好，现在她不是桑家的人了嘛，你来唱，哎呀，唱得不好喃我们将就听。

1855. 我爸参加“夕阳红中老年时装表演队”培训已经一个多月了。问他感受如何，他说：还——可以！狗日的是不同哈，艺术步走起来跟省委书记一样！……拉起那些女的，那些女的人家素质还是多高的，个个长得来丰丰满满的，你现在就是瘦了不好看了！拉起那些女的……

1856. 只要在成都，我雷打不动每周二陪我爸去天乐歌舞厅跳一次舞，上午九点到十一点的中老年场。我爸在电话中反复强调：直接上三楼，不要在一楼和二楼逗留，那些是歪的。

1857. 我转过二楼上三楼时，一个穿着时髦的五十岁左右的老头走下来，看了我好几眼，眼神怪渣渣的：小妹，好多钱？我说：我是来找我爸的，我爸叫桑国全！他眼神突然就变得十分慈祥了：哎呀！这个是蓉蓉啊，你好久回来的喃？长起这么大了！好乖哟！去去去去，快去，你爸在上面等你！

1858. 这时，一个浓妆艳抹的女娃娃迎面走来，个子矮矮瘦瘦的，穿身白色的低胸短裙和高跟鞋，一股强烈的香水味。我隐约觉得她有点面熟，但是一时想不起是哪个。那个女娃娃也看了我一眼，她也愣了一下。我又回头看了她一眼，她却没有回头，背影消失在二楼的舞厅里了。

1859. 过完年，准备回广州。我爸打电话来：你走之前，我们两个的目光还是对看哈嘛，而且我还有样东西要送给你。见面后，他拿出一管蟑螂药递给我：你现在也有自己的家了，有厨房了，这个用得着，特别管用。

1860. 准备上车了，我爸问我：你还爱祖国嘛？我说我挺爱的。他说那就好，那我走了。我说爸爸再见，就上车了。

1861. 这夜，我梦见打电话叫车，居然叫来的是我爸！哎哟那一路上把我一通数落，说我这不好说我那不好，我还只有听着不敢还嘴！最后我终于到地儿了，下车，还给我爸付款，然后就给了他五星评论：该司机风趣幽默、热情友善、道路清晰、行车规范，是一次难得的、愉快的行车经历。

1862. 一觉醒来，恍然间想起：那天在中老年舞厅二楼碰到的那个女娃娃，可能是王香莉。

25 - 26岁 上海

1863. 小学二年级暑假的一天，天气晴朗，蓝蓝的天空飘着几朵白云。楼上的邓佳牵着我到她们家，然后指着踢脚线说：看！我们家的新装修！于是，直到现在，我都认为装修就是踢脚线，没有踢脚线就是没装修，装修的最高境界就是踢脚线。

1864. 这一天，天气晴朗，蓝蓝的天空飘着几朵白云。我们在上海要租一间房子，房东太太带我们看房子，房间十分一般，但是她指着一条古老的踢脚线说：看，这是装修过的房子！费用不能再少！我觉得她说得有理，就租了。

1865. 住在一个写上自己名字的房子里——我眼前就浮现出自己穿着缎面棉袄，双手捧着银质暖水壶，幽怨地在坐在红木太师椅上的样子，财产、房契、保姆、大红灯笼高高挂。作为一名光荣的无产阶级接班人，我觉得相当的不爽。你说为什么非得买个房子住着呢？！多么不合算啊！那么大一坨钱，掰成一小瓣一小瓣，揣在包包里，多么幸福啊……后来有人问我：格格，如果回到十年前，你有什么话对自己说么？我说：赶紧买房。买两套。

1866. 老九要回上海，到他的母校同济大学工作两年，我作为家属，和他一起住在校区对面的同济新村。这里是老小区，都是几十年前的楼房，有的二层小楼还带着院子，非常结实和朴素。围绕着老房子的树木，大的以梧桐居多，小的花草可就太多了：夹竹桃、蔷薇、枇杷、石榴、竹子……说来也奇怪，无论是哪个城市，不管去过没去过的地方，只要有这么一片小区，我就觉得回到小时候了。哪怕在月球上也一样。

1867. 我最喜欢在小二层楼那边散步，看每家人院子里用搪瓷盆、泡沫箱种的凤仙花、鸡冠花、臭海棠。有的人家直接在院子的土里搭架子种丝瓜、豇豆，还有茄子和辣椒。院子里没人的时候，我就站在那儿看一会儿，看漆成深蓝色的木窗户后面，是白色的窗纱。一大片泡桐花树盛开了，让人忍不住想摘帽致敬，把帽子抓在手里，仰头对它们说：谢谢你们。

1868. 这天夜里，我梦见自己是一个转校生，很腼腆地在老师的带领下站在讲台上介绍自己：大、大家好……我、我叫桑格格，嗯，我、我从内地城市成都转学来到上海，可能很多学习内容都和大家不、不同，请、请大家多多关照……我顿了顿，从书包里摸出一把小刀，小心翼翼地插在了桌子上，继续说：嗯，但是如果、如果谁要是敢叫我乡下人的话，我、我就不客气了！

1869. 清晨出门吃早点，转角处闻到了一股新鲜猫屎的味道，我判断出这是只七八个月大的成猫，身体健康、肠胃消化功能良好。转了个弯，果然在大概十五米左右的地方看见一只这样的猫，正在用爪爪刨沙。

1870. 小区的猫非常多，有一次我还碰见过它们开会：大概有二十几只猫在一个转角的花坛上匍匐着，一只大麻花猫威严地蹲在最上面。我路过，它用眼光严厉地扫了我一眼，其他猫都发出呜嗷呜嗷的威胁声。我打了个寒战，好像一个大王厉声说：敢擅闯禁地，把那个人给我拖下去！我夹着尾巴就逃跑了。

1871. 滚远点儿——滚——远点儿——滚、远、点儿——滚远点儿……小区里有只猫名叫“滚远点儿”，每天听见她的主人娇滴滴地这么唤着，每一个字都饱含深情，软软糯糯得如同酒酿小圆子。我也试图叫过这只猫，但我一开口：滚远点儿！那猫“噌”就跑了。

1872. 纵观天下众猫，北京洋桥北里的猫最雄浑，广州美院的猫最娇俏，上海同济新村的猫最婉转。

1873. 蜗牛无论爬多远，它经过的地方都是一条湿湿的水迹。小时候喜欢吐口水玩，吐不了几口唾沫就干了呀，要是硬是继续吐，连头都是要晕的。你说小小的蜗牛哪里来的那么多水分啊？还要爬那么远？嗯？

1874. 小区居然连啄木鸟都有，请注意，这是我第一次在野外看见活的啄木鸟，十分激动！那是一只小小的啄木鸟，看样子刚长大不久，是白黑毛色的。它像动画片里的一样双爪抓住树皮，脑袋晃动，尖嘴就磕得树皮咔咔咔作响。我问老九：它怎么做到不停地磕树皮而脑袋不晕呢？它的大脑到底是啥结构啊？他漫不经心地答道：和你一样，没脑子呗。

1875. 朝花夕拾，就是早上洗了衣服，晚上收回来。

1876. 到了江南的梅雨天，我洗了床单晾出去，刚进屋，下雨嘞。于是等雨停了，我坚忍不拔地取下来，洗了再一次晾出去，一进屋“哗”一声，又下雨嘞。

1877. 太阳好，但菜市场里面晒不到，卖东西的大姐们都在门口扎堆晒太阳。我要买菜了，得招招手，把卖菜的从门口召唤进来。大姐做完我的生意一分钟都没有耽误，又跑出去晒太阳了。然后买肉，又要招手，卖肉的大姐看见了，笑着跑进来。最后，那个卖鱼的，不等我招手，就进来了。我看着她小跑进来，也笑：太阳晒起来舒服哈？她点点头：舒服舒服！哈哈哈，顶顶舒服！

1878. 菜市场里有卖活虾活鱼的，我常去买。卖鱼虾的是一个女子，穿着塑料大围裙，健壮又喜气洋洋地站在里面，有人来了就笑眯眯地问：侬要点啥？我选好了要的虾，但是包装袋没有了，她用手指了指说在你背后。我看了看，没找到。我在还找着呢，身后来了另一个女子，拍拍我的肩头：喏，在这里。我看了她一眼：你是？她哈哈一笑：我就是卖鱼的啊！我从鱼档里站出来，你就不认得我啦！我看看鱼档里面，果然空着没人了，又看看她，喔了一声！果然是你！

1879. 我一直喜欢去同济新村附近的菜市场买菜。最近几天去得很频繁，而且老在一家摊上买，因为这家摊主管我叫：小姑娘。

1880. 上海蔬菜就是丰富，我吃了很多叫不出名字的蔬菜，很好吃，清香家常又有季节感。比如：什么荠菜、草头、马齿苋、那什么……就叫不出名字了。

1881. 有一天买菜，居然发现了熟悉的软浆叶！不过人家上海人叫木耳菜，回来洗的时候发现上面有只小瓢虫，随手放在小盆栽上。好几天过去了，它都好好的。我每天都和它玩耍一会儿，瓢虫又叫花大姐，它背后有四个圆点，所以我给它起了个名字：四姐。

1882. 看见超市摊上又多了一种新菜，叫“观音菜”，很嫩，颜色蓝紫，我马上就买了一盒。回家洗菜的时候，我极细心，一根一叶地搓洗，心情十分虔诚。下锅煮的时候，还高念一声：阿弥陀佛！这个菜在沸水中，水立刻呈深紫色，叶子几乎成黑色了，像血液浓稠结痂。我内心不忍，把观音婆婆捞上来，她老人家已经奄奄一息了，放在我打好的四川调料中，其状凄惨，软塌塌的。我不知如何是好，静默了一会儿，空气中岁月沙沙在走，人神共处一室，宇宙安详悲壮。我端着观音菜，对她说：婆婆，既然你化身人世间为食，就是舍身搭救天下子民的饥苦，我正好饿着肚子，你就不要怪我唐突神灵，我吃了哈？我吃了哟？

1883. 我现在有了神力，菜菜穿肠过，观音心中留。不过作为一个人，我要说：观音婆婆，你变的菜菜有点涩口，下次要变好点。

1884. 去同济新村门口的小菜馆，点了一个菜包饭，然后就是一阵沉默。点菜小姐说，你不点点儿蔬菜？我说，菜包饭里面有蔬菜。小姐说，你们来点米饭吗？我说，菜包饭里面有米饭。小姐说，你们点汤吗？我说，菜包饭有汤。

1885. 我被老九扶着，佝偻着身体，艰难地行走在同济新村的林荫小道上。他问：你行不行的？我的脸都绿了，往前蹭了两步，实在走不动了，就摇摇头摆摆手：你先走罢。我在马路上的石阶上，像搁浅的鱼那样大口地喘气，煞是痛苦。我崩溃地对老九再次挥了挥手：你先走吧，我待会儿就回。看着他越走越远，我拉了拉紧绷绷的裤子，松动一下，就舒服一点儿。

1886. 蒜泥苋菜、鱼肚档、响油鳝丝、茭白肉片、番茄鸡蛋汤，哪一样都是宝贝，都割舍不下，最后只有委屈我那逆来顺受的胃了。我被扶出饭馆的时候，引来了众人侧目：这姑娘怎么啦？没什么，我只不过达到了吃饭的最高境界：扶墙进、扶墙出。而已。

1887. 我非常喜欢一个词：立等可取。

1888. 老九出差，我自己去同济新村的小菜馆。点菜阿姨问：你一个人啊？我说：嗯。她说：那你别点菜了，一个人吃不完浪费，你吃我们的盒饭好了，六块钱一个，也是刚出锅的，我给一坨最好的精瘦肉给你！我就点点头：阿姨真好。

1889. 其实我特别想喝番茄蛋汤。晚上就梦见番茄蛋汤了，醒来一整天都在想念这种红色与黄色夹杂绿色的液体，嘴里咂咂有声。什么事情都变得索然无味，世界上只有番茄蛋汤最珍贵。到吃饭的时候，我小心翼翼地走进小菜馆，对阿姨小声说：阿姨，我就点一个汤……我保证喝完！

1890. 我勉强把汤喝完了，站起来，稳住，付钱并且对阿姨说了声再见。来到小路上后，我再也支撑不了，蜷缩在路边呻吟了好一阵。算了，下次就
盒饭吧。

1891. 买到一种海鲜酱，哎哟不要太好吃哟！不过成都人听我这样说一定要瘪嘴巴：嗨——选酱？又不辣，有啥子吃头嘛。但是我这个成都人离开成都久了，口味已经变了，现在也喜欢不辣的口感了。听到家乡人这么说，也不反驳的，因为我知道他们不是完全在挑剔口味，对我还有一丝埋怨——埋怨我离开得太久了，叛变了，叛变了天底下最好吃的东西：辣椒。

1892. 吃辣的能力确实下降了，吃了特别辣的椒麻鸡，辣晕过去。感觉自己说句话，说完自己退到后面了，那句话还凝固在空中。

1893. 今天对我特别重要，因为我会做番茄炒鸡蛋了！开始炒鸡蛋的时候，油不能太烫，太烫瞬间鸡蛋就糊了，也不能炒老，因为一会儿还要和番茄合炒。炒番茄的时候，倒是需要很烫的锅、很烫的油，这样番茄容易出汁，这个时候再追加盐巴下去，汁水就出得更好。汁水差不多了，就倒炒了一半的鸡蛋，番茄汁瞬间包裹鸡蛋的时候，香味一下子就腾起来了。特别正确的番茄炒鸡蛋的味道。

1894. 这是我在村口小饭馆里听两个厨师说起的。那天去吃饭，背后坐着一个老厨师、一个小厨师，老厨师要退休了，交代小厨师很多注意事项，最后一个交代的就是番茄炒鸡蛋。老厨师还说：厨房常备一个土豆，油点子烫着了，赶紧拿土豆切片擦擦，不留疤。

1895. 天气好，星星看得比平时都清楚。我只认识猎户座那三颗排在一起的星，老九说：这三颗星是猎户的腰带，周围还有四颗亮星，是猎户射箭的样子，一共七颗。我说：咦，那腰带下面还有两颗小的星是啥？他眯缝着眼睛看：不可能啊，我记得没有了啊……我一拍脑子：对了！那一定是猎户的鸡鸡！

1896.　最近有两颗牙特别白！因为我刚把电动牙刷放进嘴巴，就睡着了。

1897.　深夜三点半，饿醒了，就翻冰箱，从冰箱深处拖出了一根胡萝卜！居然还没有蔫！我马上如获至宝地捧着去了厨房，烧水，仔细地洗胡萝卜。我甚至找了一点儿从成都毛兰英家舀来的豆瓣酱。蘸着酱小口小口地吃完了这根上海胡萝卜，满足极了。

1898.　偎在床上，看湖南人沈从文的书，几舒服喔。他说这个天，起晏点，勾个火把昨晚的鸡汤热了，吃个鸡膊腿，几受用喔。

1899.　我开始不喜欢听上海话。今天在公车上，听两个上海小姑娘嘁嘁嚓嚓说了一路，一个问另一个：格周么吾要企吾阿布窝里契饭，侬企租撒？旁边的上海朋友悄悄告诉我，意思大概是，这周末我要去我外婆家吃饭，你去做啥？还挺好听的。

1900.　去买烟，问小卖部的阿姨：哪种烟淡一点儿？这位善良的妇女把所有的烟都排在我的面前：哎呀！我们不会抽，也不知哪一种淡，你自己挑吧。说话的时候脸上的笑容十分温和贤良，我瞬间就被一种力量打动，还是做个良家妇女吧：算了，拿块巧克力。

1901.　吴江路的红宝石小奶油蛋糕，就是世界上最好吃的冰淇淋蛋糕。也许这个世界还有比它更好吃的，但是，我觉得达到这个程度已经可以了，再好吃就不大像给正常人吃的东西。

1902.　一口气买了十个红宝石小奶油蛋糕带回家。店员嘱咐我：要赶快吃掉喔，不吃掉也要放在冰箱里，要不会化得一塌糊涂！上海的吴侬软语中，有些音节是短促的、爆破的，比如这个：一塌糊涂！我小心翼翼地拎着这十个宝贝，“一塌糊涂”像四个定时炸弹一样安装在我的心脏周围。

1903.　老九去书店买书，在温暖的店堂中对我招招手：进来啊，外面多冷。我隔着塑胶门条，吸溜了一下清鼻涕，微笑着坚毅地摇摇头。我怕蛋糕化了，人家卖蛋糕的说，要放在冰箱里。

1904.　看见桌子上有颗糖，正好肚子咕咕叫，就剥开吃了。一秒钟就吐出来：妈哟，是颗卫生球！

1905.　从大包装的袋子里抓了一把瓜子，放在小碟子里慢慢吃。到了晚上，瓜子就变潮了，我赶紧把潮瓜子送回大包装里面去——里面有很多很多依然干燥的、它的兄弟姐妹，我想，那些干瓜子一定会紧紧拥抱这些少量的潮瓜子。就像是电视上演的那些久别重逢的亲人，它们会心疼潮瓜子：你看你，怎么把身体搞成这样。让我来帮你把潮气吸干吧！

1906.　窗户有一种异常的响动，一个男人像蜘蛛人那样出现在窗外！我吓得从椅子上跳起来躲在铁皮柜后面，这位男士可能也觉得这样的亮相比较惊悚，于是安慰我说：小姐别怕，我是修水管的。我马上递了一块抹布给修水管的先生：请帮我擦擦玻璃，外面我一直够不着。谢谢！

1907.　有人问我：格格，你是不是每天素面朝天？我说：素面倒是的，朝天就不一定了，老朝天走路会撞到电线杆子的。

1908.　经过同济新村街边的一个工地，一辆货车顶棚上有几个民工哥哥向我发出爱的讯息：吹口哨。我手搭上货车栏杆一看，哎呀，他又美他又壮谁能比他强！就嫣然一笑。没想到民工哥哥没有准备，“轰”的一声从顶棚上摔到车厢里头去了。

1909.　世间溜溜的男子任我溜溜地爱哟……世间溜溜的男子任我溜溜地爱哟……世间溜溜的男子任我溜溜地爱哟……我好喜欢唱这一句。

1910.　在小区住了短短几月，送外卖的、保安、送水的，都认识我了。买了菜，太重，走到小区门口，送水大哥问我：要不要帮你捎回去？我大大点头：要的啊！然后他的电瓶车突突突地去到我家了，在门口等了好一会，我才忙不迭地跑回家。他说你干嘛去了？我很不好意思：嗯，荡了会儿秋千……

1911.　在上海华山医院，我问老九在上海的小同事：这是上海最好的医院？他点头：是啊。怕我不信，还加以说明：陈逸飞就是在这里死的！很好很好的！

1912. 去一个高雅场合看画展，我不晓得吃了啥子，不停地放屁。我感觉不对，放下手中的茶，对旁边的朋友优雅地说：我去那边看看那幅《海棠图》。

1913. 香港朋友林林来上海看我们，我们在人民广场接上她后，陪她一起去旁边的五星级酒店。走进电梯，我舒适地靠在电梯墙壁上，她却笔直地站着，悄悄跟我们说：千万不要靠酒店的电梯啊，我有朋友在酒店上班，她们在监视器里看见很多人在电梯里偷偷挖鼻屎，然后涂在电梯墙壁上！我们一下惊爪爪地从墙壁上弹了起来，齐刷刷地站得笔直。

1914. 在五角场的某银行提款机取钱，这时，我发现取款机界面旁有一个黑乎乎的像镜头一样的东西——是一个摄像头！我的毛发立即竖了起来，冷静地用手挡了那个摄像头，取出来钱。然后！我沉着地掏出手机，拨打了110，同时沉重地看了看天气，正是风雨欲来、大事要发生的景象啊，天空和草地都是紫色的，而我，一个弱小的公民，为了社会的安危，勇敢地站了出来。感动，桑格格，好样儿的！

1915. 接着！电话里响起了警察叔叔和蔼的声音：你好，请讲！我深深吸了一口气，正义充满了我的肺腑：某某路某某银行的取款机，有一个可疑的摄像头。警察叔叔居然没有太吃惊：在什么位置？我急了，赶紧详细地描述了摄像头的位置。警察叔叔在那头明显停顿了一下：小姐，你说的这个摄像头，每一个取款机上都有……我都快哭了，一时有点接受不了自己满腔的热忱化为乌有，不甘心地说：你确定么？警察叔叔居然笑了：是的，你说的那条街，我很熟悉的。我直接哭了：不管怎么说，我这种精神还是值得赞赏的！警察叔叔在电话那边大笑：好的，我表扬你！

1916. 然后，我一路上又路过了好几个取款机，专注地考察了一下，真的都有摄像头……

1917. 在出租车上，我看着前面仪表盘上的一排数字，忍不住问：师傅，嗯，对不起，怎么我才上车，车费就108块了呢？师傅回头看了我一眼：那是调频收音机，108兆赫。

1918. 到了地方下车，摸包包的时候汗就出来了：钱包没有带！我浑身冰冷，一头的汗，在包包里翻啊翻啊，翻出一块大板德芙巧克力，哆哆嗦嗦递给司机：叔叔（之前还叫人家师傅），我忘带钱包了，这块巧克力值起码十五块！（车费十二块）……我们可爱的上海司机，微笑着把计程表抬起来：没事！人人都有忘记带钱包的时候，你走你的，没关系的！我不要你的巧克力，哈哈。

1919. 又有一次，晚上快十二点才从火车上下来，打了一辆出租，刚坐上去，一辆肥肥胖胖的一一五路就从眼前晃过去，这辆车从火车站直接到同济新村！我瞪大了眼睛：啊！这么晚还有一一五啊？！司机说：好像是最后一班车，你下车去坐公车吧，路线一样的，省不少钱呢。他把索纳塔往前轻轻一滑，停在一一五后面，对我微笑：反正我还没有按表。我看着他，一字一顿地说：虾——虾——侬。

……

1920. 路边两个小娃娃在玩一个气球。小女孩大概三四岁，小男孩最多五岁。小女孩：你给我玩！男孩不给。女孩：你不是说过什么好玩的都会给我么！给我！男孩干脆拿着气球跑了，一边跑一边回头说：那是以前。

1921. 看“超级女声”，我的整个心理过程是这样的：郑州赛区——既然这样都行，为什么不去试一试？！杭州赛区——如果我小三岁一定去试试！成都赛区——靠，幸亏老子没去。是的，成都的妹妹们实力太强了。看着台上巧笑倩兮的女孩们，我突然想起一个人来：一个叫作铃铛的成都姑娘。

1922. 我把印象中的铃铛和所有优秀的“超级女声”相比，她都毫不逊色，甚至更强，不知是不是记忆有美化的作用呢？当年，我和铃铛都二十出头，她比我小几个月，长得不太像生活中真实的人：身材凹凸有致，肤若凝脂（实在找不到别的词语），五官精致得无法形容。我曾经放过一把火柴在她睫毛上，一根都没有掉下来。她是四川音乐学院学琵琶的，但强项是唱流行歌曲，声音清甜有韧性。我在“蓝吧”听她唱邓丽君的《翠湖寒》，下巴当场掉了。

1923. 宇飞，吴宇飞，某银行年轻处长，是黑社会的好朋友，长得说不上英俊，但清秀，说话幽默，身材瘦筋啷长，看上去还有点理想。当时在“蓝吧”听铃铛唱《翠湖寒》，不止我一个人下巴掉了，坐在旁边的吴宇飞先生整个魂都掉了。他马上送了一筐玫瑰，并且在之后一个月天天送一筐，天天守在四川音乐学院门口徘徊，等铃铛一出门他就惊爪爪地打招呼：哎呀——咋个在这儿把你碰到了喃？！铃铛是个好姑娘，不卑不亢：吴哥来这边办事哇？吴宇飞一张脸笑得稀烂：就是！我在你们隔壁办点事！成都人都知道，四川音乐学院的隔壁，是著名的成都市殡仪馆。

1924. 等我们再次见到吴宇飞先生的时候，是在染坊街（妇女用品一条街）外面的车载麻辣烫边边上：他看上去表情恍惚而幸福，单脚向前点地，两只手上拎的购物袋几乎把下半身淹没，而铃铛正红口鲜鲜地在吃红油藕片。宇飞拎了一万个袋子，却不晓得从哪里腾出一只手来适时地递上一张餐巾纸：铃铛，好生看油滴到胸口儿上！

1925. 我们迅速地和铃铛熟悉了，尤其是我，喜欢铃铛一点儿也不亚于吴宇飞，没有办法，那么一个可人儿，不爱过不得啊。我和铃铛在一起时，主要任务是充当她的保镖，哪个敢臊她皮，可以搞定的我就直接上去扇耳光；不能搞定的，就用步话机和黑社会取得联系：泰山泰山，我是黄河我是黄河，某某某街上，有人臊铃铛的皮，请求增援，请求增援！Over！

1926. 大半年嚓嚓嚓过去了。一天夜里，我接到一个电话，头皮马上就爆炸了，铃铛在电话里哭：格格，你帮我告诉宇飞，我到死都爱他！……声音有点让我发毛。我套上衣服，脚踩风火轮直奔她家。进门之后，她镇静地站在屋中间，我放下一颗心来，但马上就发现她手腕上在滴滴答答淌血。我冲过去把她手扭住，她倒是不挣扎，突然放声大哭：告诉宇飞，我到死都爱他！……我四下寻找可以包扎的线，看见地上的电话线，二话不说扯了一截在铃铛伤口上部狠狠扎住，然后，掏出手机打了120。

1927. 吴宇飞和黑社会从牌桌子上赶过来，黑社会懂医，看了看伤口，没有伤到要害，已经不流血了。宇飞气急败坏：又来这一套！铃铛脸掐白，像冷冻库的霜，定定地看着他。宇飞继续说：还打120！是不是要让院子头所有人都晓得？！铃铛气若游丝：你是怕你老婆晓得吧？气氛马上僵住，看大家不说话，铃铛挣扎着站起来，我去扶也被她推开。她走进卧室，拿了一个小包，还有她的琵琶背在背后。她对我笑笑：格格，有空还来听我唱歌哈！推开门就走了，宇飞追了出去……

1928. 直到现在，我再也没有见过铃铛，据说她去了厦门，间或和宇飞还有联系。宇飞后来埋怨过我：啥子线你不好扯，扯电话线，好麻烦才装起喔！我说，你切死。

1929. 成都确实是一个美女如云的地方，但我再也没有见过铃铛那样美的女孩，又会唱歌。当初的她，坐在一把高高的吧凳上，握着话筒，有些羞涩地轻轻唱：我曾在翠湖寒，留下我的情感，如诗如画，似梦似幻，那是我，那是我的初恋……这才是我心中的超级女声。可怜那辆被我叫来的120急救车，没有人接应，可怜兮兮地在街上开了好多个来回：呜——呜——呜——呜！像只没头的苍蝇，找不到事情的原委。

1930. 梦见有一个人特别爱我。在梦里为了我不顾一切，上天入地，天崩地裂。醒来拼命想他的样子，哭了，是孙悟空。

1931. 还记得和我妈耍朋友的那个程妖精吗？唉，妖精毕竟是妖精，妖精的心是要作妖的。他在茶铺里倒水的时候认识了个开火锅店的款姐，人家看他身体好还是个大学生，就喜欢上了他。款姐虽然长得来宽度超过长度，暗部多过亮部，但是有钱噻。妖精心动了，他不用再那么辛苦就吃得饱了，不仅吃得饱而且吃得好了，不仅吃得好还可以有点钱去打麻将耍公园了。当一些好心人告诉何安秀女士说她男朋友和另一个女人在公园排起走的时候，她没有太多反应，只是淡淡地说：他这个时候了还有人包，该去。

1932. 但是，程妖精再上门的时候，她不开门了，恢复了一个单身大龄妇女的宁静生活。

1933. 平日，就我妈一个人在屋头。虽然她是一个乐观开朗的人，日子久了，还是寂寞。一天到晚没得哪个和她讲话，她看到花就和花讲话，看到草就和草摆龙门阵。有一天，她就严厉地批评了前阳台左数第二盆芦荟：龟儿子的老子喊你往右边长，你偏要往左边长！不听话嘛，看老子哪天把你娃娃连根根一哈扯了！

1934. 我妈打来电话：你们喝醉的人都喜欢吃点啥子？我一下子有点蒙，以为她要突击调查我的日常生活，马上撒谎：我从来都不喝酒的……我妈断喝：哎呀老子早就晓得你娃要喝酒，快说！我上午拿啤酒淋了枸杞花，现在叶子掉了一圈了！？我放下心来，上网一查，告诉她不能直接淋啤酒，要一比十的比例稀释了再淋。我妈“喔”了一声，它酒量真小。

1935. 我妈说：虽然你不在电台了，我还是每天下午准时打开收音机，听哈人家的声音，心头想的还是你，觉得多舒服的！

1936. 今年过年，我说服我妈来上海耍。我去虹桥机场接她，但是她正在浦东机场厕所里补妆，一边扑粉一边念：咦，蓉娃儿咋还不来接我喃？折腾两个小时后，我终于转到浦东机场，找到了我那人海中的妈妈。她怨气冲天地说：上海钱多了用不完嗦，修两个机场！拿来我给他们用点嘛！

1937. 带我妈去同济小餐馆，她吃得十分开心，拍拍肚子说：你说为啥我一定要吃得扎鼓胀才舒服喃？一点都少不得！少了就不舒服！我点点头，终于明白，我真的是我妈的女儿。

1938. 吃完饭，我陪我妈去校园里散步，我们手挽手地走着，一边走一边小声地唱歌：绣金匾、人说山西好风光，手拿碟儿敲起来。唱着唱着我妈就咳起来，她摆摆手：哎呀不行了，老了，中气不足了。我说，哪里嘛，你昨晚没睡好，嗓子才发痒。我唱你听嘛：我们的田野，美丽的田野，碧绿的河水，流过无边的稻田。

1939. 我和我妈站在离垃圾桶三米之远的地方，她说：我一扔就能扔进去！我不信，她潇洒地一甩——唰——砰！正入其中一个垃圾桶！我为她鼓掌：妈你好得行喔！她得意地说：你不在的时候，我每次都这样甩，就是没有人为我鼓掌。

1940. 学校给老九发了一张超市购物卡，据说内有一千元，我天天都盼着他把这张卡带回来，但是他每次都忘记了！这天他又忘了，说工作太忙了！我咆哮了：你到底有没有把我的快乐放在心上！我妈在边边上小声地说：不要吼，你要温柔地喊他拿回来。

1941. 我妈和老九在小区打乒乓球，居然不分上下！我从来不晓得我妈会打乒乓球，而且扣杀十分凶猛，简直目瞪口呆！老九也是准备不足，被打得措手不及，连声喊：我的妈呀！我妈很镇定地嘿嘿两声：我在这儿。

1942. 登上东方明珠，阴天雾气重，看不太远，我妈环视着她视线之内的整个上海：和成都差不太多嘛。在外滩更是，她看不上这些“旧房子”，说是霉渣渣的。我晓得我妈的盆地狂想症又犯了，不允许任何地方超过她的天府之国——成都。

1943. 耍完了景点，剩下来的大部分时间就是聊天、陪我妈看电视。比如：抗日电视剧。那枪子只要打在八路军战士身上，我妈就浑身一哆嗦，就跟打在她身上一样；但如果是打在鬼子身上，她就很开心，还用手比个枪的造型，对着电视屏幕不停地biu、biu！冲锋的时候，她就彻底激动了，为了讨好她，我也跟着激动，我们两个一起喊冲啊杀啊！战斗胜利结束了，我们母女俩执手相看泪眼，喊一声：同志！

1944. 我妈评论电视剧里的女主角，说她演死：咋个死还死得那么优美嘛！手摆得跟跳舞一样！简直是死没个死样！

1945. 看一台电视晚会，有个节目主题是轮番夸各个省会，连我妈这么喜欢说吉利话的都觉得夸得很生硬。比如说到贵州，就什么都带个贵字，贵州的女子是贵女子、贵州的男子是贵君子。我妈说：贵君子……还金龟子嘞。

1946. 她要看一个叫作《母亲》的电视剧，喊我帮她调出来。我拿着遥控器从头到尾翻了三遍都没有找到，她不耐烦了，自己一按就找到了，我定睛一看，片名叫《娘》。我说你也是，也不说清楚。她质问我：我是不是你的母亲？我点点头。她又问：那我是不是你的娘？我只好又点点头。她说：就是嘛，一样的！

1947. 以前，我妈每天逼着我喝牛奶；现在，我每天逼着我妈喝牛奶。我们两个都很不听话。

1948. 我很爱问男生一个问题：你小时候有没有吃过你妈妈的奶？如果他说吃过，我就觉得他会对女人好一点，反之，则不。

1949. 看到电视剧里头的小皇帝六七岁了，还捧个咚大雪白的奶奶吮啊吮的，我的眼睛都要发绿了：狗日的龟儿子吃得好好喔！每次看到有奶娃娃在吃奶奶，就勾起我的伤心往事：我妈当年为了早点去上班班，才几个月上头就把我的口粮断了，结果我一怒之下，得了个婴儿肺炎。我每次一抱怨，我妈就嬉皮笑脸地把已经瘪得像米口袋的奶奶拿出来甩两哈，来！弥补一哈！

1950. 隔奶的时候，我爸带了我几天，我哭得实在没法，他就把他的奶头塞到我嘴巴头。我暂时不哭了，“叭叭叭”开始吮吸，后来发现那是一个骗局，哭得更响了。人家说，月壳壳的娃娃吃了空奶奶，二天长大了要撒谎！所以喃，后来……不要怪我，怪我爸。

1951. 深夜，听到我妈在隔壁呜呜呜地哭，估计是做噩梦了。我过去摇醒她，她懵懵懂懂地睁开眼睛：咦，我为啥子在哭喃？我问她是不是做了啥梦，她说好像梦见自己在哭，但是哭着哭着就忘记自己为啥在哭，还到处问人，我为啥哭呢？

1952. 我说：妈，你在成都要是特别寂寞，就看看春节联欢晚会，热闹。我给你搞一整套，盗版的，不贵。我妈说：不用，一个人生活挺好的，有时候看电视都嫌里面人多。

1953. 不小心把挂钟从墙上碰了下来，这才发现它停了。我妈不说它停了，而是叹口气：哎呀它死了。

1954. 梦见我去世多年的外公。他老人家穿着一身笔挺的将校呢军装，戴着一身的军功章，对我说：你要照顾好你妈喔，那是我唯一的小女儿。我说好，放心吧外公。

1955. 外公写过这么一首诗：太阳出来绯红，照得石头梆硬。

1956. 外公还写过另一首诗，有两个版本，一个是：桃树长得弯弓弓，开出花来红彤彤。结得果来悬空吊，叶子长出紧绷绷。另一个：姑娘眉毛弯弓

1297. 只见天边乌云滚滚。我手搭凉棚一看，嫣然一笑：黑社会把大部队开过来了。我说：哥老倌，我客户来了，你们认识一哈嘛！三轮肯定觉得丝丝凉气从背后袭来，他转头一看，脸上颜色一哈就变了，急急忙忙骑起他的三轮就要跑，偏偏脚又在打抖，骑了几哈，链条就脱了，他把三轮往绿化带一送，“嗖”的一声就跑了。

1301. 我们第一次约会主要内容如下：你晓不晓得黑格尔的主要哲学思想是啥子？不晓得。黑格尔的主要思想是%%^(*&)%^$。你晓不晓得康德的主要哲学思想是啥子？不晓得。康德主要说的是※×#￥%◎※×……我完全晕了，这个男人太完美了，简直就是一尊活神！

1312. 之后，在成都的街面上，经常可以看到一辆红色加长林肯，无人驾驶但跑得飞快。是我在里头开得酣扎劲，我有点矮，只有一米五九点五。

1364. 后来，我回去看我爸，远远看见一条流线型的狗儿向我跑过来，跑到当门一看，是猛虎！瘦得来跟皮影戏一样！我用手摸它，摸起来骨头都摁手。那么大条狗儿呜呜呜地在我脚边挨挨擦擦，咚大的眼睛珠珠盯鼓眼儿地把我望到，神情就像第一次杜哥把它从怀怀头摸出来一样。

1452. 张敏天天盼到去滑冰，每天在喷水池上去踩几下看要不要得，有次冰裂了，发出低沉的崩裂声，她吓得惊叫唤，我果断地指挥：趴下，减少压强！四脚朝天！……喊错了，不是四脚朝天，应该是四脚着地。张敏的姿势就有点古怪了哈。

1485. 我妈也和我们一起听了小提琴家的独奏音乐会。结束后走出来，我问：咋样？还可以嘛？我妈严肃地说：你去提醒一哈他，左手边袖子上的扣儿要落了，一甩一甩的。

1491. 每次说起“浪掷青春”这个词，我就想象着自己把青春像扔铁饼那样扔了出去。

1495. 阳光里站着，看着自己的影子，不知为什么，突然行了一个少先队队礼。

弓，脸蛋长得红彤彤。一双奶奶悬空吊，围裙捆得紧绷绷。

1957. 小学一年级的时候，我爸要拉起一车高级干部去九寨沟旅游，车上还有一个空位，就把我外公喊到起了。我外公虽然是个乡坝头的铸铁匠，但是长得来威武高大，一副老爷相。这哈，走到哪儿，人家搞接待的都先把我外公接到，吃最好的、住最好的，而那些正宗该享受的老头老孃只有往边边上站。回来后，我外公之兴奋喔，频频表示对航空航天部第408站驻九寨沟疗养院全体人员的敬意：人家那才叫一个客气哟——

1958. 我外公很不得了，除了自己创作诗歌之外，还经常将经典名句挂在口上，最爱吟诵的是这几句：二八佳人体如酥，暗教夫君骨髓枯……小时候听到“体如酥”，我认为就是有个女的，她的身体是个巨大的酥心糖。

1959. 我外公何涟清除了是个诗人之外，还是很厉害的铸铁匠。他给农民铸农具，给寺庙铸钟，方圆几百里，不管哪个庙子里传来钟声，我外公都可以告诉你，这是他哪年带哪个徒弟铸的。

1960. 外公心疼我，专门给我打了一把小镰刀，他问我，蓉娃子你喜欢啥子花，外公给你刻朵花。我说，吊钟海棠！小镰刀打好了，割东西快得很，割鞋带就像割草，真是又小又乖又趁手，而且上面那朵吊钟海棠刻得活灵活现，我走哪里都带上这把镌刻了花朵的利器。

1961. 但是，就像小人书里说的一样，最后我这把刻了吊钟海棠的小镰刀，被一个坏男娃抢走了，好像这个世界只要有一朵好看的吊钟海棠，就会有一个要抢它的男娃娃。

1962. 在下完雨的午后，同济新村深处一户人家的院墙上，颤巍巍站着一盆好久不见的吊钟海棠。湿漉漉的巷子里一个人都没有，我踮起脚尖走过去，摘了一朵藏在手掌里，转身就走，我越走越快，越走越快，最后跑了起来。

……

1963.　开春的时候，我想带我妈妈去趟杭州，要耍安逸。我们要在苏堤上手拉手散步，照相。我要把我妈打扮漂亮一点，杭州的丝绸衣服整一件，亲自给她画个娇艳欲滴妆。晚上，我要带她吃西湖醋鱼、糖藕、糟花生、一品白菜、莼菜汤，好了，就这几个菜，多了吃不完。下次还要来，可以点东坡肉、南瓜金丝饼、西湖素什锦。我们一定吃得之高兴嘻嘻嘻嘻嘻嘻。

1964.　我们还要去南京、苏州，流连忘返啊，乐不思蜀啊，哦哈哈哈哈哈啊哈！我马上把这个想法告诉我妈！我妈说：不去，我要回成都炒股。

1965.　我妈终于完成了对我为期半月的生活考察，这是一次胜利的聚会，一次成功的聚会！明天，她将从上海飞回天府之国成都。临走，我把我妈拉到老九的书桌前，备好笔墨纸砚，请我妈留下一张墨宝，她欣然同意，大笔一挥：龙游浅滩遭虾戏，虎落平原被犬欺。

1966.　豆豆打了个电话来，一接通了就哎呀嘞一长声，像是哪个踩了她尾巴一样。我说你长声吆吆地喊啥子喊？她叹口气：生意难做啊！你再不来看下恐怕要倒闭了喔！

1967.　我再次光临女人街。豆豆和张敏懒心无肠地瘫在各自的板凳上：豆豆对着镜子画眉毛，越画越歪；张敏捧着一本书在研究，正是《奇门遁甲》，她说店里估计风水没对。店里的货物堆积如山，尤其是帽子。豆豆同意我挑几顶来当生日礼物，我挥汗如雨、屁股朝天、舍生忘死地陷在了纸箱子中……豆豆问：你挑中了几顶？我喘着气说：我、我挑中了一、二、三、四、五、六、七、八、九顶！豆豆和张敏决定，从今年往后再加一、二、三、四、五、六、七、八、九年，也就是2015年之前都不会再送我生日礼物了。

1968.　我热爱贝雷帽，但是戴不好很容易变武松。

1969.　格格屋终于关张了，我们不打算灰头土脸地结束，要去K歌纪念下。豆豆连续唱了两遍《卡门》：什么叫情什么叫意还不是大家自己骗自己，什么叫痴什么叫迷简直是男的女的在做戏。你要是爱上了我最好快回去，我要是爱上了你你就死在我手里！……唱得有一种咬牙切齿的韵味。

1970. 张敏唱的是《我是一棵秋天的树》：安安静静守着小小疆土，眼前的繁华我从不羡慕，因为最美的在心，不在远处。我解说道：张敏的小小疆土就是她的电脑桌；眼前的繁华不羡慕是因为穷得叮当响；最美的在心不在远处是她懒，懒得走一步。大家纷纷赞同！

1971. 而我，则以十成功力演唱了一曲《枉凝眉》，确实有点难听，我频频向大家致歉。小熊挥挥手：没事，反正都忍过来了。小熊没怎么唱歌，但是她有她的成名句，关于爱情：老子才不想留什么美好回忆呢，要折腾就折腾个够。小熊也是个神人，别看现在只是在店里当小妹，据说她当初是叛逆了大家庭逃跑出来的，家里后妈都有好几个。

1972. 再后来，我就失去记忆了，喝多了。她们找到我的时候，我自己蹲在街边边吐得哇哇哇的。豆豆说：你还晓得爱干净，吐一小堆，自己换个地方，又吐一小堆。并且还晓得把围巾牵好不要弄脏。最后，我就彻底扯撑了，睡在了深南大道上。晒了一天的柏油马路是温热的。什么叫扑街，这就叫扑街。

1973. 打过台风的深圳天空又高又透，大朵大朵的白云显示着海边城市充足的水分。天黑了，借着霓虹灯，都还能清清楚楚地看见云在走。我们三个爬上过街天桥，看着川流不息的车流：龟儿子的，时间过得太快了。

……

1974. 梦见一个池子，叫作“倾诉池”，里面养着一只大乌贼。有人去倾诉的时候，它就静静听，等人一走，它就呕出一大摊乌黑的墨汁，这就算是一次成功的排污，人和乌贼都是。

1975. 我上了个闹钟，半夜三点钟爬起来，上线，等一个美国的朋友廖福美出现在网上。他终于来了，我马上就对他说：请帮个忙！他说：什么忙？我说：你最近不是要回国吗？请帮我带一小包美国的土！他说：你要干嘛？

我说：我买了一窝美国芦荟，一直蔫趴趴的，可能是想家了，我想弄点美国泥土埋在它根根上！

1976. 说实话，如今川菜到处都是，我在外地生活也不是那么馋辣椒了。但有几样，一想起来就要死要活的：炒红油菜藤、冬寒菜稀饭、豌豆尖儿肉圆子汤、泡儿菜脑壳等等。我打了个电话给张敏抒发思乡之情，她说：昨天在深圳街上居然看见有人担起挑挑卖樱桃，老子价都没问，冲上切一伙铁买了两大斤，十八元一斤啊！拿回来一半都是烂的！之难吃！

1977. 三四月间，成都街头巷尾都是担起挑挑卖樱桃卖草莓的，鲜得很，上头还盖起叶叶，看一眼都要发抖！而且，樱桃肯定盖的是樱桃叶叶，草莓就是盖草莓叶叶，不像现在，卖苹果的中间压两匹夹竹桃叶叶。

1978. 老九出国访学，我在家没得啥事，就打开电视，看见中央台有个节目是讲三峡移民的，那些移民要上船的时候哭得汪啊汪的，我看得也哭起来，也是哭得汪啊汪的。哭完了，给老九短信：我想回家一趟，看下我妈。

1979. 第二天买起机票就回成都了，好不容易拢屋后，我妈惊爪爪地问：你咋回来了喃？！我说：回来看哈你噻！她问：你坐的飞机啊？！我说：啊！她又问：机票打折没有喃？！我摇了哈脑壳：走得急，没有。她心尖尖都痛木了：这个背时娃娃嘞。

1980. 我妈问我：你说小九不是修房子的嘛，他怎么要去修桥了啊？我很吃惊：我好久说他要去修桥？！她继续说：你不是说，他要去建桥大学么？

1981. 现在回成都，路都修得来认不到了！我出门只有打的；那些小巷巷头的苍蝇馆子全部遭拆了，我只有带到朋友去吃那些著名但是本地人不会光顾的“名小吃”；花钱也大手大脚的，想到反正回来耍嘛，放松点儿。

1982. 上中学的夏天，我和张琦准备去一家叫作“南虹”的游泳池游泳，我们在传说中的街区找啊找啊，脑壳都遭太阳晒爆了弄死找不到！我们只有回家了。结果，这次回成都，坐出租又经过那边，正在拆迁，突然，半个招牌“南虹游”一闪而过，我回头再看，却又看不到了，只剩满眼的瓦砾和漫天的尘土。

1983. 张琦家住在小学门口，我去找她，惊讶地发现门口那一瘦一胖两个老娘儿还在那儿卖大头菜！头发全白了，迅白！还像当年那样，肯德基和麦当劳，一个路口坐一个，互不理睬。

1984. 不晓得咋个的，我突然开始回味说惯了的成都话，觉得有意思：白不说白，说迅白；黑不说黑，说黢黑；轻不说轻，说捞轻；重不说重，说锭重；快不说快，说飞快；甜不说甜，说抿甜；苦不说苦，说焦苦；酸不说酸，说溜酸；辣不说辣，说好鸡巴辣喔！ 25-26

1985. 有一把心爱的伞坏了很久，舍不得丢。这次带回成都，这个世界上我唯一知道的修伞摊，就在我家后面的巷子头。其实那家修伞的，我也不确定还在不在，不在了，就只有再把坏伞带回来。

1986. 坐车路过成都东风大桥桥头，听到一阵二胡声音，突然想起好多年前有个老头就在这里卖艺，难不成他还在？从车窗看出去，果然还是他！样子都没咋变，以前他就很老，现在还是很老。

1987. 新华公园，有个打道琴的老头在那打道筒唱琴歌。只听见他唱道：寻寻觅觅耶是冷冷清清啊！凄凄惨惨——戚戚！并没有人停下来听，我就多站了一会儿，这真正是成都的老味道。他唱罢，很开心地给我讲解：这个唱的是以前的寡妇，以前的寡妇和现在不一样喔！不能结婚也不能偷人，只能用诗歌排解烦闷，苦哇。

1988. 吃豆花，大爷端给我：小妹你先把给钱给了嘛。我端着豆花：吃了再给嘛。大爷说：你还是先给一哈，城管来了我好跑！我立马放下豆花把钱给了。

1989. 去院坝门口按摩，师傅健谈，得知我住在广州，哎了一声：广州有啥好嘛，回成都来噻，广州冬天有几天还不是冷得很，鱼都是遭冷死的！我一回头：之前我住在北京！他又说：北京！北京待两年女娃娃皮肤还要得啊，粗得跟砂纸一样！我辩解道：其实我工作在上海……他摇摇头：上海？菜都是甜哇哇的，吃起来都闷心。回成都来嘛，真的，成都最好嘐。

1990. 按摩完了，就在坝坝头吃麻辣烫，人之多，生意之好。一个擦皮鞋的走进来，一路招呼生意——师兄擦不擦皮鞋！大姐擦不擦皮鞋！小妹擦不擦皮鞋！我心想他要是喊我小妹我就擦，喊我大姐我就不擦。他走拢了，看了我一眼：帅哥擦不擦皮鞋！

1991.　我剪了个超级短的发型，我妈我爸都很不喜欢，说怪渣渣的，哪个女娃娃剪这么短嘛！说我穿得也难看，一点都不鲜艳，他们走哪里都不爱带我去了。哼，正好，我也不想去。我爱穿的颜色有：灰色、黑色、米色、咖啡、深蓝……我妈用一句话来形容这些颜色：狗呕出来的。

1992.　突然听见一声“哎呀——煤气燃了！”人群“轰”的一声就不见了，一分钟之后有人喊，对了！对了！没得事了！人群“轰”的一声又回来了，刚才在吃啥子还吃啥子，刚才在摆什么龙门阵还摆什么龙门阵。我坐在那儿还没有回过神来，正在如梦如幻之间，旁边认不到的一个胖孃孃开腔了：这个小妹儿是瓜的嘛咋的哟？！要炸到眉毛了，动都不动一哈！

1993.　好久不回成都，真的觉得自己一回来智商情商都跟不上，反应都比别个慢好几拍。走在街上，人家都以为我是北方人，说一看就是个憨包。连打出租车，司机都操起椒盐普通话问：来旅游的哇？杜甫草堂切过没有？

1994.　诗人朋友何小竹说，格格你的成都话有点像是外国人学的成都话。过了一会儿，他又优雅地补充一句：还是学得有点好的那种。

1995.　院子里有个伯伯在蹲着擦油烟机，擦得很认真，穿着一身板正的藏青中山装，戴着板材架的深度近视眼镜，像个读书人。一问，价格不高，就让上我家来擦。他按时来了，说姑娘你家油烟机不算太脏，但是只要擦，价格就是一样，还擦么？我说擦。他腼腆一笑：那我就拆了哈！原来他是我们420厂的老工程师，年年评先进，还是下岗了。

1996.　我妈说：其实我们家后面那条街上还出过两个皇帝喃！一个是道光皇帝，一个是宣统皇帝。我大吃一惊：真的啊？！不得喔！我妈说：咋不是喃，两个都在成都环卫局工作，一个开垃圾车，每天负责把渣渣倒光，就是“倒光”嘛；一个是负责掀垃圾桶儿，就是“掀桶”嘛。

1997.　因为我打过王强，每次和我妈拉家常说起小学的事，她都要问一句：不晓得王强现在怎么样了？

1998.　从成都逃跑过后，和大部分朋友断了联系。前几天，突发奇想，不晓得在哪个旮旮旯旯头翻出了一本发黄的电话本，翻了半天，看见一个有家庭座机的，还是一个多年前的7位号码，我试着在前面加了个8——居然通了！我惊喜地问：嘿！丁丁猫儿你还在打锅盔哇？丁丁猫儿“哼”地清了一下嗓子说：现而今眼目下，我不打锅盔，改打高尔夫了。我现在是成都“江合世”集团的总裁。喔，是的，总裁！

1999.　见到邓佳，她要结婚了！她从楼上取下来一样东西，摊在手上给我：看！这是你小学二年级给我的，我还保存着！原来是我的乳牙，当时我们一起在花园里的水龙头那里玩水，我的牙松了，用手一拔就掉了，我一贯大方，把它递给邓佳：给你拿去耍！

2000.　那颗牙真小。

2001.　对于至今保存着我乳牙的邓佳，我是心存感激的。记得有一天，一大堆小朋友在一起玩，突然她把我从人群中拉出来，然后狂奔了十几米，停下来，她上气不接下气说：我刚刚在那边放了一个屁，中午我吃了韭菜，肯定臭！果然那边“轰”一声，像有人丢了炸弹一样，大家散开，一边散一边用手扇：好臭！哪个龟儿子放的屁？！……我拉了拉邓佳的手手，相视一笑，彼此都感到了春天般温暖的友谊。

2002.　和邓佳经过楼下花园，我对邓佳说：嗨，把樊辉找下来耍一哈嘛！邓佳说：他现在不住这儿了，和女朋友在外头租房子同居！

2003.　我给樊辉取名叫“烂眼儿”，喊得亲热的时候就喊成“烂烂”。樊辉是个最矬的娃娃，每次喊他下来耍，在他们家楼底下把口水都说干了，他只晓得怂眉怂眼地站在阳台上说：我妈不让我下来得嘛！哭稀流了。

2004.　还有一次，二年级的樊辉在上学的路上，拿着一个烧饼，走着走着掉沟里了，他在掉进去的一瞬间英勇地把烧饼高高举起，生怕弄脏。后来一伙人把他从水头拉上来，一上来他就哇哇大哭：哪个抢了我的饼饼？！

2005. 邓佳的婚礼上，有个人看着面熟，居然是谭韶华。小学时他就是班长，现在已经是一名共产党员兼官员。他不小了还没结婚，大家问起来，他倒是很坦诚地说起自己的恋爱史：因为忙于事业，导致女友变心爱上了别人。大家纷纷安慰，他像是毛主席那样叉着腰挥了挥手，对这件事打了个总结：一、我很痛心；二、对于这件事情，我要负大部分责任；三、无论何时，只要她愿意回头，我将永远等着她，改了就是好同志嘛！

2006. 听完这几点，我拍着他的肩膀说：同志，仕途这条路，您将走得很远啊。

2007. 一小孩怯生生地被大人推到我面前：去，让格格阿姨抱抱！小孩不敢抗命，僵硬地走过来。我看着她：你确定想抱？我不是很想吔。于是我们都松了一口气。

2008. 今天是四月四号，过几天，四月八号就是我小学同学张小云的生日了。大家可能会觉得这个人曾经对我很重要，但事实恰恰相反，不仅不重要，整个漫长的小学六年，我们说过的话加起来不超过六句。而且他坐得离我又远，我在一组的中间，他在五组的最边上。他瘦高的个子，不论春夏秋冬都穿一件黑色的工作服，我们是子弟小学，那件工作服一定是他爸车间里发的。他背的是军挎，双手总是交错扶在前胸的军挎带子上，大大的黑色工作服袖子里露出瘦骨嶙峋的胳膊。

2009. 张小云学习差，自卑、沉默。有一天，班主任在讲台上改作业，慢悠悠地晃着一本作业说：张小云啊张小云，这么差劲的学生，你爸妈咋就给你起了个这么好听的名字……啧啧。显然，张小云回答不了这个问题，他把头埋得低极了。过了这么多年，我还记得他又窘迫又难过的样子。

2010. 小学快毕业了，班上流行写毕业留言。没有人想起还有这个人的存在，但是我却把本子递给他，请他写。当时，他还是低着头，不过没有拒绝。他还给我本子的时候，我就知道他是四月八号的生日了。过几天就是他的生日了，他比班上的同学都大，是不是还是很沉默呢？

2011. 其实我最怕以自己的名义举行的各种活动，所以从来不过生日。但并不表示这一天对我没有意义，一本新挂历拿着，总是先翻到自己生日那天看看是周几。但是真到了这一天，从早上开始就总是觉得别扭：本来隐藏得好好的，天衣无缝，但“生日”这个词像是在叫号——你，就是你，站出来，该你下人世了。

2012.　梦见自己还在广播电台，在一天的广播结束之后，城里的狐仙会去 25-26
用电台的设备播他们的新闻。两个狐仙来找我，居然是我两个小学同学，让我给他们播。我说以前怎么不知道你们是狐仙啊，他们说，我们也是长大了才知道的，老同学帮下忙吧。我说不行，我不能播，你们狐仙的事情我不管。两个狐仙很悲伤，说那我们就老给你看，他们一个站着，一个坐着，唰，瞬间就白发苍苍了。

2013.　大舅舅祝寿，亲戚们都要回老家。我妈和三姐她们都先过去了，我只有一个人背包捞伞地去坐大巴。一大堆行李，还要腾只手出来看小说，依然是萧红的《呼兰河传》，真好看，看不够。司机大哥转头来提醒说：小妹你要看好包包！他转回去的时候自言自语：硬是书读多了也不好，人都不灵醒。

2014.　表姐们说我最难得回来，把老鹅宰了给我吃。我喝那碗老鹅汤的时候，觉得太补了，喝完觉得中气十足。养了十年的老鹅啊，家里自己养的。我喝完了才反应过来说你们舍得啊，表姐们才脸上有些许不舍，哎呀你吃……也该吃了，难不成一直养到老死啊。

2015.　这是一头老母鹅，据说生前特别有激情，孵蛋总是孵得很投入，有一次居然把蛋孵炸了，流得它一脚都是，整个窝都臭死了。

2016.　第二天早上，还睡着呢，外面的喇叭声响起来。大舅家就靠着小镇的街边，这个喇叭声音比城里还大。但不知道为什么，却可以接受。慢慢清醒过来，喔，想起这是老家，昨晚就到乡下了。被窝是陌生的，昨晚三姐新给我装的棉被，抓紧了漏风口，还打算睡一会儿。空气好啊，新鲜的空气，喇叭声都脆生生的。

2017.　等真的醒来一看钟，快十点了，这才坐起来慢慢穿衣。大表姐何小菊推门进来问：想吃滑肉豌豆尖面，还是鹅汤肉面？我有点不好意思，睡这么晚才起嘛。但是我还是很确定地告诉她：鹅汤肉面。昨天还没有喝够。

2018. 哎呀这是何安秀得嘛，好多年没见到了啊！……我推开窗，看见一个妇女在楼下和我妈亲热地拥抱在一起，还蹦跳了几下。估计是我妈的小学同学吧。

2019. 鹅汤面端上来了，我只好不客气地在卧室里端起就吃。里面好多肥胖嫩气的豌豆尖，面条又是土面条，香得很。我边吃着面，边看街面上来往的人。今天街上赶场，背背篼的很多。背篼还是以前那种背篼，竹子编的。此起彼伏的打招呼声。这条街以前走大车的，也是以前我和三姐勾肩搭背走着唱歌的那条柏油马路，现在大车改在坡下面的新路去了，这条就只是街上的路了，两边住家的啥子都往路上摆，显得小多了。

2020. 大舅居然都满七十了，想起来都觉得不可思议，明天他生日。为了筹备他的寿宴，劈柴的劈柴，筑灶的筑灶，切菜的切菜，砍肉的砍肉。他有三个女儿，何小菊、何小艳、何小琼。何小琼就是三姐三妖怪。还有一个儿子，是我的何强表哥，小时候和我一起偷外婆柜柜头的吃的，他还用坡上的芭茅给我做红缨枪。现在他在家里开了榨油厂和粉条厂。其实他最厉害的是钓鱼，周围方圆十几里据说没人钓得过他。家里钓的鱼太多了，人吃不了，到处送邻居。

2021. 勇哥现在是成功人士了，回来开着他那崭新的奥迪Q5，街上的人都伸着脖子在看。他很得意，喝多了，就要投资，说后面这个大坡，是我们老家的龙脉，咋个可以就这样荒废了喃！搞旅游！说得何强热血沸腾：勇哥，你说的是真的吗假的喔，你要投资，我马上就给村领导打电话！勇哥喝得左脚敲右脚，涨起声气拍着大腿：咋个不是真的喃！大家都来投资，我出大头！蓉娃子也来出点。我白了他一眼，低头吃菜：没钱。

2022. 勇哥还在和何强说投资的事情，我吃完了，把碗放在厨房里。厨房里碗筷堆得山高，哎呀，管他的喔，我就抄手耍几天嘛，也不是外人，没人说我的。以前冬天回老家，最爱在灶屋帮着烧火，又热和又可以偷到抽根烟。

2023. 睡了个午觉，勇哥的酒醒了一半，何强拿起手机说：勇哥，那我现在就给村领导打电话了喔！勇哥记不得刚才说了啥子，懵懵懂懂地问：打电话？打啥子电话？110乜？何强一脸诧异：你不是说要投资后面的大坡搞旅游嘛！勇哥把桌子上剩的最后一口酒干了，杯杯放在桌子上：老子光你两耳屎喔，胡说八道，这么个偏偏沓沓，哪个来嘛，闯到鬼了！

2024.　我忍着笑，背着手就出门了。嗨，太阳才好喔。四川的冬天，难得出这么大的太阳。我慢慢背着手往街上走。我一背手走路，就觉得自己是个四川人，因为据说我们都是清代湖广填四川填过来的，一路绑过来的，要上厕所，就要喊：解手。所以我们祖祖辈辈走路就爱背手了。我在城里是不背手的，但是下乡来了，我就要背手。

2025.　我背手刚走到街上，就有个摆摊卖棉鞋的老婆婆给我打招呼：那个是蓉娃子啊！我其实想不起她是谁，但是能这样招呼我的，一定认识小时候的我。我连忙把手挥挥，婆婆好。她果然哈哈大笑：果然是蓉娃子，你啊，小前坎啊，和我屋头的青春娃耍得好，你最爱打她了。打得哭。

2026.　我不好意思地点点头，算是认下来这桩事情，这也确实像是我干的事情。

2027.　街上卖肉的，那个肉肥膘多厚，一看就是粮食喂出来的猪。卖豆腐的，自行车搭起，老豆腐，这样子的用蒜苗煎熊掌豆腐最安逸了。卖种子的，卖饲料的，我站着看，看不出所以然，也不懂，但是觉得新鲜。卖小鸡仔的，最好看，平箩筐里，叽叽喳喳挤成一团的嫩黄色，忍不住蹲下来摸。人家卖鸡仔的，就来问，妹妹要几对？我只有不好意思摆摆手，说看下的。现宰羊的地方，羊血一大盆，拴皮围腰的女人双手插在里面，然后拿出来，鲜红。

2028.　远远看见凉粉凉面摊，一股生清油和辣椒酱油醋的味道混合，我一下子就馋了。看了一下摊子，碗里堆起多高，分量是洛带古镇景点卖伤心凉粉的，起码……五倍嘛！几个小娃娃围着吃，小脑壳埋成一圈，吃得好香喔。

2029.　慢慢地，我走出街面了，这条街本来就不长。小时候觉得长得很。现在几步路就走完了。走出来，就完全是田间风光了。丘陵，土是红沙土，适合种红苕。这个天红苕都挖了，路边堆着红苕藤。地里接茬种的是萝卜，已经长得叶子多长了，绿茵茵的，衬着红土好看。两边的路，是坡，长满柏树，绿柏树。我妈说，那几年困难年代，哪有这样绿茵茵的坡，有一片叶子都捡起来烧的。现在，成片的绿柏树林子里，野鸡有，野兔子也有。

2030. 三姐说她四五岁的时候，我大舅带她们姐妹三人上坡去栽柏树。说是等她们长大了，要嫁了，这些树子也正好长大，可以给她们打嫁妆：打米柜、打婚床、打洗脸架、打八仙桌。结果喃，现在柏树长大了，大姐二姐三姐也长大了，谁都舍不得砍那些树，大家都说：算了算了不砍了，等我们的女长大要嫁再说嘛！于是乎，柏树们还在愉快成长着。鹅舍得宰，树子还是舍不得砍。

2031. 我走热了，太阳还是大。正要脱衣裳，后面传来声音：天气热了哈，硬是。我转头一看，是个村里的男人，我点点头，是热了。他手里提着肉，绳子拴起来的，估计是才赶了场往家走的。他一笑，皱纹真不少。在城里我可不敢贸然这样和陌生人说话，但是在这里我敢，我笑笑又说：割肉啊。他一边点头一边走到我前面去了，过了桥，就岔到路旁的人家里了。

2032. 一条小河，我蹲在桥上看两个老嬢子洗衣裳。鸭子在远点的水面上哈哈哈嘎嘎嘎笑得不歇气。她们洗的，有鞋子、有毛巾，也有小娃娃的围嘴，还有秋衣。洗衣粉是小桶装起的，要用就抓一把，细细抹在衣服上，两只手团起在石头上搓揉。我看她搓衣服，很佩服的，那种熟练程度，是勤快能干了一辈子的人。她们说的话，我都听在耳朵里了，两家人的情况我都了解了。

2033. 我继续往前走，是更宽阔的田野。山坡远近都有。我站了一会儿，细听各种声音：鸡叫、鸭叫、狗叫，还有小娃娃哭的声音。天好蓝啊，我深深吸一口气。突然有声音远远传来：蓉娃子啊——！我知道这一次一定不是叫我了，但是我依然望向那声音来的地方，心里回答了一声：哎。

……

2034.　豆豆回到了成都，因为生意失败，不想回家。她也没想好要做啥，先买了一个二手小车，把全副家当都放在上面。天冷了就在后备箱拿件外套，天热了就在后备箱翻双拖鞋……随便走进哪个家里第一句话就是：可不可以洗个澡？只要人家一点头，她就兴奋地拉开后备箱拿出全套牙膏牙刷毛巾内衣内裤，“砰”一声关上后备箱：妈的老子都要发馊了！

2035.　我有时候也不想回家，就陪她一起过大篷车生活，我们有一个口号：三日内不宜动土——就是看我们能几天不沾水。但除了洗澡，豆豆其他生活质量一点都不下降，我坐在副驾位上，她五分钟之内要求我配合她做这些事：一、吃口香糖；二、擦风油精；三、抹唇膏；四、喝水；五、修眉毛；六、换音乐碟；七、发短信；八、吐口香糖……我忍无可忍了：你再要求老子就下去了。她说：下去帮我买个冰糕。

2036.　我们想上厕所了，豆豆开车去了宽巷子的星巴克，那里有洗手间。坐下来，要了两杯当日咖啡之后，豆豆率先拿着洗漱包进了卫生间，我们有几天没有“动过土”了。半晌之后，她发来短信：巴适！还是热水！快来。

2037.　我们实在不晓得该去哪里，就把车子开到郊外，在田坝头，把音乐打开，抽烟听歌，喔阿八啦古到处流浪……

2038.　一路开到了乐山，看到了乐山大佛，还专门去看了看大佛右脚的第二个脚趾。我妈二十几岁的时候曾坐在上面照过相，看见那个脚趾，就像是看见我妈那时的样子。

2039.　这天夜里，我梦见了乐山大佛。我对大佛说：哎，佛佛你脸好脏喔，三江水就在你脚下咋个都不洗一下喃？！大佛流下两行黑色的眼泪：我腰椎间盘突出，弯不得腰。于是我号召众多飞天、护法、罗汉一起运水，一趟趟给他洗。最后大佛终于把脸洗干净啦！最赞的是，我批发了一千袋宝宝霜，帮他润肤。从此，他就面目慈祥地坐在乐山，保天下平安。

2040.　经过考察，豆豆还是打算开一家服装店。不过，这一次为了避免进货审美的问题，她不卖大人衣服了，专卖儿童服装，而且选址也更慎重了，挨到成华区妇幼保健院。吃一堑长一智，她这次的生意比以前好做多了。

2041.　有了之前开垮格格屋的经验之后，豆豆严谨多了，说是要好好问下人家的加盟有没有什么优惠：哎呀现在我喃主要是人穷……我顺口接：志短。她愣了一下，一连串的不不不，准确地纠正我：主要就是人穷！志还可以，不短！

2042.　我在成都，一有时间就去帮她卖儿童服装。有时候，我妈也会去帮到看一会儿店，遇到买得多的买主，她还要夸人家面相好，肯定是生龙凤胎的命。

2043.　有一天，难得天气好，豆豆心情也好，刚中午就已经做了一千多的生意了，她说一会儿把铺子关上我们出去耍。而且她还让我随便选去哪里，我心里很激动，立刻说想去石经寺。豆豆说要得，就去石经寺。石经寺早就听人说好，在龙泉山，有藏传佛教的底子，还有千年的银杏，据说许愿灵验。但是居然从小到大，我一次也没有去过。

2044.　说去石经寺，我转身去厕所解个手，豆豆已经把铺子上的不锈钢卷帘门轰冲轰冲拉下来关上了。她得意又潇洒地对我一摆头：走，开我们的菜青虫去。菜青虫就是和她相依为命的那辆二手小车，绿色的，小，有点破。但是坐进去依然有安全的感觉，因为是她开。车上音响不好，我们自己备了个外置音箱，还备了茶，一会儿要搞点热茶喝。

2045.　车刚过塔子山一带的时候，我们就觉得黑压压的城市被甩在身后了。豆豆说，车不好哈将就了。我说车好得很！她说小了点，我说坐近了还亲热！她说减震不好，我说这样抖起来还硬走些！我们一起哈哈大笑。

2046.　上了高速，看见田园了，看见山脉了，看见两旁黄了的树叶和成熟的芭茅。龙泉山景色渐渐展开了，这可是真正的山脉而不是丘陵，天也高起来。石经寺在前面，路牌上写明白的。想起来一件事立刻就实现了，太让人愉悦了！

2047.　我问她以前来过石经寺吗，她说她是来过的，而且是好几次。进了庙门，这里的寺庙有山势，一重又一重的殿。豆豆说：就算来过，我也把今天当作第一次来。今天和你来好像比以前开心些！我们站在那两棵一千三百年的银杏树下，银杏有点黄败了，一地的落叶。有两个男的，穿着一身皮衣戴着粗金链子，像是江湖人士，在边边上很虔诚地手持线香拜银杏。我对着树说：你们真了不起，你们有一千三百岁了，还活着！

2048.　继续往上走，是新的乌木观音殿。那个观音的料，是据说有三千二百年历史的一块乌沉木。观音的手，一只一只排在背光壁上，雕工很新。我凑近了，闻到浓郁的木头香味。然后，我恭恭敬敬回到蒲团上，磕了三个头，殿里的和尚为我敲响了钟。磕头的时候，有钟声响起，确实感觉不一样，好像打通了菩萨的电话，可以和菩萨讲话了一样。我真的说了的。

2049.　磕完，站起来，我觉得人家和尚特意给我敲钟，是不是该捐一点钱在功德箱里呢。但是又想起，老九说最近我们没钱了，要勤俭持家，就只有忍了，再一次合十对菩萨说了声抱歉，下次再补上。

2050.　顺着一路的古柏树下坡。正好有茶座，我们同时看中了半山坡一对藤椅，两步跑过去。其实没人抢，周围一个人都没有。豆豆把带来的音响放在石栏上，掇开，放点轻音乐。我们麻利地把背来的水、茶壶、茶杯还有茶一一拿出来，摊子扯开了，开始泡。豆豆坐在我对面，深深拔了一口她那个橘子味的电子烟，自从开了童装店，她就打算把烟戒了，改抽电子烟。烟雾中，我把第一杯茶端给她，一泡下肚，我们感觉人轻飘飘的，不像在地面上，是在半空中的柏树间，是恍惚的。此时，寺里又传来了钟声，我说：豆豆你说我们上辈子是啥关系呢。她哼了一声：家人吧。

……

2051.　朋友短信：好久不见你，出来见个面吧。我回复：我还那样，没整容，没啥好见的。

2052.　每次看王安忆写上海的散文，我都想花点钱给自己置办点好衣服。那种薄羊绒呢的小西装什么的，配个羊皮单肩包。当然，书合上后，我依然该穿啥穿啥。

2053. 出门时在街边摊摊上看见有卖耳环的，我就想要不要打扮一下自己呢？蹲下来试，还劳烦人家摊主举个镜子给我照，试了半天，我放弃了：算了，女里女气的！

2054. 打了一个车，上面放的是佛乐，车头上还供着一尊佛，车门一关，俨然一间佛堂。慈眉善目、皮肤细腻、毛发卷曲的司机问我：请问去哪里？我报了地名，又表示了一点点对车内环境的兴趣：您真有意思，天天闹市里转悠，还有这份清静！慈航普渡啊。说完这句，接下来的二十分钟我都没机会再插一句嘴：这位慈航普渡的舵手，十分钟用来布道，五分钟用来抨击时下沦丧的道德，还有五分钟问我是否有兴趣皈依佛门。他一脚油门，从堵得不能动弹的主路拐到一条里弄，激动地说：三纲五常六界，现在的人都不走人道！……一会您要票么？我说不要，他点点头：那这票我要留下来做个纪念，一期一会啊，我做这一行这么久，头一回这么堵！

2055. 我终于忍不住说：阿弥陀佛！拜托师傅您走延安高架。他还在情绪中：高架？！这边的路一样可以过去！佛法无边，法门万千啊！世事无常，万物轮回，都可以走得通的嘛！佛祖教导我们走的善道，可人类就是有那么多欲望！我说：师傅，小心前面有人。他手一挥：放心，都是你看不透，看透了都是微尘……终于到了，他把车停下：就这里，你要找的地方就在这附近，你问问就知道了。我吃惊地说：师傅，我就是找不到才打车的！他吐出一口浊气：你看你这个人，果然慧根浅、觉悟迟啊，还是要多开导开导自己的悟性。我下车递钱给他，他麻利地找了一枚钢镚，轻轻放在我手中：我佛慈悲，记住啊，小姑娘。

2056. 环顾四周，完全不知道自己在哪。随便拐进一条看上去顺眼的小路，路牌上标着：陕西南路。路上有家教堂，抬头看，怀恩堂三个大字。推开门，找个空位坐下，感觉万事万物被关在身后，我深深叹出一口气。哎，不管怎么样，这句“小姑娘”还是很好听滴。

2057. 随手翻看夹在椅背上的《圣经》，翻到一页就从第一个句子看起来：我以你建造的殿堂为圣，我的名在里面，我的心、我的人将在里面得到永生。在心里默念了几遍，合上。

2058. 认真地舔一只甜筒，一圈一圈转着舔，看着它越变越小，觉得青春消失得真快。

2059. 草坪上有一只巨大的喜鹊在散步，大得不得了，像个人那样走路。龟儿子的，感觉脚杆比老子还长。旁边有一群小男孩在踢球，其中有一个最小的男孩，比其他男孩都小，大家都不带他玩。他偏要玩，踢着一个小塑料球，混战在大男孩中。男孩们把他赶下去，一会儿他又上场了。最后，一个大男孩大脚一开，把他的小球开出老远。终于，他哇的一声哭了。

2060. 外卖叫了一条多春鱼。啃的时候，充满期待满口都是啵啵啵跳的籽籽。结果，一口没啃到，二口也没有啃到，啃光了都没有。我就奇了怪了！是不是现在不是多春鱼产籽的时候啊！翻翻外卖单，我点的是秋刀鱼。

2061. 我其实不喜欢吃啥特别昂贵的东西。海鲜我就爱吃个三文鱼蘸酱油芥末，以及生蚝。蚝好点呢就生吃，不太好就蒜蓉烤着吃；河鲜对于我来说，就爱吃个大闸蟹，个大点，产地好点当然好，没那条件小个也可以，多剥两个就是了。每当云南鲜菇季节，看人家吃松茸，我就从容地买上二斤口蘑，把蒂摘掉，在平底锅里煎出汤，撒上点盐巴、黑胡椒、小葱花——一样好吃得灵魂出窍。

2062. 都说处女座完美主义，我生在处女座中间位置的日子，但是我至今还没有感受到自己有完美主义倾向。我的毕生信念就是：差不多得了，于是给自己又取了一个英文名：察布多·德辽。

2063. 我不明白为什么朋友们在认识我之后，都很快能知道我智商不高这件事情。对我是又宽容又爱怜，让我又气又感激。

2064. 我根本不敢想自己有多少财产，因为我隐约觉得它们太多了。打开小抽屉，一眼就看见：喜欢的小剪刀一把，好用的细条即时贴一捆，高级钢笔一支，削好的铅笔一支，彩色的小别针一盒，还有朋友送的高级铜书签。我喜滋滋地关上抽屉，觉得自己好富有。

2065. 我总是舍不得精美的包装盒，把它们藏在一个地方，但是大部分最后还是扔掉了。我见过毫不犹豫扔掉盒子的人，再好的盒子也立刻扔掉，比如老九。很敬仰这样的人，但是我做不到。

2066. 洗澡前脱衣服：外套、绒衣、秋衣、内衣，秋裤、内裤、袜子。脱下来之后，我很好奇地看着那一大堆衣服——它们居然有这样一大堆！衣服层层叠叠，一个褶皱接着一个褶皱，堆成一座山坡的形状。仔细辨认，这座山上很容易看出哪里是袜子，哪里又是内衣。我就这样光溜溜地团抱着身体，饶有兴致地看着这一堆蝉蜕，看了挺长时间。

2067. 半夜突然醒来，觉得自己真像一粒花生：白白胖胖，盖着红被子，装在壳里。除了我，这个夜里还有很多很多别的花生，大家都在壳里，安稳宁静地沉睡生长，真好啊。

2068. 出门，看看，虽然没下雨但地是湿的，于是又回去拿了一把伞。我觉得自己真成熟，如果吃饭的时候再慢一点，就更成熟了。

2069. 淮海路，我看见一家专门卖洋娃娃的商店，一进去就傻眼了：那些娃娃做得太精美了！都穿着最讲究的小礼服！我快哭了，我小时候要是能有这么一个娃娃，那简直是命不要了都可以啊！我还看见了排在一起的三个套装娃娃，很像我和豆豆还有张敏！我直接哭了！老九说：有啥啊，不就是一堆塑料么，卖那么贵。

2070. 有时候，我并不是真的想抽烟，只是觉得豆豆或者张敏在这里的话，她们是一定会点上一根的。

2071. 在理发店，理发的小哥子一撩我的头发，咄了一声。我问他：是不是白头发有点多哇？他是个很会说话的人：姐，你这个就是少年白。

2072. 按照我妈的话来说，我已经是老大一筒的人了，但是，我从来不觉得自己长大了，而且再也不相信自己会长大；再说，我也从没见过一个大人，谁见过大人？你见过吗？

2073. 已经有好几次，我发现有些事情居然也可以用“二十几年前”这样的话来开头了，暗暗吃了一惊：这不是小时候常听大人们说的话么？怎么我也说这样的话了。不过我说这话时，表现还算沉稳，没有像以前的大人那样拍拍大腿睁圆眼睛哎呀一声：老实话！都二十多年了！我只是突然沉默了，不说话了，其实也没有想什么，更没有盘算，只是等这个感觉过去，就像等待一阵电钻的声音过去。

2074. 是不是我们现在已经长成了小时候去做客时在别人家见到的“叔叔阿姨”了呢?

……

2075. 梦见一只死去的小猴子，它半截都埋在垃圾里，头戴金冠，身穿红袍——原来是一只马戏团的小猴子。它软软的小爪子摊在我手上，那么小却完整，像是致谢一样。我好好地埋了它。

2076. 清晨早起，路上都是遛狗的人。远远看见一只小狗，白色的，小得不可能再小。走近一看，居然是只鸽子。它是有主人的，主人说它叫发财，翅膀受伤了，早上出来练练脚步。主人手里捏半个煮玉米，鸽子走一步，就丢给它几颗，唤道：来，发财，来来，发财。

2077. 经过宠物商店，还没开门。透过玻璃窗，看见去年就寄养在这里的一只金毛，好像是被搬家的主人遗弃了。它也看见了我，我在它面前停了下来，眼泪吧嗒吧嗒开始落下来。它倒是挺看得开的，用眼神安慰我：没什么的，没什么的。

2078. 终于出太阳了，去郊外爬山。在山坡向阳处找个地方坐着晒太阳。一个老头，嘴里嘟嘟喃喃地从坡上走下来。我对他笑笑，他抬抬手，另一只手扶着腰：你好啊！我说您好。他问你是信佛教的吗，在这里盘腿打坐?我说不是，我就是晒太阳呢。他又问你打哪里来啊，我说我从四川来。他说四川好啊，你家里兄妹几个啊。我说就我一个。他说你多大了？我犹豫了一下：嗯，我二十七了。他很吃惊：你都二十七了！我以为你才上高中！我笑笑：您看着精神也很好啊！他说我都七十多了！我连连摇头：不像不像，最多六十出头！他哈哈大笑，我也哈哈大笑。然后他埋头继续往前走去，我说您慢点。他继续嘟嘟喃喃起来：两百一十一，两百一十二……

2079.　爬过山顶后往山下走，上来几个人问路：请问还有多远？我顺手一指：看，那就是了。打头的人好像愣了一下，随后说了声谢谢。我回头再看，才发现是几位盲人，马上大声告诉他们：最多还有五分钟，加油！

2080.　大年三十也没啥可做的，去玉佛寺里点了一对灯，放在菩萨的供桌上。我拜下去的时候，在心里对菩萨说：菩萨你好，上一次在石经寺的时候，本来应该给你供养，当时比较没钱，我说等我有钱了补上。我就今天来了，今天是大年三十，你开心吗？我很开心。你也要开心。然后我恭恭敬敬磕了三个头。我这个头，以前有和尚教过，是十分标准的，标准到在一旁忙着登记香火钱的尼姑都发现了，她停下了手中的活计，给我敲响了磬。我磕完，在菩萨和尼姑的注视下，往功德箱里投了一百元钱。我们全部都很开心。

2081.　突然发现，我在心里念“南无阿弥陀佛”的时候，永远是四川口音。

2082.　从寺庙出来，听到摇铃虫的叫声。其实刚才来的路上就听到了，但觉得那是幻觉。摇铃虫难道不是秋天都死去了吗？怎么还能熬到冬天呢？我从秋天开始就着急，为一只只消失的摇铃虫写了好几首悼念诗的……又叫起来了！我这一次听，觉得又不像。不过它如果真的熬到冬天，受了这么多苦，嗓子变了点也正常。可能是菩萨在答谢我，是菩萨在叫。

2083.　看见一辆小小的自行车，破旧地躺在冬天里，死了。

2084.　梦见张春燕姐姐了。如果你还记得桑格格在她十三岁的一天，穿上了自己最当家的拜客衣服，去了峨眉电影制片厂想当演员的事情。

2085.　为了让这些导演不错失一个绝代佳人，桑格格觉得还是自己辛苦点，先迈出这历史性的一刻。她敲开了导演曾江河叔叔的家门，门“吱呀”一声开了，里面好像是个女的开门，但是桑格格却觉得阳光直射进眼睛一样，有点睁不开眼睛。女的说：你就是蓉蓉吧？

2086.　那个女的把我让进来，让我在他们家高贵的沙发上坐下，还倒了一杯茶。这个时候，我眼睛终于适应室内的光线了，看清楚面前那个女的，就像天仙一样！盈盈浅笑，美丽得不像真人。她就是张春燕姐姐了。那个时候的春燕姐，正值青春年少的二十四岁，差不多大我一轮，高挑苗条，五官精巧，肤若凝脂，眼波流转。我立刻就瓜了。

2087.　接下来，在那部没有任何声息的电影中，她是主演，一个美丽的为了爱情最后献出生命的独龙族酋长的女儿，我就是那个在村口帮她张望的小丫头。现在想来，这个关系一直牢牢贯穿我们多年的交往。人家都说，我当年那个年纪所受的影响将成为一生的习惯。好嘛，我们就来回顾一下，张春燕姐姐留给十三岁的桑格格哪些一生的影响—— 25-26

2088.　春燕说：蓉蓉，你该戴胸罩了，女娃娃长成这样不戴不行！来，我这儿有一个，你先拿去。春燕说：蓉蓉，你不要穿这些童装了。春燕说：蓉蓉，人家男的对你说笑话，你不要瓜兮兮去答应。春燕说：蓉蓉，你长大不要当演员，你要多读点书。春燕说：蓉蓉，有些人送你些东西，先拿到，然后就不理他就是。春燕说：蓉蓉，拌凉面的秘诀就是，啥子佐料都往里面甩点。春燕说：蓉蓉，穿衣服嘛，上身越短越好，裤儿越长越好。春燕说：蓉蓉，啥子都是假的，就是自己要努力。春燕说：蓉蓉，剥蒜用不着一个个剥，用菜刀一拍就好了。黄瓜千万不要用刀切，也要拍，要不然有菜刀味儿。春燕说：蓉蓉，寒假我带你去北京耍一趟，你还没去过。

2089.　蓉蓉就是我，桑格格也叫蓉蓉。

2090.　最记得，她喜欢自己改造衣服，手很巧，喜欢把便宜的衣服修修补补，缝个花边什么的，一下子看上去就高级了。在昏黄的灯光下，她一边听邓丽君一边唱，手里就在缝补。问彩云何处飞，愿乘风永追随，有奇缘能相聚，死亦无悔。

2091.　去火锅厅找她，看见她把一个凯司令的蛋糕甩在曾江河叔叔（当时的丈夫）脑壳上。我唏嘘不已，龟儿子的都不拿给我吃，高级的凯司令啊！

2092.　我以整个少女时期，目睹了春燕姐姐所有爱情事件，初恋的、准备要结婚没有结成的、前夫、现夫……里面不乏我在懵懵懂懂中牵的线。印象最深的是有一次，我不晓得哪里搞了两张当时成都最火爆的迪斯科舞票，把在家里当怨妇的她喊到一路去。我们在舞池边边上看了一会儿，不敢跳，不晓得咋个跳。最后，我姐张春燕沉稳地走进了迪厅中央，定了定神，打了一套蛇拳——全场都震了！连舞厅的老板都惊动了，他不知道外面发生了什么事情，赶忙出来看。但春燕姐姐只会这一套蛇拳，应群众要求，又打了一遍。我在旁边无聊，把课间操也做了三遍。

2093.　她也有转不开的时候。这一天，我说：姐，我这儿有五百元，你先拿去用。她说：死女娃子，你从哪儿来那么多钱？！我说：你不晓得我现在是班长嗦，我掌管班费。为了让她能有所周转，我还给她联系了几家火锅厅或者大型夜总会去唱歌。老子峨影厂都敢去，这些地方更是不在话下，背个书包，直接找经理：我这儿有个正宗峨影厂演员，在你们这儿演出，一场好多钱？当然，只演了一场，我们就不演了。这些人不懂艺术。

2094.　春燕姐姐的老家在大凉山彝族自治州，她经常说，老子们站在火车站一招手：我是昭觉的！不晓得有多少父老乡亲响应！……那个时候，彝族同胞从事的职业有点隐蔽，但是十分团结。春燕常常给我说，她长大的那个地方的山、水、天是什么样子的，还有她穿彝族服装的样子，夏天去沟里游泳裙子遭冲起跑了。对了，关于春燕最重要的一点没有说，她从小就会花拳绣腿，没有从大凉山出来之前是昭觉县县体委的武术教习，每天教一帮娃娃打蛇拳。

2095.　因为她太漂亮了，只要有她在的地方，就有一堆说不清楚的麻烦。后来，我和她回昭觉，她去县委把当时的体委主任找出来吃烧烤，人家喝了两杯就说：龟儿子的，你走了，老子一脑壳的屎，还不如当初就真的搞点啥子。春燕也满脸绯红，举起一杯白酒：说这些捞球，来，喝。

2096.　曾江河导演去凉山找景，看见身穿白色练功服的张春燕，在昭觉体委的沙坝上耍了一套蛇拳，就马上要去给她下户口，要上在自己的户口本上，关系一栏要写上：夫妻。可惜了，曾江河叔叔，你把春燕丢掉了可惜。她漂亮，但是人家那会儿总在窗前怔怔地看你的照片。虽然你有点老，有点不够帅，但是春燕还是叹口气、无限甜蜜地说：好歹是我老公啊！

2097.　我也要找男朋友了，我的每一个男朋友也必须经过她的审核。这个审核是双重的，一个她看人家行不行；二是我看这个男的看见张春燕动不动心，如果看见她都不动心，我觉得这个男的禁得起考验。

2098.　慢慢地，我的春燕姐姐一点点老了，后来的男朋友看见她：不咋的啊！为了博得我的欢心，还加上一句：我觉得比你差多了！我心里一点高兴都没有，板个脸：滚。直到现在，春燕也没有演过什么有影响的戏，也没有找到适合的人。我们在一起的时候很少说动感情的话，但是去年，在她北京天通苑临时的家中，喝了酒，她抱着我大哭，我也是。

2099.　喔，不对，她后来还是演了一些戏：张纪中版的《水浒传》，演方腊手下的女将庞秋霞，和黑旋风李逵眉来眼去的那个；还有张纪中版的《西游记》里的电母，造型十分惊悚。一个同学说她远房表妹曾经在班上抬不起头来，因为他爸在《西游记》里演银角大王。我说这有啥了不起，我姐在《西游记》里演电母我都没说啥!

2100.　昨晚，我梦见和春燕坐车去片场，一路上路过的小饭馆、小旅馆都叫春燕饭馆、春燕旅馆。她就说：老子的名字太难听，你说我改了好不好？叫个张春或者张燕都好！我说：不，姐，我觉得好听。她把我搂在怀中说：蓉蓉，好冷，帮我挡风。我就挡住风口，然后回头摸摸她的手和脸：哎呀，是冰沁的喃。

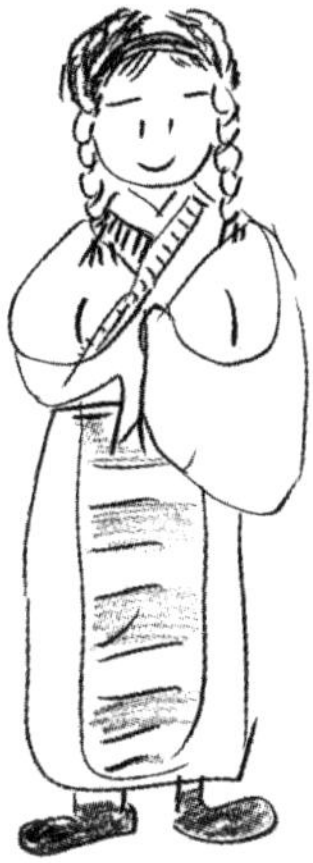

26 - 27岁 成都

2101. 好像还在上高中。我们那个高中有点矬，教学质量不太好。终于有个别的高级中学请来的老师，人家就上这一堂课。老师对我们说：同学们，你们不是烂娃娃，老师对你们一视同仁。我哭了，我旁边的烂娃娃也哭了，但是他们是真的到处打架过孽的。但是听老师说他们不是烂娃娃，一下子就哭了。老师认认真真给我们讲课，我们目光炯炯听了一堂课。老师讲的王维，送元二使安西：渭城朝雨浥轻尘，劝君更尽一杯酒。

2102. 我妈坐在堂屋里，穿着一件千娇百媚的百衲裙，捧着一本书。我说：妈，你在做啥子？！我妈好像去整了容一样，脸上一点皱纹都没有了，身材也苗条，她娇滴滴地说：你妈我准备去选美，现在要补点文化课。看嘛，我在看金庸。

2103. 我在湖中采莲，白衣飘飘，青烟缭绕，沙鸥远歌。我轻轻撑着小舟，微启朱唇唱道：江南可采莲，莲叶何田田。鱼戏莲叶间，鱼戏莲叶东，鱼戏莲叶西，鱼戏莲叶南，鱼戏莲叶北……这个时候，有个帅哥，居然还是个金发碧眼的外国人，他从湖边伸个脑壳出来说：哎呀，你们中国的风景很美，但是话太啰嗦啦！鱼戏莲叶东南西北，一句话，难道不更简练一点吗？我把撑杆一竖，横着眉毛说：你懂个锤子你懂！

2104. 是的，都是梦。我太爱做梦了。

2105. 昨晚我又梦见黑社会了。睡在海边一个房子里，我拼命对自己说：乖，起来，去看日出前的晨曦。黑社会从另一个房间里走出来，穿着白色金边的长袍，我看见他吓了一跳：……啊，你好，你好。他笑笑说：我好啊，你好吗？他的样子一点儿都没有变，还是跟费翔一样，浓密的头发自然卷曲。

2106. 我说：我回来拿几件过冬的衣服，我有一件希思黎的桃红羽绒服还在吗？他摇摇头：我捐钱修了一个博物馆，有一个展厅叫“妈妈，再爱我一次”，你的东西都在那里。

2107. 他说：去海边游泳吗？我说：算了，我还是不会游泳。他叹口气：你总是让我不放心，你要知道，我们这个地球表面有多少都是水吗？你一个人在外面，不会游泳怎么行？！我说：……对不起，对不起，我有事先走，家里有汤在火上！

2108. 黑社会从楼上追下来：……你以后写我的时候，能不能不要再提我的泸州口音？人家来成都这么多年啦，说话早就不瘪瘪瘪啦！我略略定下心来：好的，我会把你写得很高大的……

2109. 我真的要走了。他看着我的背影，慢慢说：刚才我在海滩见过两只蝴蝶，我确信其中一只你也曾见过。我回头挥挥手：嗯，我确实见过。

2110. 打电话给张敏：嘿！书可能真的要出哈！如果有首发式你要来喔！张敏有气无力地说：喊我去是不是倒开水？

2111. 想起小学二年级，语文考试有道题：一只小狗在雪地里走，它身后有一串梅花般的脚印。问：小狗的爪子像什么形状？我每当想起这道题都很生气，当时把我脑袋都想炸了，都不知道怎么回答，只得写：爪子就像爪子的形状。扣了我4分，因为答案就是脚印像梅花！奶奶的，我现在知道了哇！现在考我哇！

2112. 其实，一想到我的书会被印刷厂印成上万本，每个字都是铅字，穿起工装裤的工人衔着烟卷装订……我就不舒服。我本来是这样想的：找一个本子，麻制的，把它们一个字一个字地抄下来，黑色的碳素墨水或者纯蓝的英雄墨水，还要用彩色铅笔画些小画，然后送给我心中的白马王子。他也许不会看，一直放在箱子里，落满了灰尘。我呢，从此也不再提起这件事情，照常生活。

2113. 祖国的三个大城市算是让我住了一个遍。这三地的阿姨各有特色——北京的阿姨：这眼霜可抢手了，您还不来五个？广州的阿姨：来！本来一块五的算你一块四啦！上海的阿姨：发票按原价写，多开点伐？

2114. 我们一年到头都在外面漂，但年底还是要回到成都。回到成都的日子基本都是这样的：半晌午起来，楼底下随便哪个面馆喊碗素椒杂酱，有心情就跑远点去青石桥吃肥肠粉。吃完了，嘚儿转嘚儿转拽起去找家茶铺喝茶，打斗地主或者打麻将、掏耳朵兼擦皮鞋，午饭就在茶铺里喊份盐煎肉或者水煮肉片加天主堂鸡片，要天黑了去啖麻辣烫或者钵钵鸡。晚上还要去九眼桥酒吧夜不收。这是一个叫桑格格的死女娃子一整天的生活内容，基本上也是豆豆、张敏以及很多成都女娃娃一整天的生活内容。

2115. 我和豆豆、张敏刚到达喝茶现场拉开藤椅坐下，就看见担挑挑卖水果的男人过来了。豆豆扯起嗓门：桑葚咋卖——？男人忙不迭地过来：块钱一两！豆豆假装柳眉倒竖：走走走！你走远些！男人不生气，反而笑了：好说嘛，妹儿，生意都是谈的，七角钱一两嘛！豆豆俯下身去选：敢少老子秤嘛老子要撇秤杆杆儿哈！

2116. 远远地，谭亮带着他的老婆丁丁来了，丁丁胖了一圈，泡哨得像个刚出笼的馒头，越发显得颜色娇媚。谭亮宣布：嗯，我要当爸爸了，有三个月了。大家纷纷献上夸张的祝贺，谭亮更是满脸放光，丁丁害羞起来：哎呀笑人巴叉的，不要在这里说嘛——她手上提了一袋樱桃，娇声唤茶哥：哥老倌——！麻烦洗哈嘛——茶哥酥软着半边身体从堂子里出来：来了！只不过，看见旁边坐了一个男的，兴致一下矮了下去，怏怏不乐端了樱桃去洗。

2117. 一辆银色拓拓嘎吱一声停在我们边边上。豆豆说：好烦喔，车子停得把老子们太阳都挡了！毛兰英从车子头钻出来，居然是一头金黄色爆炸长发，她有点不好意思：嘿嘿，我新发型如何——大家纷纷表示，这个发型：外形上酷似非洲雄狮，色泽上比较像虎皮鹦鹉，配上红扯扯的脸盘子，整体效果更接近南美洲狒狒。她一听不干了，说要把提来的一兜草莓拿去甩了，大家连忙制止：事实上，这种粗犷非常突显你不俗的个人风格。

2118. 最后来的是罗小平，她一来就说：好矬呦你们，茶有啥子好喝的嘛，我们来喝酒嘛！过了一会儿，居然李昭峰也来了，拎了两瓶日本清酒和下酒的烤银杏果！小平一哈锐气大减，脑壳埋下来，多不好意思地说：给你们宣布一下哈，我和昭峰耍朋友了哈！大家集体发出一声欢叫：这么大个事情，清酒就打发了嗦！晚上请火锅！李昭峰看了我一眼，抓抓脑壳：谢谢你给我小平电话哈。

2119. 原来，李昭峰跑去深圳找小平，好说歹说，费了一番周折才把小平带了回来，现在两个人打算一起开酒吧，一个是老板，一个是准老板娘。我叹口气，觉得自己总算是做了一件好事。小平给我倒了一杯清酒：来，我们两个碰一杯。

2120. 太阳一点点地斜，我们的话越说越多。最后话摆到一定的程度，最高境界就是你看我，我看你，瓜笑。伸个懒腰说句，好鸡巴安逸呦。看我们的桌子上，深红的草莓、鲜红的樱桃、深紫的桑葚、金黄的广柑、淡黄的银杏，还有一杯杯绿盈盈的素毛峰、花毛峰、青山绿水、清酒，白花花的瓜子花生……张敏不晓得啥子时候去买了个娃娃头冰淇淋，自己舔着耍：龟儿子的青春咋这么短喃？我举起手指：短？有我手指短么？

2121. 豆豆对大家说：来，老子给你们念首诗！我们鸡啄米似的点头：念嘛念嘛！豆豆把脚跷在桌上，点了烟吐了一口，突然不好意思了，闭上眼睛，挠着头发：等下哈，老子要酝酿一哈。等了一会儿她睁开眼睛，张口就是：红豆生南国，春来发几枝！……发几枝？……发几枝喃……锤子到底是发几枝……她一拍大腿，终于想起后面两句——本是同根生，相煎何太急！

2122. 月亮升起来了，今儿的月亮不初一不十五的，不圆不弯，像块随意咬了几口扔一边的枣泥馅饼子，照在一群歪歪倒倒的老同学身上。

2123. 这个春天，豆豆又带我去了一趟她的老家北川药王谷。她说：你不是最喜欢我们老家的猪母……喔不，辛夷花得嘛？现在我们那儿都成了景点了，周末一堆一堆人跑去看，花都要踩死了。再不去看，估计就看不成了。

2124. 又去那个溶洞的时候，我吃惊地发现：那尊古老的小神旁边，居然多了一尊新神！崭崭新的神！仔细看，是机器压模的玻璃钢材质，这几年流行的藏传佛教风格的盘腿如来——真叫神气。小神一比，更土了。

2125. 我问她，这是哪个请的神喃？她得意地把电子烟点上，深深地拔了一口：我。我啊一声，你从哪请的喔？她说：你还记得那位“人生若只如初见”不？我说：记得，那个卖假佛珠的么？你们还有联系？她微微一笑：念念不忘，必有回响噻。

……

2126.　去文殊院，经过楼底下时居然看见了汤娃儿，他推起个娃娃，人老了一大截，看到我笑得十分不自然，最要命的是，他居然也开始把裤儿外扎！而且是灰不拉叽的一件白毛衣扎在一条西装短裤里头！

2127.　在文殊院门口的洞子口张凉粉，一对老夫妻在我对面吃清汤杂酱面。老婆婆挑几大夹面在老公公碗头：你饭量大。老公公夹几夹菜叶子：你爱吃叶子。他们稀稀哗哗吃完，老公公牵着老婆婆就走了。

2128.　又来了一桌子学生，都是半大的中学生男娃娃，其中一个边吃粉边对大家说：你们好幼稚喔，对感情一点不认真！看我和我的婆娘耍了都两年了，从初一到现在，哪个都没有把我勾起走！有个不服：锤子喔，哪个给你抄卷子的喃？他说：绝对只是同学！大家都“切”了一声。

2129.　不要说，文殊院茶园六元一盏的花毛峰硬是喷喷香！二回我老了，就天天来文殊院喝茶，一个人买盏茶在腊梅花树下坐起，把瓜子拿出来嗑，嗑啊嗑；把毛线拖出来打，打啊打。

2130.　文殊院的后花园里，一对中年情侣手拉手转起耍，这个年纪了还拉起手，眉目之间默默地有情。走到一个劝世牌下，他们扬起头看，然后又看对方，笑了一笑，手拉得更紧。干脆挽在了一起，慢慢地走远了。劝世牌上写的是：你可以拥有爱，但是不可以执着——因为分离是必然的。

2131.　突然想起多年以前的一天，我也是在文殊院耍。一个算命的，撵上来用有点子川剧念白的腔调说：这位妹妹，你好像有点心事哇？我一下子就站着了，瞪着他——当时我千方百计想和黑社会分手，简直是一筹莫展啊！他神秘地笑笑，做了个请的手势：这边巷子里说话。

2132.　然后我就跟他去了巷子里。在僻静处，他说妹妹，你是不是感情不顺哇？我算桃花准得很！我点点头。他把我周身打量了一番，惊风活扯地叫唤：哎呀！妹妹！你看你这通身的气派，唇不点自红、眉不画自黛，咋个还愁桃花喃？！我叹口气：我就是愁啊，我想和男朋友分手，你有啥办法莫得嘛？他沉吟了下，点头：这就对了，果不出我所料！我眼睛一亮：老师你说咋个才能分嘛？他掐了会儿手指：妹妹，你命中缺一个属虎的，而且是要佛门前有慧根的虎，你和这个人在一起，自然就能从前一段孽缘中跳出来了！

2133.　我警惕起来：哪儿去找这个属虎的喃？他矜持地笑了笑：其实小妹要是不嫌弃的话……在下就属虎，而且在文殊院门口搭救众生好几年了，功德也算够，哎，也是前世的缘分啊！妹妹，妹妹，哎！你不要走啊听我说完！听我说完……

2134.　这件事已经过去很多年了，如今再路过文殊院，有时候还是会遇到算命的纠缠，我再也不会上当，也不生气，只是正色道：都是同行，面斥不雅。

2135.　哎呀，老九倒是属虎。

2136.　去文殊院附近的金芙蓉餐厅吃饭，每次都要点三个菜：鳝鱼粉丝、糯米鸭、麻婆豆腐。吃完后已是傍晚，回文殊院，后门还开着，走进去就是转经塔。转塔一般是转三圈，据说这样可以消业障，对于我来说，也可以消饱胀：一圈，消鳝鱼粉丝；一圈，消糯米鸭；一圈，消麻婆豆腐。

2137.　文殊院厕所墙上写着一句话：一千年后，这个世界上就没有我了。我想，一千年有多久呢？能不能理解为：十个人的人生，叠着过？

2138.　夜里，梦见了陀思妥耶夫斯基，他像个神一样穿着长斗篷，对我说：你的价值在于，你的肤浅和你的深情。我低头绞着衣角，小声反驳：那个，这句话你不是用来说屠格涅夫的么……他“喔”了一声：是么？那让我再想想。

2139.　油菜花开了，我很想带我爸去郊区踏青钓鱼啥子的，并且邀请在郊区讨生活的三姐一家，打算花个千把块的巨款让大家耍个开开心心。当我把这个想法讲给三姐听的时候，她在电话里用鼻音重重地“咳——”了一声：死娃娃你包包头的钱多得往外跳嗦，唵？！你们来就是了，我熟人杨彬就在鱼塘，你那个开支可以耍几盘都还有多！

2140.　杨二哥大名杨彬，文质彬彬的彬。光看他的样样儿，确实有点文质彬彬的哈：上半截穿的是白色T恤，下半截是黑色笔挺的麻料西裤，一双黑色休闲皮鞋一点泥巴都没有，头发干干净净梳得灵光，哪像承包鱼塘的小老板儿嘛。

1616. 三个正确的胸罩进入我的生活之后，就等于宣布了以前辛辛苦苦积攒起来的一箩筐其他错误的胸罩退出了历史舞台。我打电话给胸围比我小一号的张敏：快来！我这儿有一堆上好的胸罩任你挑选！后来我去深圳看她，一进门，阳台上挂的全部是我的前任胸罩，还在滴滴答答地滴水，非常之亲切。

1711. 张敏床头那双塑料拖鞋看上去怪怪的，上面的英文字母经我仔细辨认，是：WC。

1842. 我们开车走了，婆婆站在乡村竹林边，单薄衰老的身影越来越小，小得很，然后就消失了。

1895. 天气好，星星看得比平时都清楚。我只认识猎户座那三颗排在一起的星，老九说：这三颗星是猎户的腰带，周围还有四颗亮星，是猎户射箭的样子，一共七颗。我说：咦，那腰带下面还有两颗小的星是啥？他眯缝着眼睛看：不可能啊，我记得没有了啊……我一拍脑子：对了！那一定是猎户的鸡鸡！

2058. 认真地舔一只甜筒，一圈一圈转着舔，看着它越变越小，觉得青春消失得真快。

2083. 看见一辆小小的自行车，破旧地躺在冬天里，死了。

2240. 我妈带何无疆去文殊院那天，把它往放生池一丢，它一个咪头就扎到水下去了，头都没有回一下。我妈还在岸上站了多久，失落地说：好歹在一起生活了几个月，咋个一点感情都没有喃？硬是冷血动物喔。

2258. 我就金梅塞金梅塞金梅塞金梅塞金梅塞，念了一路，直到来到哲蚌寺脚下，看见晨曦中，上山的人弯弯曲曲，一眼望不到头，眼泪就啪嗒啪嗒滚落下来。

2141.　话说当年三姐和刘哥在龙爪那一带那还是相当有人缘的，她那些哥们说起来五马六道的，但是都多讲义气的。我记得最清楚的是，有个在外头打架脑壳上掉起青头儿包的大哥哥，晓得何小琼的表妹来了，脸上血都没有抹干净就去冰糕摊摊上给我买娃娃头。吓得人家卖冰糕的颤抖地躲在箱箱后头说：好……汉……你随便拿……你、你、你随便拿！那个大哥哥笑嘻嘻地对冰糕老板一摆手：龟儿子怕啥子嘛，我是为民除害才回来，桥归桥、路归路，好汉不得平白无故欺负人！拿去，一元！两个娃娃头！

2142.　三姐说：吔——你硬是记性好喃，那个给你买娃娃头的，就是杨二哥得嘛！他现在走正路了，不弄那些歪的了，承包了个鱼塘自己做。据说，杨二哥因为社会事务太多，杨二嫂早就离开他另外嫁人去了，留了个上小学三年级的小杨二哥给他。他看着懵懵懂懂的娃娃，觉得再在社会上捞偏门可能不得行了，就凑钱在马家寺郊外开了这个鱼塘。娃娃喃，读住校，他就一个人住在这片鱼塘上喂鱼。田坎上一排砖房子，有四间排起的：一间他的卧室、一间放渔具、一间是厨房、一间是厕所。

2143.　这天是个星期天，我就和我爸还有三姐去了这家杨二哥鱼塘。杨二哥很热情，早就把鱼竿巴巴适适摆在田坎上了，还挖好了曲鳝。

2144.　我在厨房里忙碌，准备烹调钓上来的鱼：咳，杨二哥，碗不够，你屋头还有碗没得？他四下看了看，果然找不到碗了：不着急，等一哈我去塘里头给你摸几个！原来，杨二哥一个人在鱼塘上开火煮饭，是从来都不洗碗的，吃了之后把碗直接往塘里一甩，了事。一会儿果然看他从塘边边上精确地拎了几个湿淋淋的瓷碗起来！他笑嘻嘻地：来，接到！古董！——真是捡碗还需丢碗人呐！

2145.　不一会儿，我又说：葱不够，杨二哥你快去市场上买把！他嘿嘿一笑：买？这周围的看到老子来了，方便面都要卖老子八元！他背着手走出门去，消失在远处的田里，几分钟他又冒出来了，手头多了一把还有泥巴的红头葱，递给我：快拿去弄，不要让周围看到了，毕竟挨邻得近的，看到了不好……

2146.　我不敢杀鱼，他袖子一挽：让开，我来！他麻利地抽出一把匕首，熟练地杀鱼刮鳞剖肚，一边弄一边自言自语：妈哟！老子的宝刀以前杀人，现在杀鱼……

2147. 他手机响了，铃声是“请你不要再来伤害我，喔——喔——”，破响破响，简直是响彻云霄！他赶紧在草草上把手上的血抹干净，捡起手机：喂！哪个！原来是小杨二哥打来的，找他爸爸问作业。只看杨二哥眉头皱成了一堆，表情十分为难：唵？啥子喃？云南出产啥子？……出锤子！嗯……山里头总是出香菇嘛……唵，你同学说不对啊？那老子晓得个屁……五朵金花是哪里的？这个我晓得！五朵金花是红河卷烟厂！听老子的没得错！……还有题啊？龟儿子快说，毛主席的故乡是哪里啊……嗯，是湖北！

2148. 我爸这个老革命终于听不下去了，插话说：不是湖北，是湖南！他嘿嘿嘿嘿笑几声：龟儿子的你老汉又不是电脑，差点都遭你整成猪脑了！对对对，毛主席的故乡是湖南哈！不要写错了！算球了，你娃娃不要问我了，自己到楼底下网吧去查！啥子喃？不准你进？！龟儿子的不想开了嗦？！你说，你是杨二娃的娃娃，再不让给老子砸！警察来了算我的……

2149. 我一把就上去把电话抢了，首先让娃娃千万不要去骚扰楼下网吧，然后用了几分钟解答了他所有的问题。小杨二哥声音尖尖的，有点怯生生地问我：谢谢姐姐，你、你是哪个嘛？你是不是我爸的新女朋友嘛？

2150. 我红着脸把电话递给杨二哥：拿去。然后又转身去烹调鱼摆摆了。杨二哥在田坎上开始摆上了桌子，拿出他所有的餐具都不够，加上塘里摸来的还是不够，他跑了两家才借齐。他看了看桌子上的菜，除了鱼就是鱼，二话不说，骑着自行车就走了。回来的时候，车上搭满了白酒、啤酒以及各种烧腊熟食，他乐哈哈地跟我爸打招呼：叔叔，难得有人来陪我喝两杯，今天你们来了我特别高兴！我们好生喝哈！我爸也是个天生豪爽的：哎呀侄儿，今天硬是麻烦你咯，以后你要多来我屋头耍哈！

2151. 天色麻麻黑，凉爽的夜风从鱼塘水面上吹过来带走了暑热，一阵阵叽叽咕咕的虫鸣蛙叫越来越响。浑圆的月亮慢慢升上来，印在鱼塘上，远远看杨二哥这排房子，真是像个仙境。我把这个说法告诉了杨二哥，他正用牙齿“哧——”一声咬开了一瓶啤酒，“呸”一声吐了口渣渣：仙境？！我看你们这些没有经过事的女娃子喔！你们不在的时候，老子一个人住在这里，经常觉得哪怕有个鬼来敲下门陪我喝两口都要得！他给我爸倒满了一杯酒：

桑叔叔，以后尽管带你的朋友来耍，你的朋友就是杨二的朋友！今天，我很高兴认识你们！来！

2152. 我喊他少喝点，田坎上的啤酒瓶都要堆不到了。他说：嘿嘿，每天早上醒来我就拿方便面下啤酒，瓶瓶咋个不多嘛……杨二哥快要醉了，对我说：哎呀嘞，幺妹嘞，你给哥哥介绍个女朋友嘛！我长得不丑嘛！我连忙说：不丑不丑！他又摇头晃脑的指着鱼塘说：你二哥我总还有个鱼塘，有两个养婆娘的钱……我连忙点头：好的，二哥，我记住了！三姐和我对了一眼，也说：蓉娃子，别看杨二哥喔，他很有情调的哈。杨二哥马上摇摇摆摆站起来，拉着我说是去看一样东西。我惊魂未定，他指着塘边的一株花说：你看，这是我种的白山茶！

2153. 那顿饭吃了四个小时。我悄悄在他包包里放了五百元钱，被他发现又差点甩到塘里喂鱼了。杨二哥醉得左脚敲右脚，临走的时候还要鼓捣送我们走，他的送不是普通的送，而是要把我们都送到家门口，我家离这里估计差不多就是北京市区到通利福尼亚州那么远哈。他醉醺醺地打了通电话：老子是杨二，给老子过来拉趟贵客！不一会，一辆烂朽朽的面包车从夜幕中的田野上开过来了，司机多早就从车窗探出来给他致敬：杨哥好！他威严地对他摆摆手，然后转过来对我们谦逊地说：车差了点，大家将就坐……一扭头对我说：蓉娃子，我坐你边边上哈！一把就拉开了车门。

2154. 杨二哥和我们坐一辆车从黢黑的郊外驶进了市区。一路上，他又醉醺醺地对坐在前排的我爸说了一百遍叔叔再来耍的话。我和我爸都回应得疲惫了，他终于安静下来，双手擦去玻璃上的哈气，贪婪地看着灯红酒绿说：狗日的，好繁华喔！

2155. 我回家后给我爸打了个电话报平安，然后告诉他，其实我去算过命了：人家说我父亲一脉憨厚仁义，为我积下不少德行，继承了仁厚之心，化解许多波折。我自小离开父亲生活，他一直觉得为我所做甚少，说起总是亏欠惭愧。他正在准备睡觉，听我这么说起，他说他从来没有那么高兴。我放下电话时，发现自己也已是热泪滚滚。

2156. 梦见一个加油站，不是九十三号、九十七号这样卖，而是在加油管上标着快乐、悲伤的字样。我发现大多数人加的都是悲伤，而不是快乐，就问加油的：快乐是要贵点么？他摇摇头：恰恰相反，更便宜。我：啊！那你怎么不告诉大家？！他又摇摇头：我说过，没人信啊。

……

2157. 陪我妈出去办理银行业务，楼下秦花篮孃孃看见了，发出了这样的感慨：还是女儿好啊，女儿是杠上花，儿子是他妈的杠上炮！

2158. 这两年我妈在股市里顺风顺水，银行业务也多了起来。从银行出来，等红灯过马路的时候，她问我：你买房子真不需要我出钱帮助一点么？我斩钉截铁地回答：不，妈，这是我的原则问题，不能用父母的钱。我妈无比骄傲地看看我，又意犹未尽地环顾一下四周，居然对着旁边一个不认识的老太太说：看，这娃娃一点也不啃老，硬是一点都不！

2159. 不知为什么，我打嗝不止，我妈突然问我：你是不是借人家钱了？我大惊，嗝也止住了，惊魂未定：妈你咋个晓得的？我妈哈哈大笑：我就是惊吓你一下，你看你的嗝不是止住了么？我哭丧着脸：这是真的，现在还没还……我妈一转身：自己慢慢还。我一伤心，就继续打嗝。

2160. 好景不长，股市突然又栽下来，断崖式暴跌，简直可以用滚岩形容，Rock & Roll。我有点担心我妈受不了，试到打了个电话看她心情如何，电话里她的声音很坚毅：哎呀我给你说！你妈不得怕！怕啥子嘛！天垮了有高个子顶到！老子留得青山在，不怕没柴烧！再说了，就算支持国家建设嘛！我们那一代的人，说起支援国家，不得打嗯腾！

2161. 有时候我妈还会说点类似于隐喻的话，把我都要惊到。有一次，她深沉地说：我们的股市现在就像是天安门城楼一样——我接话：很稳定么？她摇摇头：不，洞洞眼眼、千疮百孔。其实股市究竟怎么样，我也不一定要问我妈，只要把握一点她的特点：输了不开腔，赢了紧到说。

2162. 我家是老小区，老鼠特别多，家里常备捕鼠笼子。关于和老鼠战斗的故事，我妈说起来那是咬牙切齿，但是有一只老鼠比较特别，值得好好说一说——

2163. 这天，天刚黑一点，我妈就听见有老鼠在叽叽地叫，她赶忙跑到厨房去看，打了个哈哈：咚大的一只老鼠在笼子里乱窜！一般抓到老鼠都要处以极刑，我妈烧了一锅水准备给老鼠“洗澡”。但是水壶提起来的时候，那个老鼠盯鼓眼地把她看到，一双小眼睛闪闪发光，唉，我妈就有点心软了。她想，翻年就是鼠年了，虽然股市不好，但是她有退休工资，算了，饶它一条鼠命，养着当个宠物吧。

2164. 她把老鼠笼子上那片挂了很久已经没有味道的腊肉丢了，换上一片刚煮过的排骨上撕下的肉。老鼠开始还有点怕，我妈往后面退了一步，它就慢慢凑上去闻，一闻就啥也顾不上地吃了起来。我妈看它吃完了，油然而生一种养宠物的开心。

2165. 第二天，她去股市，股市行情不好，大家都无精打采的。我妈把养老鼠的消息告诉了大家，大家一下子就沸腾了，纷纷说何老师你有创意！大家都很关心这只老鼠，说给它起个名字吧。有的说叫“福娃”吧，是奥运会吉祥物的名字。她摇摇头，因为奥运在她心里是很神圣的，说莫把奥组委得罪了！有的说，要不用毛主席的“星星之火可以燎原”，叫作“燎原”吧。她更是摇头，老鼠燎了原那还了得！鼠灾！最后，她慢条斯理地说出了想法：我想叫它“寸光”，“鼠目寸光”的 “寸光”，并且既然我养了它，它就跟我姓，何寸光！怎么样？大家打起哈哈笑喔，说好好好！

2166. 每天，我妈从股市回家，一进家门，就喊：寸光——寸光——我回来了喔……寸光在笼子里拼命窜啊窜的，她把老鼠笼子从窗台上提起，垫张报纸，放在了沙发底下。我妈描述它的模样：还是个半大老鼠，深灰色的，爪爪是粉红色的，多乖。可惜它在笼子里把上嘴唇都磕掉皮了，一块鲜红的嫩肉在冒血珠珠，看到让人心疼。真是，成了宠物是不一样。

2167. 我妈不仅给它吃肉，还要给它吃甜食，她说娃娃家都爱吃甜食。她买了一块丁丁糖去喂它，一边喂一边给它做思想工作：你喃以后就叫寸光了哈，你别乱窜了，是出不去的，好好在笼子里养伤。我吃三餐决不让你吃两顿，但是你要和你的婆娘儿女、兄弟姊妹说好，我只养你一个，它们就别来打扰我了哈！

2168. 早上我妈醒来，眼睛一睁开觉得心情真不错：家里不再是一个人空荡荡了，除了她还有寸光。做早饭的时候，她就把寸光放在看得见的地方，一边做饭一边和它说话，东扯一句西扯一句：寸光，都说你们老鼠是精，你咋还是被我打败了喃？你前三次都逃脱了哈，尤其是第三次，我亲眼看见你窜进笼子，门马上就要关上了，你掉头就又冲了出去，急得我干瞪眼！哼！你吃我的小菜、啃我的纱窗，还在天花板上打筋斗害得我晚上睡不着……

2169. 寸光喃，在笼子里把尾巴卷起，身体半趴着，眼睛一闭一闭地好像要睡觉的样子，显然没有认真听她的话。我妈洗完菜把菜渣渣倒给它：来寸光，补充点维生素哈！它精神一下就来了，用前爪捧着，吃得嚓嚓嚓的。吃完了，很满足地把一双粉红色的小爪搓搓，再抹了抹嘴，嘿嘿。

2170. 寸光在家里住了有一段时间了，我妈每天去股市都有人问：何老师，你那个耗子幺儿怎么样？我妈就笑眯眯地回答：啥子耗子幺儿喔，人家叫寸光！她回家之后，有时候寸光还会吱吱吱叫几声表示欢迎。我妈吃酸菜排骨，也让寸光吃一点儿，吃多了酸菜，寸光在笼子里好像有点烦躁，一会趴着一会儿站起来。我妈就用瓶盖装了一瓶盖淘米水，慢慢放进笼子里去，这下，它马上就把尖嘴埋进淘米水里，一口气就把水扯干了。周围邻居听说我妈养了只耗子，都跑来看，觉得稀奇得很，寸光还多配合的，很有派头地待在笼子里，大大方方地让人看。

2171. 这一天，我妈在灶头上发现了几粒黑色的颗粒，仔细一看：嘿！又是耗子屎！她很生气，就把寸光拎过来放在旁边训斥它：我喊你把你的婆娘儿女兄弟姊妹招呼好，它们怎么又来了喃？！好，今天罚你不准吃饭！她就提起包包去股市了。但她心里始终有点不舒服，觉得是不是对寸光太严厉了点？它饿到没有喃？她一般中午都不回家，在股市吃饭的，但是这天中午她还是忙慌慌地跑回去了。

2172. 一回去，看见寸光还好好地待在笼子里，我妈就放下了一条心，对它说：寸光，今天中午我没有煮饭，屋头也没有什么吃的，只有我女儿的网友给她寄来的爆爆米花的玉米颗颗，你就不要嫌弃哈。她撒了十几颗玉米，寸光马上就捧起来吃了，她拍拍手：好了，那我走了哈，等我下午下班班哈。但是，等她再回来的时候，就发现寸光躺在笼子里，姿势有点不对，她拿根木棍戳了戳它，它已经都硬了。她“哎呀”一声坐在了沙发里，觉得心里很难受，看看笼子里死去的寸光，流泪了。

2173.　故事听到这里，我给出了解释：妈妈，那个爆爆米花的玉米颗颗是很咸很咸的，寸光吃了那么多没有喂它喝水，它一定是渴死的……我妈叹口气：唉，再加上之前我骂了它，它一定也很难过。

2174.　我妈把它埋在了院坝的花坛里，邻居们又来围观，说这个耗子好莫得福气，当贼娃子活得上好，当宠物反而死得还快些。真是逗人爱、死得快啊！我妈说，这些人硬是讨厌，完全不考虑人家的感受！

2175.　我告诉我妈，最近我在给新书画插图。她马上就问：咦！画里头有没有我喃？可不可以放些我的照片喃？我最近照了好几张都很可以的喃！还有，记得把寸光写进去……

2176.　耍了一天，回家走进院子的时候，我妈把我牵到一个花坛边边上，找了半天，最后指着一个小土包包说：你看，寸光就埋在这儿。

2177.　来——亲——我！来——亲——我！听见外面有吆喝的声音。这个叫卖声从小时候就有，那时候我问我妈，咋个那个人遍街喊人来亲我喃？他缺人爱他吗？我妈说，不是“来亲我”，是“卖青果”。四川话里，橄榄又叫作青果。天闷热，我下去找卖青果的，一个老头在太阳坝坝头提着秤盘站着，秤盘里放着最后一盘青果。吃青果是清心火的，最近我妈又在上火，就全买了。

2178.　我站在阳台上，看见对面楼上的姐姐也在她家阳台上。我小时候总听她唱邓丽君，还模仿她唱，她跷二郎腿，我也跷，但是脚杆太短从板凳上栽下去了。她大概二十岁的样子，笑眯眯的，穿着浅蓝色起白花的棉绸连衣裙，头发披肩，皮肤白皙，隔那么远我好像都能闻到她身上的檀香香皂的味道。好像做梦一样。

2179.　我们从来不说话的，她那天居然对我招招手。我不知道怎么一跳，就跳去了她家的阳台。她家是个顶楼，她说带我去顶楼喝茶。我说，顶楼喝茶？顶楼有茶喝？她笑眯眯地回答：对啊，你还不晓得顶楼啥都有啊，亏你在这里住了那么久。然后我们就上了顶楼。

2180. 我惊呆了！顶楼是个大坝子，上面有家茶馆，装修还多豪华的，有很多包间。那些包间里，有弹琵琶的、打扬琴的、说评书的，一群人围着兴高采烈地听着，喝的是花毛峰、素毛峰、碧潭飘雪。姐姐说：安逸不嘛？我点头：哎呀，我咋个一直不晓得喃！除了这个茶馆，顶楼上还有卖酸辣粉的、甜水面的，三大炮敲得轰啊轰的，热闹极了。这还不算，顶楼居然还有很多树，长得多高多大，我说这个顶楼哪里来的土啊，够长这么大的树？姐姐说，其实不需要多少土，一把土就够了，能把根埋上就行。有棵高大的黄果兰树，都不晓得有好多年了，古老得很，上面还绑得有红色的布条条，那是老辈人用来求福还愿的。还有大榕树，树枝上长满了小根须，往下延伸着打算扎根。我们在中间穿来穿去，笑得咯啊咯的。

2181. 耍累了，我们坐下来说话，这时姐姐的爸爸也在，一个文质彬彬的中年男人。他有点害羞似的，穿白色的冰丝T恤、西裤、外扎。我说：哎呀叔叔，我在这个楼里住了三十多年，碰见你估计不超过五次喔！那个叔叔多不好意思的：哎呀好像就是，我平日上班忙，很少回来，回来都是大晚上的啰，你们娃娃家都睡了得嘛。

2182. 突然，我想起来了，这个姐姐家只有她和她爸爸两个人，她妈妈已经去世多年了。我妈单身，有一次还说起过，楼上的叔叔其实多文静的，看起来很书生气。其实我知道我妈可能对这个叔叔有点意思，而她的意思是，想喊我去帮她说合说合。但是，我一个娃娃家，咋个去说这个话嘛！我妈也没有好意思继续说，我们的脸都红一阵白一阵，然后这个事情就没有再提起了。既然突然在这里看见这个叔叔，我想我要不要现在告诉他呢。叔叔说：你们坐到耍一会儿，我有事先走了哈。叔叔眼睁睁地走了，我还是没有帮我妈说出那句话。

2183. 然后，我醒了，但还是不愿意睁开眼睛，在心里为顶楼这些设施怎么上下水的问题默想了一下，顶楼这么多吃的，油污重，怎么能干净点。想完这个我才睁开眼。睁开眼，好后悔啊，因为在梦里我也没有给那个叔叔说，我妈喜欢她。其实，对面楼上的那家姐姐，十几年前，在她妈去世后没几年就搬走了，好像去了国外念书，他爸爸也陪去给她做饭。顶楼什么都没有，小时候我上去过。

2184.　这家人搬走后，新搬来的人家也有一个姐姐，长得也好看，她就是黄美丽。

……

2185.　罗小平和李昭峰要结婚了。我作为一个间接的媒人当然要参加咯。结婚那天，小平一身白纱，本来她长相就偏乖，看上去简直纯洁无瑕。她嘻嘻一笑，问我瓜不瓜，我说：相当不瓜。

2186.　不过左看右看，还是觉得哪里不对：她没有配婚纱的首饰，有一枚小小的钻石戒指，但完全淹没在层层叠叠的礼服里了，一点都不显。难免有点光彩不够。我看看表，还有一个小时才接亲。我说你等等我。

2187.　我跑去百货大楼买了一盒“三件套”珍珠镶钻首饰，虽说不是真资格的珍珠和钻石，但是质量还是可以，咚大一坨，闪闪发亮，就是要这个效果。我捧回来，给小平戴上，哇！新娘子立刻光芒四射、顾盼生辉！大家都说好，但是我还是左看右看，依然觉得差点什么。我从包包里掏出一管正红色的口红：你的口红不够鲜艳，今天你必须要最美，必须要正红。

2188.　小平说不不不，太红了，要不得要不得。我摁着她，鼓捣擦了口红，再放她去照镜子：大红的嘴唇显得她的皮肤更白皙了，五官也更立体，眼睛水灵灵地衬映着珍珠首饰，她自己看傻了。她回过头来，眼圈不知道怎么红了，没有说话，突然抱着我哭了起来。我一连串的要不得要不得，妆要花妆要花！

2189.　张敏也不远千里从深圳回来了。好几年没有看到她，她整个人都变了个样子：居然刮了一个光头，穿了一身白色的棉麻长袍，手上还戴了一串小叶紫檀的佛珠。我倒抽一口冷气：真的出家了啊？她嘿嘿一笑：哪儿嘛，人家现在只是在学瑜伽！哎呀我给你说，修行不一定非要出家，在家一样的！

2190.　她还现场给我们表演了倒立，她那肥硕的臀部立在空中的时候，我有点觉得恍兮惚兮，想起了在深圳，她说她那已经收过的腹部。

2191.　梦见去坐地铁，地铁每一个站都是一个被毁掉的老城，它们都没有消失，只是在地下。但是这个地铁又不准下客，只能坐在上面看。我来回坐了好多趟，看了好多老城，包括以前有老皇城的成都。醒了之后，半天都回不过神来，心想：这是昨天呢还是明天？

2192.　在菜市场，我看着做春饼儿的小贩手中那坨甩来甩去的面粉发神，多么像我在耍祖祖下垂干瘪的乳房啊！

2193.　祖祖是我爷爷的妈，差一岁就满一百了。今年冬去春来，病了一场，请了个医生到屋头来给她把命吊到。结果医生看到那么大年纪了，不敢下手，祖祖在床上慢悠悠说了一句话：孙儿嘞！你就看到下点儿药嘛！不得少你的药钱！

2194.　想当年，我刚出生的时候，我祖祖才七十出头，身体强健，行事豪爽。她专门从乡坝头上来照顾月子头的孙儿媳妇，也就是我妈。她在医院，有许多意见都和医生相反，比如强行给我洗冷水澡，强行将我的双腿捆绑，把我的头发剃光，往上头涂生姜等等。但这些都不算什么，有一次，她老人家在输氧瓶旁边用煤油炉子煮荷包蛋，着实把大家吓了一跳，医院保卫科有条不紊地组织大家疏散，然后派了个最勇猛的人冲上来推走了输氧瓶，她老人家还用瓢瓢在锅里舀了一瓢汤，尝了哈，嗯，淡点盐。

2195.　我祖祖是和宣统皇帝一年出生的人，年轻的时候是个裹了脚的小脚女人，嫁到桑家三十几岁就守寡了，带几个娃娃，下田做农活，还要搞革命。据说她是地下党员、妇女干部，又果断又利索，各村周围团转的人都很信服她。她懂革命真理，又理解家长里短，哪家吵架过孽，都要喊她来断个道理。

2196.　我爸爸去当兵，第一次出远门，她就把他喊到身当门来嘱咐，不要 26-27
怕吃苦，也不要怕受气，吃苦受气一样要和和气气，不要记恨人。我爸爸就点头：要得，婆。她又嘱咐，走热了，不要去洗冷水澡，喝冷水也要不得。我爸又答应：要得，婆。

2197.　我爸和我妈结婚那天，我祖祖又把我妈拉到一边，把一杆敲破了的竹篙摔在地上啪啪响，问我妈：何家幺妹，这个是啥子？我妈还是新姑娘，低个头，红个脸，回答：……这个是篙。我祖祖继续摔得响：啥子篙？我妈羞得脸绯红：……响篙。我祖祖用妇女干部那爽朗的声音哈哈大笑：想搞，就对了！

2198.　据我妈说，她和我爸结婚没要礼金，娘家也没办陪嫁。酒席办得还可以，有十几桌，我妈从学校借了脚踏风琴，为客人们弹唱了很多好听的歌曲。人家都说，桑家屋头找了个女秀才。

2199.　我妈怀起我的时候，肚子特别大，人家都说怀了个儿。我祖祖摸了摸，不是儿，你怕是要生个女娃子。那天晚上，我妈就做了个梦，梦里有个白胡子的老头子递给她一个娃娃，她一看，果然是个女娃娃。

……

2200.　一只袜子，掉在了地上，好多人从上面踩过，很脏，但细看还看得出这是一只挺新的袜子。果然，一抬头就看见二楼上还挂着一只一模一样的，刚洗过，还在滴水，孤零零地轻轻晃动着。可怜的一对小袜子，就这样永远地分开了。

2201.　有一个意大利牌子，叫啥子名字我念不来，反正质量还多过硬的。有一次打折，我就给我爸我妈一人整了一件，分别寄给他们的。反正款式和颜色都一样，冬天穿的黑外套，不咋分男女。

2202. 自从上次我妈办理银行业务，主动邀请我爸给她担任保镖之后，我爸和我妈就恢复了些邦交。回到成都的那天，我爸和我妈不约而同地站在院坝门口迎接我，而且不约而同地都穿了这件意大利黑外套，所以，在他们离婚近二十年之后，以情侣装的姿态，齐崭崭出现在我面前。我下车，一口爸，一口妈，然后心就酸了。

2203. 我妈给我煮了一碗鲫鱼豆腐汤，这是她的拿手好菜，每次我回来都要给我煮。这次也不例外，但是她多加了一句：这个鱼，是你爸钓的。我啊了一声，他送来的啊？我妈嗯了一声：未必然我还找他要啊，他昨天送来的，喊我煮给你吃。我高兴极了：我不在的时候，你们也有联系啊！我妈又嗯了一声：哎呀，这么多年了，他好歹是你爸。

2204. 回家的时间紧，但是要同时检修他们的身体，号就挂了同一个医生的：十五号、十四号。他们无声地坐在医院过道上，中间隔了一个我，身体都往外侧着，基本无话。我左手拉了我爸的手，右手拉了我妈的手，哎呀，这个中秋过得值，算是阖家团圆了。

2205. 回老家，大舅妈递来一张皱巴巴的字条，说是贵州来的一个人让交给我妈，他称呼她为“桑国全的女朋友”，可我父母离婚都快二十年了。

2206. 我爸在贵州当兵时，看管过一个右派，叫王旭东。我爸一点也没有为难这个右派，岂止不为难，后来他们两个耍得之好，兄弟一样。我爸读书少，王旭东还教他学习文化。我爸虽然长得帅，但是文化确实差了点。我爸以他粗浅的政治见解，觉得政策是死的，人是活的。老王哪里像个反革命嘛，人家斯文得很。

2207. 我爸回四川探亲，和我妈确立了恋爱关系。回到贵州后，他们之间的信件，都由王旭东帮我爸写，那水平，真不是说的话，比现在的言情小说高多了！我妈的那心情，就像是一首歌里唱到的一样：他又美、他又壮，谁能比他强。我爸复员回到四川，他们结婚的第二天，我妈才晓得那些信件是人家写的，顺带还发现了我爸是个瘌痢头这个残酷事实，简直气得不得了。估计那会儿，就埋下了后面离婚的苗头。

2208. 这些事情，都是王旭东不知道的。他多年以后，依然还停留在给

“桑国全的女朋友”写信的心境中。我保留着这张字条，放在钱包里，没有告诉两分别的父母。那字迹十分清秀。

2209.　大概小学一二年级，有一次，我妈和我爸打架，我妈气极了，就拉我一起出门。已经是晚上了，出门能干啥子呢？我妈一咬牙，居然带我去看了场电影！平时好难得看场电影哟！剧情我记不得了，因为当年我根本就理解不了——是部爱情片，好像是龚雪演的。只记得影片有一座尖顶的蓝色木房子，是搭在森林里的，男的在房子顶上修屋顶，砰砰砰地敲，女的在下面把他望到，笑眯眯的，一笑一口白牙。森林里的秋天，大片大片的黄叶还有红叶，仰起头来看，天空蓝得闪闪亮。我觉得好好看啊，扯我妈的衣服问她：妈妈这是哪里啊？我妈小声说：不晓得，可能是北方嘛。我要继续扯她，却发现妈妈在无声地流泪。电影的光折射在眼泪上，五光十色。后来我在北京，一到秋天天气好，我就要想起这部电影。

2210.　那天，是我妈妈的生日。我妈生得怪，生在闰年闰月，四年才有一次正规的生日，所以，妈妈今年才二十几，而我，也才是和妈妈看电影那年那样大，大概小学一二年级。

2211.　算错了，我妈才十几岁，而我还没有出生。

2212.　和妈妈一起看完了《中国式离婚》。我妈一直不想看这个电视剧，因为她自己也离了婚的，但是剧情喃又有点吸引人，三看两看她又看进去了，不断地叹气，有几次还说：妈哟，看得我都要流泪了！你爸要是有这个宋建平的一半嘛我们都不得离婚！大结局之后，我去上厕所。我妈去晾洗好的衣服，听见她一边晾一边自言自语：拿什么拯救你哟！爱人……我蹲在厕所里，眼泪一下就流下来了。

2213.　现在想来，我爸和我妈真是世界上最不应该捏合在一起的一对夫妻。记得那年夏天，天气和这个夏天一样炎热，我在外面玩了会儿尿水和河沙之后，回家对我妈严肃地说：妈妈，为了你和我的幸福，请和我爸离婚！

2214.　但这不意味着他们之间完全没有一点共同的快乐的记忆。这一点，如同在阳光下闪光的玻璃渣子，是片无用的垃圾了，却泛着令人心碎的光芒。

2215. 他们不是在一个单位工作么，我妈在计划科，负责这个单位对外联络业务，管理着百吨百吨的紧俏物资，除了自己的歌喉之外，这可能是我妈这辈子最骄傲的资本了；我爸呢，在运输科，开着他那威猛无比的东风货车，顺畅地出入在这个专属于航空航天部的牛逼单位。这种里应外合的合谋关系居然落在了一对夫妻身上，这让他们短暂地达成了在生活中没有的默契：偷一块玻璃出来。

2216. 我爸威猛无比的新款东风货车就停在我们院子里，那是我的领地，只有我才能进入到高贵的驾驶室，如国王一般坐在里面，然后居高临下地看着其他流着口水想爬上来感受上流社会的小屁孩。他们在地上哀嚎着：格格！格格！让我们上来耍一哈哈儿嘛！格格！格格！我们认你当王嘛！格格！格格！你好好喔！……那时候，我是多么热爱“作威作福”这个词啊。

2217. 我应该更矜持一点的，这个尺度的把握至今都困扰着我，九岁的我当然控制不好。驾驶室门打开了，我高叫着：上来吧！给你自由！一群狼崽子嚎叫着扑了上来。驾驶室里精密的仪器，散发着成人才能掌控的摄人魅力，他们不停地问：这是啥子？！那是啥子？！我不紧不慢地作答，看似漫不经心的态度，拉开了见过世面和没有见过世面之间的区别。一个小狼崽子兴奋得不知怎么才好，就跳起来一屁股坐在皮坐垫上，听见“嘎嘣”一声脆响，我知道坏事了。

2218. 有见识的我，本能地知道这是什么秘密被打开的前兆，而这个秘密是属于我们家的，不属于别人。我把所有小孩撵下了车，然后开始心尖颤颤地检索。揭开铺在座位上的一块布，我看见藏在里面的一块从中间呈放射状裂开的玻璃。那玻璃如果没有烂，凭目测，那尺寸和我家后阳台窗格十分吻合。我妈是多么费尽心机地在仓库里把它偷来，又掩人耳目地交给我爸，我爸又是怎么千辛万苦地利用单位的工具，把它切割成吻合我家后阳台窗格的尺寸呢？

2219. 就凭这一件事情，可以肯定，我爸不是一个完全不顾家的男人，我妈多年的控诉有失偏颇。但是，这里面是有隐情的，那是因为我的罪过，我一直不敢承认。唉，我这个罪人啊。当天晚上，我听见他们在吵架，我妈压抑之后尖锐的嗓门像一只失控的母猫：桑国全！你连偷块玻璃回来都做不好！你一天到晚有没有为这个家庭认点真！我爸则完全不想压抑他那雄浑的男性声线：龟儿子的死婆娘！老子明明包得巴巴适适的，不晓得咋个就烂[26-27]了！

2220.　我睡在我的小床上，用手指一点一点地抠着凉席，沉默着。他们的争吵越来越升级，随着恐怖指数的增加，我越发不敢讲出真相。最后，他们开始由语言冲撞发展到肢体表达，并且一块接着一块毁灭着家里的其他玻璃，一块玻璃，又一块玻璃。

2221.　我跳下床，跑到隔壁雨雨她爸刘科长家敲门，哭着说：刘叔叔，救命。

2222.　这之后，我妈郑重地采纳了我那次在外面和尿泥沙之后给她提出来的建议：为了我和她的幸福，和桑国全同志离婚了。

2223.　这个秘密在我严守了近二十年后，终于告诉了我妈。我们娘俩在后阳台上挽毛线，我妈盯着窗格发呆：你晓不晓得这个玻璃……我打断我妈：我晓得这个玻璃。然后，不知道为什么我特别顺畅地告诉了我妈整个故事的真相。我妈愣了很久，眼睛定住，好久才吐出一口气：……原来，真的错怪了他。

2224.　那一瞬间，我逼真地听见了多年前“嘎嘣”那一声脆响，眼泪呈放射状地流下来。

……

2225.　梦见一个花园，我从小到大想知道的问题的答案，都长在花蕊中。这些花朵在阳光下闪烁可爱，我去摘，第一朵花蕊中写道：她的壮丽在于她那粗糙的手；第二朵写道：撒谎成性，妙趣横生；第三朵写着：整个上午不许从木板凳上站起来……慢慢地，我觉得知道答案也没有多好玩，舔了舔花瓣，甜的！于是，我坐在花园里，把答案都吃嘞。还打嗝。

2226.　又梦见一个星球上住的都是记忆，记忆中的人都按照记忆中的样子在那里生活。我推开一个叫作“桑格格”的院子，大宅喔！《小时候》里的所有人物都在那里对我笑。原来你记录得越详细，它们在这里就生活得越好。

2227.　在旧书摊上看见一本日记，柔软的褐色小羊皮封面，纸张是粗纤维的老白纸。上面密密麻麻写满了字，大多是说如何喜欢一个人，今天看见了他高兴，今天没有看见他难过等等。还记载了一些细节，比如买了一瓶蜂花洗发露果然不错，以及在路上拾到一枚半旧的胸针——应该是个女孩的日记。

2228.　我买了下来，一页页地翻看，越来越被吸引，我决定想办法把这个本子送还给这个女孩，也不知道她今年多大了？还记得当初的这些心情么？在日记的最后一页，我发现了这样一行字：桑格格，17岁，1997年11月。我意识到这是个梦，于是默默地把日记合起来，悄悄地又放在了旧书摊一角，转身就走了。

2229.　很多年过去了，我总念起原来的房客贾叔叔，我妈也发怔，半晌不说话：要不然试试找哈他……于是我带着我妈，从最细小的线索找起。贾叔叔曾经住过的地方搬迁了，我还是不死心，通过邻居的回忆去摸索，通过户籍查找。终于，我们在成都郊区的一处回迁房小区某栋的顶楼，敲开门，看见了一个头发花白、模样憔悴的中老年男子。他穿着破旧的家居衣服，眼神有些涣散了，努力聚焦了半天，颤抖着叫出来：哎呀，这是蓉娃儿得嘛……！

2230.　我妈一直低头，没有说话；他也偷偷看我妈，没有敢多说话。晚饭了，他说：来，贾叔叔再做一顿饭给你吃，你最喜欢吃我做的盐煎肉！他挣扎着要站起来，我按住了他。他已经是直肠癌晚期，看上去他的子女对他并不经心，这个时候身边都没有人照顾。我忍着眼泪，尽量和他说些开心的话。他说：我每天就去茶铺打牌，中午就在茶铺吃碗面条，有时候晚上回来还要赢点钱！他问：安秀儿，你安家没有喃？我妈摇摇头，强笑：没有，你是不是还对我有兴趣嘛。他苦笑着摇摇头：不得行咯！我现在这个样子，就是拖累！

2231. 晚上，出门的时候，我把身上所有的钱一把塞在了贾叔叔的身上，他连手机都没有，我马上在楼下电器市场给他添置了一个，并且决定回家再汇一笔给他。我再三嘱咐他，按时吃药，不要吃刺激食品。最后没有说的了，三个人站在黑暗中沉默。良久，他打破了沉默：蓉蓉，你是好人，你妈也是。

2232. 回家的路上，我和我妈一句话也没有说。

2233. 我妈一个人住着确实孤独，之前有个耗子陪她都多高兴的，还是给她买个啥宠物吧。想来想去，不敢给她买猫儿狗儿的，也不敢买上窜下跳的，想起小时候家里就养过乌龟，就是遭我踩死的兵兵……最后我去青石桥给她买了一只乌龟。

2234. 多乖的一只小乌龟，买回来，它趴在盆子里一动不动，我说你看，它一点不给你添麻烦，吃得比耗子还少。我妈懒心无肠地点点头：好嘛，我养嘛。遵循何寸光的取名原则，她给它取名：何无疆。乌龟活得长，万寿无疆。

2235. 我妈拿片菜叶子去逗何无疆，但是何无疆脑壳和脚脚在壳壳里缩得梆紧，一副宁死不屈的样子。我妈意兴阑珊：哎呀，太内向了嘛这个乌龟。我安慰她：慢慢来嘛，你们还不熟。

2236. 为了缓解我妈痛失寸光的低落心情，出去喝茶的时候，豆豆和毛毛带她们的娃娃，我就带我妈。两个娃娃去儿童乐园，我妈就在边边上的糖饼摊摊转糖饼耍。她们对娃娃说：听话哈，不准跑远了！我对我妈说：你也听话哈，也不要跑远了。

2237. 一会儿，两个娃娃跑来告状：婆婆在和人家吵架！我跑过去，看见我妈在对糖饼摊摊老板发嗲：嗯，不嘛，再给两个糖饼嘛，就两个！我把她拉回来，她气到了，一甩手：讨厌！你们对我不好！扭头就走。

2238. 过了一哈，我妈又找不到了，手机也没人接。我焦急地四下寻找，结果她突然笑嘻了出现在旁边的梅园头，站在梅花丛中喊：嘿！来给我拍一张，我要在丛中笑！

2239. 几个月后，打电话回去问，妈，何无疆如何？我妈说，不晓得。我啊了一声，咋个不晓得喃？我妈说，不晓得爬到哪里去了，已经一个星期都没有看到它了，我也正着急！后来，终于在床底下找到了何无疆。我妈说，算了，它一个乌龟也孤独，还不如送它去文殊院的放生池，那里面全部是乌龟，它多开心喃。

2240. 我妈带何无疆去文殊院那天，把它往放生池一丢，它一个咪头就扎到水下去了，头都没有回一下。我妈还在岸上站了多久，失落地说：好歹在一起生活了几个月，咋个一点感情都没有喃？硬是冷血动物喔。

2241. 我又问起贾叔叔，我妈说他的手机打不通了。我试了试，果然，电话里说：对不起，您拨打的用户已停机，对不起，您拨打的用户已停机。

……

2242. 路边不知是谁扔了一件破了的衣服。那衣服仰面躺在草丛里，袖子还卷缩着，保持着刚脱下来的样子。我觉得这样不好。如果要扔那件衣服，应该叠好放，要不然那衣服会以为你还要穿它，会一直等你。

2243. 有个老太太一天到晚都在院子门口的破沙发上坐着，不声不响。她老伴死那年，我大概六七岁，我爸让我跟着单位送葬的车去过火葬场。我对一切很好奇，也第一次看见这么多严肃的大人当着众人的面哭。这个老太太更是哭天抢地地嚎啕大哭，一边哭一边数落她老头一辈子节约，啥好的都舍不得吃，连双皮鞋都舍不得穿。我更好奇了，为什么不吃好的也不穿皮鞋呢？现在，我懂了。我给自己买皮鞋总是会想起这个老太太哭嚎的样子。

2244. 一年一年回成都，都能看见那老太太安静地坐在院子门口，一声不吭，很难想象她哭起来曾那么大声。

2245. 干爹在电话里说：龟儿子的蓉娃儿好久没有回来了？也不给你干爹

我打个电话！你干爹我现在在拉萨又包了好几个工程，回来耍喔！……那边的音乐声音之大，扎西得勒索——亚拉得索。

2246.　干爹肯定又在哪个KTV里头陪客户。人家都是点几个妹妹搞气氛，他不，他点了妹妹还要亲自上阵，在KTV里头跳锅庄，唱旋子，情绪那个高涨喔。我说：干爹，何必嘛！老都老咯，还在卖笑！他说：龟儿子娃娃懂啥子懂，这年头讲究的是情感联络！我说：要跳嘛坝坝头还宽敞些。他说：说你不懂喃，你又在外头待了好几年了！坝坝头莫得档次！

2247.　干爹说：蓉娃儿！你干爹不说了，现在就是你大哥二哥嘛，在拉萨也数得上一票了！

2248.　第一次去拉萨耍的时候，还是几年前的雪顿节。那时候听说高原反应吓人得很，下飞机我都不敢把脑壳先拱出去——先出的脚，在机舱外面晃了晃，咃，莫得事嘛，上好的啊。然后就整个人走出去了！啊！蓝天！白云！雪山！草地！呀拉索！

2249.　第二天一早，干爹带我去转八廓街，走到走到，突然眼前一黑，蜷到地上，觉得恶心想吐。干爹把我扶到边边上的甜茶馆，笑嘻嘻地说：是个人都有点反应，正常的！我们这苍蝇儿都飞得慢些！我觉得耳朵里嗡嗡响起低沉的喇叭声，好像是寺庙里在吹号，一群一群的喇嘛冲我笑着走过来。

2250.　这一次来拉萨，一直没见到二哥，等到半夜，问干妈：二哥回来没有？干妈就是一句话：没有！我打电话给大哥，大哥说：这娃肯定在岗拉梅朵耍。走，我们现在出去找这个屁娃娃！

2251.　到了岗拉梅朵门口，我在车上远远看见街沿上坐了一个喝醉的男人，一个女的从背后抱着他在哭。这个男的就是我二哥，央宗先生，汉名胡起立。旁边那个哭的女的就是差一点成为我二嫂的拉姆。我二哥完全继承了我干爹的风流倜傥，可能还有超出发挥的余地。

2252.　一会儿，从酒吧头又出来一个女的，我后来真正的二嫂，手里拎了一瓶生力，早就喝高了，站在路上拦过往的车了。我和大哥把车子靠边之后，把她制服了：这是个汉族女子，从泸州追杀过来的唐虹燕，哪个说就藏族的女子凶？说实话，这个唐虹燕是我看过最厉害的女子，要不胡起立先生后来让她搞得服服帖帖？当时，她非要躺在路中间，我们把她拖回来，她看见我，大叫一声：胡起立！这个又是哪个？我二哥瞟了一眼：我干妹儿！唐虹燕一声狮吼：锤子个干妹儿，你有几个干妹儿？！我嗯了一声：我真的是他干妹儿。

2253. 干爹说：娃娃，你咋还不结婚？干爹有嫁妆给你，不得比你大哥二哥差！我说：干爹，人家嫌我野蛮！我干爹说：哪个？！老子帮你收拾！

2254. 又是雪顿节了，又一年的晒大佛。干爹说走，这次干爹陪你，一起沾点佛气。大清早的，往哲蚌寺去的公路就已经堵了，车走不动，大家都干脆下来步行。麻麻黑的路上，人群也是麻麻黑的，藏族人穿着节日盛装，小娃娃也穿着，老人家握着转经筒一边走一边喃喃念经。干爹也穿着藏袍，不停用流利的藏话和熟人打招呼。我有点没睡醒，牵着干爹的长袍子一边走一边睡，清口水长流。

2255. 干爹是最早在西藏开出租的那拨人，他说有一年雪顿节早上，载了一个去朝佛的女人，神兮兮问他：藏语里“忘记”怎么说？他说：金塞堵。那个女的一路上都在喃喃自语：金塞堵金塞堵金塞堵金塞堵。

2256. 我惊了一跳！瞌睡醒了！

2257. 我也曾经在雪顿节的早上去看晒唐卡，也坐了一辆出租车去，路上也问了司机一个几乎相同的问题，但不是“忘记”，而是“忘不了”。司机说：你肯定不是藏族，忘不了都说不来，金梅塞！

2258. 我就金梅塞金梅塞金梅塞金梅塞金梅塞，念了一路，直到来到哲蚌寺脚下，看见晨曦中，上山的人弯弯曲曲，一眼望不到头，眼泪就啪嗒啪嗒滚落下来。

原稿 2007年4月8日

新稿 2018年9月17日

原版后记

关于我的小说，我想这样，找一个本子，麻制的，把它们一个字一个字地抄下来，黑色的碳素墨水或者纯蓝的英雄墨水，还要用彩色蜡笔画些小画，然后送给我最爱的人。他也许不会看，一直放在他箱子里，落满了灰尘。我呢，从此也不再提起这件事情，照常生活。

桑格格，2007年4月8日，北京

新编版后记

《小时候》出版已经十一年了，感谢老读者多年的支持，谢谢你们用纯真回应我。也感谢新读者选择阅读它，希望它能给你们带来一点乐趣。几乎每天都有人追问我这本书什么时候再版，问到我羞愧。现在这个新编的《小时候》终于和大家见面了，我也松了一口气。

这一次重编，内容比以前完整了，也不是我比以前写作进步了多少，只是毕竟又过了这么多年，发生的事情本身也有了完整的样貌。写着写着，突然觉得这本书还真该十年之后的现在来写，当时我那么小，怎么就开始回忆了呢？而且文字那么幼稚。但阴差阳错，上天就是这样安排的。感谢当年鼓励我写这本书的第一个人——王晓峰，后面我会提到。也感谢新版的编辑小武，有他，我才不那么怕工作、怕见编辑。其实还是有一点点怕的。他催着我写这篇后记。

还记得二十四岁那年，我住在广州美院一间很破旧的老宿舍里。天气很热，一天要冲好几个凉。一天傍晚冲凉的时候，水从头上淋下来，我突然想，天啊，我都二十四了，还一事无成。从小我就觉得自己将来必是一个非凡的人，可现在一点影子都没有啊！一边洗一边觉得很彷徨，人生好像只能这样下去了。但洗完澡，神清气爽，觉得嗐，这样就这样呗，可能人人都这样，我又能有什么特别的。我要接受这个事实。

但是，我又多嘴，问当时的男朋友九色鹿先生：你觉得我以后会是一个有成就的人么？他点点头：会，你最终会让我骄傲的。唉，我心里又不平静了，坐在那里发呆。我最爱发呆了。发呆最大的好处就是发着发着，慢慢就睡着了，能睡得特别香。比正常睡觉还香。睡一个饱饱的觉，是非常实际的好处，非常惬意，就忘记了为什么发呆。

那时候刚有博客，我瞒着九色鹿去注册了一个。虽然他确定我会有成就，但并没有教我怎么才能达到。他是一个大学老师，爱做学问，我不行。研究学问比发呆更能让我入睡。

在这个博客上我开始记录一点生活小事。看着自己随便敲下来的一句话能成为一个页面上的标题，非常正式的样子，让人激动。下面的空白好像在对我招手：来写点什么吧。我就写点什么，几乎每天都写：逛菜市场啦，买了一个拖布啦，吃了一个蛋糕啦，喂了几只流浪猫啦……那时候，那个博客的介绍就是：每天写点什么我才高兴。就这样，慢慢有人来看了，还有人留言。

第一条留言是：你挺有趣的！我非常震惊。天啊，我被外面的世界看到了！从这天起，我慢慢每天能收获两三个留言，每一个我都如获至宝。等留言发展到每一条能有十个左右的时候，我就写得更带劲了。点开发布博客空白栏的时候，手指都在发痒，电脑微微发蓝的光照亮了我那张兴奋的脸。这和成就毫无关系，只是我愿意这么干，发自内心觉得高兴。现在想来，那就是我最早的写作练习吧。不过说实话，和现在也没啥本质上的差别。

第二年，我二十五岁了，觉得自己有点老了，在MSN 上问豆豆：我老了么？她快速给了一个肯定的回答：老锤子老。对不起啊，不是我要说脏话，她原话确实就是这样的。有些时候，人会非常需要朋友给出这样斩钉截铁的回答。我这个人很听劝，立刻就眉开眼笑了，我没老。但是没老，就又要做点什么有价值的事情啊。那时候，我没有工作，每天就只是偷偷摸摸写点博客。我又坐下来发呆了……又睡着了……

那时候，豆豆和张敏都在深圳开铺子卖服装，同学田丽从成都去看她们，问我去不去。我这个大闲人，还有什么不去的道理！收拾东西就去了深圳。我最爱去深圳找豆豆和张敏玩了，可以帮她们看铺子，那就有一种工作的感觉——我卖东西还挺厉害的！我喜欢和颜悦色地和人聊天，买不买的不要紧。每个人都是陌生人，说几句话就好像不陌生了。这世界上这么多人，偏偏我就认识这个人了。张敏和豆豆不太理解我这种世界观，她们对我的评价到现在都是：有点瓜。那天卖了不少东西，大家都很高兴，晚上一起在出租屋里喝点小酒，聊起过去上学的事情。聊着聊着，大家都不说话了，听我一个人说，我说得口沫横飞。大家听得非常来劲，尤其是田丽，哈哈大笑，不停地问后来喃，后来喃，哈哈哈哈，后来喃。

后来，我回了广州，一直都在想那天我和她们聊起的事情，这些事情好像在心里自己又继续冒出来，翻来覆去的。那是一个非常热的夜晚，我睡在上下铺的上铺，辗转反侧，实在没法睡着。好像是凌晨两点过，我终于忍不了，翻身从上铺飞了下来，对的，是飞下来，还摔了一下，痛得龇牙咧嘴。我打开一个空白页，开始敲了一行字：说说我小时候的事。过了一会儿，九色鹿醒了，他睡眼朦胧地看着我，你在干嘛？多年以后，他回忆当时：你蹲在板凳上，灯也不开，眼睛盯着电脑屏幕，亮得跟贼一样，还像精神病一样笑着说：“我在写点小时候的事。”

我到现在也是，写兴奋了，就蹲在板凳上。

那晚，我写下了这本书里最初的一千多字，发在常去的论坛上，这个论坛的版主就是王晓峰。等第二天醒来，打开这个版面的时候，我惊呆了，很多很多留言，大家都说：哈哈哈哈太有趣了，还有么？等更新。王晓峰说：格格，你继续写，写完了我帮你想办法出版。我这时才告诉九色鹿：嗯，我在网上写东西有一段时间了。他说我看看。他看的时候我很紧张，因为他对我而言，是个很有学问的人，我很怕他说不好。结果，他看完了，转头看着我说：很好啊！我问真的么？他点点头：真的。我说这都是一些很小的事情，有价值么？他点点头：有。

他说了这个“有”字之后，大概有半个月的时间，除了吃饭和必要的睡眠，我就没有离开过电脑，一双手飞快地在键盘上打字。每天都有人等着我更新，周围的朋友都知道这件事了，也来找我，说你写的好像我小时候的事情啊，然后又告诉我一些他们小时候的趣事。他们一说，马上又能勾连出很多我一时没有想起的事情。原来记忆这个东西，有自己的秩序，一环套着一环，好像是大树的根茎，只要摸对了，一直拉一直拉，就越拉越多。我只是写，一条又一条，一条又一条，完全没有想过这是一个文学创作，需要一个什么结构。当时我写到一千多条的时候，那是我回忆我在西藏哲蚌寺看晒佛，一边爬山，一边念着刚学会的一句藏语“金梅塞”（忘不了），望着一眼望不到头的朝圣的人群，眼泪落下来。有个网友说，格格，这是要结束了么？我一看，天啊，对啊，这就是结束。然后，我就真的宣布，这部回忆录写完了。嗯，就是这样偶然，开始和结束，都不是我自己想好的。

提一句，这位网友的名字叫大仙，他于2019年因病去世了。写到这里，我才真的感受到了时间的流逝，这本书还在，但有的人却不在了。

王晓峰同学帮我询问了几家出版社，他们都表示，没见过这样的小说，很难出版。书稿在电脑里待了两年。我就给它加了一个后记：自己用蓝黑碳素墨水抄写在本子上，送给我爱的人，他看不看都不要紧，不看就放在箱子里。我就忘记这件事，照常生活。

我把这本书稿送给了九色鹿。（没有抄写，太累人了）他当然没有放在箱子里，作为一个专业设计师，他准备把它做成一本书，还问我：要不要画点插图啊？我说我画得很幼稚啊。他说，那不正好配你幼稚的文字么？我就开始了画插图，画一张，他就赞一张，真的也是很夸张。等我画好插图，他把样书做出来，作为生日礼物送给我。书递到我手里的时候，我很感动，比后来拿到真正出版的书还感动。

在新星出版社工作的朋友（也是我当时的网友）看到了这个样书，她觉得很好，很像样子，除了没有外封皮。出版社立即拍板出版，这个过程很快。书出来的时候，我都没有反应过来，第一版就全部卖完了。我开始接到记者的电话，问能不能采访我。我有点疑惑，问九色鹿：我是不是有点成就了？他点点头：有一点吧。我问：那你为我骄傲了么？他点点头：骄傲。我深深地叹了一口气，坐在了椅子上，太好了，我终于完成这个事情了。我对他说：记住了，我已经让你骄傲了啊，以后不要再要求我什么了。

他确实不再要求我什么，但是有别的东西来要求我。这就是我自己。从这本书开始，我从一个无所事事的闲人，成了一个作家。接下来，我该怎么办，我已经把我这短短的人生都写完了，还能写点啥。轻松了两年，我就不能轻松了。博客的介绍从“每天写点什么我才高兴”变成了“她很严肃”。我在严肃地想成为一个真正自主的作家，什么都在尝试，散文、童话、诗歌、虚构小说。我也开始了大量阅读，什么严肃看什么。这一段时间的写作，攒成了第二本书《黑花黄》，零零碎碎，杂七杂八。大部分只是一种尝试。很艰难的尝试。我比较少提到这本书，但是有时候也有读者说喜欢这一本，我就会格外开心。连这一本都喜欢，真是我亲生的读者。

很少翻开《小时候》。但是偶尔在书柜上摸到，打开，看几页，也能看得兴高采烈——尤其是童年那部分。我也试图在书里分辨从哪里就开始成长了。这个分界很不清晰。但是有一点很清晰，就是那些童年的事情，依然像是昨天的事情。我常常惊讶于周围的人们，他们能把童年、少年、成年分得那么清晰。而我的这些节点，那么模糊。有时候，我也会再想起小时候发生的一些事情，惊喜地写下来发在微博上，然后就有人来告诉我：格格，这个你在《小时候》里面写过。嗯，我是一个把过往出卖了的人，记性还不大好。

一晃好几年过去了，那个要求我的东西对我越来越严厉。但是我可写的东西，越来越少，最初那种点开一个空白页的兴奋，越来越少。为了躲避写作，我发展出很多兴趣爱好：古琴啦、喝茶啦、做陶艺啦。每天着着急急去赴各种饭局，喝酒唱歌，生活看上去也是热火朝天，欣欣向荣。但是在家里，每当路过电脑的时候，我都绕道走。

慢慢地，我发现自己很爱哭，待在家里哪里也不去，就哭，什么都提不起兴趣。原来那个瓜兮兮的瓜娃子，变得很悲伤。九色鹿一筹莫展，他常常在家藏钱，让我去找。我最爱找钱，因为找到就算我的！以前有什么不开心，这一招最管用了。但是，后来也不管用了，甚至他在地毯下藏一千块巨款，也不管用。我捧着钱还是哭。

那次回成都，去见一个朋友，他有抑郁症，当时我并不知道。他看着我消瘦的样子有点吃惊，问了问情况，我简单说了说。他马上把才挂的华西医院精神内科的号让给我：你去吧，我觉得你现在比我严重。这个号不好挂，先让给你。我并不相信自己真的有这个病，将信将疑去了医院，医生当时就把我留了下来，说你需要住院。

我愿意留下来住院，是因为发现病房有暖气。那是成都的冬天。后来硬要出院，是发现住一天的费用太高了。无论如何，在华西医院精神内科住院的那段时间，总体说来还是温馨的。每天输液的时候，针扎在血管里，那种痛让我觉得舒服；一股凉凉的液体流进我燥热的体内，我觉得舒服。现在我还怀念那张小小的病床，窄小得就像是童年睡的床。站在窗前，看灰蒙蒙的成都，我很少站在那么高的地方看成都，非常陌生，也非常亲。

从医院出来，情况有一点缓解，但是并没有根治，复发的时候比以前更严重。这时候，九色鹿先生开始研究关于抑郁症的各种知识，并且自学中医，他打算自己来医治我。这个开始对他也很有意义，打开了一扇通往中国古典学问的门，对他以前所学的西式研究是一种全新的改变。我后来遇到了几位有意思的中医，他们在几个重要阶段都帮助了我。但是，这个病最终的内因还是自己，要自己想好起来。

九色鹿一直陪伴我，他从男朋友，变成了我先生。他带我走了很多地方，全世界各地，欧洲、美洲、东南亚、东北亚。他说你不一定非要做一个作家，做一个健康的人就很好，能感受这个世界的有趣就行了。我说：真的可以么？他点点头：当然可以了。我问：这样过一辈子也有价值么？他点点头：有。

他在不丹的佛殿前祈祷：请佛祖保佑瓜娃子健健康康、长得又白又胖！他一走开，我就马上过去拜拜：佛祖别听他的，我不想长得太胖。

那次不丹行，至今难忘。记得有一个小和尚，他看着我笑嘻嘻地反复说一句中文：以前，以前，以前。不知道为什么他就说这一句，可能他就会这一句中文。就像我只会一句藏语：金梅塞，金梅塞，金梅塞。还让我难忘的是，在蒙古乌兰巴托郊区的草原上，那还是寒冷的早春，我走进羊群，咩咩咩叫的羊居然并不躲开，反而靠向我。我抱起一只小羊，哭了，开心地哭了。我觉得我又开始能感受到什么了，那些在非常宁静的时候才能感受到的东西，不留心、看不到的东西。

我恢复了写作，完成了第三本书《不留心，看不见》。这本书，才是我真正意义上的文学创作，我找到了写作的一点技巧，也知道什么适合自己写。这种知道，说不上来多么确定，也只是一个阶段性的东西，但是让我越来越能安静了。机缘巧合，我从北京搬家到了杭州，住在一个环境很宁静的小区里，内心的安静和环境的宁静，让抑郁症再没有复发过。

一次，我偶然看到诗人何小竹的一首诗《石榴》：开春的时候 / 一树繁花 / 到了夏天 / 我数了一数 / 才四个石榴。这首诗让我惊讶，甚至是一种震动。何小竹是一位非常杰出的写作者，也是一位善于引导的老师。因为这首诗，我认识了他。在他的鼓励下，我开始写诗，写更加需要锤炼技巧也更加坦诚的东西。诗歌对写作者的要求，我模糊地感觉到，就是冥冥中那个折磨过我的东西曾经对我的要求。有点神秘，但是又实实在在。我现在不那么怕它了。

我不着急了，等，等待那种让我有写作冲动的内容到来。如果不来，生活也没有薄待我。前几天朋友史航发了几张我七八年前的照片来，短发、桀骜不驯的样子。而现在的我，长发披肩岁月静好。我第一感觉是羞愧，不知道该面对哪一个我。哪个才是我？两个都是，好像又都不是。我唯一愿意面对的，可能依然是充分地活，有感而发，写了就忘。这倒是和以前的想法，本质上一样。

写这篇后记，写着写着，我又蹲在了板凳上。九色鹿问我：你在干嘛？我瞪着贼一样亮的眼睛：我在写我这些年的经历。

桑格格，2019年2月18日，杭州

图书在版编目（CIP）数据

小时候 / 桑格格著．—— 北京：北京十月文艺出版社，2021.6
ISBN 978-7-5302-2118-1

Ⅰ．①小… Ⅱ．①桑… Ⅲ．①长篇小说－中国－当代 Ⅳ．①I247.5

中国版本图书馆 CIP 数据核字（2021）第 038036 号

小时候
XIAOSHIHOU
桑格格 著

出　　版　北 京 出 版 集 团
　　　　　北京十月文艺出版社
地　　址　北京北三环中路 6 号
邮　　编　100120
网　　址　www.bph.com.cn
发　　行　新经典发行有限公司
　　　　　电话（010）68423599
经　　销　新华书店
印　　刷　山东韵杰文化科技有限公司
版　　次　2021 年 6 月第 1 版
　　　　　2021 年 7 月第 3 次印刷
开　　本　880 毫米 ×1230 毫米　1/32
印　　张　14.75
字　　数　280 千字
书　　号　ISBN 978-7-5302-2118-1
定　　价　79.00 元
质量监督电话　010-58572393
如有印装质量问题，由本社负责调换